백
기
완
이　없
는　거
리
에
서

백기완이 없는 거리에서

– 백기완 선생과 나

여럿이 함께 씀
백기완노나메기재단 엮음

2022년 2월 15일 초판 1쇄 발행

펴낸이 한철희 | 펴낸곳 돌베개 | 등록 1979년 8월 25일 제406-2003-000018호
주소 (10881) 경기도 파주시 회동길 77-20 (문발동)
전화 (031) 955-5020 | 팩스 (031) 955-5050
홈페이지 www.dolbegae.co.kr | 전자우편 book@dolbegae.co.kr
블로그 blog.naver.com/imdol79 | 페이스북 /dolbegae | 트위터 @Dolbegae79

편집 이경아
표지디자인 민진기 | 본문디자인 이은정·이연경
마케팅 심찬식·고운성·한광재 | 제작·관리 윤국중·이수민·한누리
인쇄·제본 상지사 P&B

ISBN 979-11-91438-50-5 (03810)

백기완이 없는 거리에서

백기완 선생과 나

여럿이 함께 씀

돌베개

시적 긴장을 사는 법에 대하여

백원담

성공회대 교수, 통일문제연구소장

20년 전쯤의 일입니다.

연세도 있으시고 건강도 안 좋으시니 이제 거리나 피눈물의 현장에 나서기보다는 한국 진보적 민족주의의 계보를 역사적으로 정리하시는 것이 어떠냐고 여쭌 적이 있습니다. 장준하 선생 평전도 쓰시고, 그동안 혼신의 힘을 다해 한길로 매진해오신 장엄한 항쟁의 한살매를 역사화하는 것이 긴요한 시점이라고 감히 권유를 드렸던 것인데, 그러나 바로 죽비 같은 호통소리가 냅다 날아왔습니다.

나를 박물관의 유물로 박제화하겠다는 것이냐. 신자유주의 광풍으로 구조조정이니 뭐니 이 나라와 대다수 민중들이 지금 거덜이 나고 있는데, 골방에 들어앉아 회고나 하고 밥이나 축내는 늙은이로 명줄만 부지하라고?

그리고 5년쯤 더 시간이 흐른 뒤, 다시 호흡을 가다듬고 제안을 드렸습니다.
"주옥같이 빛나는 말씀들이 많으시니 어록을 만들어드리겠습니다."
"내가 다시 쓸게."
두말도 안 하셨지요.

백기완 선생은 이 땅의 분단 모순을 한 가족살이가 갈라지는 통한으로 안으며 반독재민주화투쟁, 해방통일운동, 그리고 민중해방운동으로 돈과 권력이 아니라 일하는 사람이 주인 되는 광활한 태평삼천리를 만들고자 혼신의 힘을 다해오셨습니다. 그 치열한 삶의 박투들이 한계에 부딪힐 때면 "내 한살매는 지난 나잇살의 세월이 아니라 오늘 이 때박때박(순간순간)이 내 한살매의 새로운 차름(시작)이라, 그 때박마다 앞만 보고 거침없이 뛰겠노라" 스스로를 을러대고 다시 나서곤 하셨지요.
그러나 벼랑을 거머쥔 솔뿌리처럼 끈질기게 생명의 사투를 벌이시던 1년여의 투병 세월, 선생은 안타까운 소식들이 들려올 때마다 분노의 사자후 대신 분루를 삼키셨고, 당장이라도 숨이 넘어갈 듯 호흡이 거칠어지기를 거듭하셨습니다. 코로나 역병이 창궐한 가운데 재난자본주의의 마지막 악다구니로 인해 일터에서 쫓겨나고 삶과 죽음의 경계를 아스라이 넘나들며 생명줄을 이어가는 노동자들이 안타까워 어느 피눈물의 현장이든 버선발로 달려가셔야 하는데, 당신이 가장 거부하셨던 목숨이나 부지하는 상황에 놓이셨으니 얼마나 기가 막히셨을까요.

하지만 마지막 순간 당신은 맑은 눈빛으로 일러주셨습니다. 사람과 사람은 헤어지지만, 뜻과 뜻은 헤어지는 게 아니라 역사와 함께 흐르는 것임을. 그리고 한갓된 목숨줄을 놓는 단호함으로 한 줌 땀방울 되어 해방의 강물 속으로 굽이쳐 가셨습니다.

바로 이때 가파른 벼랑에서 붙들었던 / 풀포기는 놓아야 한다네 / 빌붙어 목숨에 연연했던 노예의 몸짓 / 허튼 춤이지 몸짓만 있고 / 춤이 없었던 몸부림이지 / 춤은 있으되 대가 없는 풀죽은 살풀이지 / 그 모든 헛된 꿈을 어르는 찬사 / 한갓된 신명의 허울 따위는 여보게 그대 몸에 / 한오라기도 챙기질 말아야 한다네 / ⋯바로 거기선 자기를 놓아야 한다네 / 사랑도 명예도 이름도 남김없이 / 온몸이 한 줌의 땀방울이 되어 / 저 해방의 강물 속에 티도 없이 사라져야 / 비로소 한 춤꾼은 굽이치는 자기 춤을 얻나니 (「묏비나리」, 『젊은 날』, 1982)

따라서 그 삶을 기리는 일이란 그저 구슬피 추념하는 것으로는 어림도 없음을 잘 압니다. 이미 오래전 남기신 비문엔 그 방법을 일러주신 바 있기도 하고요.

익은 낟알은 죽지 않는다.
땅으로 떨어질 뿐이다.

산새들이여 들새들이여

낟알은 물고 가되 울음은 떨구고 가시라

(「비문」, 『아 나에게도』, 1996)

그러므로 이제 남은 자들의 추모는 선생이 내달려온 치열한 항쟁의 내력을, 여기 이 땅의 바람 찬 역사를 이끌어온 주된 알기 (주체)의 맥락으로 아로새기는 일로부터 시작되어야 할 것입니다. 그러나 역사를 다시 빚고 거울삼는 것만이 아니라, 그것을 오늘의 싸움으로 이어내는 버선발의 나섬만이 그 한살매를 영원히 '쪽빛 삶으로 있게 하는' 바른 방법이자 길이라는 데 우리의 긴장이 있습니다.

당신은 삶의 들락(문)이란 쫘당하고 닫히는 게 아니라 죽음은 새로운 삶이 열리는 첫발임을 알아야 한다고 하셨으니, 남은 자들은 그 첫발 떼기에 목숨을 거는 방법을 다시 추슬러 새기는 심경으로 이러한 행로에 서슴없이 동참해주신 것이 아닌가 합니다.

이 책은 백기완 선생의 1주기를 맞아 '백기완 선생과 나'라는 주제로 선생을 추모하는 마음들과 한뜻으로 이루어졌습니다. 그것은 선생의 한살매와 깊게 연을 맺은 분들께서 그 당대의 경험을 일으켜 세우는 방법으로 일구어졌습니다. 어려운 시절이지만 예상보다 정말 많은 분들이 혼신의 힘을 다한 옥고를 보내주셔서, 선생의 참살이는 이처럼 도처에서 밝히는 길눈이 빛들로 더욱 선연할 수 있는 것임을 새삼 확인할 수 있었습니다.

따라서 이 추모문집은 선생을 한뜻으로 기리는 일일 뿐 아니라 식민과 분단, 전지구화의 중첩된 모순을 도저하게 헤쳐온 알뚝배기 삶들에 대한 생생한 기록들로서, 이렇게 파란의 역사란 그 알기들에 의해 다시 쓰이는 것임을 절감하게 합니다. 또한 글쓴이들은 선생과의 오랜 시간의 벽을 넘는 이런 해후를 통해 사람들의 미래는 간절한 바람으로만 오는 것이 아니라 지난 과거 시간들의 단단한 축적 위에서 오늘을 넘고 다른 내일을 열어내가는 것임을 증언하고자 합니다.

이 문집에는 하나하나 소중한 추념의 글들을 네 부분으로 나누어 실었습니다.

제1부는 선생의 삶을 역사화하는 일을 구비치는 삶을 박제화하는 것이라고 단호히 마다하셨지만, 그 바람 찬 한살매의 굽이굽이 함께 뜻을 모으고 나아가셨던 분들의 경험과 회한들을 모두어보았습니다. 특히 선생의 젊은 날 1950년대 초창부터 1960~70년대, 1980년대 혹은 최근에 이르기까지 자진녹화계몽대, 자진농촌계몽대, 생활정화운동, 한일협정반대투쟁, 민중문화운동, 반독재민주화투쟁 등에 동행했던 오랜 벗들 한 분 한 분의 기록들과 감회들을 소중히 모으고자 했습니다. 그것은 어쩌면 영원히 사장되고 말 수도 있었던 한국 현대사의 줄기를 세우는 귀중한 사료에 해당합니다. 그처럼 다양하지만 한길로 이어지는 필연적 만남과 관계의 궤적들이 글 속에서 바로 오늘 일인 듯 생생하게 살아오르는 감격은 경이롭기 그지없습니다.

이어서 제2부는 1980년대와 1990년대 반독재민주화투쟁과 민중항쟁의 대열에 앞장섰던 파란의 역정을 함께하신 분들의 특별한 동행을 나란히 세워보았습니다. 역사적 주체로서의 이 땅의 민중들이 조직적 정치적 결집을 이루던 시기에 선생은 민중의 정치세력화를 추동하고 그 전진의 깃발을 높이 드셨던 그때, 뜻을 함께하거나 지켜보셨던 굳은 심지와 결기들 또한 한국 현대사를 일으킨 억센 동력이었음을 다시 확인하게 합니다.

그리고 제3부는 많은 분들이 증언하셨듯이 백기완 선생이 특히 민중적 미의식과 문화예술에 깊은 이해와 애정을 가지고 이른바 현상적 교착을 깨는 문화적 경로, 문화혁명의 단꿈을 실현해 나가고자 하셨다는 점에서, 그 대륙적 감수성과 한없이 가는 비나리의 정수를 일러받고 변혁의 맘판을 일으켜온 이 땅의 예술적 기개들, 미적 긴장이 조우하는 빛나는 경험들을 끌어모았습니다.

제4부는 최근까지 백기완 선생의 실천적 행보에 함께해온 각 사회운동 부문 인사들의 회고와 추념을 담았습니다. 선생이 떠나가시고 그 빈자리가 가장 안타까운 이들이지만, 이제 스스로 버선발이 되는 담금질이야말로 이들 전선에 선 싸우는 일꾼들이 선생을 추도하는 어기찬 실천적 방법론이 아닌가 합니다.

여기 문집에 실린 글들은 여러 선생님들께서 정말 고심하여 새로 써주신 글들입니다. 다만 몇 분의 글들은(한승헌, 임진택, 김진숙, 공지영) 선생이 돌아가셨을 때 언론지상 등에 발표된 글들 중에서 소중한 의미를 안고 있어 다시 골라 실었습니다. 아울러 김정환 시인의 글은 돌아가시기 몇 달 전 백기완 선생의 '심산상' 수상에 붙여 써주신 글임을 덧붙여 둡니다. 끝으로, 선생에 대한 기억이 필자마다 세세한 부분에서 조금씩 차이를 보이는 경우가 있지만, 기억의 편집을 포함해 글쓴이들 입장에서는 생전의 선생과의 관계나 당시 처지 등을 짐작하는 단서가 될 수도 있다는 점에서 정정은 되도록 최소한만 하고자 했다는 점을 헤아려 주시기 바랍니다.

이 절절한 애도들이 선생을 추모하는 문집으로 엮이어 나오기까지 정말 많은 분들이 애를 써주셨습니다.

무엇보다 촉급한 원고 청탁에도 선뜻 승낙하시고 소중한 옥고를 보내주신 여러 필자 선생님들께 엎드려 절하여 고마운 마음을 전해 드립니다.

녹취 약속을 하고 만나뵈오러 가기 전 내쳐 먼 길 떠나신 원경 스님, 구술로 묵은 속내를 풀어내시고는 며칠 만에 서둘러 아드님 이한열 열사 곁으로 떠나가신 배은심 어머님의 궂긴 소식에 안타까운 마음 금할 길이 없습니다.

백기완노나메기재단을 만드는 데 애써주신 신학철 이사장님, 양규헌 상임이사님과 여러 이사님들, 운영위원님들 모두 추모문집을 엮어내는 데 많은 지원과 격려를 해주셨습니다. 여기에 글을 주신 여러 선생님들 또한 노나메기재단의 고문과 지킴이 등을 기꺼이 맡아주셨습니다.

또한 원고 정리와 녹취·교정 등에 애쓴 최병현, 박선봉 두 편집위원들의 사명감과 노력에 깊은 고마움을 전합니다. 아울러 물리적 시간 자체가 도저히 어려운 조건 속에서도 선뜻 출판을 감당해주시고 꼼꼼하게 책을 엮어주신 돌베개출판사 한철희 대표님과 이경아 팀장님께 한없는 감사를 드립니다.

아직 선생이 떠나가신 실감을 하지 못하는 딱한 처지에 놓인 많은 분들이 계십니다. 그러나 그저 넋놓기보다는 선생의 오롯한 한뜻, 너도 일하고 나도 일하고 모두 잘 사는 노나메기 벗나래 세상을 열어내고자 곳곳의 현장과 거리에서 끈질기게 싸우고 일하는 많은 일꾼들과 전사들이 그분들이십니다. 그런데 그 불쌈꾼들이 영원한 스승이자 동지이신 선생을 기리는 마음과 뜻을 아직 다 모으지 못했습니다. 오래지 않아 사무치는 그리움으로 올올이 맺힌 그 심경들을 '우리 선생님 백기완'에 훨훨 풀어낼 것으로 기대합니다.

　　여기 글로 마음을 보내주신 분들, 선생이 없는 거리와 현장에서 오늘도 전선을 지키며 스스로 버선발을 자처하시는 분들 모두에게 백기완 선생이 남기신 시구의 긴장으로 위로와 전의를 전해드리며, 이 책을 선생님 영전에 바칩니다. 그동안 함께 계셔주셔서 정말 고맙습니다.

　　벗이여 내가 죽어
　　내가 썩어 자란 이름 모를 풀포기엔
　　이런 팻말을 달아줄 순 없는가

　　"꿈에 어리는 꿈에 어리는 항구 찾아
　　끝없이 가는 전사들만 쉬어가라"
　　(「전사들만 쉬어가라」, 『젊은 날』, 1982)

12

2022년 1월
백기완 선생 1주기 추모문집 발간준비모임을 대표하여

차 례

1

영원한 젊음을 살리라

2

날아라
장산곶매야

3

혁명이 늪에 빠지면
예술이 앞장서는 법

4

앞서서 나가니
산자여 따르라

신학철, 〈한국현대사—산자여 따르라〉, 125×100cm

1

영원한 젊음을
살리라

맨바닥의 역사의식

서울의 명동 한복판이 아직 6·25 전쟁의 폐허를 드러내놓고 있
던 1950년대 중반이었다. 나는 스무 살 고비의 한 문학청년으로
문학인들이 모이는 동방살롱을 향해 걸어가고 있었다.

　명동 중심가 네거리에 오늘의 예술극장(그때엔 시공관이라
고 불렸던 것 같은데) 입구에 플래카드 하나가 걸려 있었다. '서
울 학생 자진농촌계몽대'의 강연회가 열리고 있었다. 연사가 김
기석 철학교수였는데, 당시에 함석헌 선생의 정신 성향에도 통
하는 명망가였다.

　나는 그 강연장으로 들어가 청중석에 앉았다. 주최 측 대표
로 학생농촌계몽대 활동의 취지 발표가 있었다. 이것이 내가 백
기완을 처음 알게 된 계기였다. 김기석 교수의 강연이 끝났는데

1　영원한 젊음을 살리라　　　　　　　　　　　　　　21

예기치 못한 술렁거림이 청중석에서 일어났다.

여고생으로 보이는 한 학생이 크지도 않은 꽃다발을 들고 사회자에게 다가가 연사 선생에게 드리게 해달라고 했다. 이때 청중석에서 한 남성이 일어서서 "지금 이 자리에서 그렇게 사치스러운 형식 절차는 필요 없다"고 우렁찬 목소리로 외치는 것이었다. 당시 단하의 사회자는 이추림이었는데, 뒤에 알게 된바 그는 오시회라고 하는 한 시동인에 참여하고 있었다.

결국 사회자는 꽃다발의 전달을 생략하면서 강연회의 폐회를 선언했다. 이 조그만 사건은 나에게 하나의 충격이었으며, 백기완이 주도하는 계몽대에 관심을 갖게 된 계기였다. 나는 이 농촌계몽대의 본부를 물어서 들러보았다. 당시에 서울시청 마당가에 허물다가 잠시 미뤄둔 듯한 2층 목조건물이 있었는데, 그해 여름 농촌계몽대의 출발 준비를 하는 임시 장소라는 것이었다. 여기에서도 나는 또 한 번 충격을 받았다. 마치 원두막같이 허름한 2층 사무실 한쪽 나무 기둥에 낫 한 자루가 꽂혀 있었다.

이것은 야성과 저항의 기운을 계속 느끼게 하는 분위기였다. 다음으로 내가 가본 곳은 광화문에서 서대문 방향으로 조금 가다가 있는 대한교련 빌딩 문간방이었다. 역시 농촌계몽대의 출발 작업 사무실이었다. 계몽대 앞에 '자진'이란 말이 붙어 있듯이, 순수하고 자발적인 학생운동이라는 명분 때문에 사회 공공기관들이 계몽대의 임시 사용 공간을 제공하는 것으로 보였다.

이 농촌계몽대가 이어서 서울학생자진녹화대로, 국민생활정화연맹, 백범사상연구소, 그리고 통일문제연구소로 진전되어 나아갔다. 20대 직전부터 80대 후반까지 백기완이 추진한 사회활동 과정에서 나는 실제 운동의 현장에는 참여하지 못했다. 그러나 그의 운동 거점들에 격의 없이 동참하기를 계속하며, 그의 삶의 모습을 눈으로 보고 그에게 얽힌 전설 같은 이야기들의 거의 전모를 알고 지냈다는 점에서 나는 드문 경우일 것이다.

내가 보기에 백기완의 평생은 합리적 타산을 가진 조직적 활동가는 아니었다. 그는 다만 민족과 민중에 천착하는 일관된 정신을 지니고 현장에서 실천한 행동가였다. 그러나 이 행동에도 성공과 실패에 관한 의식은 없고, 민족의 주체성과 민중의 노동운동 대열에 빠짐없이 참여해 앞장서고 퍼지르고 땅바닥에 앉아 함성을 선창하는 것이었다.

　박정희 유신 독재가 선포된 후 가장 먼저 장준하 선생과 백기완이 유신 반대 개헌청원 국민운동을 일으키고 구속된 것은 세상이 다 아는 일이다. 그 뒤 전두환 신군부 쿠데타에 의해 또 구속되어 가혹한 고문을 당했다. 건강하던 때는 80킬로그램에 이르던 체중이 40킬로그램도 못 되게 떨어지고, 거의 죽은 형체로 서울구치소에서 실려 나와 한양대병원에 입원했다. 한양대 김광일 교수는 정신과 의사였지만 자기 병동으로 백기완을 입원시켜 매일 지켜보며 치료를 도왔다.

　김광일은 백기완과 함께 농촌계몽대를 출발시킨 대원이었다. 고교 재학 중에 시작해 서울의대에 진학한 후에도 계속 계몽대 활동에 동참했다. 학생 시절에 김광일은 장차 한국의 슈바이처가 되겠다고 하며 음악도 익혀 작곡을 할 실력에 이르렀다.

　"푸른 정 굽이굽이 넘쳐흐르는 농촌이 잠들다니…"로 시작되는 이 노래를 백기완이 작사하고 김광일이 작곡해 전 대원이 합창을 했다. 이 가사에는 민족의 맥박이 끊어졌느냐는 대목도 들어 있었다.

어느 해 계몽대 출발을 준비하던 대한교련 문간방에서 남자 대원 두 명이 무슨 일로 싸움을 벌이는 불상사가 일어났다. 이 장면을 본 백기완 대장이 대원들이 신발 신은 채 밟고 다니던 검은 시멘트 바닥에 퍼질러 앉았다. 그리고 오른팔을 위아래로 흔들며 노래를 불렀다. 김광일이 작곡한 〈푸른 정〉 노래였다.

그러자 싸우던 대원들이 즉각 침묵하고 말았다. 이것이 백기완의 통솔 솜씨였다. 백기완은 사사로운 개인적 감정들에 대해서는 관심도 없었다. 친구들에게 농담으로 욕을 해도 "이 역사의식이 없는 놈아!" 이렇게 말했다.

정신 차원이 이러하므로 백기완에게는 오히려 인문적 영역의 다양한 관심사들이 있었다. 그는 토착 정서 안에 있는 민족 고유의 희귀어와 전설을 많이 알고 있었다.

그는 고향 황해도 지역의 전설들 중 '장산곶매'에 대해 이야기하기를 좋아했다. 서해로 돌출한 장산곶의 매는 용맹한데, 멀리 북녘으로 먹이 사냥을 나갈 때엔 살고 있던 둥지를 미련 없이 부수고 날아간다고 했다. 그것은 어떤 큰 뜻을 위해서는 안일과 애착을 버리고 돌진해야 한다는 뜻을 내포하는 것 같았다.

백기완의 고향 황해도 은율에 있는 대표적 북방식 고인돌은 국사책에서 잘 볼 수 있다. 위에 덮인 큰 반석은 하늘로 날아오르는 큰 매의 날개 같은 기상을 띠고 있다. 백기완의 조부는 그 황해도 일판에서 재력도 있는 독지가로서, 일본 경찰에 쫓기는 백범 김구 선생을 돕고 은신처를 제공하다가 곤욕을 치른 인물이었다.

　백기완의 부친 백홍렬은 일본에 유학하고 돌아와 동아일보 기자로 활동한 경력을 가지고 있다. 해방 후 백기완은 부친과 함께 월남해 어린 나이로 김구 선생을 만나 육필 휘호를 받기도 한다. 뒤이어 월남한 둘째 형은 국군으로 6·25 전쟁에 나가 전사하고, 북에 남았던 맏형은 남파 공작원이 되어 임진강을 건너다가 남한 경찰에 체포되어 9년형을 살고 출옥한다. 막내 여동생도 월남했지만, 북에는 모친과 큰 누이가 남아 있다.

　민족 분단과 이산가족 비극의 전형을 이루고 있는 것이 백기완의 가족사이다. 남파된 북의 공작원인 형이 재판을 받는 날, 백기완의 산림녹화대 친구들은 서울의 반도호텔 건너편 한 지하다방에서 모였다. 그날 백기완은 분단 비극의 한을 참지 못해 주먹으로 벽을 쳐서 손에 피가 묻었다는 소식을 나눴다.

　백기완의 계몽대 초기 친구들은 10여 명쯤 되고, 대부분의 후배 대원들은 고교 상급반 학생들이었다. 같은 또래의 초기 친우들은 백기완의 줄기찬 민족운동과 투지를 그의 가족사와 연관해 이해하고 있다. 그러나 계몽대와 녹화대 대원들이 각기 사회, 직장에 진출하게 되면서부터 백기완의 완강한 민중주의 대열에 발을 맞추기가 어렵게 되었다. 교수로 의사로 사업가로 분산되어 투쟁가 백기완은 외롭게 되었다.

　그러나 그는 또 다른 젊은 세대 지지자들에 둘러싸이고, 위로는 장준하·문익환 등을 형님으로 부르며 연대했다.

백기완이 공식적 활동으로 전체 국민의 무대에 한 번 등단한 일이 있다. 그것은 1987년 6월 민주항쟁이 대통령 직선제 헌법을 되살린 후, 백기완이 민중 후보로 대통령에 출마한 일이다.

신군부 쿠데타로 전두환이 간선제 대통령이 되었지만 국민의 완강한 항쟁을 이겨낼 수는 없었다. 그리하여 6·29 직선제 개헌을 선언하게 되었다. 이때 김대중 김영삼 두 김씨는 민주진영 단일후보를 내지 못하고 분열해 37퍼센트의 득표를 한 노태우에게 5년간 대통령직을 안겨주었다.

이 낭패는 역사상 민주진영과 두 김씨에게 씻지 못할 도덕적 참회의 부담이 되었다. 군부 쿠데타 출신 후보를 직선제 대통령 선거에서 패배시켜 더 뒷날 박근혜 정권의 맥락과 황당한 국정 농단의 기반을 아주 소멸시켰어야 했다. 그런 두 김씨가 끝내 서로 양보하지 않으니까, 차라리 3파전의 위협을 가해 어느 한 쪽이 양보하면 백기완도 양보할 셈으로 출마를 한 것이다.

종로5가에서 혜화동 로터리에 이르는 대학로가 시민 청중으로 가득 차고도 넘쳤다. 높은 연단 위에서 백기완의 웅변은 그야말로 사자후였고, 서성거리는 몸짓은 물 만난 고기였다. 그러나 두 김씨의 어느 쪽도 끝내 양보하지 않아 백기완은 결국 중도하차할 수밖에 없었다. 명분도 수단도 허사였고, 이제 백기완이 할 수 있는 일은 없었다.

허무와 한계를 알 때 사람이 할 수 있는 일이 무엇인가. 할 수 있는 자질만 있다면 예술이 최선일 것이다. 백기완은 시를 쓰기 시작해 시집도 내고, 작가회의 회원 주소록에 시인으로 올라 있다. 그리고 대학로 소극장가에서 그의 독창적인 인문적 공연물을 상연하기도 했다. 시를 쓰면서도, 그의 건강이 계속 매우 허약한

26

상태인데도 그의 본분인 행동은 또 그치지 않는다. 대기업 노동 쟁의가 있으면 먼 지방까지 찾아가 시위 노동자 대열의 선두에 동참한다. 젊은 노동시인 송경동과 동지가 되어 함께 걸었다.

그가 아무것도 깔지 않고 맨바닥에 앉기를 주저하지 않는 것은 젊은 계몽대 시절부터 계속되는 모습이다. 노태우 정권 시절 어느 날, 내가 근무하는 대학 교문에 펼쳐진 플래카드를 보니 '백기완 선생 강연'이라고 쓰여 있다. 바로 그날 강연회 시간이 다 되어갈 때, 나는 학생들에게 백 선생이 도착하면 먼저 내 집무실에 들러 차를 한잔 마시고 강연을 시작하게 하라고 지시했다.

시간이 다 되었는데도 백기완이 오지 않아 강연장 쪽으로 가보았다. 강의실 복도에서 강당으로 내려가는 계단에 백기완이 맨바지로 걸터앉아 무슨 책에 서명을 하고 있다. 자기 시집을 사 가지고 있는 학생이 저자의 친필 서명을 받고자 해 지금 서명을 해준다고 한다.

강연 시작 시간이 다 되었으므로 나는 강당으로 들어가 맨 앞줄에 앉았다. 강단에 올라선 백기완의 첫 마디, "이 대학에 아무개 교수가 있죠?" 한다. "그가 민주교수회 활동을 열심히 하나요?" "아뇨!" "그러면 그 교수를 당장 쫓아내요!" 학생들이 "와아!" 하고 폭소를 터뜨린다.

이날 연사는 미국을 비판하고 노태우 정부를 비판하는 내용으로 열변을 토했다. 강연이 끝난 후 나는 백기완과 함께 온 수행원들까지 학교 밖 멧돼지 식당에 안내해서 점심을 푸짐하게 대접했다.

이튿날 아침 학교에서 교무위원회가 열렸다. 나도 교무위원이므로 참석하려고 회의장에 들어서는데, 한 교수가 귀띔을 한다. 어제 백기완 강연을 내가 주선한 것 같은데 그럴 수가 있느냐고 추궁하는 회의라고 한다.

나는 그 연사를 초청하지 않았고 학생들이 초청했을 것이다. 그렇다고 무슨 변명을 하기도 싫다. 나는 회의 소집자인 총장 집무실로 들어가, 서울에 선약이 있어 먼저 나가겠다고 하고 나와 회의에 불참했다. 뒷이야기를 들었는데, '그 강연 연사는 법정대 학생회에서 초청했다. 친구가 자기 직장에 왔는데, 점심 대접은 당연한 일 아닌가. 오히려 연사는 친구 교수 때문에 농담을 많이 해서 학생들에게 과격한 선동이 되지 않았다. 무엇이 문제인가?' 이 모 대학원장이 이렇게 얘기를 했고, 이 말을 듣고 총장은 한마디 말도 하지 않고 회의장에서 나가 총장실로 돌아갔다고 한다.

그리고 백기완은 이제 우리 곁을 떠났고, 남은 것은 그에 관한 기발한 일화들뿐이다.

지금 여당인 민주당이 국회의원 선거에서 180석을 얻어 대승을 거둔 후 어느 날 저녁이었다. 유인태와 유홍준이 주최해 모처럼 인사동 선천 집에 여러 사람이 모였다. 백낙청, 손숙, 황석영, 임진택, 방동규를 비롯해 20여 명이 모이고 나도 참석했다.

식사와 술이 끝나갈 무렵에 유홍준이 일어서서 사회를 보는데, 몇 사람이 지목되어 한마디씩 하게 되었다. 끝에 가서 나도 한마디 하라고 했다. 나는 일어서서 말했다.

"이른바 이 시대의 구라라는 언변 좋은 이들이 재미있는 말씀들을 했는데, 나는 무슨 말을 해야 할지 생각하게 됩니다. 역사의 여러 어려운 고비를 겪으면서도 우리는 그래도 사필귀정에 희망을 걸었다고 할 수 있습니다. 이번 총선거 결과를 보니 바야흐로 좀 사필귀정에 접근하고 있다는 느낌이 듭니다.

참으로 오랜 시간이었습니다. 나는 지금 문득 백기완이란 인물을 생각하게 됩니다. 내가 결혼을 한 종로 YMCA 강당에서였습니다. 주례자가 당시 서울대 사대 학장이었던 김기석 철학교수였습니다. 당시에 존중받는 지성인이었습니다. 이 주례자를 지정하고 모셔온 사람이 백기완이고, 자신은 사회자로 마이크를 앞에 놓고 단하에 서 있었습니다. 주례자는 마무리 단계에서 신혼부부가 행복하게 잘 살라고 했습니다.

그런데 갑자기 단하의 사회자가 단상의 주례자를 향해 큰 소리로 항변을 했습니다. 지금 이 시대에 젊은 문학평론가인 신랑이 결혼을 하는데, 뭐 행복하게 잘 살아라? 그래서 되겠습니까? 민중 속으로 들어가라, 투쟁하라! 그래야지요!

결혼식장 하객 전체가 깜짝 놀라 웅성거리기 시작했습니다. 무어 이런 결혼식이 있나. 하객들은 대체로 아무 사회의식이 없는 평범한 시민이었습니다.

일은 저질러졌지만, 나는 신혼여행을 떠날 시간이 되어 신부의 손을 끌고 예식장을 빠져 나와야 했습니다. 이때 단 한 명, 6·3 데모의 주동자였던 김도현이 나를 쫓아와 팔을 잡고 '멋있어요, 명사회에요' 하며 웃었습니다. 이 사건이 이미 50년 전의 일입니다. 이 긴 세월 동안에 각자 정도의 차이는 있지만, 오늘 이 자리 면면을 보건대 어려운 고비들을 겪었습니다. 그러나 끊기고 이어지고 진도가 더디더라도 역사는 결국 사필귀정으로 간다는 데 대한 희망에는 변함이 있을 수 없다고 생각합니다."

이처럼 백기완과 김기석 교수와 나는 첫 강연회 참석과 내 결혼식 주례, 사회로 두 번째 인연을 갖게 된 셈이다.

또 달리 그는 독특한 인문적 감수성으로 불멸의 성과를 거두기도 했다. 그중 하나가 남다른 우리말 사랑이다. 대학가 학생 서클을 '동아리'라 하고, 신입생을 '새내기'라고 부르자 한 것이 지금 일상화되고 정착되었다. 다른 하나는 운동권 가요 〈임을 위한 행진곡〉 가사의 원작자라는 것이다.

백기완이 감옥 독방에 누워 천장을 바라보면서 이제 자신은 고문 후유증으로 오래 살 수 없으리라 생각하며 '앞서서 나가니 산자여 따르라'는 주제로 쓴 시를, 뒷날 황석영이 노래에 맞게 가사로 윤색했다. 그러나 노래 가사보다도 원작 시가 주제를 좀 더 잘 살리고 있다. 일반 대중도 이 경위를 알고 있으며, 대구의 참길회가 발행한 노래 모음집 『밤보다 꿈이 깊어』(2005)에도 〈임을 위한 행진곡〉이 백기완 시, 김종률 곡이라 밝히고 있다.

이 노래는 광주의 5·18 행사에서도 주제곡으로 불리고 있고, 국내 모든 노동운동 행사마다 부르고 있다. 국외에서는 홍콩의 시민집회에서 불리고, 또 더 널리 전파되어 간다고 한다. 백기완 장례식 기간에도 이 노래 〈임을 위한 행진곡〉이 서울대병원 장례식장 주변에 은은히 울려 퍼지고 있었다.

"민중 속으로, 투쟁하라!" 외치던 백기완의 독보적인 행적은 이 세상을 완전히 떠난 것이 아니고, 그의 인문적 작품들과 더불어서도 영원히 걸어갈 것이다.

우리들의 백형(伯兄)

김도현─전 문화체육관광부 차관

1964년 겨울쯤이었다. 6·3 한일협정반대 학생운동으로 현상수배 벽보가 나붙는 등 난리 끝에 구속되었다가 집행유예로 석방되었는데, 동국대생으로 나와 6·3 때 함께 활동한 이원범(후일 국회의원)을 만났더니 아주 죽이 맞을 선배 한 분을 소개하겠다고 하며 백 선생을 처음 소개했다.

　그 뒤 매일이다시피 아침 결 소공동 상미다방에 가서 백 선생과 친구 한두 분을 만나 차 한잔과 찬물로 그날 일정을 시작했다. 백 선생은 그때부터 유달리 얼음냉수를 찾았다. 아마도 이 다방을 자리잡은 것은 그 3층에 건축가 나상진 설계사무실이 있었기 때문이 아닌가 한다. 나 선생은 키도 몸피도 작지만 백 선생으로부터 거의 유일하게 깍듯한 형님 대접을 받은 분이다.

우리는 때로는 찻값부터 해질 녘 대포까지 나 선생 신세를 졌다. 백 선생 애기로 나 선생은 5·16 이전에 군 시설을 설계했는데 경리 책임자가 김종필 씨(당시 중령)였고, 김씨가 관행대로 뒷돈 눈치를 보이자 나 선생이 "난 돈은 안 준다, 술을 사겠다"고 하고는 입이 벌어지게 술을 샀다고 한다. 5·16 뒤에는 갑자기 헌병들이 들이닥쳐, 지난날 약간의 좌익 경력 때문에 잡혀가나 보다 하며 따라갔더니 김 중령이 기다리고 있더라고 했다. 중앙정보부장 김 중령이 워커힐 설계를 해달래서 "아니 혁명을 한다더니 술집부터 설계하라고?"라고 했다는 말을 들었다.

한번은 나 선생이 정부종합청사 설계 현상공모에 당선되었는데 정작 돈이 되는 실시설계는 미국 업자에 주어서 시민회관을 빌려 공개 성토를 했고, 백 선생이 연사로 나섰다. 그때 백 선생은 연설 중에 '기능이 외관을 처리', '자연을 실내로 끌어들인' 등 수준 있는 건축용어를 쓰기도 했는데, 아마도 나 선생에게서 배운 것일 게다.

1965년 한일협정 반대투쟁 과정에서 야당은 윤보선 전 대통령 중심의 적극투쟁 노선과 박순천, 김대중, 김영삼 등 타협파가 갈등을 보였다. 내가 1964년 계엄 군사법정에서 내란 수괴로 기소되어 재판 받는 법정에 윤보선 전 대통령이 방청석에 앉아 있었다. 빨갱이로 한참 몰리던 판이라 '구정객'이라고 호감을 안 가졌지만, 이때는 큰 의지가 되었다. 그 뒤 나와 백 선생, 김중태 등은 김한림 여사―해위(윤보선의 호) 부인 공덕귀 여사의 동래 일신여고 은사이자 친구―소개로 해위를 만나 의원총사퇴 등

극렬투쟁에 필요한 문건 작성과 제안을 했다.

해위는 알려진 바와는 달리 매우 소탈하고 적극·진취·과단을 갖춘 분이었다. 우리는 그 댁 벽장 술도 꺼내 마시며 밤을 세운 적도 여러 번 있었다. 해위 등은 한일협정을 매국협정으로 규정하고 탈당하여 국회의원직을 버렸다. 그 뒤 신당 신한당을 만들자 더 적극 신당을 도왔다. 1967년 대선을 앞두고 신한·민중당(당수 유진오) 간 야당후보 단일화가 거론되자 해위는 정보부 공작이 먹혀들지 않도록 후보로 거론되는 윤보선·유진오·이범석·백낙준 4자회담을 제안하고, 그 협의가 어렵자 백 선생은 장준하 선생을 움직여 함석헌 선생을 추가토록 하여 단일화를 진전시켰다.

대선은 박 정권의 조직적 부정으로 실패했다. 총선에 백기완, 김중태를 의회에 진출시키고자 둘은 통합 신민당 운영위원이 되었다. 결과는 성공하지 못했다. 1967년 부정선거 규탄시위가 고조되자 정보부는 동백림사건을 발표하고, 학생 데모 배후로 우리 몇을 포함한 '민족주의비교연구회'(민비연) 사건을 조작하여 나는 1년 5개월간 다시 구속되었다.

나는 3심을 거쳐 다시 고법으로 환송된 재판에서 무죄를 받고 나왔다. 민비연 사건 때 황성모 교수와 이종율, 박범진, 박지동 등은 동아, 조선 신문사 기자여서 저명 변호사를 선임했는데, 학생 출신인 김중태, 현승일, 나는 변호사 선임을 못 하자 백 선생이 적극 주선해서 그 변호사에게 우리 변호도 의뢰했다. 출감 뒤 백 선생을 만났더니 장준하 선생이 우리 변호사 선임에 많이 애썼다고 해서 장 선생을 만났다.

그 뒤 백 선생과 우리는 장 선생을 자주 만났고, 박 정권이 3선개헌을 추진하자 그 선두에 선 윤·장 선생을 도와 3선개헌 반대운동에 가담했다. 4·19, 6·3 학생운동 출신의 청년 조직도 나왔다. 백 선생은 직접 가담은 안 했지만 한동학, 안병달, 이원범, 박정훈, 조홍규 등 가까운 선배 동지들을 적극 참여케 했다. 백 선생이 직접 가담을 안 한 것은 출신 대학이 없는 것도 한 이유일지모른다. 장 선생은 "박정희는 (삼성의 한비밀수사건) 밀수 왕초다"라는 연설로 투옥되어 옥중출마로 당선돼 국회의원이었으나, 박 정권의 영구 독재 종신집권으로 가는 길을 막기엔 당시 야당이 너무 안이하다고 판단하고 윤보선과 함께 적극 선명투쟁 전열을 다시 짜야 한다고 신당운동을 시작했다. 백 선생을 포함하여 우리는 적극 가담해 '민주통일국민회의'(대표 유정기 교수)를 추진했는데, 해위 측근에 파고든 정보부의 공작으로 윤·장 사이에 간극이 생겨 무산됐다.

　　장·백 선생과 우리는 투쟁의 새로운 길을 개척해야 했다. 장 선생은 '사상사' 간판으로 출판운동을 재개했다. 백 선생은 '백범사상연구소'를 만들고 민주화의 알갱이를 통일로 채우는 운동을 시작했다. 그 아래 또래인 우리는 '민족학교'란 '지성의 유격전'을 시작했다. 사실 우리는 '진지가 없었으니 시간 장소 방법을 자유롭게 선택할 투쟁 형태'로 이름 붙인 것이다.

　　서울·대구·춘천 등지에서 강연회를 개최했다. 최혜성, 유광언, 유무한, 정성헌, 허현, 허술, 최열, 이덕림, 장주효, 김도현 등이 사람을 모으고 연락하고 앞장섰다. 함석헌, 장준하, 신상초, 백기완, 김지하 등이 연사로 나섰다. 백 선생은 백범과 같은 황해도 출신으로 개인적으로도 인연이 있어, 어릴 때 백범을 만나 '백기완 군 기념 踏雪野中去不須胡亂行 今日我行跡遂作後人程 대한민국 20년 4월 29일'이라 쓴 휘호를 받기도 했고, 해방 정국에서 백범이 분단을 막기 위해 혈투한 것을 강조했다.

나는 허술(전 월간마당, 월간조선 편집장)과 함께 국립중앙도서관에 보관된 해방 직후 수년간의 신문을 뒤져 백범의 연설 성명 등을 카메라로 찍었다. 이를 판독해 옮겨 써서『백범어록』을 출판했다. 백 선생이 서문을 썼다. 임정의『도왜실기』도 재출간했다(그 직후 박 대통령 부인 저격사건이 일어나 뭔가 참(讖) 같은 것을 느꼈다).

백범의 항일독립운동은 널리 알려진 바이지만, 해방 정국에서의 역할에 대하여는 분단 반대 통일정부 투쟁의 연장선에서 목숨을 잃은 사실로 해서 잘 알려지지 않았다. 백 선생은 백범의 분단 반대 통일운동을 더욱 중요하게 평가하고 우리 통일운동의 출발점으로 삼아야 한다는 열정에 차 있었다. 그러나 백범이 미소의 분단 점령과 미군의 남한 진주가 미국의 새로운 세계전략이라는 인식에 불철저했고, 따라서 신탁 반대과정에 외세를 이용하는 전략을 놓침으로 항일세력의 단합과 통일 중앙정부의 수립 기회를 잃은 한계를, 백 선생은 뼈아프게 지적했다.

항일 시가를 모은『항일민족시집』을 허현(전 한국일보 이사)이 중심이 되어 출간했다. 책을 잘 만들기로 하고 표지는 한지로, 책 제목 글씨는 석보상절체 집자, 서문은 함석헌, 해제는 김지하, 후기는 필자가 썼다.《앎과 함》이란 이름의 문고(신문 한 장인 46판

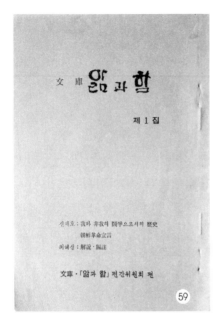

文　庫 **앎과 함**

제 1 집

신채호 : 我와 非我의 鬪爭으로서의 歷史
朝鮮革命宣言

최혜성 : 解說 · 編註

文庫 · 「앎과 함」 편간위원회 편

⑤⑨

문고 《앎과 함》 제1집

32면에, 삼성에서 낸 문고보다 낮은 가격인 정가 50원)로 민족민
주운동의 교과서가 될 저작의 핵심을 소개하여 출간했다.

　신채호의 『아(我)와 비아(非我)의 투쟁으로서의 역사』(최
근 나온 『이순신을 찾아서』의 저자 최원식은 "문고 《앎과 함》의
신채호 『조선혁명선언』에 깨우침을 받았다"고 썼다), 본 회퍼
(Dietrich Bonhoeffer)의 『무엇을 따르고 무엇에 저항할 것인가?』,
E. 프롬(Erich Seligmann Fromm)의 『혁명적 인간상』, F. 파펜하
임(Fritz Pappenheim)의 『현대인의 소외』, H. 소로우(Henry David
Thoreau)의 『시민불복종』, F. 파농(Frantz Fanon)의 『검은 피부 흰
가면』, M. 루터 킹(Martin Luther King)의 『자유를 향한 대전진』, 김
구의 『법정투쟁 신문기록』, N. 촘스키(Noam Chomsky)의 『지식인

의 책임』, S. 베이유(Simone Weil)의 『뿌리의 파괴』, T.멘데(Tibor Mende)의 『경제협력과 경제원조』를 골랐다.

그 뒤 필자의 주소지인 대구에 화다출판사를 등록하고 이신범 역 『미국노동운동사』 등을 출간했다. 정말 힘든 일은 책을 만들면 이걸 현금으로 회수하는 일이고 서울이나 지방에 집회를 잡으면 대학 등에 가서 알리고 선전하는 일인데, 유광언, 윤무한 등이 많은 헌신적 수고를 했다. 이 모든 과정에 백 선생의 지도가 있었다. (1983년부터는 백기완 선생의 맏딸 백원담이 출판사를 맡아 문익환의 시집 『꿈을 비는 마음』과 양성우의 시집 『겨울공화국』, 통일문제연구소의 『해방의 노래 통일의 노래』, 『상황통신』 등을 출간해 나갔다.)

박 정권은 1971년 극적인 7·4 남북공동성명을 발표했다. 박 정권은 친일 전력에 쿠데타로 집권하고 한일협정과 월남 파병을 강행한 독재정권이지만, 남북관계에서 새로운 전기가 될 수 있는 계기가 나온 만큼 주체적으로 이를 활용할 노력을 하지 않을 수 없게 된 것이다.

백 선생은 강력히 장 선생께 이를 건의했다. 장 선생은 《씨알의 소리》에 「민족주의자의 길」을 발표하고, 동지 주최로 통일 문제 집담회를 개최했다. 천관우, 김동길, 선우휘, 양호민, 장준하, 백기완, 최혜성 등이 참여하고 함석헌, 김도현이 주제 발표를 했다. 7·4 성명은 반년이 못 가 남북 양쪽에서 배신당했지만, 주체적으로 활용해보자는 노력을 시도하지 않을 수는 없었던 것이다.

1973년 12월 26일 명동 대성빌딩에서 열린 민족학교 〈항일

민족문학의 밤〉에는 심우성 사회로 신동문, 장호경, 백두진, 신경림, 이추림, 황석영, 박태순, 박용숙, 강태열, 이호철, 조해일, 송영, 신상웅, 조태일, 최민, 김희로, 신기선 등 일류의 민족문학인들이 낭독자로 나섰다. 함석헌, 백기완, 염무웅 선생이 강연을 했다. (이 대성빌딩에서는 그보다 앞선 1970년 11월 13일에도 강연회를 열던 중, 평화시장 청년 노동자 전태일의 분신 소식을 듣고 당황과 참괴를 느낀 기억이 새롭다.)

더 역사적인 것은 장준하 선생이 개헌청원 백만인서명운동 선언 유인물을 이 자리에서 처음으로 발표하고 배포한 것이다. 동아일보의 이부영, 조선일보의 신홍범 기자가 크게 보도했다. 놀란 당국은 이듬해 1월 8일 소위 긴급조치 1호를 발동하여 개헌이란 말을 하는 것마저 전면 금지했다. 그리고 1월 15일에는 장준하 백기완 두 분을 구속했다. 개헌청원운동은 말이 청원이지 박 정권과의 생사를 건 건곤일척의 투쟁이었다.

나는 그 전 해에 변호사 선임을 주선해준 고마움에 백부로부터 '일주명창'(一炷明窓)이라는 글귀를 받아서 백 선생과 친한 유명 서예가 김창환 선생께 글씨를 부탁해 장 선생께 선물로 드렸었다. 그런데 긴급조치 중 장 선생이 취재 온 《크리스찬사이언스 모니터》 기자로부터 "개헌 청원을 계속할 것인가?"라는 질문을 받고, 이 글씨를 가리키면서 "'촛불 심지 하나가 창을 밝히고 있다'라고 후배들이 써서 주었으니 내가 그 불을 끌 수 없지 않소"라고 말씀한 것이 '개헌운동을 계속하겠다'는 행위가 되어 긴급조치를 위반한 게 되었다는 것이다. 사실 긴급조치 시행 뒤에는 집안에 감금되어 나갈 수 없으니 긴급조치를 위반하려고 해도 할 수 없었던 것이다. 최근 미국 대사관과 국무성 사이의 전문 기록을 보니 이 기자의 얘기가 실려 있었다.

1975년 8월 17일 장 선생이 약사봉 계곡에서 추락사로 위작된 참변을 맞으셨다. 우리는 공황에 빠졌다. 백 선생은 통곡 속에서 헤어나오지 못했다고 두고두고 말씀한다. 그 뒤 알다시피 백 선생은 통일 진보 노동 농민 빈민운동과 시 노래 연극 등, 운동 부문과 방법을 전 분야로 확대하며 오늘에 이르렀다.

10·26 뒤 필자는 박 정권 기간 동안 원에 맺힌 외국 구경을 나갔다가 5·18을 외국에서 맞고 집에 전화를 했더니, 처로부터 한양대 병원에 10·26 뒤 통대선거(통일주체국민회의 간접선거로 치른 대통령선거) 반대와 계엄 해제를 요구한 YWCA (위장 결혼식) 사건으로 고문을 당해 초주검이 되신 백 선생을 만나고 온 얘기를 들었다. 백 선생은 당신 사정을 잠시 잊은 듯 필자에게는 절대 들어오지 말라고 신신당부하더란 것이다.

그 뒤 온몸으로 언제 어디나 통일 민주 민중을 위해 투쟁의 길에 나선 백 선생 곁에 필자는 있지 못했다. 사실 1965년부터 1975년까지 내가 구속된 기간을 빼고는 거의 아침부터 저녁까지 날마다 함께였지 않았나 싶다. 대포도 많이 했다. 댁이 회현동 남산 올라가는 골목이어서 통금이 있던 당시엔 늦으면 시간 묻지 않고 혼자 또는 함께 있던 친구들과 백 선생 댁으로 쳐들어갔다. 회현동 골목에 있는 5~6평짜리 방 한간씩 올린 2층집에 장모님과 내외분, 자녀들이 살았는데, 나와 친구들은 체면도 그 댁 사정도 가리지 않았다.

백 선생은 새벽이면 찬물을 한 동이 뒤집어쓰고 남산에 축구하러 가곤 했다. 술 마실 때는 와이셔츠 윗주머니의 그날 몫(초등학교 교직에 계신 배구선수 출신 키가 큰 부인이 챙겨드린)으로 해결이 안 되면 친구들 신세를 지거나, 필자의 친구 등 취직한 후배들이 우리를 구출하러 왔다. 백 선생과 김지하는 일류 가객이다. "아아 으악새 슬피 우니 가을인가"를 골목에서까지 부를 때도 있었다. 그땐 입가심이라고 마지막에 맥주를 찾았다. 술집이 안 되면 가게 사과궤짝에 앉아 마셨다.

백 선생 친구를 여러 분 만났다. 대개는 체격이 좋고 이름보다는 배추, 벽돌, 당태, 누깔 등등 별명으로 불리는 분이 많았다. 유명한 정신과의사 김광일, 민속학자 심우성, 시인 신동문, 이추림, 신기선, 황명걸, 평론가 이철범, 민병산, 구중서, 김태선, 고인한, 한기찬, 김인길, 정종관, 황이현 등 그 외 사업을 하거나 거리를 휘젓던 분, 순 술꾼으로만 날린 분도 좀 있다. 역할은 술 잘 마시는 분, 계산 잘하는 분, 돈은 안 내지만 어떤 상황에서도 술값 해결하는 분.

신상초, 선우휘, 부완혁 같은 분의 술자리 신세도 졌다. 이분들은 박람강기이고 호탕한 쾌남아였다. 해위 선생과 함석헌 선생 댁, 장 선생 사무실과 댁을 자주 갔다. 언제인가 8·15 날 장 선생이 연행되어 종일 원효로 함 선생 댁에서 분노로 하루를 보낸 적도 있었다. 백 선생은 1967년경 충무로 입구에 백범사상연구소를 내고 충무로 입구 카페 데아트르(화가 권옥연의 부인인 연극인 이병복이 경영)에서 친구들과 우리를 만났다.

장 선생 따라 좀 그럴듯한 집에서 마시기도 했는데, 그 집주인이 통일 때까지는 술값을 안 받겠다고 했대서 우리는 이것을 기정사실로 믿고 마구 마셔댔다. 계훈제 선생은 베이지색 저고리에 흰 고무신을 신고 나와서 긴급할 때 밥값을 냈다. 장 선생과 함께 가는 등산길은 배기열, 이철우, 전대열, 윤철이 자주 함께였다. 남사당 연구로 유명짜한 심우성은 우리와 어울린 뒤 학생운동 후배들에게 탈춤 등을 전해주었다. 학생운동을 중심으로 우리 운동에 민족문화의 옷을 입힌 계기가 되어 운동의 양상과 내용에 획기적 변화를 가져왔다고 생각한다.

그때 같이 어울렸던 우리 친구들과 후배들로는 김중태(얼마 뒤 미국으로 갔다), 이원범, 박재일, 김지하, 최혜성, 유광언, 정성헌, 허현, 허술, 최열, 박세웅, 조용무, 우학명, 김영길, 장주효, 박정훈, 조홍규, 이영철 등이 있었다. 나는 서울 문리대, 유광언은 고대, 이영철은 연대, 이렇게 해서 그 대학 친구들을 많이 만났다.

1970년대 후반쯤인가 백 선생 친구 방동규가 유럽에서 돌아와 가담하고 동아일보 광고사태로 신문사를 나온 이부영 장윤환 등도 합류하고, 이부영은 특히 장 선생과 매우 가까워지고 자주 어울렸다. 그때 우리는 백 선생을 백 당수(자유대중당을 창당한 적이 있다), 백형(伯兄), 형님 등으로 불렀고, 친구들은 백 당수나 도끼란 별명으로도 불렀다. 저녁이면 백 선생의 쥐락펴락하는 장산곶매 얘기에 빠지기도 했다. 그때 이미 『백기완 수상록』이란 책을 냈고 그 무렵 『항일민족론』을 냈는데, 시는 쓰지 않은 것으로 알았다.

가끔 남산도서관에 자리를 잡고 한 달쯤 혼자 책을 읽기도 했다. 하루는 백 선생이 "내가 갱년기가 왔다. 너희들도 내 이름 뒤에 선생을 붙여라" 하고 주문했는데 잘 지켜지지는 않았다. 백 선생은 늘 맏형님이었다. 우리 집 백형과도 허물없이 지냈다. 백 선생 아버님 백홍렬 옹은 가끔 상미다방에 따로 나와 우리들과 팔씨름도 하고 "너희들 기완이와 놀지 말아라" 하고 당부하는데, 이유는 고기를 잘 안 사온다고 말씀한 것으로 기억된다. 대단히 호쾌한 분이었고, 휘문을 나와 백두진 등과 동기로 동아일보 기자를 잠시 했다. 자기는 독립운동을 해야 했는데 술을 마시고 싶어서 못 했고 사람과 다투기 싫어 자연과 싸우는 광산을 했다고 하고, 남과 다툴 때는 화해술 마실 돈을 준비해야 한다고 말씀하셨다. 본인은 언젠가 친구들이 싸움 뒤 화해술값이 없다고 해서 외투를 벗어 술집에 잡혀주었다고 했다.

그때는 한일협정, 3선개헌, 유신 등 박 정권에 대한 비판 반대투쟁이 생활이었던 셈이다. 연결되지 못했던 통일 문화 노동 농민 빈민운동과의 연대에 백 선생은 깊이 고뇌했고, 전통적 관념론 유물론 말고 1960년대 유럽의 반체제운동 비판철학 마르쿠제(Herbert Marcuse) 신좌파 사조에 깊은 관심을 가졌다. 장 선생이 통일문제에 매우 적극적이 되고 《씨알의 소리》에 여운형 재평가, 신탁문제 재평가를 말한 것은 백 선생과의 교류와 대화가 관련이 깊지 않나, 내 혼자 생각이다. 이 문제를 나는 직접 알지는 못한다.

1979년 한길사에서 나온 『해방전후사의 인식·1』에 백 선생은 「김구의 사상과 행동의 재조명」을 쓰고, 나는 「이승만 노선의 재검토」를 썼다. 백 선생은 백범의 단정 반대를 높이 평가하면서도 신탁문제 대처에서 2가지 관점의 문제를 지적했다. 즉 탁치가 "분단이 아닌 전 한반도에 대한 위임통치"라는 점과, 이승만이 분단 수용의 과정에서 독립운동세력의 잠식 흡수의 계기로 탁치 반대를 선점하고 있는 사실에 대한 인식의 불철저, 그로써 "외세를 배척하는 또 하나의 방법으로 외세를 이용하는 전략을 버린 셈이 되었다"는 것을 지적했다. 모르긴 해도 해방 정국의 가장 중요한 문제인 탁치 대처에서 백 선생의 이 관점은 우리 민족의 운명에 가장 결정적이었던 점을 지적한, 당시로서는 가장 명쾌한 통찰이 아닌가 싶다.

1987년 민중후보로 대통령에 출마했을 때, 선거운동을 돕던 김용태 민예총(민족예술단체총연합) 사무총장이 KBS 방송선거연설에 비용이 필요한데 돈이 없으면 예금통장이라도 맡겨야 한다고 나에게 급한 연락이 와서 농사 짓는 장인이 추수한 예금통장을 빌려준 적이 있다. 민주화추진협의회의 《민주통신》 주간을 하던 나는 야권후보 단일화를 위해 조금 거들었지만 실패했다. 사실 모두가 야권단일화를 말은 했지만, 정직하게 말해 백 선생 말고는 실제 노력한 사람은 아무도 없었다. 운동권을 포함하여 종교계까지 두 김의 원심력에 모두 빨려들어갔고, 연대 또는 연립정부안이나 정책도, 조직도 구상 준비한 사람은 없었다.

여러 평가가 있겠지만 1987년 6·29 뒤 민중민주운동 세력이 독자세력으로 성장하지 못한 데는 양 김의 원심력뿐 아니라, 운동권의 권력 조급증과 양 김에의 자진 투항이 큰 이유가 아닐까. 장 선생이 비명에 가시지 않았다면 한국사의 전개는 오늘과는 다르지 않았을까. 여기에 백 선생의 한이 있지 않을까 생각이 든다. 장 선생이 반박(反朴)운동의 중심으로 독특한 위상을 갖는 것은 무외(無畏)의 용기와 함께 종교인 지식인 원로를 포용 동원할 수 있는 인격에 있었고, 이것이 박 정권이 이분을 반드시 배제해야 할 이유였던바, 장 선생의 동력에는 백 선생이 늘상 불을 지폈다.

백 선생이 민중운동에 전념한 기간, 나는 백 선생님을 가까이 모시기에 소홀했던 죄책에 가슴 아프다. 한편 추억담에 술 얘기가 자주 있어 민망하다. 결례이지만 사실이었다. 아마도 신분·계급·생각의 존재 구속으로부터 자유지대로 가는 매개체였을까?

또 수많은 일이 있었는데, 5·16 뒤 박정희와 팔씨름 담판, 자유대중당, 백 선생의 중형과 백형 이야기, 학생자진녹화대 등등 기억이 가물거린다. 1964년 이래 1987년 6·29까지 시도 때도 없이 기관에 불려가거나 끌려가서 추궁을 받아 기억과 기록을 안 가지기로 굳게 작정을 한 탓인지 모르겠다. 기억이 있으면 정말 힘들다. 정직하게 말하자면, 죄송하지만 나는 백 선생의 생각, 논리, 감성적 표현, 투쟁의 깊이와 넓이 그 전체상에 짐작이 못 미치고 있다.

오매불망 자나깨나 통일, 그리운 어머니, 그리고 노나메기 세상을 그리시고 그를 위해 싸우셨는데. 다음 세상은 싸움은 끝나고 누리는 세상일까? 저 대륙을 맘껏 달려 나가며 신나게 노래하고 춤추는. 나도 멀지 않아 가겠지만.

내가 아는 백기완 선생

김종철—전 동아자유언론수호투쟁위원회 위원장

백기완 선생의 이름을 내가 처음으로 알게 된 것은 1974년이었다. 당시 나는 동아일보사에서 기자로 일하고 있었다. 그해 봄 백 선생은 민족·민주·민중운동 진영의 선배, 동지들과 함께 '유신 헌법 철폐 백만인서명운동'을 주도했다. 그것은 서슬이 퍼렇게 군사독재정치를 일삼고 있던 박정희 정권에 대한 정면 도전이었다.

백 선생이 목숨을 걸다시피 하고 그런 싸움을 벌이게 되기까지 어떤 삶의 길을 걸어왔는지를 간략히 살펴보겠다.

그는 1932년 1월 24일 황해도 은율군 장련면 동부면에서 아버지 백홍렬 님과 어머니 홍억재 님의 4남 2녀 중 셋째로 태어났다. 장련면의 유지이던 할아버지 백태주 님은 1919년 3월 독립

혁명 당시 태극기 수천 장을 제작해 주민들에게 배포하는 등 적극적으로 활약을 펼쳤다. 그는 1922년에 장련농민공제회의 초대 회장으로 선임되었고, 이듬해에는 조선민립대학 설립기성회 장련지부에도 참여했다.

아버지 백홍렬 님은 일제 강점기 말에 동아일보와 조선일보 기자로 일하면서, 1923년과 1934년에 삼남 지방에 극심한 수해가 터졌을 때 의연금을 기부하는가 하면 가난한 이웃을 열심히 도왔다. 할아버지 백태주 님은 해방을 몇 해 앞둔 시기에, 독립군에 자금을 기부한 사실이 일본 경찰에 발각되어 투옥된 뒤 모진 고문을 당해 옥사하고 말았다. 할아버지의 죽음으로 가세가 급격히 기울자 소년 백기완은 1942년 소학교(지금의 초등학교) 4학년을 중퇴했다. 그 뒤 그는 1950년 6·25 한국전쟁이 터지자 소년병으로 참전했다.

휴전 이후인 1954년부터 백기완 청년은 농민운동 등 다양한 사회 활동을 하면서 앞으로 펼치게 될 민족·민주운동의 기본기를 익힐 수 있었다고 한다.

그가 본격적으로 재야 정치 활동을 시작한 것은 박정희 독재 정권 시기였다. 그는 1964년에 함석헌·변영태·계훈제 선생 등과 함께 한일협정 반대투쟁을 벌였다. 그리고 선배인 장준하 선생과 함께 백범사상연구소를 설립하고 '민족학교 운동'을 이끌었다.

백기완 선생의 혹독한 수난은 1974년에 닥쳐왔다. 그는 동지들과 함께 '유신헌법 철폐 백만인서명운동'을 전개하다가 긴급조치 1호 위반 혐의로 구속되어 12년형을 선고받았다. 그는 이듬해에 형집행정지로 석방되었으나 고생은 거기서 그치지 않았다. 1979년에는 'YWCA 위장 결혼식 사건'으로, 1986년에는 '부천서 성고문 폭로대회'를 주도한 혐의로 다시 옥살이를 해야만 했다.

내가 백기완 선생을 비롯한 재야의 어르신들을 모시고 일하게 된 것은 1985년 3월 29일 민주통일민중운동연합(민통련)이 창립된 때부터였다. 민주화운동권의 '양 날개'이던 민중민주운동협의회와 민주통일국민회의가 통합해서 한국 현대사상 가장 크고 강력한 조직을 결성했던 것이다. 의장은 문익환 목사, 부의장은 계훈제 선생과 김승훈 신부가 맡으셨다. 나는 대변인으로 일하다가 나중에 사무처장 직책을 겸하기도 했다.

민통련은 처음부터 전두환 정권에 맞서 치열한 투쟁을 하기 시작했다. 그해 4월 12일에는 전두환을 미국으로 초청한 로널드 레이건 행정부를 규탄하는 성명서를 발표했다는 이유로 이창복 사무처장이 경찰에 연행되어 구류 처분을 받았다. 4월혁명 25주년 기념일인 4월 19일에는 서울 강북구 수유리의 4·19 묘소에서 민통련, 민청련(민주화운동청년연합) 등 여러 단체가 기념식을 거행했는데, 시민과 학생 1만여 명이 행사를 마친 뒤 거리로 나서 전두환 군사독재정권 퇴진을 요구하면서 시위를 벌였다. 당시 문익환, 강희남 목사와 계훈제, 백기완 선생 등이 대열의 맨 앞에 서서 "전두환은 물러나라"고 외치던 모습이 지금도 선연하게 떠오른다.

평소 '직접 참여하고 주도하는 정치'를 목표로 하고 있었음이 분명한 백기완 선생은 1987년의 6월항쟁 이후 열린 제13대 대통령선거에 '재야 운동권의 독자후보'로 출마하여 양 김씨의 단일화를 중재하다 실패하고 결국 사퇴하고 말았고, 이어 진보 진영의 독자적 정치세력화에 목표를 두고 제14대 대통령선거에도 출마하여 완주했지만 투표 결과 5위로 낙선하고 말았다.

한국의 정치사를 보면, 1956년 제3대 대통령선거에 진보당의 조봉암 대표가 출사표를 냈다가 낙선한 뒤 백기완 선생이 처음으로 진보 진영의 독자 후보로 나선 것이었다. 결과는 1퍼센트 남짓의 득표에 그쳤지만, 그의 선거운동본부는 나중에 출현한 진보정당인 민주노동당의 모태가 되었다는 평가를 받기도 했다.

〈나무위키〉에는 그 이후 백기완 선생의 행보가 다음과 같이 기록되어 있다.

…2000년대 들어서도 비정규직·해고 노동자들의 전국 투쟁현장을 비롯해 이라크 파병 반대운동, 한미자유무역협정 (FTA) 반대운동, 용산참사 투쟁, 밀양 송전탑 반대운동, 이명박 정권퇴진운동, 민중총궐기 등에 참여했고 다치기도 했다. 박근혜-최순실 게이트 관련 집회에 여든이 넘은 나이에도 꾸준히 참석했다. …통합진보당의 해산 반대 및 이석기 전 의원의 구속에 반대하는 운동에 적극적으로 참여하기도 하였다. 평생에 걸쳐 남북통일 문제에 많은 관심을 가져왔고 민족주의적 성격이 강한 인물이기도 했으나 위와 같은 활동은 그가 NL 계열에 속한다거나 성향이 같다기보다는 그의 민주화 운동 경력과 연관지어 생각할 수 있다. 사실 1992년

대선 때는 NL 계열의 지지를 못 받아서 별로 높은 득표를 올리지 못했다는 후일담도 있다. 당시 NL계에서 김대중 후보가 성향은 같지는 않지만 일단 당선 가능성은 그나마 높기는 하니, 김대중 후보를 비판적 지지를 했기 때문이었고, 그러다보니 득표를 많이 가져가지는 못했다. 기본적으로 NL-PD 식의 1980년대 운동권 분류에는 들어맞지 않는 인물이다.

나는 동아일보 기자로 일하던 1970년대 초에 이런저런 인연으로 백기완 선생을 더러 만날 수 있었다. 주로 서울대 문리대 출신의 박지동, 이부영 기자(동아일보 근무)가 그분과 술을 마시던 자리였다. 희미하게나마 50여 년 전의 기억을 떠올리면 절로 웃음이 나지만, 당황했던 '사건들'도 머릿속을 맴돈다.

지금 되돌아보면 백 선생은 호주가는 아니었던 것 같다. 벗들이나 후배들이 좋아서 술자리에 자주 참여했음이 분명했다. 그분은 분위기가 무르익으면 독재자 박정희를 가차 없이 비판하면서 진정한 민주·민족·민중 정권을 수립해야 한다고 역설했다.

그런 자리에 거의 빠짐없이 참여하던 백 선생의 친구가 있었다. 성함은 방동규인데, 벗들은 그를 '배추' 또는 '방배추'라고 불렀다. 종로구 혜화동의 경신고등학교를 나왔다는 그분은 기골이 장대해서 '어깨'라고 불렸지만 아주 다정다감한 성품이었다. 그런데 어쩐 셈인지 백 선생 앞에서는 새색시처럼 얌전했다. 수시로 듣곤 하던 비분강개의 열변에 아주 익숙해져서 그랬던 것일까? 백 선생이 작고하셔서 종로구 원남동의 서울대 병원에 빈소가 차려졌을 때, 방 선생은 밤낮을 가리지 않고 문상객들을 맞이하셨다.

백기완 선생은 슬하에 1남 3녀를 두셨다. 맏딸의 이름은 '원담'(성공회대 교수)이고 아들은 '일'이다. 두 이름 모두 '으뜸'이 되라는 뜻인 듯하다. 두 분이 아버님의 유지를 이어받아 민주화와 통일의 길로 매진하기를 기원한다.

내 청춘의 눈을 뜨게 해준
백기완 선생님

김학민 — 전 경기문화재단 이사장

내가 백기완 선생을 알게 된 것은 대학 시절이었다. 좀 더 정확히 말한다면, 백 선생과 20대의 내가 무슨 교유가 있었던 것은 아니고, 가끔 신문 지상이나 시사 월간지에서 백 선생이 쓰신 글을 읽거나, 명동의 대성빌딩 강당에서 열린 시국강연회에서 백 선생의 강연을 들어 그분의 이름을 익히 알고 있었다는 이야기이다.

　1973년 10월, 서울대학교 문리대, 법대, 상대에서 유신체제하 최초의 반 유신독재 시위가 벌어지자, 유신 선포 후 1년여 동안 숨죽이고 있었던 전국의 대학가에서도 잇달아 시위가 일어났다. 박정희 정권은 대학생들의 전국적인 시위를 경찰력을 동원해 진압하는 한편, 조기 방학으로 그 위기를 모면하려 했다.

　그러자 서울대, 연세대, 경북대, 전남대, 부산대, 성균관대,

이화여대, 서강대 등의 학생운동권은 방학 동안에 전국의 대학을 연계하여 신학기에 동시다발적으로 시위를 벌이려는 계획으로 동분서주했다. 당시 나도 연세대 재학생으로 이 움직임에 관련되었고, 이것이 1974년 4월 박정희 정권에 의해 내란음모로 조작, 침소봉대된 민청학련(전국민주청년학생총연맹) 사건의 실체였다.

1973년 12월 24일, 함석헌·천관우·계훈제·홍남순·김수환·장준하·백기완 등 재야인사들은 '개헌 청원 백만인 서명운동'을 벌이기로 선언, 열흘 만에 30만 명의 서명을 받았다. 이에 당황한 박정희 정권은 1974년 1월 8일을 기해 유신헌법을 부정·반대·왜곡 또는 비방하는 일체의 행위 및 헌법의 개폐를 주장·발의·제안 또는 청원하는 일체의 행위를 금지하는 '대통령 긴급조치 1호'를 발포했다.

긴급조치 1호 위반 첫 사건의 '영광스러운' 주인공은 일제하에서 중국에서 광복군에 투신했고, 8·15 해방으로 귀국한 후에는 《사상계》 주간과 국회의원을 역임한 장준하 선생, 그리고 약관 42세의 통일운동가이자 백범사상연구소 소장인 백기완 선생 두 분이었다.

당시 백기완 선생의 변호인이었던 한승헌 변호사에 의하면, 두 사람은 긴급조치 1호가 발포된 지 5일 만인 1월 13일에 중앙정보부로 연행 구속되어, 그달 25일에 기소, 31일에 첫 공판, 바로 그 다음 날인 2월 1일 선고, 이런 식의 초고속으로 1심 재판이 끝났다고 한다.

그러함에도 불구하고 두 사람은 중앙정보부 수사관과 군 검

위: 1974년, 백기완 선생 42세. 긴급조치 1호 위반으로 장준하 선생과 함께 군사재판을 받았다.
아래: 1975년, '2·15 석방조치'로 영등포교도소에서 석방되었다. 긴급조치 9호로 같은 감옥에 수감되었던 고영하 씨, 그리고 부인 김정숙 여사와 함께 반가움을 나누었다.

찰에게 자신들의 개헌 청원운동에 대하여 당당하게 소신을 밝혀 나갔다. 더구나 그 운동은 긴급조치 1호가 발포된 1월 8일 이전의 일이었기 때문에 정작 공소사실에는 포함할 수조차 없었다. 결국 중정과 검찰은 궁여지책을 고안해내 두 분이 "개헌이란 '개' 자만 말해도 잡혀가게 되어 있으니, 이런 놈의 나라가 어디 있느냐?"(장준하)라든가, "이런 조치는 대통령이 더 오래 해먹겠다는 이야기니 나는 15년 징역을 살고 나오면 '백기완 옹'이 되겠구나"(백기완) 등의 말로 대통령 긴급조치를 비방했다며 범죄사실로 적시했으니, 희극이 따로 없었다.

백기완 선생이 구속된 지 3개월도 지나지 않은 4월 3일, 나도 긴급조치 1, 4호 위반 및 내란음모 혐의로 구속되었다. 나는 처음엔 중앙정보부에서 조사를 받다가 보안사 서빙고분실로 이관되어 죽지 않을 만큼의 구타가 곁들인 수사를 받은 후, 군 검찰을 거쳐 꼭두각시 장군들이 주재하는 군법회의에서 재판을 받았다.

　'북괴의 조종을 받아 전국의 대학생들을 선동, 폭력혁명을 일으켜 정부를 전복하려 한 반국가단체'라는 민청학련에 가담한 죄로 내가 받은 형량은 징역 15년이었다. 춘삼월을 갓 넘긴 1974년 4월, 약관의 나이에 '삼복에 개 끌리듯 끌려와' 15년 징역의 대역 죄인이 되었으니, 나는 청춘을 고스란히 감옥에 바치고 나서야 1989년 4월 불혹의 나이에 바깥세상을 보게 될 것이었다.

　중앙정보부는 내가 구속된 사실을 우리 집에 통지하지도 않았다. 내가 감옥에 갇혀 있다는 사실을 부모님이 안 것은 거의 한 달이 지나서였다. 집행유예로 출소하는 미결수에게 어렵게 부탁하여, 그 사람이 약국을 경영하는 누나에게 내가 감옥에 갇혀 있다는 것을 전할 수 있었다. 구속 중에는 물론 형이 확정되기까지 면회는 당연히 금지되었고, 서신 왕래, 도서나 영치금, 집필도 전혀 허용되지 않았다.

감방에는 교도소에서 준 신약성서가 유일한 책이었다. 나는 이 신약을 앞에서부터 읽기도 하고, 뒤에서부터 읽기도 하여 20여 번을 통독했다. 또 시간이 나는 대로 양말을 풀어 꼰 실에 매듭을 만들고, 이 매듭에 교도소에서 화장지라고 지급한 마분지를 밥풀로 이겨 붙여 묵주를 만들었다. 십자가는 대나무 젓가락을 분질러 양말 실로 단단히 묶었다. 웬일인지 교도관들은 묵주 만드는 것은 그냥 놔두었다.

허수아비 군법회의의 재판관인 장군들은 20대 초반의 대학생들과 옳으니 그르니 다투기가 창피했는지, 공판 내내 눈을 감고 조는 체하고 있다가 피고인석에서 큰 소리가 나면 화들짝 놀라 자세를 바로 하곤 했다. 중앙정보부의 수사 내용이 그대로 군 검찰의 공소장이 되고, 군 검찰의 공소장이 토씨 하나 안 바뀐 채 그대로 판결문이 되었다. 항소심 격인 비상고등군법회의도 마찬가지였다.

나는 사법체계 안에서 나를 방어하고 변호하기를 포기했다. 항소심 선고가 있었던 날의 풍경이다. 헌병이 재판관 입장 때 기립을 명하자 피고인 모두가 일어나 애국가를 합창했다. 결국 나를 포함한 피고인들이 법정에서 강제로 끌려 나온 후 궐석재판에서 항소를 기각당했다. 10월 4일 항소기각 후 일단 상고하였으나, 사법적 정의가 우리를 지켜주지 못한다는 것에 절망한 나는 10월 21일에 15년이라는 장기형을 선고받고도 상고를 취하했다.

서울 서대문구 현저동에 있던 서울구치소가 경기도 의왕으로 옮겨가기 전에는, 1심 확정까지는 서울구치소에 수감하고, 항소하면 안양교도소로 이감을 갔다. 그리고 안양교도소에서 항소나 상고가 기각되어 형이 확정되면 다시 전국의 교도소로 이감을 보낸다. 그러나 안양교도소에는 사형장이 없어서 사형수는 '편의상' 서울구치소에 놓아둔다. 군대로 치면 서울구치소는 신병훈련소이고, 안양교도소는 보충대이고, 전국의 교도소는 자대인 격이다.

나도 안양교도소를 거쳐 영등포교도소로 이감을 갔다. 11월 3일 아침, 나와 박형규 목사, 김지하 시인, 서울대생 유홍준, 백영서 등 10명이 안양교도소행 호송 버스를 탔다. 온몸은 오랏줄로 꽁꽁 묶이었고 버스 창은 철망으로 가리어져 있었지만, 오랜만에 보는 세상 풍경이 신기했다. 영등포교도소에는 긴급조치 1호위반의 백기완 선생과 김동완 목사, 고영하 등 연대 의대생들이먼저 와 자리 잡고 있었다.

교도소도 사람이 사는 사회다. 그러나 '교도소 사람들'은 두 부류로 나뉜다. 이름이 있는 자와 숫자가 이름인 자, 머리카락이 긴 자와 머리를 박박 깎인 자이다. 감시하고 부리는 자는 이름으로 불리고, 감시당하고 부림을 당하는 자는 숫자로 불린다. 나도 서울구치소에서는 262번, 안양교도소에서는 1389번, 영등포교도소에서는 522번으로 불렸다. 숫자로 불리는 자는 잠자고 생활하는 곳도 숫자로 표시된다. 2사 1방, 2사 징벌 1방, 3사 1방, 5동상 5방이 내가 영등포교도소에서 3개월 살며 거친 감방들이다.

영국의 철학자 제레미 벤담은 프랑스 혁명 때 국민의회에 '감옥 개혁안'을 제안했다. 그가 고안해낸 파놉티콘(Panopticon)은 소수의 감시자가 쉽게 다수의 죄수를 감시할 수 있는 원형 형태의 감옥이다. 이 파놉티콘을 참고하여 수십 개의 감방을 갖춘 몇 동의 사동을 부챗살처럼 배치하고, 그 부챗살 사동들이 모이는 지점에 전체 보안을 총괄하는 지휘부가 설치되는 오늘날의 감옥 건축양식이 태어났다.

프랑스의 철학자 미셸 푸코의 저서 『감시와 처벌』은 감옥의 역사를 빌려 파놉티콘의 아이디어를 발전시킨 '현대식 감옥'의 탄생과 '국가의 시민 감시 기제'를 다룬 책이다. 일본 제국주의자들이 건축한 서대문형무소(서울구치소)는 '파놉티콘 양식'을 따라 지어졌지만, 해방 후에 지어진 영등포교도소는 개개 사동이나 공장을 여기저기 제멋대로 배치했다.

영등포교도소의 기결수는 대개 교도소 내 공장에 가서 일한다. 법무부가 쓰는 문서용지나 작은 책자 등을 인쇄하는 인쇄공장, 사무용구 등을 만드는 목공장이 있었고, 공장에서 일하지 못하는 수인들은 종일 감방 안에서 조화(造花)를 만들었다. 공장에서 일하면 몇 푼 안 되는 일당도 주었지만, 돈보다는 잠시라도 감방 문밖을 나올 수 있어서 좋았다.

가장 인기가 있었던 곳은 목공장이었고, 조화 만드는 작업은 좁은 감방 안에서 종일 앉아 일하기 때문에 싫어했다. 김지하 시인도 한때 인쇄공장에서 일했다. 그는 1975년 석방 직후 이때의 체험을「지옥 1」이라는 시로 지어 발표했다.

내가 있었던 감방에서도 조화를 만들었다. 조화는 민간업자가 교도소의 수인들에게 생산량에 따라 몇 푼을 주고 위탁 생산하는 시스템이었다. 나에게 작업을 강요하지는 않았지만, 일하는 사람들 틈에 끼어 독서를 하는 등 혼자만 딴청을 보이기가 '거시기해' 하루 몇 시간은 다른 사람들의 조화 작업을 도왔다.

인쇄공장에서 일하는 기결수들은 자투리 종이로 메모장이나 작은 노트를 만들기도 했다. 나도 어렵사리 그들에게서 작은 노트를 얻어 구속되어 영등포교도소에 오기까지를 일지로 정리해 놓았는데, 이 노트 때문에 지금도 45년 전 영등포교도소의 기억을 생생하게 되살릴 수 있다. 나쁜 일에도 좋은 일은 있는 법이다.

우리나라의 '3대 구라'로 백(기완) 구라, 방(배추) 구라, 황(석영) 구라를 꼽는다. 박학다식, 고담준론의 입담으로 치면 김지하 시인도 어느 구라에 못지않았다. 그 시절 유홍준의 입담도 구라의 반열에 오를 만했다. 영등포교도소 한곳에 백기완 선생, 김지하 시인, 유홍준이 모였으니, 이들과 함께하는 자리에서는 그야말로 고담이 동서를 넘나들고 준론이 고금을 오르내렸다.

교도소 측은 우리가 사식을 신청하면 식당에서 함께 먹을 수 있도록 허용했기 때문에 우리는 그 재미로 1주일에 한 번 정도 사식을 시켜 모였다. 1975년 4월 김지하 시인이 재구속되었을 때 검찰이 집요하게 물고 늘어졌던 '장일담'의 시작(詩作) 메모도 이때 사식을 먹는 자리에서 이야기했던 내용이다.

김지하 시인이 '구라'를 독차지하면, 이를 참다못한 백기완 선생이 "지하야, 나도 이야기 좀 하자!"고 한 소리 던지는 것이 그때의 풍경이었다. 한정된 시간에 혼자만이 얘기를 독점해서는 안 된다는 부드러운 '경고'였다. 내용을 모두 다 기억하지는 못하지만, 그때 백기완 선생이 꿰뚫어 들려준 우리 문화, 우리 민족에 대한 화두는 이후 내 인생관과 세계관을 형성하고 키워가는 기틀이 되었다.

　　영등포교도소에서 백기완 선생께서 던져주신 화두로 눈을 뜬 나는 1975년 2월 감옥에서 나온 후 백범사상연구소를 드나들며 백기완·심우성 선생, 장윤환·최혜성 선배를 만나 내용을 채워갔다. 어언 70의 중반을 향해 가는 지금, 나를 키운 8할이 그 시절 영등포교도소에서 백기완 선생과 함께 한 그 '구라의 향연'이었음을 믿어 의심치 않는다. 그리울진저, 백기완 선생이여, 내 청춘의 시절이여!

이미 고인이 된
어릴 적 동무를 그리며

방동규—전 노느메기 농장 대표

6, 70년 전 생각을 더듬어 하려니 연도도 아물거리고, 생각의 순서도 뒤죽박죽되는 듯싶다. 고 백기완 선생은 사자후를 내뿜는 혁명가로서 그의 투쟁사는 만인이 다 잘 아는바, 내가 고인과의 관계를 이야기하려는 것은 그와 나만 아는, 타인에게는 잘 알려져 있지 않은 그와의 개인적인 일들을 회고하고자 함이다. 물론 많은 일들이 있었지만, 그중에 생각이 떠오르는 일들만 몇 가지 적어보려 한다.

내 나이 19살, 전국으로 이름을 떨치며 주먹으로 날리던 소년 시절이었다. 지금의 중학교 3년, 고등학교 3년제가 그 당시에는 중학 6년제였다. 나는 어릴 적부터 제도에 얽매이는 것을 못 견뎌서 중고등학교 6년 동안 학교를 5곳이나 전전했던, 천하의 재기불능 불량학생이었다. 그래도 단 한 번도 낙제(유급)를 한 적이 없고, 매 학급마다 반에서 20등 안엔 내 이름이 오르곤 했다. 그런 이유에서인지 주위엔 공부벌레들이 나를 아끼고 에워싸 주었다. 그중에 큰 뜻을 품은 수재 학생들 중 누군가가 기완이를 소개해주었다.

어느 날 기완이를 만났다.

기완: "니가 그 방배추냐?"

배추: "그렇다."

기완: "한 번 싸우면 몇 명이나 때려잡니?"

배추: "한 열 명은…."

느닷없이 눈에 불을 켜더니 내 뺨을 갈기는 것이었다.

기완: "이 새끼야! 사내자식이 주먹을 쏠라치면 3천만(그 당시 남북 동포가 합쳐 3천만이었음)이 울고 웃고 하는 것이지, 열 명이 무엇이간? 재수없어! 이 새끼 동무 안 한다!"

대한민국에서 내 따귀를 때릴 놈이 있었던가? 하도 어이가 없어 그냥 집으로 왔다.

그 후 일주일 동안 잠을 잘 수가 없었다. 사나이 주먹! 3천만 동포! 일주일 내내 내 가슴속을 후벼 파고들었다. '옳다! 기완이 니가 옳다! 다시 찾아가자!'

그 후 기완이를 찾았다.

배추: "니 말이 옳다! 우리 동무하자!"

그때부터 두 손을 맞잡고 동무를 하기로 했다.

우리 둘은 생각, 양심, 행동이 항상 같았다. 동무요, 동지요, 스승이요 이렇게 뭉쳐졌다. 내 나이 19살, 그는 21살. 그러나 두 살 턱을 넘어 야!자! 하는 동무가 되었다.

그 후 우리들은 후암동의 백기완이 가정교사로 있던 집에 자주 모여 이승만과 미국, 친일파와 그 집단들에 대한 비판에 열렬했다. 그러나 현실적인 것은 우리들의 배고픔이었다. 어느 날인가 이추림(시인), 뒤에 모 대학 학장을 역임한 이동우, 백기완, 나 넷이서 돼지고기 한 근씩 4덩어리를 사와 삶고는 왕소금에 찍어 먹기로 했다.

나 빼고는 지금은 다 고인이 됐지만, 그들은 자기 몫 한 근에 1/3 정도를 먹고는 더 이상 먹지를 못했다. 나만 내 몫 한 근을 다 먹고, 그들이 남긴 돼지고기를 모조리 다 먹어치워 그로부터 실질적 대식가란 것이 증명되었다.

나와 여러 동무들은 같이 모여 많은 일들(나무심기, 산에 송충이 잡기, 농촌계몽운동, 사회 정화운동 등등)을 하다 부산에 일거리가 생겨 서울을 떠나게 되었다.

기완이는 약관의 나이(20대 초반)에도 불구하고 여러 곳에 초대되어 시국 강연을 하고 다닐 때였다. 어느 초등학교 여선생이 기완이의 강연을 빠지지 않고 찾아다니며 경청을 했다. 주위의 친구들이 기완이에게 유난히 관심을 표하는 그 여선생과 기완이를 엮어주려 노력들을 했다. 어찌하다 만남이 주선되었다. 그 여선생은 배고파하던 기완이에게 짜장면과 탕수육을 대접하곤 했던 기억이 난다.

여선생을 만나고 온 후 우리들에게 이렇게 말했다. "난생 처음 탕수육을 먹어봤다!"

기완이도 그 여선생에게 애정을 느끼고 사랑하게 되었다. 그러나 기완이는 사랑 고백의 방법을 몰라 고민이 극심하였다. 벌써 세상을 하직한 고인환이란 친구가 사랑 고백하는 방법을 강의하기 시작했다. 결론은 남산(그 당시 남산 공원은 아주 한적하였다) 숲속으로 유인해 덮어놓고 입 맞추고 덮치기를 하라는 가르침이었다.

이성 교제에 숙맥이었던 기완이는 어느 날 맘을 굳게 먹고 그 여선생을 만나러 나갔다. 그리고는 다음 날 난리가 났다.

기완: (고인환을 향해) "야! 인마! 네가 하라는 대로 했다가 귀 싸대기를 맞고 절교 통지를 받았다! 이제 난 억하면 좋네?!"

기완이의 고민은 컸다. 주위의 친구들이 여선생을 찾아가 여러 모로 설득을 해 다시 재회하게 되었다. 적극적인 만남이 계속되면서 결국 둘은 결혼을 하게 되었고, 1남 3녀의 다복한 가정을 이룬 그 어여쁘고 멋쟁이 여선생이 지금의 기완이 아내 김정숙 여사이다.

몇 년이 지났다. 수배령이 내려서 도피할 때, 기완이가 원효로에서 신혼생활을 하고 있어서 그곳으로 피신처를 정하고 근 6개월간이나 도피 생활을 한 적이 있다.

내 나이 20대 후반쯤 됐을 때이다. 아침이면 김정숙 여사는 학교로 출근을 하고, 기완이도 어딘가로 나가고, 기완이의 하나뿐인 여동생 백인순이도 어딘가로 나가고 나와 기완이의 부친 백홍렬 옹과 첫딸인 원담이와 세 식구만 남게 된다. 어쩔 수 없이 원담이의 돌보미가 된 셈이다.

무척 울어대던 기억이 난다. 업어주면 끝이고, 내려놓으면 울고, 어려서부터 성격이 대단했다. 우유 먹이고 기저귀 갈아주고, 그러고 나면 점심이다. 하루 세끼 먹을 수 있게 된 것만으로도 행운인 것이다.

그때만 해도 담배가 골초였고 술도 고래로 먹었다. 세끼 백홍렬 어른과 맞상을 하게 되는데, 그 어른은 매끼 반주로 소주 한 잔씩을 하였고 식후엔 담배를 피우곤 하셨다.

술 담배를 참느라 고통이 만만치 않았다. 참다 참다 잔꾀를 내기 시작했고, 그 눈치를 챈 백홍렬 아버님은 관대히 대인다운 아량을 배풀어주셨다.

나의 잔꾀.

배추: "아이고 배야! 갑자기 배가 아파요!"

백홍렬 아버지: "웬일이니?"

배추: "원래 횟배가 있어서요. 밥만 먹고 나면 심하게 도지네요."

한참을 쳐다보시던 백홍렬 아버지께서

백홍렬 아버지: "횟배엔 권련이 약이다."

그러면서 담배 한 까치를 뽑아주셨다.

배추: "담배가 약이라구요? 그럼 물이 있어야 약을 먹지요!"

백홍렬 아버지: "자식."

그는 라이터를 꺼내 담뱃불을 붙여주셨다. 황송해서 돌아앉아 담배를 피웠더니….

백홍렬 아버지: "인마! 담배를 어른 앞에서 피우는 건 안 되

지만 약 먹는 건 괜찮다.

누가 돌아앉아 약을 먹냐? 그냥 마주앉아 먹거라."

배추: "그래도 될까요?"

백홍렬 아버지: "그럼."

그 후 나는 백홍렬 아버지와 맞담배질을 하게 되었고, 반주 술도 맞잔을 들게 되었다. 무료한 시간을 보내던 나와 백홍렬 아버지는 아주 가까운 친구가 되었다.

하루는 백홍렬 아버지의 말씀이: "OK! 부자지간에 맞술에 맞담배는 하기가 껄끄러우니, 담배 술 할 때만은 형이라고 하거라."

그렇게 허락을 하신 후 술이 들어가 거해지면 나는 "형님! 횟배가 도지는데요!" 하면서 여러 달을 친구처럼 지냈다.

몇 년이 지난 어느 날, 그리 지내던 분의 부고를 듣고 한걸음에 뛰어갔다. 그 자리엔 김영삼, 김대중 선생, 문익환 목사 등 여러 사회적 거물들이 이미 조문 와 있었다.

술 한잔을 올리고 "형님! 형님! 어찌 된 일입니까?!" 목 놓아 우는 나를 "야! 인마!" 하며 언짢은 얼굴로 내려다보던 기완이의 얼굴이 지금도 생생하다. 백홍렬 아버님과 허물없이 지내던 그 때가, 형님이라 불렀던 그때가 오늘 따라 더 그립다.

강원도 철원에 사시는 어느 독지가의 도움으로 강원도 신철원 우름산(명성산)에 붙어 있는 아리랑 고개 9만 평의 땅을 기증받았다. 공동체 농장을 운영하는 것이 나의 오랜 꿈이었다.

농장을 운영하기 위해 경남 구룡포 산골에 들어가 남의 집

2006년 4월, 옛 노느메기 농장 터에서. 사진은 왼쪽부터 김호규, 양규현(현 백기완노나메기재단 상임이사), 김정숙 여사, 백기완 선생, 김홍우.

머슴을 하며 농사일을 배우고 있었다. 기완이의 관심도 적극적이어서 여기저기 뛰어다니며 노력한 끝에 묘목으로 밤나무 400주, 호두나무 200주를 얻게 되어 농장 가꾸기가 시작되었다. 나를 따르는 청년들과 함께 매일매일 황소같이 황무지를 개간하여 과실수를 심었다.

나의 뜻을 이해한 매제(고 왕진현)가 오동나무 묘목 5천 주를 기증해 농장 틀이 제법 자리를 잡아갔다. 그곳을 몇 차례 찾아와 뜻을 같이하려는 여인(지금의 아내 이신자)이 생겨 40에 결혼을 하게 되었다. 산중에서 첫 딸 방그레를 낳았고, 그 후 둘째 딸 방시레가 태어났다.

농장의 이름은 '노느메기 밭'이라 지었다. 노느메기란 잔치

후에 음식을 골고루 나누어 먹는 우리 고유의 옛 풍습이었다. 일을 많이 하건 적게 하건, 지위가 높건 낮건, 사람 수대로 평등하게 분배하던 우리네 옛 풍습이다.

노느메기 밭 일꾼들 네 명(나, 아내, 두 청년)은 아무런 규칙이 없었다. 일하고 싶으면 일하고, 힘들면 쉬고, 자발적이고 자급적인 생활이었다. 내 생에 가장 보람된 꿈을 이루어가던 중이었다. 노느메기 밭을 찾아와 돕기도 하고 휴식을 취하러 오기도 하던 많은 사람들 중에는 돌아가신 함석헌 선생님도 계셨다.

어느 늦은 가을 만삭이 된 아내와 같이 산부인과 진찰을 하기 위해 어머니가 계신 서울집으로 갔다. 도착하자마자 점심을 먹으려는데, 갑자기 문을 박차고 검은 잠바를 입은 두 사람이 권총을 들이대는 것이었다.

난 강도인 줄 알고 "인마! 털 데가 없어 이 가난뱅이 집을 터냐?"고 했더니, 그는 속주머니에서 신분증을 꺼내 코앞에 들이대며 "대공분실에서 왔다"고 했다. 영문도 모른 채 체포되어 대구 경북 대공분실로 압송되었다. 대구까지 가는 동안 내내 눈을 가리고 수갑이 채워져 있어 어디로 가는지도 모르고 끌려간 것이다.

나에게 가한 끔찍한 일들은 차마 글로 표현할 수가 없다. 나중엔 만삭이 된 아내까지 대구로 끌려와 조사를 받았다. 보름간이나 지독한 고문 끝에 서울 서대문구치소로 이감되었다.

나의 죄명은 김일성과 내통했다는 간첩 혐의였다. 기완이를 대통령으로 옹립하기 위해 모의를 하고, 정부를 전복할 계획으로 무기를 수집하여 노느메기 농장 어딘가 땅속에 감추고, 김일

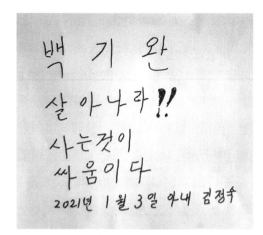

성과 직접 무전으로 지시를 받고 있다는 혐의였다.

　나는 3사하1방에 수감되었다. 맞은편 감방동 2층에서 소지(기결수로서 청소와 배식을 담당하는 죄수)를 통해 기완이에게서 통지가 왔다. 내일 아침을 먹은 후 뒷간에서 창틀로 2층 복도를 보고 있으란 통보다. 이날이 기완이가 형이 확정되어 기결수 감옥으로 이감하는 날이다. 복도 창살로 기완이의 얼굴이 비치었다. 너무 반가워 왈칵 목이 메었다.

　기완이의 짧은 첫마디는 "야! 배추야 기죽지 마! 기죽지 마!"하는 말이었다. 기완이가 나에게 "역사가 우릴 보고 있다, 기죽지 말자!"고 자주 했던 말이다. 장준하 선생이 이감 간 다음날, 기완이도 나에게 이 짧은 말 한마디만 남기고 이감을 갔다.

얼마 전 성균관대학에서 고 김창숙 선생을 기리는 심산상 수여식이 있었다. 병원에 입원 중인 기완이는 본인 수상식에 올 수도 없는 상태고, 코로나19로 인해 병문안도 안 되는 상황이라 답답하고 근황이 궁금하던 차였다.

그날 저녁 기완이와 통화를 하게 되었다. 말은 못 해도 들을 수는 있다고 하면서 전화를 건네주었다. '자! 이제 무슨 말을 할 것인가….' 눈물이 쏟아져 엉엉 울기만 했다.

"야 인마!" "야 기완아!" "야 인마!" 한 30분간이나 엉엉 울다가 전화를 끊었다. 영원히 떠나는 마당에 무슨 말을 할 것인가…. 이것이 기완이와의 마지막 통화였다.

기완이가 떠나기 며칠 전, 아내 김정숙 여사가 남편에게 보내는 짧은 편지를 읽은 적이 있다.

'사는 것이 싸우는 것이다!'

백기완의 처 김정숙! 과연 부창부수다! 그렇다! 열심히 살자! 사는 것이 싸우는 것이다!

다 같이 더불어 잘 사는 새로운 세상이 올 때까지 열심히 살자!

백기완 선생, 백기완 선배

백낙청 —《창작과비평》 창간인, 전 서울대 교수

나는 백기완 선생을 뵈면 '선배님'이라 부르곤 했다. 주위에선 거의 일제히 '백 선생님'이었고 나도 충분히 그렇게 모시는 마음가짐이었지만, 같은 백가끼리 약간 어색한 면도 없지 않았다. 그렇다고 형님이라 부를 만큼 살가운 사이는 못 되었다.

정작 그를 선배님이라 부르는 사람은 그리 많지 않다. 생각해보면 의외랄 것도 없는 것이, 그는 황해도 은율에서 초등학교를 마치고 월남한 이후 내내 독학으로 공부했으니 학교 선후배가 없는 게 당연했고, 훌륭한 시를 썼지만 '등단'했을 무렵에는 문단의 선배에 해당하는 문인들 상당수도 이미 그를 선생님으로 부르고 있었다. 그는 다른 예술활동이나 사회활동, 정치 등 어느 분야에서든 언제나 독자적으로 활동했고, 소수의 친구들

빼고는 지지자와 추종자가 있을 뿐 후배랄 사람이 없었다.

그러고 보면 '선배님'이라는 호칭이 친구도 추종자도 아닌 내 처지에 꼭 맞는 것이었다는 느낌도 든다. 나는 많은 일에 그를 지지하고 따르기는 하면서도 추종자가 되기에는 선생의 행동가적 열정을 따라갈 엄두가 나지 않았다. 게다가 독재시대에《창작과비평》을 지키려는 조심성과 대학에서 파면되었다가 복귀한 이후로는 국민이 되찾아준 교수직에 충실하려는 마음, 나아가 분단체제론이라든가 변혁적 중도주의론처럼 가두투쟁이나 정치현장에 별로 쓸모가 없는 개념을 지어내려는 내 나름의 노력 등으로 백기완 선생의 여러 투쟁에 내심 동조하면서도 거리를 둘 때가 많았다.

이런 나의 태도가 못마땅하거나 서운할 수도 있었을 법한데 선생은 늘 나를 따뜻한 선배의 태도로 대해주었다. 한번은, 그때가 1980년대의 급진적 분위기 속에서 평단의 후배들이 나를 소시민적 민족주의자로 몰아붙일 때였는지 아니면 1990년대 들어와서 '문단 권력'으로 한창 몰릴 때였는지 기억이 잘 안 나지만, 그가 다소 걱정스러운 낯으로 "혹시 백 교수도 권위의식에 물든 것 아니오?"라고 물은 적이 있다. 나는 선배에 대한 기본적 신뢰가 있기 때문에 잡담 제하고, "그럴 리가 있겠습니까"라고 잘라 말했다. 그것으로 선배는 안심하는 기색이었고 더는 그런 이야기가 없었다.

그에게서 따뜻한 선배의 정을 새삼 느낀 때가 근년에도 있었다. 몇 해 전 나는 아내를 잃었는데, 초상 치르고 한 달이 채 안 되었을 무렵 선생이 백 교수를 그냥 놔둬선 안 된다면서 몇 사람을 불러 모으셨다. 한승헌 변호사, 김중배 선생, 명진 스님 등이 인사동 '두레' 식당의 그 자리에 나오셨던 것 같다. 주로 세상 이야기나 직전에 명진 스님이 조계종에서 승적을 박탈당한 사태 이야기를 했는데, 식사가 끝날 즈음 선생이 이런 말을 하시는 것이었다. "내가 백 교수 밥 먹는 걸 유심히 지켜봤는데 이것저것 잘 먹는 걸 보고 안심했다."

그런 알뜰한 보살핌에 비해 정작 내 쪽에서는 데면데면했다고 고백할 수밖에 없다. 이제는 완전히 노인이 된 선배가 추운 겨울에 길거리에 나앉아 싸우실 때 곁에 있지 못한 것도 미안하지만, 그의 건강이 나빠져 입원도 하고 수술까지 받으실 적에도 한번 찾아가지 못한 채 중간에 있는 사람을 통해 쾌유를 비는 뜻을 전하는 것이 고작이었다.

선생과 가장 자주 만나고 여러 활동을 함께한 것은 1970년대 후반이었을 것이다. 나는 1972년에 미국에서 늦깎이 박사학위를 받고 귀국한 후 1974년 초부터 유신헌법 반대운동에 본격적으로 나섰는데, 선생은 장준하 선생과 함께 최초의 긴급조치 구속자가 되어 운동 현장에서 격리되어 있었다. 그러다가 그가 석방되고 나는 해직교수가 된 상태로 집회나 행사장에서 자주 만났다.

특히 1975년인가 김지하 석방운동을 겸해 자유실천문인협의회가 주최한 시 낭송회 〈민족문학의 밤〉에서 선생이 최영희 여사(민청학련사건 미석방자 중 한 사람인 이현배 씨의 부인)와 함께 낭송한 「비나리」는 그날 저녁의 절정이었다고 기억한다. 훗날 선생이 창작한 「묏비나리」, 「갯비나리」 같은 명작의 시초가 된 작품이기도 했을 것이다.

선생은 시뿐 아니라 소설도 썼고 웅변가였으며, 무엇보다 이야기꾼으로서는 전문 공연예술가 급이었다. 이를 두고 그의 다재다능함을 개인의 뛰어남으로만 칭송하는 이도 있지만, 나는 여기서 좀 달리 생각할 면이 있다고 본다.

원래 민중의 삶 속에서는 춤과 노래, 놀이와 일, 이야기, 그림 따위가 분리되어 있지 않았지만, 근대에 와서 나처럼 제도교육을 많이 받은 사람은 특별한 재주가 없는 한 전공 분야 말고는 할 줄 아는 게 드물었다. 특히 6·25 전쟁을 겪은 세대는 학교 수업이나 나아가 미술학원·음악학원을 통해 '여기'(餘技)로서나마 예술의 실기 능력을 갖추는 일이 드물었다.

옛날에는 선비들도 경전 공부 외에 시·서·화 삼재(三才)를 두루 익힌 것에 비해서도 분명한 퇴보이다. 반면에 백기완 선생처럼 민중의 삶에 뿌리가 든든하고 이를 계속 가꾸어온 분은 근대의 기준으로는 자연스레 '다재다능'의 이름을 얻게 되었을 터이다.

12·12 이후 이른바 YWCA 위장결혼식 사건 때는 선생과 내가 중부경찰서에 함께 연행되어 며칠을 지내다가, 나는 석방되었지만 선생은 보안사로 옮겨가 이루 말할 수 없는 혹독한 고문을 받은 것은 알려진 사실이다. 나중에 풀려나 건강을 어렵사리 회복하셨는데, 재기하자마자 선생은 무슨 투쟁이 있을 때마다 앞장섰고 80대 노인이 된 뒤에도 줄곧 그런 삶을 사셨다. 반면에 나는 위에 언급한 구실을 들어 그의 투쟁 현장에 나타나는 일이

많지 않았다.

　그럼에도 선생은 시종 선배로서 나를 따뜻하게 대해주었는데, 어쩌면 그 배경에 또 다른 이유가 있었는지 모르겠다. 그것은 나만의 기억인데, 그게 선생과 관련된 실화이기도 한지는 선생이 생전에 누구한테 말씀하시지 않았다면 이제는 확인할 길이 없다. 선생 쪽에서 내게 먼저 말씀하신 적이 없고, 내가 그런 이야기를 꺼내 여쭤볼 처지도 아니었다.

　어쨌든 기억 속의 만남은 6·25 전쟁이 휴전으로 끝나 일반인들의 서울 환도가 허용된 이후부터 내가 미국에서 열리는 세계 고등학생 대회에 한국 대표로 떠나기 전 사이의 일이니 1953년, 54년 무렵이었을 것이다. 그때 우리 집이 지금은 서울백병원의 주차장 모퉁이 위치의 일본식 가옥이었는데, 어느 날 생면부지의 한 청년이 찾아와서 나를 불러냈다. 허름한 옷차림에, 머리칼은 군인들의 반듯한 상고머리보다는 길지만 대학생처럼 제대로 기른 머리도 아니었다.

　나를 불러내 대문과 현관 사이의 좁은 공간에 세워둔 채 한동안 열변을 토하다 갔고, 이후로도 한참 만에 한 번씩 나타났다가 또 홀연히 사라지곤 하는 것이었다. 그 무렵 내가 학교 밖에까지 알려졌다면 영어웅변대회라는 데 나가 두어 차례 일등을 한 적이 있었기 때문일 텐데, 아마 그가 나를 찾아온 계기도 그래서가 아니었을까 짐작했다. 그러나 그는 자기가 누구며 왜 찾아왔는지에 대한 설명은 없이 곧바로 자신의 주장을 펼치곤 했다.

　당시 중학교에서는 쉬는 시간을 틈타 선배들이 교실에 들어와 '설교'라는 것을 하곤 했는데, 주로 학교에 대한 자부심과 선배에 대한 예절 같은 것을 주입하는 시간이었다. (나는 1·4 후퇴 때 대구로 피난 가서 여러 다른 학교의 학생들이 함께 다닌 '서울피난연합중학교'와 '연합고등학교'에서 수업했기 때문에 선배들의 그런 교화를 받은 것은 2학년 초로 끝이었다.) 청년이 나를 찾아와 타이르는 게 딱 그 모양새였지만, '설교'의 내용은 전혀 차원이 달랐다. 일개 학교의 전통이나 기율 따위가 아닌 국가와 민족의 장래, 자라나는 세대의 책임 등이 주제였다.

그런 방문을 간헐적으로 받다가 나의 출국으로 더는 기회가 없어졌는데, 1955년에 잠시 귀국했다가 곧바로 미국 유학길에 올라 5년을 가족이나 고국 친구들과 완전히 단절되어 살았으니 나중에 귀국해서도 도미 전에 있었던 일들은 거의가 아득한 전생 일처럼 멀어져 있었다.

1970년대에 백기완 선생을 만나면서 나는 그때 나를 찾아왔던 청년이 그가 아닐까 하는 생각을 문득문득 하곤 했다. 그때는 체구도 오히려 빈약한 편이고 차림새도 허름했지만, 어딘가 옛날의 그 모습이 연상되는 바 없지 않았다. 게다가 그 청년은 언젠가 자신이 백범 김구 선생 장례식 때 어린 나이로 연설을 했다고 말한 적도 있다. 무엇보다도 백기완 선생이 아니고는 어느 누구가 안면도 없는 고등학생을 불쑥 찾아와 그런 설교를 했을 것인가!

하지만 그것이 나만의 기억인지, 선생과도 공유하는 기억인지는 끝내 확인하지 못했다. 다만 선생이 나를 대해주는 태도에는 시종 선배의 특별한 따뜻함이 있었다. 아무튼 거의 60년 전에 이름도 모르는 청년이 역설하던 나라 사랑·겨레 사랑과 정의에

대한 열정이 내 마음 한구석에 자리잡아 백기완 선생의 명복을
비는 마음을 배가하고 있는지도 모르겠다.

밑바닥 끝까지 산화한 일생

1970년대의 백기완 선생을 중심으로

염무웅 — 문학평론가, 국립한국문학관 관장

4년 전 이맘때였다. 막 도착한 《대산문화》(2017년 겨울호)를 뒤적이다 백원담 교수의 글이 눈에 들어왔다. 아버지 백기완 선생에 대한 회고담이었는데, 못 읽은 분들이 많을 테니 글의 첫 대목을 다음에 옮긴다.

> 올해 설날 일이다. 오래전 잡힌 일정으로 독일에 머물고 있었다. 베를린 자유대학의 대학원 수업에 이어 괴테 대학에서 '아시아에서 노동과 결혼의 이주' 관련 국제회의로 프랑크푸르트에 있을 때, 마침 설 명절을 맞아 전화로 문안 인사를 대신했다.
> "아버님 찾아뵙지 못해 죄송합니다. 새해에도 건강하세요."

그러나 말이 끝나기 무섭게 터져 나오는 호통소리.

"썩어 문드러진 정권을 온힘으로 메쳐야 할 중차대한 시기에 어딜 외국에 나가? 엄중한 때 투쟁 현장을 떠나 있는 것도 역사적 반역이야!"

지금 다시 읽어도 호통치는 백 선생과 쩔쩔매는 딸의 모습이 그림처럼 떠오른다. 반세기 넘도록 한결같은 자세로 살아온 백 선생의 반응이 존경스러운 거야 당연하지만, 그러면서도 이 대목에서는 숙연해지기보다 먼저 웃음이 나왔다. 그러나 웃음에 뒤이어 백 선생의 일관되게 강렬한 삶의 자세를 달리 해석할 수도 있겠다는 깨달음이 번뜩 들었다. 그 말을 하기 전에 우선 그 무렵, 내가 페이스북에 위의 백원담 교수 회고담을 인용한 뒤 썼던 글을 아래에 인용부호 없이 조금 되풀이한다.

오래전의 일이다. 1970년 연말이 가까운 이맘때였을 것이다. 당시 나는 신구문화사라는 출판사 한구석에서 간신히 《창작과비평》 명맥을 지키고 있었고, 어쩌다 이호철·한남철·조태일·방영웅·황석영 등 가까운 문인들이 나타나야 분위기에 활기가 돌곤했다. 잡지의 창간자요 기획자인 백낙청 교수는 논문 완성을 위해 미국에 머물고 있을 때였다.

그런데 어느 날 갑자기 백기완 선생이 숨을 씩씩거리며 쿵쾅쿵쾅 사무실로 올라오더니 소리치는 것이었다. (예전에 여관이었던 2층 건물을 사서 출판사로 쓰고 있었는데, 그 건물의 삐걱거리는 목제계단을 올라오면 오른쪽 구석에 창비 사무실이 있었다.)

"이호철이 이놈 어디 있어? 어이 염무웅, 호철이 어딨냐구!"

백 선생이 나를 알고 있었던가. 내가 어디서 일하고 있고 이호철 같은 분들이 드나든다는 것을 알기에 백 선생이 찾아온 것 아닌가. 그러고 보면 나는 1970년경에 이미 백기완 선생께 인사를 드린 모양이다. 하지만 언제 어떤 경위로 인사를 나누었는지 기억이 없다. 아마 당시 친하게 지내던 시인 김지하를 통해서가 아니었을까 막연히 짐작한다. 이렇게 짐작하는 까닭은 김지하의 한일회담 반대투쟁 동지이던 김도현이 당시 '민족학교' 대표로 있으면서 백 선생을 도와 백범사상연구소 설립에도 관여했기 때문이다.

그런데 그날 백 선생이 이호철 씨를 찾은 까닭은 다름 아니라 일본 작가 미시마 유키오(三島由紀夫) 때문이었다. 미시마는 소설가로서도 유명하지만 극우 선동가로도 악명을 떨치고 있었다. 이 사람은 1970년 11월 25일 일본 재무장과 자위대 궐기를 선동하는 연설을 하고 할복자살을 했는데, 노벨문학상 후보에도 오르던 유명 작가의 죽음이라 국제적으로도 적지 않은 센세이션을 일으켰다.

그 무렵 신문을 검색해보니, 이틀 뒤인 11월 27일자 《경향신문》 문화면이 이 사건을 제법 크게 다루면서 각계의 인사들로부터 의견을 들어 기사화하고 있다. 그런데 「너무나 일본적인 작가」라는 제목 아래 이호철 씨는 "그의 할복자살이 몹시 충격적이긴 하지만, 그 같으면 능히 그럴 수 있었을 것이라고 납득이 간다. 좌파연(左派然)하는 지식인들의 속물주의에 혐오를 느끼고 반기를 든 유일한 작가가 미시마이다"라고 언급하고 있다. 백기완 선생으로서는 미시마를 변호하는 듯한 내용에 가만있을 수 없었을 것이다.

우리 주위에 호통치는 어른이 존재하는 것은 다행한 일이다. 하지만 호통이 누구에게나, 또 어느 경우에나 똑같이 받아들여지는 것은 아니다. 가령 정국이 위기에 처했을 때 외국으로 출장을 나가야 할 경우, 나가고 안 나가고 하는 건 그 밖의 다른 일들과 마찬가지로 그때그때 각자의 형편에 따라 최선의 결정을 하면 된다고 나는 생각한다. 물론 이 경우 백원담 교수에게 현장을 떠났다고 야단치는 건 객관적으로 시비를 따질 일이 아니고 아버지만이 행사할 수 있는 예외적 특권이라 할 수 있다. 그러나 백 선생의 오랜 친구인 강민 시인만 하더라도, 내가 페이스북에서 얘기한 에피소드 뒤에 "그게 백기완입니다. 나는 친구지만 늘 그를 만나면 즐겁고 두렵습니다"라는 댓글을 달았다.

오랜 친구인 강민 시인에게 백기완 선생이 '즐겁고 두려운' 존재였다면 나 같은 후배에게는 즐겁고 두렵다기보다 늘 경탄과 존경을 자아내는, 하지만 때로는 솔직히 말해 경원하고 싶은 면도 적지 않은 존재로 다가왔다. 몇 개의 장면들이 기억의 수면 위로 떠오른다.

1973년 12월 26일 오후 5시 반 서울 명동의 대성빌딩 강당. 그날 그곳에서는 민족학교 편 『항일민족시집』(사상사, 1971)의 간행을 기념하는 행사가 〈항일문학의 밤〉이란 이름으로 열리고 있었다. 내가 들어섰을 때엔 이미 강당은 가득찬 청중들로 열을 뿜고 있었다.

순서에 따라 나는 '근대문학과 항일의식'이란 제목의 강연을 했다. 엄중한 시기에 문학을 명분으로 내걸고 주최한 행사였던 만큼 내 강연은 어쩌면 대외 위장용에 가까웠을지 모른다. 그렇든 말았든 나는 『항일민족시집』에 수록된 작품을 중심으로 소박하나마 근대성과 항일 민족의식의 접점을 모색해보려는 내용의 얘기를 했다. (후에 나는 이 강연을 조금 손질해서 《씨알의소리》(1977. 1.)에 발표했고, 평론집 『민중시대의 문학』에도 수록했다.)

이어서 이추림 시인 등의 시 낭독이 있었고, 마지막으로 백기완 선생이 등장했다. 그의 강연 제목은 '우리에게 일본이란 무엇인가'였다. 나는 소문만 듣던 백 선생의 강연을 그날 처음 들었는데, 그것은 단순한 강연이 아니었다. 피 끓는 열변이고 피를 끓게 하는 웅변이었다. 목소리를 높였다 낮췄다, 긴장감을 당겼다 풀었다 능란하게 조절하면서, 어느 순간에는 연극배우가 되기도 하고 다른 순간에는 선동적인 정치가가 되기도 했다.

청중을 한 손에 쥐었다 놓았다 하는 격동의 파도에 나는 가슴이 뛰고 소름이 돋았다. 그러다가 갑자기 그는 몸을 돌려 청중석 한쪽 구석에 앉은 나를 가리키며 "염무웅 씨, 어떻게 생각해? 문인들이 이래서 되겠어!"라고 질타하듯 외쳤다. 뜻밖의 기습에 나는 당황해서 얼굴이 붉어졌고, 유유히 다시 청중을 향한 백 선생은 다른 화제로 분위기를 몰아갔다. 가히 공연예술이었다.

그런데 앞에서 '엄중한 시기에'라고 했던 그 시국은 어떤 것이었던가. 국민의 참정권을 박탈하고 박정희 개인의 종신집권을 보장한 소위 유신헌법이 선포된 것은 1972년 10월, 이 폭거에 대한 저항의 움직임이 없을 수 없었다. 바로 그 중심에 장준하 선생이 있었고, 곁에 백기완 선생이 있었다. 이 두 분이 주동이 되어 1973년 12월 24일 개헌청원운동본부가 발족했던 것이다.

당시의 신문 보도에 따르면 서울 종로2가 YMCA회관 2층 회의실에 함석헌, 백낙준, 이희승, 박두진, 백기완 등 30여 명이 모인 가운데 장준하 선생은 수십 명의 보도진 앞에서 "오늘의 모든 문제는 궁극적으로 민주주의를 완전히 회복하는 문제로 귀착된다"는 문장으로 시작하는 유인물을 읽어 내려갔다. 놀란 유신 정권은 이틀 뒤 김종필 당시 총리를 통해 텔레비전과 라디오 방송으로 "소요 선동을 엄중히 다스리겠다"는 경고를 발했다.

그러나 김종필의 까칠한 목소리가 방송을 타는 바로 그 시간에 〈항일문학의 밤〉은 뜨거운 열기를 내뿜고 있었으니, 〈항일문학의 밤〉은 다름 아니라 개헌청원운동의 대중적 선포식인 셈이었다. 그리하여 운동은 즉각적인 반응을 불러왔다. 선언 이틀 뒤에 벌써 서명자가 1만 명, 1주일 만에 10만 명을 넘어서는 기염을 토했다.

우리 문인들도 이에 호응하여 1974년 1월 7일 명동의 코스모폴리탄 다방에 모여 '문인 61인 개헌 지지선언'을 발표했고, 그러자 기다렸다는 듯이 박정희 정부는 바로 이튿날 소위 긴급조치 1호라는 걸 발동했다. 군사독재정권의 폭압과 민주시민 간의 양보 없는 싸움이 불가피한 상황으로 치닫고 있었다. 1월 16일에는 〈장준하(59)와 백기완(42)을 대통령 긴급조치 1호 위반 혐의로 구속〉이라는 제목의 기사가 신문마다 1면을 장식했다. '긴조'(긴급조치) 시대의 첫 전투였다.

1974년은 유신체제에 반대하는 민주화 투쟁이 본격적으로 불붙기 시작한 해였다. 당시까지만 하더라도 으레 대학생 데모가 선도적 역할을 했지만, 이제 언론·종교계·문단·학계 등 지식인 사회가 차례로 나섰고 이와 함께 노동운동과 농민운동도 활기를 띠어갔다. 10월 24일 동아·조선 기자들의 '자유언론선언'에 이어, 문인들은 11월 18일 광화문 네거리에서 '자유실천 문인 101인 선언'을 발표하고 이를 계기로 '자실'(자유실천문인협의회)로 약칭되는 상설조직을 결성했다. 오늘의 한국작가회의는 이 자실의 후신이다.

괄목할 것은 그때까지 허무와 절망감을 바탕으로 하는 탐미주의 문학에 빠져 있던 스님 출신의 고은 시인이 이 무렵 돌연히 운동에 앞장선 사실이다. 그는 동갑인 백기완 선생과 짝이 되어 이후 10여 년간 각종 저항운동을 이끌었다. 『고은 시전집 2』(민음사, 1983) 뒤에 실린 약전 연보를 보면, 그는 1977년에 "민주구국헌장 사건 주모자로 약 1개월 동안 모 기관 지하실에 유폐, 그 뒤로 송광사에 유폐 당함"이라 씌어 있고, 다른 기록에는 "3·1사건으로 전주교도소에서 1개월 단식하던 문익환 목사 출옥, 백기완 등과 거의 매일 밤 만나다"라고 적혀 있다.

그러고 보면 그 무렵 나는 백기완 선생과 함께 전남 송광사에 가서 하룻밤 자며 거기 유배된 신세로 한동안 머물던 고은 시인을 만나고 왔다. 나로서는 백 선생과의 유일한 여행으로 기억하는데, 고은 시인의 불가 사형(師兄)인 구산(九山, 1909~1983) 스님의 고요한 미소와 따뜻한 차 대접이 송광사의 호젓한 풍광과 더불어 깊은 인상으로 남아 있다. 너무나도 다른 개성의 스님 앞

1978년 5월 20일, 순천 송광사에서 고은, 백기완, 염무웅(오른쪽부터)

에 얌전히 앉아 차를 마시던 백 선생의 순치된 모습을 목격한 사람은 아마 별로 없을 것이다.

　1975년 장준하 선생이 의문의 죽음으로 돌아가신 뒤 장 선생의 젊은 시절 친구인 문익환 목사가 뒤를 이어 백기완 선생과 한 팀이 되었고, 고은 시인도 여기에 합류한 것이었다. 알다시피 문 목사는 뒤늦게 시인으로 데뷔한 성서학자였고, 백 선생도 너댓 권의 시집을 가진 시인이기도 하다. 그렇다면 문익환·백기완·고은 세 분을 꿰는 고리는 '시'가 아닐까 싶은데, 어찌 됐든 적어도 1970년대 후반부터 1980년대에 이르는 이 나라의 민주민족운동은 이 세 분의 삼두마차가 실질적으로 지도했다고 볼 수 있을 것이다. 지도의 핵심 고리 안에 시심(詩心)에 해당하는 어떤 불멸의 기운이 살고 있었던 것은 아닌지 두고두고 생각할 일이다.

세 분이 함께 만들어낸 첫 결실은 1978년 4월 24일 성공회 대강당에서 자실과 백범사상연구소 공동주최로 열린 〈민족문학의 밤〉이었다. 이 자리를 특히 귀하게 만든 분은 문익환·문동환 형제의 부친 문재린 목사였다. 알다시피 윤동주와 문익환은 북간도 명동촌에서 소학교를 같이 다닌 친구로서, 부친들 사이에도 친교가 깊었을 것이다. 따라서 문재린 목사의 참석은 민족문학의 역사적 현장이 수십 년의 세월을 건너뛰어 눈앞에 와 있다는 감명을 주었다.

어쨌든 전체 사회를 소설가 이문구가 보는 가운데 고은 시인의 개회사에 이어 풍물놀이가 판을 열었고, 김규동·민영·신경림·황명걸·조태일·정희성·강은교·송기원·이시영 등 시인들이 자기 작품을 낭송했다. 고은의 장시 〈갯비나리〉를 백기완·최영희 두 분이 힘차게 교차 낭송했고, 문익환 목사의 며느리인 가수 정은숙이 〈선구자〉를 노래하는 것으로 제1부를 마무리했다.

제2부에도 특색 있는 출연자가 많았다. 조화순 목사, 계훈제 선생, 그리고 민청학련 사건으로 유명한 김윤(시인이자 수필가인 김소운의 딸)의 시 낭송과 소리꾼 임진택의 창(唱)도 특별한 것이었지만, 박정희 정권의 대표적 노동탄압 사례인 동일방직 여성 노동자들이 출연하여 노래를 부른 것도 특기할 만한 것이었다. 문익환 목사와 성래운 교수의 시 낭송도 잊지 못할 추억

이 되었다. 제2부는 백기완 선생의 강연 '항일시에 대하여'로 마무리되었다.

이날 밤 행사는 유례없는 열기 속에 기록적인 성공을 거두었다. 예술과 운동, 문학과 종교, 민중과 지식인이 해방과 자유의 한뜻으로 한 공간에서 아름답게 결합을 이루는 데 성공한 역사적인 쾌거였다. 그런 현실적 맥락을 떠나서 보더라도 너무나 푸짐한 잔치 마당이었다. 어쩌면 그렇기 때문에 유신정권은 이 성공을 그냥 둘 수 없다고 여겼을 것이다. 행사 바로 다음 날인 4월 25일 당국은 백기완 선생을 연행했고, 27일에는 고은 시인을 잡아갔다. 자실 회원들은 즉각 항의 성명을 발표하고 고은 시인의 화곡동 자택에서 '집단 단식'이라는 초유의 투쟁을 전개했다.

4년 전 내가 페이스북에 백원담 교수의 회고담을 화두로 하여 글을 올렸을 때, 소명출판 박성모 대표가 댓글을 달았다. 나름 인상적인 내용이어서 그대로 여기 옮긴다.

저는 직접 백기완 선생님을 딱 한 번 뵌 적이 있는데… 얼추 30년 전쯤 당시 민주화운동의 후방기지쯤 되는 원주 가톨릭센타 지하 강의실에서 선생님의 초빙 특강이 있었는데… 당시는 금기였던 조기천의 서사시 『백두산』을 거의 한 시간 가까이 눈을 지그시 감고 그 긴 시를 비교적 빠른 속도로 적절하게 추임새를 넣으면서 낭송하던 기억이 놀라웠습니다. 오직 한 길만을 걸어오신 분… 존경과 경이의 분이십니다.

1978년 4월 24일, 성공회 대강당에서 열린 〈민족문학의 밤〉 행사 식순

〈민족문학의 밤〉 행사로 인해 여러 문인과 함께 백기완 선생도 구속 수감되었다. "김지하 양성우 시인을 석방하라", "고은 백기완 선생을 석방하라"는 구호가 담긴 대자보 ⓒ박용수

여기서 우선 내 눈길을 끄는 것은 백 선생의 놀라운 기억력이다. 강연을 들을 때마다 나는 그가 각종 통계 수치들까지 예시해가며 주장을 펴는 데에 감탄하곤 했다. 조기천(趙基天, 1913~1951)의 『백두산』(노동신문사, 1948)은 김일성의 항일유격투쟁을 중심 주제로 노래한 상당히 긴 장편서사시로서, 외울 엄두를 내기 힘든 작품이다. 1988년 해금 이후 남쪽에서도 은연중 많이 읽힌 시인데, 어떻게 그 장편을 외울 수 있었을까.

한 가지 짐작해볼 수 있는 것은, 단순한 암기력의 문제가 아니라 그가 소년 시절 가난 때문에 정규교육을 제대로 못 받았다는 사실과 관계가 있지 않을까 하는 점이다. 사람은 열악한 조건에 놓일수록 오히려 더욱 비상한 노력을 기울이게 되고, 그런 노력이 객관적 결핍을 극복하는 주체적 능력으로 발전할 수도 있는 법이다. 그런 점에서 나는 소년 백기완이 엄청난 노력가였을 것으로 추측한다.

다른 한편 그의 시 낭송과 대중 강연에 대해서는, 앞에서도 잠깐 얘기했지만 백 선생의 강연은 단순히 강연이라기보다 뛰어난 공연예술이다. 그는 때로는 무대 위의 배우 같기도 하고 때로는 신이 오른 무당의 경지에 이르기도 한다. 그는 어떤 내용의 단순한 전달자가 아니라 그 내용을 완벽하게 자기 안에서 소화한 다음 그것을 연단이나 무대 위에서 재창조해낼 줄 아는 예술가인 것이다. 이런 독특한 유형의 재능을 부르는 이름이 우리에게는 아직 없다. 〈나의 젊음, 나의 사랑〉(《경향신문》, 1998. 5. 4.)이라는 백 선생의 연재에 보면, 1975년 1월 16일 장준하·백기완 두 분이 구속되었을 때를 회고하는 대목에 이런 부분이 있다.

잊혀져 가는 우리 춤, 우리 굿, 우리 소리, 우리 그림, 우리의 설화를 찾아다니며 세상에 알리려고 한 나의 노력에 대한 장 선생의 부끄러운 칭송이었다.

근대화·서구화의 물결에 밀려 사라지고 잊혀가는 우리 것, 그 우리의 것에 대한 극진한 사랑이야말로 백기완 선생의 말과 행동을 움직이는 제1의 동력일 것이다. 그리고 그 점을 장준하 선생이 알아본 것이다. 일제든 미제든 제국주의에 대한 반대의 근거도 다름 아닌 '나'라고 하는, '우리'라고 하는 주체의 확립이다.

다만 나는 백 선생이 자신과 다른 성향의 순하고 부드러운 사람들에 대해 때때로 과격한 비판을 가하는 데에 동의하기 어려웠다. 가령, 이런 경우였다.

1977년이거나 78년쯤일 텐데, 백 선생을 비롯한 여러 문인들이 무슨 행사에 참석한 다음 그중 대여섯 명이 동교동인지 연남동인지 어느 동행의 집에 들어가 자리를 잡게 되었다. 어떤 경위로 그렇게 됐는지 기억에 없는데, 하여튼 동석한 정희성 시인이 자신의 근작시 한 편을 읽게 되었다. 정 시인은 주머니를 뒤적여 종이를 꺼낸 다음 특유의 차분하고 나지막한 음성으로 읽어 내려갔다. 지금도 기억나거니와 그 시는 시집 『저문 강에 삽을 씻고』(창작과비평사, 1978)에도 수록된 「어머니, 그 사슴은 어찌 되었을까요」였다.

그러자 낭독이 채 끝나기도 전에, 마치 백원담 교수의 말이 끝나기도 전에 호통이 터져 나오듯, 백 선생의 격한 비판이 정희성 시인을 향했다. 그런 순한 목소리로 이 엄중한 위기를 어떻게 돌파할 수 있겠는가. 역사의식 있는 시인이라면 더 전투적인 언어로 무장해야 되지 않겠는가. 뭐 그런 요지가 아니었던가 싶은데, 시를 읽은 정희성 시인은 낯이 흙빛으로 바뀌었고 동석한 우리도 어쩔 줄 몰랐다. 그의 비판은 뜻이 틀렸다고 할 수는 없겠지만, 모든 사람이 백 선생과 같은 용기와 치열성을 가질 수는 없다는 데 대한 배려는 분명히 부족해 보였다.

세월이 지나는 동안 나는 백 선생의 일견 무자비해 보이는 기준이 남들에게만이 아니라 자기 딸에게도 똑같이 적용될뿐더러, 어쩌면 자기 자신에게 더 철저하게 적용되어왔다는 것을 깨달았다. 그렇다면 그 무자비는 단순히 무자비가 아니다. 돌아보면 백 선생처럼 일생 동안 조금도 흔들림 없고 한 치의 양보도 없이 한 원칙을 지켜나간 인물은 찾기 힘들 것이다.

그는 묻는다. "맨바닥만 기고 살아 서럽기 그지없는 사람들, 그들을 일으키는 건 무엇일까?" 가난과 압제에 짓눌린 민중을 일으켜 세우는 힘은 어디서 나오는가를 그는 물은 것이다. 그는 대답한다. "맨바닥을 기고 사는 사람들보다 더 서러운 모습을 보여주었을 때 그때 무언가가 비로소 벌떡 일어난다는 걸 나는 몸으로 겪어본 사람이다."(『사랑도 명예도 이름도 남김없이』, 한겨레출판사, 2009)

같은 책 다른 곳에서 그는 또 이렇게 말한다.

"백기완이 너도 젊은 날이 있었드냐"고 물으면 나는 서슴없이 맞대한다.
"그렇다. 나도 내 뼈를 갈아 애나무로 삼고, 내 피땀을 뽑아

거름으로 삼으며 온통 불을 지른 젊은 한때가 있었다. 그렇다, 나는 그런 젊은 날에 마주해 요만큼도 뉘우침 따위는 안한다. 도리어 모이면 으르고 뽑아대고 뜨거운 것이 빛나던 그런 젊은 날의 눈물이 있었다, 이 새끼들아"라고 맞대하기를 머뭇대질 않는다.

그렇다. 누가 뭐라든 말았든 백기완은 그런 사람이었다.

46년 전 백범사상연구소의 추억

유명실 – 전 백범사상연구소 일꾼

한국의 독재정권 앞에 정의와 맞서며 산자의 죽음으로 맞서신 백기완 소장님!

그분을 모신 사람으로서 연구소의 옛 기억을 거슬러 올라가 보고자 한다.

46년 전 백범사상연구소는 충무로1가 신영건물 3층 건물의 2층 가운데 위치해 있었으며(그곳은 아마도 지금 퇴계로 명동입구 위치, 현 유니클로 옆으로 추측된다), 회색 시멘트 건물이 창문을 가려 빛이라고는 없는, 낮에도 전등을 켜야 하는 어두운 사무실이었다. 화려한 명동과는 전혀 어울리지 않는 어두운 모습이었다.

민청학련 사건 부모님들 모임에 내 어머님께서도 참석하시면서 이신범 씨의 소개로 1974년 겨울에 처음 연구소에 나가게 되었다. 당시 백기완 소장님은 감옥에 계셨고 연구소 근무자는 최혜성 씨와 이신범 씨, 그리고 나 이렇게 세 사람이 근무하였지만 이 분들은 상시 자유롭게 오가며 사무실을 지키셨다.

1975년 2월경 소장님과 긴급조치 위반사건 관련자 다수가 석방되어 소장님께서도 출근하시게 되었다. 언론의 자유가 없던 시절이므로 방문객이 올 때는 보안상 항상 작은 라디오를 켜고 대화해야 했는데, 라디오도 대한민국의 상황을 아는 듯 주파수가 맞질 않아 항상 지직대는 소리가 무척이나 거슬려 바로 옆에 내 책상이 있었음에도 불구하고 전혀 무슨 소린지 들리지 않았다.

사람들은 소장님께서 고문과 투옥으로 젊은 시절보다 많이 야위어지셨다며 지난날의 기골이 장대했던 모습을 떠올리곤 했지만, 출근하실 때 걷는 걸음걸이는 아래층부터 계단 밟는 소리가 크게 들리고 목소리도 우렁차며 빛나는 눈빛은 오직 나라와 민초들의 삶을 걱정하시는 강한 불꽃같은 존재이셨다. 그 불꽃처럼 빛나는 눈빛에 날아가는 새들도 주저할 것만 같은 모습이셨다.

언젠가 소장님께 "머리가 헝클어지셨어요" 하고 말씀 드리자 "야 이 녀석아, 남자가 쩨쩨하게 기생 오래비처럼 거울이나 보고 빗으로 단장하냐. 세수하고 머리는 이 손가락으로 빗으면 되는 거야. 그리고 말을 타고 달려야 하는 거야" 하시는 것이었다. 나라가 걱정되어 한시도 마음을 놓을 수 없어 무장을 단단히 하고 달리는 말에 오르는 모습을 떠올리게 하셨다.

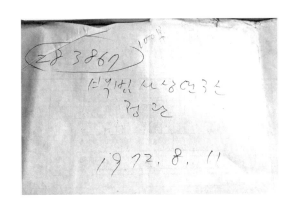

고문을 받으실 때는 "이 새끼야 더 찌르라고 큰소리치니까 손가락을 찔러 피가 솟더라"며 담대히 말씀하신 분. 민주화를 위해 희생하셨지만 굴하지 않는 위풍당당한 거물이셨다. 영어는 미국 놈의 언어라 하여 나에 대한 호칭은 "애기야"였다. 볼펜을 청할 때도 "애기야 그거, 쓰는 거 갖고 오렴" 하셨다. 그래서 연필을 가져다드리면 아니라고 하셔서 이것저것 가져다드리면서 알게 되었다.

돌아가시기 2년 전에 찾아뵈었을 때 가느다란 손과 가냘픈 허리, 2백 미터도 걷기 힘들다 하시면서도 원고를 쓰시며 활동도 하고 계신 모습을 바라보며, 그 누가 소장님만큼 나라와 민중을 사랑하는 마음을 갖고 희생하며 따를 수 있을지 생각에 잠기기도 했다. 오직 민중이 바르게 잘 살길 바라는 소장님의 염원은 어떻게 하면 자신의 육체를 다 소멸해 쏟아내실까 하는 것뿐이었다.

소장님의 아낙네같이 가는 허리를 부둥켜안고 눈물을 삼킬 수밖에 없었는데 이것이 마지막 뵙는 인사가 되어, 때때로 나를 찾는 아버지 같은 소장님의 부르심에 달려가지 못했던 부족한 내 모습에 눈물 지운다.

나는 현재 양평에서 펜션을 운영하고 있다. 때로는 달라져가는 시대상 앞에 46년 전 그 시대를 아파하셨던 모습을 떠올리며, 자신의 이 사업이 얼마만큼 부끄러움이 없는지 생각해볼 때가 많다.

처음 연구소를 개소할 당시 어린 따님의 피아노를 팔아 자금을 마련하셨다면서, 그 당시 어린애였던 백원담 씨가 팔려가는 피아노를 향해 울음을 그치지 않아 가슴이 미어졌던 얘기를 하시며 고개를 떨구기도 하셨다. 마치 도살장에 끌려가는 어린 송아지를 바라보는 아비의 심정을 떠올리면서 말없이 눈물을 가슴에 묻는 듯하셨다.

장준하 선생님 사망 후의 일이었다. 소장님께서 집까지 바래다 달라고 요청하셔서 퇴계로5가 버스정류장까지 걸어서 모셔다드리고 퇴근하였다. 두 달 안 되게 매일 모셔다드린 걸로 기억되는데, 이때는 방문객들의 발길이 뚝 끊기고 소장님과 나와 둘뿐이었다. 서울 거리는 적막으로 감돌았던 걸로 기억된다.

어느 날 소장님께서 너는 이 시대를 어떻게 보느냐 물으시기에 "이신범 씨는 젊은 사람이라 가능성이 있어도 소장님께서는 가망이 없어요. 세대교체가 이뤄져야 한다"고 감히 어린 내가 평가를 하니 그 어두웠던 얼굴을 어찌 잊을 수 있을까?

어느 여름 날 아침 9시쯤 출근과 동시에 동부서 형사 10여 명 정도가 연구소에 들이닥쳐, 자기 집인 양 소파에 앉아 담배 피우고 껌 씹으며 왁자지껄 난장판을 만들었다. 그 순간 소장님 책상을 보니 소장님께서 16절지에 쓰고 잘게 찢어버린 종이 쪼가리가 눈에 띄었다. 나는 순간적으로 몸을 그들 뒤로 하고 종이를 입에 넣었다. 일촉즉발의 순간이었다.

아무도 눈치 채지 못한 것 같았는데 한 형사가 쫓아와 입을 벌려보라고 했다. 그 말에 놀란 나는 16절지를 그냥 삼켜버렸다. 형사는 입 안에 아무것도 없으니까 이상하다는 표정을 지어보였다. 갑자기 많은 형사들이 들이닥쳐, 혹시 수색이라도 할까 싶어 입이 안전하다는 생각이 들어 입에 넣었다가 버릴 생각이었는데 나도 모르게 삼키게 되었다. 하지만 이 때문에 두드러기 알레르기 반응으로 숨도 안 쉬어지는 고통의 시간을 겪어야만 했다.

형사들은 당시 도망 다니는 사람들의 사진들을 갖고 와서 아느냐 묻거나 사무실 방문객은 누구냐며 다그치기도 했다. 다 모른다고 했는데, 한 번은 유영표 씨 사진을 보여주는데 갑자기 닥친 일이라 순간적인 판단이 흐려져 안다고 한 것이 화근이 되기도 했었다. 사람들을 못 잡으니까 나 같은 존재라도 잡아서 못 먹는 감이라도 찔러본다는 식이었다.

정오가 지나 약간 나이 들어 보이는 형사를 나에게 붙여놓고 다들 사무실을 떠났다. 그들이 떠난 빈자리는 담배꽁초와 껌 종이가 재떨이와 바닥에 아무렇게나 나뒹굴어 아주 더러운 자리를 만들었다. 이렇게 무례한 사람들을 나는 지금까지 누구도 만나본 적이 없다.

연구소에는 전화가 없었고, 3층 민속극연구소의 전화를 이용해 급한 전화만 받았다. 퇴근 시간까지 소장님께서 연락이 없으셔서 저녁 7시가 다 되어 퇴근하는데, 남겨진 형사가 옆에 바짝 붙어서 행동 하나하나 수첩에 적는 것이 부담스러워 "나이 많으신 분이 젊은 여성을 졸졸 쫓아다니는 것 같아 창피하다. 누가 볼까 망신스러우니 떨어져 오라" 했는데도 내 뒤에서 바짝 따라왔다.

그래도 "더 떨어져라, 추근대는 늙은 사람 같아 창피하다" 하니 1미터 정도 떨어져 쫓아오면서도 "걱정하지 마라, 너는 네 볼일을 봐라 나는 내 할 일 한다"면서 나를 놓칠까봐 쩔쩔매며 따라다녔다. 안 되겠다 싶어 방향을 틀어 명동으로 유인했다. 퇴근 무렵이라 쏟아지는 인파에 그 형사가 섞여 보이지 않자 얼른 계성여고 옆골목으로 들어가 중앙극장 쪽으로 방향을 틀어 귀가했다.

다음날 출근이 위험할 거란 걱정도 들었지만, 나에게는 아무런 혐의가 없고 연구소가 걱정이 되어 출근했더니 나를 기다리는 형사와 함께 다시 집에 들러 내 소지품과 함께 동부서에 출두하게 되었다. 취조를 받으면서, 동부서 아침 조례 때 내 이야기가 나와서 웃음바다가 되었고 내 이름을 모르는 사람이 없다는 얘기를 들어 알게 되었다.

아침에 출두하여 밤늦은 시간까지 취조를 받게 되었는데, 전날 삼킨 종이 때문에 두드러기가 심해져서 결국 근처 내과에서 치료를 받았다. 하지만 증세는 더욱 악화되어 숨도 쉬기가 힘든 상태인 데다가 혐의도 없으니까 자정 가까운 시간이 되어서야 내보내 주었다.

다음 날 내 소지품을 찾으러 와도 된다고 하여 다시 출두하였는데, 먼저와 똑같은 취조를 통행금지 전까지 받아야했다. 사람들을 잡지 못해서인지 동부서는 비상인 것 같았다. 밤늦은 시간인데도 경찰서 전체가 불이 켜져 있었고 간부들은 퇴근을 못하고 있었다.

간부로 보이는 어떤 분이 "어떻게 한 명도 못 잡느냐"며 부하에게 호령하자 기가 죽은 형사들은 몸을 부들부들 떨기까지 하였다. 혹시 동부서 서장이 아닌가 싶기도 했다.

자정 가까이 부모님께서 정보과에 오셔서 고개를 숙이고 계셨는데, 다른 부서 간부로 보이는 경찰이 "네가 유명실이냐" 묻기에 "네 그렇습니다" 하고 대답하니 부모님과 나를 번갈아 쳐다보고는 "부모보다 똑똑하구나" 하며 묘한 미소를 띤 기억이 지금도 새롭게 느껴진다.

훗날 소장님께서 우리 구역 중부서 담당 형사에게 부탁해서 그분이 내가 동부서에 있는 걸 확인하고 부모님께 연락했다는 말씀을 들었다. 그 형사는 며칠에 한 번씩 연구소를 둘러보고 가는 분이었다. 우리나라 속담에 웃는 얼굴 침 못 뱉는다는 말이 있듯이, 난 아무 의미 없는 미소로 그분께 인사를 했는데 지금 생각하니 평소 인사 건네길 잘했다는 생각이 든다.

동부서 사건 후 소장님께서는 나를 연구소 일원으로 대해주시면서도 "여걸이 필요해"라며 혼잣말을 하기도 하셨다. 그리고는 "넌 다 좋은데 배짱이 없다" 하시며 생각에 잠기시던 모습이 생각난다.

동부서에서 나온 나는 두드러기가 심각해져 병원에 다니며 누워 지내야 했다. 10월경이 되어서야 몸도 좋아지고 연구소도 격정이 되어 나가보니 연구소는 문이 굳게 닫혀 있었다. 3층 민속극연구소에 올라가 보니 심우성 소장님께서 "오늘 사람이 그만두니 사람 구할 때까지만 있어달라"고 하셔서 민속극연구소에서 일하게 되었는데, 결혼 전까지 근무하게 되었다.

백 소장님께서는 "너는 우리 연구소 일원이다"며 다시 나오라고 하셨지만, 결혼을 준비하게 되어 부르심에 응하지 못하니 매우 섭섭해 하셨다. 백 소장님과 연구소에서의 근무는 짧았지만, 그 시대 암울했던 모습은 신음의 고통이 끊이지 않았고 연구소의 모습도 그러했다고 본다.

대한민국의 아팠던 과거의 기억이 연구소의 아픔의 기억이며, 내 인생의 한 점 아팠던 기억으로 자리한다. 정감 있고 인격적이며 인간적인 모습이지만 정의를 위해서 고문 앞에서도 불같이 호령하시는 거물 같은 존재이신 소장님!

영면에 드신 소장님께 미처 드리지 못한 말씀을 이 자리에서 드리고 싶다.

소장님.
이제 평안히 쉬십시오.
촛불을 든 저희들이 있습니다!

내 젊은 시절 스승이자 은인

유홍준─한국학중앙연구원 이사장

내가 백기완 선생님을 처음 뵌 것은 1969년 봄이었다. 그해는 박정희가 장기집권을 위해 3선개헌을 획책하고 있던 때였다. 이에 백기완 선생은 군부독재의 영구화를 꾀하는 3선개헌에 대한 저지 투쟁을 전개하고 있었다. 그때만 해도 진보적이고 양심적인 지식인의 역량은 미미한 것이어서 함석헌, 장준하, 계훈제 선생, 기독교계의 박형규, 강원룡 목사, 천주교계의 김수환, 김승훈 신부 등이 개인적 명망으로 재야를 이끌고 있었다. 그래서 대학가의 학생운동이 군부독재의 가장 강력한 저항세력이 되어 있었던 것이다.

당시 백기완 선생은 학생운동 6·3세대의 김도현, 최혜성, 김지하, 유광언 등과 아직 조직화되지 않은 사회운동을 벌이고 있었다. 백기완 선생이 나이 40대부터 어른의 위치에 있었던 것에는 이런 배경이 있었다.

서울대 문리대에서는 해마다 4·19 선언문이 발표되어왔는데, 당국은 그해 4월 19일에 있을 '4·19 제9선언문'에서 대학생들이 3선개헌 문제를 어떻게 담을까 예의주시하고 있었다.

당시 나는 미학과 3학년이었다. 문리대 학생회에서는 4·19 전야제를 열기로 하고, 행사 내용은 선언문, 강연회, 풍자극, 밴드 공연, 햇불 데모로 꾸미기로 하였다. 선언문은 서중석(사학과 3년, 전 성균관대 교수)과 최재현(사회학과 3년, 전 서강대 교수)이 썼으며, 풍자극은 내가 맡았고 햇불 데모는 조학송(정치학과 3년, 증산교 종교인)이 주관하기로 하였다.

이때 김덕현(지리학과 3년, 경상대 교수)은 백기완 선생의 초청강연회를 마련하려고 생각하고 있었다. 김덕현은 6·3세대의 김도현(전 문체부 차관)의 아우인지라 백 선생님과 연락이 쉽게 닿았다. 김덕현은 나에게 안양로(정치학과 2년)와 함께 백기완 선생을 만나뵈러 가자고 했다. 이것이 내가 처음 들은 백기완 선생의 이름이었다.

며칠 후 우리는 충무로 사보이호텔(지금의 세종 호텔) 뒷골목의 다방에서 만나뵙기로 약속을 잡았다. 당시 백기완 선생에게는 사무실이나 연구소가 있는 것이 아니었다. 흐릿한 실내조명의 다방에서 뵌 그 첫인상이란 언제나 그렇고 모두가 그렇게 느끼듯이 부리부리한 눈의 호랑이 상에 머리칼이 휘날리는 든든하고 멋진 어른이었다. 백 선생님은 우리를 반갑게 맞으며 박정희 군부독재가 파쇼의 본성을 보이고 있으니 이를 타도하기 위해 학생들이 더욱 전면에 나서야 한다고 일장 연설을 하셨다.

그리고 나에게 초혼제 때 무슨 공연을 할 계획이냐고 물었다. 이에 문리대에는 '엑스타시'라는 밴드가 있어서 통상 그들의 연주가 있었다고 하자, 백 선생님은 억센 이북 억양으로 민족정기를 잡아먹는 그런 공연을 하느냐고 불호령을 치시고는 민족혼이 살아 있는 전통 연희패를 모셔보라고 하였다. 그리고는 민속극 연구가 심우성 선생을 찾아가면 잘 일러줄 것이라고 하셨다.

이리하여 우리는 곧장 이문동에 있는 심우성 선생을 찾아뵈었다. 심우성 선생은 반가워하면서 당신께서 천신만고 끝에 뿔뿔이 흩어져 있는 남사당패 17명을 찾아내어 맥을 이을 수 있게 되었으나 아직 한 번도 공연은 못 해보았다며, 시골에 살고 있는 이들에게 서울로 올라오는 차비만 주면 첫 공연을 할 수 있다고 하였다.

결국 1969년 4·19 초혼제 때 백기완 선생의 강연회는 학교 당국의 불허로 무산되었지만, 심우성 선생이 불러 모은 남사당패 첫 공연은 성사되었다. 학생들은 생전 처음으로 전통연희의 한마당을 경험하였다. 얼음(외줄타기), 덧보기(인형극) 등 멋진 공연에 학생들은 박수와 환호로 열광하였다. 그때 양주별산대에 속한 한 할아버지가 진행을 맡아보고 있는 나에게 마이크를 달라고 하시며 한 말씀 하시는 것이었다.

"오늘 이렇게 훌륭한 자리에 초대받아 모처럼 동료들과 한판 공연을 하게 되니 너무 기쁩니다. 남사당패는 어디 가서 대접을 잘 받으면 답례로 그 집 잘되라고 빌어주는 '비나리'가 있습니다. 제가 그 비나리를 한번 해 올리겠습니다."

그리고는 징을 치면서 쉰 목소리로 일장 비나리를 줄줄이 이어가는데, 가슴이 뭉클할 정도로 너무도 감동적이었다. 나는 그때 비나리라는 것을 처음 알게 되었고, 전통연희의 힘을 온몸으로 느꼈다.

남사당패 공연에 이어 조학송이 이끈 횃불 데모는 교정을 열기로 가득 채웠다. 4·19 초혼제는 그렇게 성공적으로 행사를 마쳤다. 그러나 이튿날 학교에 가니 초혼제를 주도한 학생들이 경찰에 수배되었다는 소문이 있었다. 선배들은 이럴 땐 36계로 내빼는 것이 '박정희 빽'보다 낫다며 사라지라고 했다. 이에 나는 서중석, 최재현과 충북 단양으로 도망가 며칠을 놀다가 돌아왔다. 그리고 그해 7월, 우리들은 3선개헌 반대를 주동했다고 학교에서 무기정학을 맞았다. 이것이 나와 내 친구들이 백기완 선생님을 처음 뵙게 되는 과정이었고, 내 인생이 평탄치 않은 삶으로 이어지게 되는 계기였다.

1971년 3월, 나는 군에 입대하여 1974년 1월에 만기제대를 할 때까지 35개월 군복무를 하였기 때문에 백기완 선생과의 인연을 이어갈 수 없었다. 그러나 친구들을 통하여 선생님의 동향을 전해 듣곤 했다. 그때의 백기완 선생에 대한 증언이 아주 귀한데, 내가 김도현 선배에게 전해 듣고 또 나름 조사한 바를 여기에 기록으로 남겨두고자 한다.

3선개헌이 통과되고 박정희 장기집권으로 들어가자 백기완 선생은 김도현 등 6·3세대들과 '민족학교' 운동을 전개하였다.

1971년 민족학교에서 장준하 선생과 함께 『항일민족시집』을, 1972년에는 『항일민족론』을 출간했다. 그런 가운데 1972년에는 유신헌법이 공포되고 시국은 공포 분위기로 살벌하였다. 그럼에도 1973년 12월 26일, 백 선생은 민족학교 주최로 〈항일문학의 밤〉을 명동에 있는 대성빌딩에서 열었다.

그때 신경림 시인을 비롯한 10여 명의 시인이 시 낭송을 했고, 백기완 선생의 강연도 있었다. 그날 행사장에서 장준하 선생님께서는 '개헌청원서명운동본부'를 만들겠다고 선언한 것을 당시 《동아일보》의 이부영 기자와 《조선일보》의 신홍범 기자가 기사로 썼다. 그 뒤 개헌청원서명운동본부 30인이 조직되는데, 백기완, 장준하, 함석헌, 계훈제, 법정, 당시 젊은 미술평론가였던 김윤수 등이 참여했다.

재야의 이런 움직임에 놀란 박정희 군사독재는 1974년 1월 8일, 마침내 유신헌법 반대를 금지하는 긴급조치 1호를 발동하였다. 그리고는 백기완 선생은 장준하 선생과 함께 구속되었다. 백기완 선생의 존재가 대대적으로 사회화된 것은 이 사건이었다.

바로 그해 1월 25일 나는 군에서 제대하고 3월에 복학하였다. 그리고 유인태, 이철, 안양로, 서중석, 김덕현, 임진택 등과 유신 반대 데모를 준비하고 있었다. 이것이 사전에 발각되어 4월 3일, 긴급조치 4호가 발동하였다.

긴급조치 4호의 내용인즉 '민청학련'과 연관해서 "데모하면 사형 또는 5년 이상 징역형에 처한다"는 것이었다. 군부독재의 가장 강력한 저항세력인 학생운동을 뿌리째 뽑겠다는 것이었다. 그리고 학생운동을 불온세력으로 몰기 위해 강압 수사와 고문으로 용공 조작한 '인혁당'과 연계시켰다.

그리하여 나는 중앙정보부에 끌려갔고, 비상고등군법회의에서 징역 10년에 처해졌다. 사형, 무기징역을 언도받은 다른 친구들에 비해서는 비교적 형이 가벼웠다. 결국 나는 군에서 제대한 지 불과 두 달, 정확히 45일 만에 다시 머리를 깎이고 감옥으로 가게 되었다. 이후 나는 항소심에서는 7년으로 감형되었고, 상고를 포기하자 안양교도소에서 영등포교도소로 이감되었다.

영등포교도소로 가니 당시 구속된 유명 재야인사들은 거의 다 거기에 있었다. 백기완 선생, 박형규 목사, 김동완 목사, 김지하 시인, 안양로, 고영하 등이 먼저 들어와 있었고 나와 김학민, 최민화, 백영서 등이 뒤따라 들어온 것이었다.

교도소에서 나는 조화를 만드는 조화 제1공장에 출역하였다. 당시 박형규 목사는 기독교방, 김지하는 가톨릭방에 수감되어 목공장에 출역하고 있었고, 백기완 선생은 병동에 있었다. 재소자끼리는 직접 만날 수는 없었지만 이런저런 방식으로 소식을 전하면서 지냈다. 그리고 유신독재에 대한 국내외의 비난이 커지자 1975년 2월 15일 인혁당 관계자와 유인태, 이현배 등 몇몇만 남겨두고 민청학련 관련자 대부분이 형집행정지로 석방되어 나왔다.

출소해보니 나의 여동생이 백기완 선생이 계시는 백범사상연구소의 직원으로 들어가 있었다. 내 동생은 고등학교를 졸업한 뒤 아버님께서 실직하시면서 대학에 진학하지 못하고 있었다. 당시 서울대 법대 출신으로 국제사면위원회(엠네스티)에 있던 내 친구인 이신범이 우리 어머님께 도와드릴 것이 있는지 물어보자, 어머님께서 딸 취직 좀 시켜주면 좋겠다고 하여 백범사상연구소에 자리를 마련해준 것이었다. 동생 얘기로 작은 월급이었지만 매달 최혜성이 마련해주었다고 한다.

출소 후 나는 자연히 백범사상연구소에 자주 드나들었다. 연구소는 아주 열악한 환경이었다. 충무로에 있는 신영건물 2층, 유리창도 없는 작은 방이었고 전화기도 없어 3층에 있는 심우성 선생의 민속극연구소를 통해 전달받곤 했다.

백 선생님은 원래 '통일문제연구소'라는 간판을 달고 싶었는데, 당국으로부터 허가를 받지 못하기 때문에 '백범사상연구소'라는 간판을 단 것이었다. 연구소에 가면 백 선생님으로부터 이야기도 들을 수 있었고 선배와 친구들을 만날 수 있어 자주 가게 되었다.

당시 백범사상연구소에서는 1974년부터 1979년까지《앎과 함》문고 시리즈를 간행한 바 있다. 아주 얇은 책자이지만 『알려지지 않은 이야기 ― 미국 노동운동 비사』같은 수준 높은 책들이 번역되었다. 이는 최혜성과 이신범이 펴낸 것이었다.

1970년대 중반, 백범사상연구소를 중심으로 재야세력과 학생운동 출신들이 그렇게 모여들었다. 아직 조직이라고 하기에는 부족한 감이 있었지만, 민주화를 위한 지식인 운동의 기초가 그렇게 다져지고 있었다. 따라서 우리가 역사를 평가할 때는 이 시대의 한계를 비판적으로 수용하고 그 저항정신과 용기를 인정할 필요가 있다고 생각한다.

그때 잊히지 않는 장면은, 장준하 선생도 이따금 나오셨는데 점심 때 장준하 선생이 돈이 있으면 같이 먹으러 가자고 하셨고, 아마도 돈이 없는 날이면 나는 아침을 늦게 먹었으니 어서들 나가서 먹고 오라고 하셨던 것이다. 그러나 나는 장준하 선생은 몇 번 뵙지 못했다. 그해 8월 17일 세상을 떠나셨기 때문이다. 그때 평생의 동지를 잃은 백기완 선생의 슬픔을 우리는 능히 짐작할 수 있었다. 백 선생님은 너무도 분하다며 통곡의 나날을 보내셨다.

1975년 출소할 당시 나는 26세였는데 집안 형편이 아주 어려웠다. 나는 6남매가 먹고 살아가기 위해 취직을 해야 했다. 그러나 대학을 졸업하지 못했고, 형집행정지 상태인지라 내 스스로 일자리를 구할 수가 없었다.

이에 백기완 선생께 사정을 말씀드렸더니 곧바로 금성출판사의 편집국장으로 있는 강민 시인을 소개해주셨다. 그 무렵 재야 운동은 강민 시인의 도움을 많이 받았다. 강민 시인은 주변 사람들에게 밥을 많이 사주시고, 어려운 부탁을 들어주셨다. 강민 시인은 그날로 나를 충무로에 있는 금성출판사 편집국에서 일하게 해 주셨다.

금성출판사에서 마침 기획한 『한국미술대표작가 100인 선집』 출간에 내가 미학과 출신으로 '실력 발휘'를 한 것을 보고 미술평론가 이경성 선생이 김수근의 《공간》지에 추천해 주셨고, 또 중앙일보에서 《계간미술》을 창간하면서 유경험자로 나를 채용하여 내가 미술평론의 길로 들어서는 바탕이 되었다. 그래서 백기완 선생과 강민 시인은 내 평생 잊을 수 없는 은인으로 마음속에 간직하며 살아왔다.

직장 생활을 하면서도 나는 백범사상연구소에 자주 드나들었다. 정월이면 퇴계로의 백기완 선생 댁에 세배를 다녔다. 나는 유인태, 서중석, 백영서와 한 패가 되어 세배를 다녔는데, 점심 무렵 백 선생님 댁에 가면 강민 시인, 방동규 선생 등 친구 분들이 늘 먼저 와 계시었다. 사모님께 웬 고깃국을 모두 먹여 보내시냐고 물으니 설이면 강민 선생께서 세배꾼에게 끓여드리라고 쇠고기를 한 짝 보내주시곤 했다고 한다.

저녁 술자리에서 설날 덕담으로 듣는 백기완 선생의 이야기는 이 시대의 살아 있는 구비문학으로 실로 엄청난 것이었다. '장산곶매', '버선발 이야기'를 듣다보면 어디까지가 창작인지 모를 정도였다. 선생님은 어마어마한 구비문학의 본체를 집대성한 분이었다. 내가 미술사의 길로 들어서서 장승과 민화에 관심을 갖고 글을 쓴 것도 선생님의 영향이 컸던 것이다.

백기완 선생은 함석헌, 장준하, 계훈제 선생님들과는 다르게 예술을 갖고 있었고, 항상 마음이 젊으셨기 때문에 1960년대부터 여러 세대의 젊은이들과 동고동락을 함께하실 수 있었다. 백기완 선생의 산문집 『통일이냐 반통일이냐』(형성사, 1987)에 실린 「민중문학의 나아갈 길은 이렇다」를 보면 "민중의 힘이 가장 교착에 빠졌을 때에는 예술이 혁명을 앞지르는 법이다"라고 하였다.

그러니까 백기완 선생은 이 예술의 힘으로 항시 젊은이들을 끌어모았다. 1960년대 김도현, 최혜성 세대를 뒤이어 나는 1970년대 젊은이로 선생님 주위에 있었고, 1980년대에 들어가면 임진택, 채희완, 이애주, 김용태 등이 있었고, 또 1990년대, 2000년대, 2010년대까지 계속 새로운 젊은이들이 끊이지 않고 뒤를 이어 당신 곁에 있었던 것이다. 그렇게 선생님은 영원히 젊음을 유지하셨다.

선생님은 돌아가시기 직전까지 노동운동의 전선을 떠나지 않으셨지만, 민예총과 민미협의 행사에도 빠지지 않으셨다. 그래서 나는 미술 판에서 활동하면서도 백 선생님과의 인연과 가르침이 끊이지 않았다. 대한민국역사박물관에서 선생님의 일생을 회고하는 강연회 때 내가 사회를 보고, 『버선발 이야기』출간 기념식에서도 나를 대동하고 나가셨을 때 사람들은 의아스러워하기도 했지만 나로서는 당연히 선생님의 부름에 응한 것이었다.

선생님은 전통연희만 사랑하신 것이 아니었다. 세상을 떠나기 전 내가 뵙던 곳은 언제나 학림다방이었다. 어느 날이고 11시 반이 되면 백 선생님은 항시 학림다방 창가 소파에 앉아 계셨고, 그때 음악은 어김없이 베토벤의 〈영웅〉 교향곡이 울려 퍼졌다. 이충렬 사장은 미리 그 시각에 맞추어 이 음반을 틀어드렸다. 지금도 백 선생님을 생각할 때면 떠오르는 모습은 그 자리에 앉아 깊은 사색에 잠기신 모습이다. 우리에게 백기완 선생은 그런 '영웅'이었다.

그러면 백 선생님은 나를 어떻게 생각하셨을까? 2017년 경향신문은 창사 70주년을 기념하여 '명사 70인과의 동행' 프로그램의 하나로 백 선생님을 모시고 버스 2대에 80명의 독자들과 함께 부여를 찾은 적이 있었다. 그때 백 선생님께서는 일부러 부여군 외산면 반교리에 있는 나의 시골집을 방문하셨다. 이수호 선생과 채원희 씨도 함께 왔는데, 내가 영접을 나가자 선생님은 답사객들 앞에서 나를 이렇게 소개하셨다.

"여러분은 유 교수를 『나의 문화유산 답사기』 저자로 잘 알고 계시죠. 그러나 우리 홍준이는 나의 가족이나 다름없어요."

백 선생님이 세상을 떠나시고 무덤을 어떻게 조성할 것인가는 보통 어려운 일이 아닐 수 없었다. 선생님이 영원히 사실 집인 만큼 살아오신 삶의 이미지를 담아내야 한다고 생각했다. 이에 선생님을 가까이서 모셨던 분들이 한자리에 모였다. 기록을 위해 그때 모인 분들의 이름 모두를 밝혀둔다.

먼저 이기연, 양규헌, 박종부, 이종회, 양기환, 신학철, 이도흠, 송경동, 이은, 이수호, 채원희 등이 모였고, 뒤에 임진택, 신유아, 최열 등이 참석하였다.

모란공원 민주열사 묘역의 모든 규정과 제약을 준수하되 우리는 두 생각 없이 봉분은 넓은 품을 느끼도록 했고, 높이는 평장 수준으로 낮게 하여 민중의 밑바닥까지 끌어안으셨던 모습으로 형상화하기로 했다. 고민은 새긴돌의 형태와 문구였다. 논의 끝에 형태는 자연석으로 하고, 문구는 '백기완 무덤' 다섯 글자만 새기기로 했다. 그 이상 덧붙일 말이 없었다.

이에 여러 사례를 조사하던 중, 백범 김구 선생의 부인인 최준례 여사의 무덤에 독립군 대장이자 한글학자인 김두봉이 '최준례 묻엄'이라 쓴 묘비를 보고 우리도 '백기완 묻엄'이라 새기기로 하였다. 그렇게 하는 것이 누구보다 백기완 선생님이 좋아하실 것 같았다.

자연석은 이기연이 백방으로 수소문하여 선생님처럼 옹골

차면서도 아름다운 둥근 차돌을 구해왔다. 글꼴은 수십 가지를 검토한 끝에 훈민정음체로 하였다. 한글을 온몸으로 사랑했던 백 선생님의 새긴돌 글씨에 훈민정음체로 하지 않으면 선생님께 혼이 날 것 같아서가 아니라, 이 글꼴이야말로 아름답고 힘 있고 높은 기상이 서려 있기 때문이었다.

　백기완 선생님이 우리 곁을 떠난 지 어언 1주기가 다가온다. 그날 나는 백기완 묻엄 앞에서 선생님께 큰 절을 올리고 선생님 영혼의 쩌렁쩌렁한 목소리에 귀 기울일 것이다. 생전에 선생님을 뵐 때마다 그러하였듯이.

1970년대 재야의 산실
백범사상연구소

이신범—전 국회의원

백범사상연구소는 1970년대 재야 민주화운동의 산실이며 재야 인사들의 회합장소 사랑방이었다. 장준하, 계훈제 선생과 장 선생의 장남 장호권, 6·3 한일회담 반대투쟁의 주역이었던 서울대 문리대 출신 김도현, 최혜성, 이부영, 고려대 출신 6·3의 주역 유광언, 윤무한 등이 드나들었다. 김도현, 최혜성은 명동 퇴계로에 연구소 사무실을 두고 있던 1973부터 1975년까지 상주하였는데, 특히 백기완 선생이 1974년 1월 개헌청원운동을 불법화한 대통령 긴급조치 제1호 위반으로 구속되어 부재중일 때에 사무실을 지켰다.

　필자가 연구소를 처음 찾아간 것은 1974년이었다. 이른바 서울대생 내란음모 사건으로 징역 2년을 살고 1973년 11월 출소하자마자 긴급조치로 대규모 구속사태가 일어나면서 국제사면위원회 한국지부에서 일을 도와주고 지냈는데, 연구소에 주로 모이던 선배들을 찾아간 것이었다. 그러다가 그해 후반기부터는 나도 자주 나가게 되었는데, 그 바람에 1975년 6월 필자가 긴급조치 9호 위반으로 체포 구금되자 연구소도 수색과 수사를 당했다. 직원으로 일하던 유홍준의 여동생이 남산 중앙정보부까지 따라오며 압수물에 대한 항의를 했다면서, 여직원까지도 만만치가 않다고 수사관들이 말했던 기억이 난다.

문을 닫았던 연구소는 1977년 명동 충무로 골목길에 작은 사무실을 다시 열게 되었고, 얼마 뒤 광화문 대로변의 서울대 사범대 동창회관 1층 구석방으로 이전했다. 건물의 앞쪽은 헐려 새로 건축을 했지만 사무실로 쓰던 공간은 그대로 남아, 그곳에 앉아 회상에 잠기기도 했다.

사대 동창회관을 임대한 사무실에는 연세대 재학 중 긴급조치로 복역한 송재덕이 함께 일했고, 서울대 문리대 학생운동의 주역 중 한 사람인 조학송의 동생 조양림이 여직원으로 일하게 되었다.

비좁은 공간이었지만 많은 재야 반정부 인사들이 모여드는 장소가 되었다. 문익환 문동환 목사 형제, 산업선교회의 조화순 목사, 동아일보 주필이던 천관우, 송건호, 「서울은 만원이다」의 소설가 이호철과 박태순, 황석영, 문학평론가 김병걸 선생, 고은 시인, 소설가 이문구, 송기원, 교육지표 사건으로 옥고를 치른 연세대 성래운 교수들이 자주 들렀다.

후에 미국문화원 사건으로 사형을 선고받는 김현장은 철거

반원들과의 유혈 충돌 사건으로 '무등산 타잔'으로 불리며 사형선고를 받은 광주 청년의 구명운동을 하며 들렀다. 연세대 학생운동 구속자 출신인 김학민, 최민화, 홍성엽, 고려대의 조성우, 서울대 문리대의 양관수 등도 자주 들렀고, 방용석 전국섬유노동조합 원풍모방 지부장, 『어느 돌멩이의 외침』을 쓴 삼원섬유의 유동우도 단골이었다.

이렇게 백범사상연구소는 요시찰인들이 모이는 요시찰 장소였다. 유신독재시대의 말기가 되자 요시찰인들에 대하여는 1대 1 감시에서 1명당 4명으로, 그러다가 인력이 딸렸는지 1인당 2인씩 동행 밀착감시를 하게 되었다. 그러자 사무실 부근에 사복형사가 우글거려, 가게 앞에 앉아 음료라도 마시면 20명이 넘는 사복이 길 건너에 모여들기도 했다. 사복 경찰에다가 보안사 요원, 중앙정보부 사찰요원까지 매일 들락거렸고, 1979년이 되면서는 발걸음을 죽이고 다가와 사무실 복도 창문에 귀를 대고 엿듣기까지 했다.

도청은 기본이었다. 유선전화만 있던 시대였는데, 광화문 전화국에서 왜 전화를 허가를 받지 않고 두 대를 연결해 쓰느냐고 따지는 전화가 왔다. 우리는 전화가 한 대밖에 없었는데, 가끔 전화기를 들면 보안사 요원들이 떠드는 음성이 들리곤 했다. 서소문에 있는 보안사령부 시내분실인 '범진사'에서 전화기를 무단으로 연결해 유선 도청을 한 것이었다.

백기완 선생은 이런 북새통에도 원고지를 메우며 『자주고름 입에 물고…』를 집필했는데, 저녁에 남대문시장 한가운데 싸구려 닭발 음식점에 가서 소주를 기울이며 뭣비나리, 장길산 이야기를 연구소에 오는 작가들에게 들려주기도 했다.

연구소는 이 무렵 고은 시인이 대표였던 자유실천문인협의회와 공동으로 〈민족문학의 밤〉을 성공회 성당에서 개최했다. 집회가 어려웠던 시절에 당회장이던 이재정 신부가 장소를 도와줘 열 수 있었다.

백기완 선생은 주최자로서 연설을 했는데, 바로 중앙정보부에 체포되어 남산 수사국으로 끌려가 며칠이 지나도 석방되지 않았다. 행사 며칠 전인 1978년 4월 20일 대한항공 여객기가 핀란드 동쪽 소련령 무르만스크에서 총격을 받고 불시착했는데 사상자가 발생한 사건이 벌어졌다. 박 대통령은 소련과 접촉하고 싶어서였는지 브레즈네프 소련 공산당 서기장에게 감사하다는 담화를 발표했다. 백기완 선생은 "내가 날아가는 비행기를 쏴서 격추했다면 어떻게 했겠느냐! 고맙긴 뭐가 고마우냐"고 목청을 높였다. 감히 각하를 입에 올려! 그는 괘씸죄로 잡혀간 것이었다.

기다려도 석방의 기미가 없어 평소 자주 연구소를 방문하고 백기완 선생과 가깝던 일본 교도 통신 오노다 아키히로(小野田明廣) 한국지국장에게 연락해 기사를 부탁하자 구금되었다는 기사가 송고되고, 얼마 후 석방되었다. 국내 언론을 통제하던 정권이 외신에는 이렇게 민감하게 반응했다.

재야원로였던 계훈제 선생은 백기완 선생과 호형호제하는 친밀한 사이였는데, 언제나 허름한 옷에 고무신을 신고 다녀서 모두 혼자 사는 것으로 알고 있었다. 계훈제 선생은 1975년 긴급조치 제9호 위반으로 구속되었는데, 어느 날 중년의 부인과 중학교 교복 차림의 10대 아들이 찾아왔다. 계자 성씨가 적힌 이름표를 보고 계 선생의 가족임을 직감했다. 일반적인 선입견과 달리 백기완 선생은 인정이 많은 사람이었다.

백기완은 출소한 계 선생에게 고함을 질렀다. 결혼식을 합시다! 이 나이에 무슨 결혼식이냐고 난색을 표하는 계 선생과 '성혼선포식'을 하기로 합의가 되어 무교동에 있던 국일관 2층에서 연구소 주최로 식이 열렸다. 백기완 선생은 "오늘 형님이 박정희를 들었다 놨다 하고 잡혀가야 형님이다"라고 농을 했다.

식장에는 많은 재야인사들이 참석했고, 김대중의 부인 이희호 여사도 시종 선 채로 끝까지 참석했다. 종로경찰서장은 1층에 경찰병력을 대기시키고는 "오늘은 불상사가 없게 해달라"고 사정을 했지만, 계 선생이 그냥 넘어갈 분이 아니었다. 그러나 그날 잡아가지는 않았다.

백범사상연구소는 그 외에도 문익환 목사가 자주 출입하면서 '민주주의와 민족통일을 위한 국민연합'(국민연합)을 결성하자는 논의와 추진의 산실이 되기도 했다.

연구소 운영은 몹시 힘들었다. 백 소장이 친구들에게 힘겹게 얻어 임대료 등을 감당했지만 쉽지 않았다. 시민의식, 민족정신 함양에도 도움이 되고 연구소 운영에도 보탬이 되도록 출판을 해보기로 하고『항일민족시집』,『백범어록』을 다시 찍었다. 또한 독일의 소형 문고판에 영감을 얻어 지하철 시대에 맞는 호주머니 규격의 책자를 만들기로 했다. 신채호의『조선상고사 총론』, 파펜하임의『현대인의 소외』, 에리히 프롬의『혁명적 인간상』, 문익환 목사 시집『꿈을 비는 마음』을 간행하고, 미국전기노동조

《앎과 함》 6 『알려지지 않은 이야기』

합이 발간한 『미국 노동운동사』를 『알려지지 않은 이야기』라는
제목으로 5권으로 나누어 발간했다.

특히 『알려지지 않은 이야기』는 노동기본권의 쟁취과정 이
야기 등 당시 노동운동에 교훈적인 역사적 시사(示唆)가 많았고,
방용석 노조위원장 등의 도움으로 많이 보급되어 연구소 운영에
도 도움이 되었다.

출판은 화다(禾多)출판사 이름으로 발간했는데 '화다'라는
이름에 대하여 그런 단어는 실재하지 않는다느니, 무슨 뜻인지
모르겠다고 하는 얘기들이 일부에서 나왔다. 화다는 김도현이
등록한 출판사로, 옮길 이(移)자를 파자(破字)한 것이었다. 장난
기가 섞인 듯한 파자였지만, 옮겨 다닌다는 뜻도 되고 여러 모로
상상력을 자극하는 파자였다.

1979년 11월 24일 오후 5시 명동 YWCA회관에서 '통일주체국민회의에 의한 대통령 보궐선거 저지 국민선언대회'가 열렸다. 백기완 선생은 현장에서 체포되어 합동수사본부로 끌려갔고, 필자는 11월 26일 지명수배되어 이듬해 체포되기까지 은신 잠행해야 했다 이것이 1970년대 백범사상연구소의 순교적 종언이었다.

이때의 쿠데타 세력의 만행을 필자는 미국 망명생활에서 돌아와 발간한 『광야의 끝에서』(실천문학사, 1991)에 이렇게 기록했다.

200명 가까이 연행되었는데 믿을 수 없을 만큼 고문이 심하다는 것이었다. …잡혀간 사람들은 보안사 서빙고 분실과 서소문 분실 범진사로 옮겨져 참혹한 고문을 당했다. 과거에는 고령자를 고문하는 일은 드물었는데 이번에는 노인까지 고문한다는 소식이었다. 김병걸은 온몸에 피멍이 들고 고문 후유증이 심해 불구속 기소할 정도였다.

몽둥이, 군화 발길질, 발바닥 때리기, 원산폭격. 백기완 선생은 특히 심하게 고문당했다. …그는 요추를 심하게 맞아 그 후유증으로 1980년 5월 14일 병원에 내던져질 때까지 사경을 헤매게 되었다. 이우회 민주청년협의회 위원장 대리는 매 맞아 의식을 잃자 다른 사람에게 구경시키며 협박했다. 신랑 역을 한 홍성엽은 현장을 피했으나, 택시에 합승한 사람이 얼굴을 아는 종로서 형사라서 체포되어 죽도록 가슴을 짓밟히는 고문을 당했다.

1980년 1월 25일 이상익은 계엄군사법정에서 최후진술을 하며 고문의 참상을 이렇게 말했다.

우리들은 귀와 입과 눈 밑이 찢어졌으며, 손이 짓밟혀 찢어지고 온몸이 시퍼렇게 멍들었습니다. 그들은 변소에도 그냥 보낼 수 없다며 심하게 구타를 한 다음에 보내주었습니다. 나는 극악한 상황에서 크리스천으로서 죄악인 줄 알면서도 금기로 된 자살까지 생각하게 되었습니다.

필자는 감옥에서 나와 백 선생이 강원도 등지로 전지요양을 하여 겨우 몸을 추슬렀다는 소식을 전해 들었다. 그와 가까운 친구로 연구소를 찾던 방동규는 유명한 주먹 출신으로 배추라는 별명을 가진 협객이었다. '노느메기' 밭에서 일하던 그도 독재의 칼을 피할 수는 없었다. 건장한 체격의 그도 1970, 80년대에 고문을 당하고 후유증을 심각하게 겪었다. 용산고 출신 유명한 주먹이었으나 당시에 목사가 된 '벽돌이'도 연구소에 드나들었는데, 백기완 선생은 그와 같은 고교 출신인 필자에게 절대 동문이라고 말하지 말라고 함구하게 했다.

백기완 선생의 교우관계는 이처럼 폭넓었는데, 윤보선 전 대통령을 비롯한 재야와 정계의 인사들로부터 의리의 사나이들까지 많은 이들에게 일관된 노력과 투쟁을 통해 어려운 시대를 돌파하는 영감과 용기를 북돋아주었던 인물이었다.

백기완 선생님과 나

이호웅—도서출판 형성사 대표, 전 국회의원

아내가 첫 아이를 가져 배가 불러오던 1981년 늦은 봄, 출소하신 백 선생님을 뵙고는 큰 충격에 빠졌던 기억이 지금도 생생하다. 넘쳐나는 기개만큼 건장했던 분이 반쪽이 되어 곧 쓰러질 것만 같았다. 전두환 보안사의 무지막지한 고문관들은 한 치도 물러서지 않으신 선생님을 죽음 직전까지 몰아간 것 같았다.

군사정권을 끝장내고 사회 변혁을 이루고자 하던 동지들은 우선 선생님부터 살려야 한다는 데 생각이 일치했다. 춘천에 살던 최열이 강원도 추곡약수가 좋다 하여 백 선생님을 모시고 갔다. 물에 철분이 많아 벌건 색깔이 있는 약수를 드시고 음식도 약수로만 하며 한 달여를 지내니 비로소 거동을 하며 산책도 조금씩 할 수 있을 정도가 되었다. 몸에 좋다는 건 구할 수만 있으면 무엇이든지 드려야 한다는 소명 의식 같은 것이 있었다. 새끼를 밴 돼지의 애를 구해서 삶아드린 적도 있다.

한 달쯤 지나 기력을 어느 정도 회복하신 뒤로는 사방이 산으로 둘러싸인 환경이 답답하셨던지 너른 바다가 보고 싶다며 강원도 양양의 바닷가 어촌으로 옮기자 하셔서, 지금은 관광 해수욕장으로 변한 한적한 어촌 마을의 허름한 어부의 집을 빌려 모셨다. 새벽 4시면 어부와 함께 낚싯배를 타고 나갔다가 동해에 해가 벌겋게 떠오를 때쯤이면 가재미를 싣고 돌아와서, 선생님과 나는 가재미 회와 김치만으로 아침식사를 하였다. 점심은 라면 두 개, 저녁은 데친 문어 한 접시가 우리의 하루 식사인데, 밥을 거의 안 먹어도 공복감은 조금 느끼지만 체력은 점점 강화되는 걸 느끼면서 백 선생님께서 스스로 택하신 식단에 믿음이 갔다.

낮에는 거의 모든 시간을 바닷가를 걷다가 쉬며 바다와 더불어 생명을 일구셨다. 나는 온종일 좋아하는 수영을 하다가 피곤하면 모래사장에서 자기도 했다. 한 달쯤 바다에서 생활하니 이젠 글도 조금씩 쓰시고 잠자리에선 많은 이야기를 나눴다. 주로 선생님께서 말씀을 주셨지만, 당시에는 세상을 바꾸는 생각과 방법에 대해 나는 선생님과 견해가 많이 달랐다. 그때는 온몸의 투신으로 깨우쳐온 선생님의 사상을 받아들이지 못했다.

변혁의 열정과 과학적 방법론에 심취해 있던 30세의 청년은 백 선생을 분단, 억압, 착취, 질곡의 모순을 깨뜨리고 새로운 세상을 만들어낼 지도자로 보지 않았다. 그러나 돌아가시게 해서는 안 되겠다는 일념에서 두 달 동안을 한 방에서 온종일 함께 지내는 동안에, 난 옛이야기 속에서 현재와 미래를 설명하고 설계하는 그분의 일관된 말씀과 실천적 삶에 이끌리게 되었다. 이후에 그를 따르던 많은 지식인 출신 운동가, 문화운동 하는 젊은이들이 떠나고 민중들이 주위로 몰려드는, 아니 그분이 민중 속으로 몸을 던지는 세월 속에서도 1년에 몇 번씩은 꼭 찾아뵈었다. 어린 자식들과 함께 세배를 거르지 않았다.

1985년 2월 12일 총선을 앞둔 정초에 난 민주화추진협의회(민추협) 공동의장 대행이었던(김대중 공동의장은 미국 망명 중이었다) 고 김상현 의장으로부터 서울 성북구에서 신민당 후보로 국회의원에 출마할 것을 제안 받았다. 인천지역 사회운동연합 의장과 전민련(전국민족민주운동연합) 지역대표를 맡고 있던 나는 한반도에서 혁명에 의한 체제 변화는 가능하지 않다는 생각에 현실 정치에 참여하여 개선해 나가야 하지 않나 하는 생각에 기울어 있었다.

　김상현, 김영삼 공동의장과 만난 자리에서 출마 뜻을 받아들이니 곧바로 기자회견을 통해 밝히자고 하였다. 나는 뜻이 확고하지만 함께 시대를 헤쳐온 선, 후배 동지들에게 언론을 통해 알리는 것은 안 된다며 그들에게 동의를 받거나 최소한 알리기라도 하기 위해 하루 연기하자고 하고는 김근태, 이부영, 장기표, 백기완, 이우재 다섯 분을 찾아 의논드렸다. 한 분을 빼고는 모두 반대했지만, 특히 백 선생님은 반대를 넘어 당장 폭발할 것 같은 분노를 표하셨다. 하도 강렬하여 36년이 지난 오늘에도 그날이 기억난다.

결국 성북구에 친구 이철을 추천해주고 민주화운동의 전선으로 돌아온 나는 그 다음해 인천 5·3 투쟁을 지휘하고 수배와 투옥으로 1987년 민주화투쟁, 노동자 대투쟁도 감옥 안에서 지켜보았고, 대통령 선거도 창살 안에서 지켜볼 수밖에 없었다. '후단협', '비판적 지지', '민중후보'로 팽팽히 대선에 대한 입장이 대립할 때 10월 즈음인가 백 선생님은 청주교도소로 면회를 오셨다. 민중후보로 추대를 받을 때인데도 나는 선생님께 군사정권 종식을 위해서 단일화를 해야 한다고 말씀드렸더니, 평소 같았으면 불같이 화를 내셨을 텐데 그윽한 눈으로 나를 쳐다보시던 모습이 선명하다

그 뒤 제도권 정치에 참여하여 국회의원이 된 이후에도 설날과 추석에는 빠짐없이 세배를 갔고, 통일문제연구소에도 작은 관심을 놓지 않았다. 선생님에 대한 존경과 사랑의 마음 때문이겠지만, 뵐 때마다 세속에 묻혀가고 기득권에 안주해가는 나에게 징을 울려 깨우쳐주시는 큰 소리를 좋아했기 때문이다.

"야 너 이렇게 머리도 벗겨지고 배도 불러오고 주례도 서면서 으스대는 국회의원 노릇하며 살 거냐?"

50을 넘긴 힘 있는 여당 국회의원이었던 나에게 젊었을 때와 똑같이 대하는 선생님과 조금도 거리감이 느껴지지 않았다.

명절에 찾아오는 얼굴들도 바뀌었다. 젊은 시절에 함께 활동했던 학출들은 드물어지고 노동자들이 점점 많아졌다. 민중의 대통령 후보로 두 번이나 출마하시면서도 한 번도 나에게 지원이나 지지를 부탁하신 적이 없었다. 나는 선생님의 지향에는 공감하나 그것을 실천할 방법과 수단, 경로에는 동의할 수 없었다. 당

신은 짐짓 모르는 체 마땅히 해야 할 것과 가야 할 곳만을 되풀이 말씀하시는 걸 보며 선생님의 참 모습을 그리기가 쉽지 않았다.

소시민으로 안온한 삶을 사는 모습을 야단치시며, 당신은 지금까지 집안에 연탄 한 장 들여놓지 않았다는 말씀을 하시면서도 한편 사모님께 대한 미안함과 고마움을 나타내시곤 하던 선생님, 하늘과 땅을 갈아엎는 일에 온몸을 바쳐야 한다는 대범함을 보이며 가정사에는 초연하신 선생님도 자식들에 대한 부정은 어찌하지 못하신 일화도 있다.

　기쁨과 분노를 감추지 않고 늘 나타내시는 선생님은 어린이의 모습을 지켜온 어른이다. 민중들에게 도움이 되는 사안이나 혹 연구소에 필요한 노나메기 세상을 위해 필요한 일 외에는 어떤 요청도 없으신 분이, 겸연쩍은 표정을 숨기지 못한 채 아들의 일을 말씀하실 때의 모습이 정겹고 그립다. 한 가정의 아버지와 민중의 아버지 상이 선생님께는 어긋나지 않는다.

　억압과 착취의 구조를 깨뜨려야 한다는 일념으로 평생을 살아오셨지만 어린 시절 배고픔의 쓰라린 기억도, 고향 산천에 대한 그리움도 그대로 간직한 채 삶을 떠나신 분이다. 노무현 대통령 시절, 북한에서 설 선물로 보낸 자연송이 버섯을 청와대로부터 한 상자 받은 적이 있었다. 선생님께 세배를 갔더니 "야 그 송이버섯을 이 통일꾼에게 하나 보내주지 못할 만큼 노무현이 인색하냐?" 하시며 섭섭해하셔서 집으로 왔던 송이를 그대로 가져다 드리기도 했다.

　세월이 덧입혀가는 체면이나 겉모습에는 관심이 없는 분이다. 모두가 바라지만 곧 이룰 것 같지 않은 노나메기 세상을 오늘 만들 수 있다는 믿음으로, 병상에서 움직일 수 없는 날까지 온몸을 던져 사신 선생님은 참다운 혁명가란 생각이 든다. 손주를 둔 할아버지가 된 즈음까지도 내게 야단치시던 선생님이 떠나신 후엔 더욱 그리운 건 웬일일까?

불쌈꾼 백기완의 한살매

임진택—명창, 경기아트센터 이사장

2021년 2월, 백기완 선생이 세상을 떠나셨다. 선생이 세상을 떠나자 추모의 발길과 더불어 선생의 일생을 함축한 수식어들이 거론되었는데, 대체로 '우리 시대의 어른', '거리의 투사', '백발의 투사', '민중의 벗', '조선의 3대 이야기꾼', '장산곶매' 등이었다. 그와는 달리 '불쌈꾼'이라는 수식어가 특히 눈길을 끈바, 그것은 혁명아(革命兒)·혁명가(革命家)를 일컫는 순우리말이었다.

돌아보니 백기완 선생의 일생은 과연 불쌈꾼으로서의 한살매(일생)였다. 이 글은 선생이 떠난 자리에서 뒤늦게 불쌈꾼의 한살매를 되돌아보는 새김글이다.

부심이

'부심이'는 백기완 선생의 어릴 적 덧이름(별명)이다. 선생은 2005년경 '노나메기'라는 출판사를 만들어 같은 이름으로 계절마다 작은 책을 내던 중, 『부심이의 엄마생각』이라는 책을 따로 써냈다. 이 책에 담긴 글에 의하면, 부심이는 선생의 어릴 적 덧이름으로 그 뜻은 옷을 가리킨다고 했다. 무슨 옷인가 하면, '파아란 풀빛바지에 빠알간 대님, 빠알간 저고리에 풀빛 고름의 옷'인데, "그것을 떡하니 입고 눈보라 치는 허연 뜰에 나설 것이면 마치 꽁꽁 얼붙은 겨울을 한사위로 갈라치는 새싹 봄빛같이 드러난다"고 한다. 선생의 설명을 나름대로 해석하자면, 부심이는 '눈이 부신 옷'이면서 '눈이 부신 옷을 입은 아이', 다시 말해 '새싹 봄빛같이 눈이 부신 아이'를 일컫는 이름이었다고 생각된다.

선생의 어머니는 늘 어린 아들이 스스로 생각을 더듬을 수 있게 말뜸(화두)을 던져주시곤 했다. 선생이 어렸을 적 어머니로부터 듣고 머릿속에, 가슴속에 담아두었던 말뜸 중에는 다음과 같은 것들이 있었다.

"아무리 단 엿이래도 땅에 떨어진 건 주워 먹는 게 아니다."

"사내 녀석이 돌을 던져야지 소쿠리나 집어던지는 게 아니야."

"제 배지만 부르고 제 등만 따시고자 하면 키가 안 커."

"굶주린 남의 배를 채워주려면 제 배는 좀 주려야 하는 게야."

"살 맞은 짐승은 산으로 가고, 칼 맞은 사람은 사람한테 온다."

꽁꽁 얼붙은 겨울을 한사위로 갈라치는 새싹 봄빛같이 살라고 어머님이 덧붙여 주신 이름 부심이! 기완은 이 덧이름을 새김말(좌우명)로 삼아 평생을 살았다.

마당굿

내가 백기완 선생을 처음 뵌 것이 1973년이던가, 서울대학교 문리과대학에서 '졸업미필자'로 남아 연극 활동을 하고 있던 내가 그때 막 출범한 대학가 탈춤운동과의 결합을 모색하고자 민속학자 심우성 선생 사무실을 찾아가서였다. 심우성 선생의 '한국민속극연구소'는 당시 명동 어느 건물 3층에 있었는데, 내가 친구 김민기(〈아침 이슬〉의 작곡자)와 함께 그곳을 찾아갔을 때 마침 심 선생은 출타 중이었고 전혀 예기치 않은 딴 선생을 만났으니 그분이 바로 백기완 선생이다. 두 분 선생이 한 사무실에서 나란히 책상을 놓고 활동하고 계신 것을 우리는 모르고 간 것이었다.

문을 열고 안을 들여다본 나는 거기 앉아 있는 어떤 사내를 보자마자 첫눈에 압도되고 말았다. 그에게서 백두산 범의 기상을 느꼈기 때문이다. 백두산을 가본 적이 없고 범을 직접 본 적이 없는 내가 왜 그런 느낌을 받았을까? '백범사상연구소'라는 명칭으로 인해 어떤 착각이 있었을까? 김구 선생의 호 백범(白凡)은 '백정처럼 천한 평범한 백성'이란 뜻이었음에도, 나는 백기완 선생이 백범 김구 같은 범의 기상을 이어받은 분이 분명하다는 예감에 빠졌던 것이다.

하지만 그날 백기완 선생이 진한 황해도 사투리로 우리에게 던진 말씀은 뜻밖에도 정치나 역사에 관한 것이 아니라 민속문화에 관한 것이었다. "젊은이들이 탈춤에 관심 갖고 운동을 한다고? 거 아주 근사하구나야. 그런데 말이야, 지금 와서 전수합네 하는 탈춤 이거는 관아의 아전들이나 했던 것이고, 진짜 민중의 탈춤, 마당굿은 따로 있다." 처음 듣는 견해인지라, 나는 조심스럽게 선생께 질문했다.

"마당굿이라구요? 진짜 탈춤, 마당굿은 무엇이며, 어떻게 다릅니까?" 그러자 선생은 그 자리에서 민족문화에 대한 선생의 생각을 포효하듯 꺼내놓으셨는데, 그것은 상상도 해보지 못한 참으로 놀랄 만한 시각이었다.

"요즘 어디 탈춤을 보면 맨 처음 먹중이 나와서 춤추지 않네? 춘정을 못 이겨 나왔다고 하면서 드러누워 꿈틀거리는데, 그기 다 가짜야. 원래 그기 멍석말이춤이야. 멍석말이가 뭐이냐 하면 양반 지주 놈들이 말 안 듣는 머슴을 멍석에 말아 패 죽이는데, 원한 품고 죽은 머슴이 참나무 짝짝 갈라 터지는 소리를 장단 삼아 꿈틀거리며 일어나는 몸부림이 멍석말이춤이다.

요새 살풀이춤이라고 하는 거, 그것도 다 기생 춤으로 변질된 거이야. 액은 쫓고 살은 푼다고들 하지마는, 살풀이춤은 본래 살을 뽑아내는 몸부림이다. 적이 쏜 화살이 어깨에 박히면 꿈틀하면서 그 살을 잡아 뽑아내고, 등에 와서 박히면 다시 그 화살을 잡아 뽑아내고… 이렇게 맺힌 건 풀어내고 박힌 건 뽑아내는 동작이 살풀이춤이라고.

우리 춤의 근원은 꿈틀거리는 몸부림이다. 그리고 그런 몸부림의 판을 일구어내는 것이 마당굿이야. 양반 아전들한테 붙어서 알랑대는 기 아니고 그 억압을 까부셔서 현상을 타파하는 민중의 판이 마당굿이다.”

대학가에서 이제 막 탈춤을 발견하고 탈춤운동을 처음 시작하였으며 아직 마당극·마당굿이라는 용어마저 생겨나지 않았던 시기에, 민속학자도 아닌 백기완 선생의 일갈은 전혀 예기치 못한 충격이었다.

쇠뿔이

1973년 12월, 박정희 군사독재정권이 영구집권 유신체제를 획책하던 삼엄한 시기, 칠흑 같은 판을 돌연 갈라치며 자신을 옥죄고 있던 쇠사슬을 끊고 나선 ‘쇠뿔이’가 있었으니, 바로 장준하 선생과 백기완 선생이었다. 장준하와 백기완을 잡아들이려고 군사독재정권은 긴급조치 1호를 발동하였다. 유신독재의 서막이면서 동시에 종막을 예고한 단말마의 국소(局所)라!

이 시기와 관련하여 백 선생은 자신의 자서전이랄 수 있는 『사랑도 명예도 이름도 남김없이』(한겨레출판, 2009)에 다음과 같은 매우 역설적인 글을 남겼다.

‘유신독재’라는 게 나온 날부터 어떤 까닭인지 보는 사람마다 내(백기완) 얼굴에 무슨 새뜸 같은 밝빛이 서린다고 했다. 만나기만 하면 “좋은 일이 있느냐? 왜 그렇게 훤해?” 그랬다. …나는 “왜냐”는 내 말은 아니하고 속으로만 맞대를 했다. "유신독재, 그것은 박정희의 마지막 상여 '마주재비' (마주잡아 들고 나가는 들것)이다."

백기완 선생의 눈에는 박정희의 소위 '유신독재'가 종신집권 획책에 눈 먼 단말마의 발악으로 보였다는 뜻이요, 때문에 유신독재와의 싸움은 딱 한 짱만 붙어도 박정희를 '마주재비' 들것에 실어 저 세상으로 보낼 수 있다는 자신감이 얼굴에 어려, 그래서 훤해 보였다는 말이었다.

하지만 그 마지막 싸움엔 반드시 피를 보아야 하므로 박정희의 약점 급소를 곧바로 들이쳐야 하는바, 선생이 장준하 선생을 앞세워 구상한 계획이 바로 '개헌청원 백만인서명운동'이었다. 그리하여 당대의 재야 어른들 서른 명의 서명을 받아 1973년 12월 24일 저녁 종로 기독교청년회관(YMCA)을 치고 들어가 선언문을 낭독함으로써, '침묵까지 삼키던 썩은 웅덩이'에 돌멩이를 던져 결정적으로 파문을 일으킨 것이다.

백기완은 1974년 1월 장준하와 함께 유신 불법 긴급조치 1호 위반자로 체포되어 쇠고랑을 차면서, 역설적으로 자기를 옥죄고 있던 쇠사슬을 끊고 스스로 해방을 일구는 사내 쇠뿔이로 등장하였다.

장산곶매

유신의 압제가 계속되던 1978년 무렵 백기완 선생의 책 한 권이 어렵게 세상에 나온바, 책 제목이 『자주고름 입에 물고 옥색치마 휘날리며』였다. 딸에게 들려주는 이야기 형식으로 쓰인 이 책을 읽고 받은 감동은 말로 형용하기 어려웠다. 하룻밤을 꼬박 새워 책을 읽고 난 후에도 가슴은 마구 두근거렸고 정신은 말짱해오기만 했으니까…. 아! 우리 민족에게도 대륙이 있었구나! 우리를 갈라놓은 분단의 높은 벽이 우리의 감수성조차 이렇게 왜소하게 만들었구나! 오호, 우리가 업신여기고 낮춰 생각했던 '여자'와 '딸', '아내'만 있는 것이 아니라 '여장부'라는 여성의 위대함이 있었구나!

무엇보다도 그 책에서 우리를 강타한 것은 황해도에 구전되어온 '장산곶매' 옛이야기였다. 장산곶매 이야기는 그 무렵 작가 황석영이 한국일보에 야심차게 연재하고 있던 대하역사소설『장길산』첫머리에 소설 전체의 주제를 상징하는 프롤로그 형식으로 기록되어 이미 많은 사람들을 감동시킨 바 있는데, 비로소 날것 그대로 원전을 접한 감동은 소설과는 또 달랐다. 날짐승 중 으뜸인 매, 그중에서도 최고 으뜸 장수매인 장산곶매가 대륙으로 사냥을 나섬에, 떠나기 전날 밤새 부리질을 하여 자기 둥지를 부순다는 이야기는 유신독재정권과의 한판 싸움을 위해 자신의 안락과 일상을 버려야만 하는 우리에게 결단의 시간을 재촉하며 가슴을 후비고 들어왔다.

그런데 정작 내가 가슴을 쥐어뜯으며 잠을 못 이룬 것은 그 다음 이야기 때문이었다. 물 건너 대륙에서 엄청나게 큰 날개를 가진 독수리가 쳐들어왔는데도 마을 사람들이 모르고 잠들어 있는 동안 장산곶매 혼자 밤새 그 독수리와 맞서 싸워 겨우 물리친 후 피투성이가 되어 벼랑 위 낙락장송에서 지친 몸을 쉬고 있었다. 그때 어디서 피 냄새를 맡은 구렁이가 나타나 나무를 감고 기어올라가 장산곶매를 공격하거늘, 마을 사람들이 뒤늦게 알고 장산곶매더러 빨리 날아오르라고 소리를 지르며 꽹과리를 쳐댔으나 웬일인지 날개만 퍼덕일 뿐 날아오르지 못하더니 하릴없이 구렁이에게 당하고 말았겠다.

알고 보니 장산곶매가 어릴 적에 마을 사람들이 자신들을 지켜줄 매라고 발목에 끈을 매어 표시를 해놓았는데 그만 그 끈이 나뭇가지에 걸려, 지친 장산곶매가 그걸 끊어내지 못하고 결국 날아오르지 못했던 것….

그 대목을 읽으면서 내가 밤새 뒤척였던 것은 그 우화에 내재한 은유 때문이었다. 분단정부 수립 후 동족상잔을 막기 위해 노심초사했던 몽양 여운형 선생과 백범 김구 선생이 동족에 의해 피살된 것이 바로 그 운명의 끈 아니던가? 이후 장산곶매는 전설이 아닌 현실에서 민중의 분노와 결단, 저항과 비상(飛翔)의 표상이 되었다.

첫소리

1979년 10월 26일 독재자 박정희가 그의 오른팔인 김재규 중앙정보부장의 총에 맞아 비명에 간 뒤, 그해 12월 어느 날 명동 YWCA 강당에서 혼례식으로 위장한 민주 재야인사들의 집회가 있었다. 이른바 YWCA 위장결혼식 사건이다. 당시 보안사령관으로 합동수사본부장을 겸하고 있던 전두환 군부집단은 이 사건의 주모자로 백기완 등을 지목하였고(사실 백 선생은 이날 감옥에서 막 풀려 나온 직후라 주모자가 될 수 없었다), 백 선생은 보안사로 끌려가 여러 달 감금되어 갖은 고문과 악행을 당하였다.

12·12 사태와 광주에서의 살육과 항쟁기간 내내 감옥에 갇혀 있다가 소위 5공화국이 출범되고 나서야 겨우 풀려난 선생은 거의 빈사상태였다. 80킬로그램 나가던 몸무게가 40킬로그램으로 줄었으며, 하루에도 몇 번씩 의식을 잃고 신음하곤 하였다.

나는 그 무렵 동양텔레비젼 방송국(TBC-TV) PD로 재직 중이면서 스승이신 정권진 명창께 판소리를 전수받고 있던 중이었는데, 백 선생의 소식을 듣고 장충동에 있는 낡은 적산가옥 2층집으로 병문안을 갔다가 선생의 참혹한 모습에 마음이 너무 아파 자주 댁에 들르게 되었다.

한번은 의식이 오락가락하시는 선생님 곁에 그냥 오래 앉아 있기가 무료하여 그동안 수련한 판소리 심청가 중에서 한 대목을 들려드렸는데, 누워 계시던 선생님이 불현듯 의식을 회복하고 벌떡 일어나시는 것이 아닌가? 이날부터 선생님의 쾌유를 위한 일종의 '소리 치료'가 한동안 계속되었는데, 어느 날 의식을 꽤 회복하신 선생님이 내 소리에 대한 평을 이렇게 하셨다.

진택아, 네 소리를 듣고 내가 정신이 많이 돌아왔어. 기런데 말이야, 소리에는 쇳소리가 들어 있어야 돼. 쇳소리가 뭐이냐 하면 오래도록 노동으로 단련한 사람들, 배고픔과 고통을 수없이 겪어본 사람들 몸에 배여 있는 소리야. 진택이 너는 혼자서 수련은 했어도 노동 단련이 없고 배고픔과 고통을 겪어보질 않아서 쇳소리가 없는 게야.

놀라우리만치 일관된 민중적 관점이었다. 판소리에서 가장 높이 치는 성음에 수리성·통성·철성 등이 있는바 쇳소리란 바로 철성을 말하는 것. 수리성은 득공의 결과 목이 칵 쉬어서 나오는 소리요 통성은 타고난 기세를 뱃심으로 내지르는 소리라 대충 알고 있었지만, 철성이 어떤 소리인지는 나도 잘 모르고 있었던 바… 백 선생은 철성을 노동의 땀과 피와 고통과 눈물이 쌓여 응축된 분노, 그 분노를 삭혀 내지르는 성음으로 해석했던 것이다.

백 선생의 시 중에 「전지 요양의 길목에서」라는 시가 있다. 이 시를 비감하게 또는 힘차게 읽어보면 쇳소리가 소리에만 아니라 시에도 들어 있다는 것을 알 수 있다. 쇳소리로 외치는 비장과 분노야말로 가장 감동적인 시가 될 수 있다는 말이다.

비나리 ─ 묏비나리

백기완 선생의 시 중에서 가장 널리 알려진 것은 1980년 광주민중항쟁 이후 대표적인 투쟁가요로 자리매김한 〈임을 위한 행진곡〉의 가사라 할 수 있다. 〈임을 위한 행진곡〉은 광주항쟁 마지막까지 도청을 사수하다 산화한 시민군 대변인 윤상원과 들불야학 후배 박기순의 영혼결혼식을 담은 노래굿 《넋풀이》카세트테이프 맨 마지막에 실려 있는 노래이다. 이 테이프 제작의 실질적 총기획 및 대본 연출은 당시 광주에 거주하던 작가 황석영에 의해 이루어진바, '사랑도 명예도 이름도 남김없이'로 시작해 '산 자여 따르라'로 끝나는 그 비장한 가사는 백기완 선생의 미발표 시 「묏비나리」의 핵심 구절을 노랫말로 차용했음이 나중에야 밝혀졌다.

백기완 선생이 글쟁이(작가·저자)로 입문한 것은 앞서 소개

『자주고름 입에 물고 옥색치마 휘날리며』, 시인사, 1979

한 1978년의 『자주고름 입에 물고 옥색치마 휘날리며』인즉, 백 선생은 45세의 뒤늦은 나이에 작가 또는 저자로 등장한 셈이다. 그런데 백 선생의 시(詩) 입문은 그보다도 더 늦은 나이인 1982년에야 이루어졌다. 그 과정을 돌아보면서 나는 백 선생 시의 특징으로서 '비나리'라는 성격에 주목하게 되었다.

백 선생은 우리말 지키기의 으뜸이(으뜸가는 사람)이다. 선생은 시를 시라 하지 않고 '찰'이라고 일컬었다. 선생의 한살매가 들어 있는 책 『사랑도 명예도 이름도 남김없이』 중 문익환 목사 대목을 보면, 백 선생은 장준하 선생 장례식에서 그의 동무 문익환 목사를 처음 만나 호형호제 하면서 지내게 되었는데, 문 목사가 감옥 가기 직전 백 선생에게 건넨 몇 편의 시를 창비 염무웅주간에게 전할 때 '찰'이라는 말을 발상해낸 것으로 보인다.

사실은 문익환 목사도 늦깎이 시인인데, 백 선생은 문 목사의 시를 읽자마자 '맑은 찬 샘이 찰랑찰랑 넘치듯 찰찰 넘치는 시상(詩想)'에 감흥 받았다. 이후 백 선생은 시는 찰로, 시인은 '찰니'로, 시집은 '찰묵'으로 고집스럽게 일컬은바, 좀 억지스런 느낌은 있지만 그 발상이 대단히 신선 탁월함을 인정하지 않을 수 없다.

허나 정작 백기완 선생의 시는 찰이라기보다는 비나리로 일컫는 것이 훨씬 합당하다. 이를 증빙하는 대표적인 시가 바로 「묏비나리」이다.

1979년 말 YWCA 위장결혼식 사건으로 체포된 백 선생은 모진 고문 끝에 투옥되었고, 그 직후 1980년 5월 광주에서 엄청난 학살과 이에 마주한 처절한 항쟁이 일어났음을 감옥 안에서 들었다. 고문과 투옥의 여파로 생사의 갈림길에 있었던 백 선생은 스러져가는 자신의 몸과 마음을 혼자 힘으로 일으켜 세우지 않으면 안 되었고, 그리하여 병상에 드러누운 채 광주의 학살과 투쟁에 더한 자신의 통한과 분노와 염원을 흥얼거리기 시작했다. 첫 줄을 지어 흥얼거리고, 다음 줄을 지어 되뇌어 읊조리고, 이를 다시 추리고 모아 되풀이 웅얼대고 외치고 새기면서 드디어 한 편의 시를 완성해냈으니 이 시가 바로 「묏비나리」이다.

맨 첫발
딱 한발 떼기에 목숨을 걸어라
목숨을 아니 걸면 천하 없는 춤꾼이라 해도
중심이 안 잡히나니

그 한발 떼기에 온몸의 무게를 실어라

아니 그 한발 떼기에 언 땅을 들어올리고
또 한발 떼기에 맨바닥을 들어올려
저 살인마의 틀거리를 몽창 들어엎어라
(중략)
사랑도 명예도 이름도 남김없이
한평생 나가자던 뜨거운 맹세
싸움은 용감했어도 깃발은 찢어져
세월은 흘러가도
굽이치는 강물은 안다

벗이여, 새날이 올 때까지 흔들리지 말라
갈대마저 일어나 소리치는 끝없는 함성
일어나라 일어나라
소리치는 피맺힌 함성

앞서서 나가니
산자여 따르라 산자여 따르라
(중략)
이 썩어 문드러진 놈의 세상
하늘과 땅을 맷돌처럼 벅벅
네 허리 네 팔뚝으로 역사를 돌리다
마지막 심지까지 꼬꾸라진다 해도

언 땅을 어영차 지고 일어서는
대지의 새싹 나네처럼

젊은 춤꾼이여
딱 한발 떼기에 일생을 걸어라.

1980년 12월 백기완

백기완 선생은 자신의 시를 스스로 낭송하기를 좋아했다. 그런데 그는 낭송하기 위해 자신의 시를 외운 것이 아니었다. 그의 시가 글자로 적혀 세상에 나왔을 때는 이미 백 선생 자신이 그 시를 줄줄 외고 있던 때이다. 백 선생은 시를 글자로 지은 것이 아니라 입으로 흥얼거려서 끊임없는 읊조림으로, 가슴속 외침과 절규로 줄기찬 염원과 바람을 담아 그 비념을 쌓고 쌓아 빚어낸 것이니, 그의 시는 과연 비나리였다. 사람이 사람한테 사람을 불러일으키는 미적 계기, 그것이 비나리이다.

씻풀이춤

1987년 남영동 치안본부에서 저질러진 서울대생 박종철 고문치사 사건의 진상이 폭로되면서 전두환 군부독재의 아성이 무너지기 시작했다. 유신헌법 철폐와 독재 타도를 외치는 국민적 항쟁은 6월에 이르러 최고조에 달했고, 그 와중에서 연세대 학생 이한열 군이 최루탄에 맞아 쓰러지는 사건이 일어났다.

이한열 군의 장례식이 있던 날 현직 서울대 교수인 춤꾼 이애주는 연세대학교 정문 앞에서 열린 영결식에서 한열의 죽음을 애도하고 영령을 위로하는 한판춤을 추었는데, 춤의 기세가 우리 민속사나 무용사에 전례가 없는 파격적인 형세였다. 그 춤을 살풀이춤이라고 부르기에는 그 사위와 모양새가 같지 않고, 해서 일부 언론에서는 그 춤을 일컬어 '시국춤'이라고 명명하기도 하였다.

그런데 그 춤을 현장에서 지켜보셨던 백기완 선생은 얼마 뒤 모인 자리에서 그 춤을 '썽풀이춤'이라고 칭하였다. 처음 듣는 용어였지만, 듣는 순간 썽풀이춤이야말로 이애주가 춘 그 춤을 일컫는 가장 적확한 용어라는 생각이 들었다.

그렇다면 썽풀이춤은 '한풀이춤', '살풀이춤'과는 어떻게 다른가? 나는 그것이 '분노의 미학'에 관련된다고 생각한다. 세상에 대한 분노, 시대에 대한 분노가 솟구쳐서 온 세상 온 시대를 움켜쥐고 잡아 흔들어 질곡을 깨뜨리는 처절한 몸부림, 그것이 썽풀이춤인 것이다.

백 선생은 그날 같은 자리에서 우리들에게 다음과 같이 일갈하였다.

"정치가 질곡의 늪에 빠지면 예술이 앞장서는 게야!"

새뚝이

1987년 12월의 대선은 우리에게 너무나 많은 과제를 남겼다. 6월 항쟁의 성과로 대통령 직선제 개헌을 쟁취하였으나 김대중 김영삼 두 분이 모두 출마함으로써 그동안 생사를 같이하며 투쟁해 왔던 재야진영이 대선 대응 노선 차이로 분열하게 되었다.

한쪽은 김대중 선생이 좀 더 진취적이고 역량이 크신지라 그 분을 '비판적으로' 지지해야 한다고 주장하였고, 다른 한쪽은 온 건·단순한 김영삼 총재가 먼저 대통령이 되는 것이 안전할 수 있으니 두 분이 어떤 식으로든 단일화해야 한다고 주장하였다. 대선 날짜는 점점 다가오고 백척간두! 장대 끝에 올라선 위기라. 일각에서 민중후보를 독자적으로 내어 후보단일화를 강제해야 한다는 의견이 나왔다.

　　그해 한겨레신문 창간이 발표되던 날, 행사장인 명동 YWCA 강당에 긴급 전단이 나돌았다.

　　'백기완 선생을 민중후보로 추대하자!'

　　분위기가 뒤숭숭할 제, 축사를 하시던 내빈 중 한 분께서 민중후보 추대는 누군가의 공작일 것이라고 조심스럽게 우려하였다. 다음 번 축사는 백 선생 차례였다. 연단에 나선 백 선생은 비장한 분위기로 연설을 시작하였다.

　　"여러분, 방금 어느 인사께서 이 시점에 민중후보를 추대하는 것은 누군가의 공작일 것이라 말씀하셨습니다. 그렇습니다. 이것은 공작이 틀림없습니다!"

　　순순히 비판을 시인하는 듯하던 백 선생이 돌연 목소리를 높여 말을 이어 나갔다. "하지만 여러분, 이 백기완이를 민중후보로 추대한 주체는 바로 민중입니다. 다른 누구의 공작도 아닌 바로 민중 자신의 공작입니다."

　　건곤일척! 목숨을 걸고 진검으로 겨뤄야 하는 단판 승부! 아무도 예기치 않았던 '새뚝이'의 등장으로 일순 장내가 조용해지면서 정적이 잠시 흘렀다.

1987년 대선 시기에 나는 민중 대통령후보 백기완의 특별보좌관을 맡았다. 요즘 대선처럼 수백 명 명함 찍어 돌리는 특보단이 아니라 단 한 명밖에 없는 진짜 특별보좌관이었다. 다만 나는 거기에 백기완 후보의 운전기사이자 수행비서를 겸해야 했다. 민중후보 진영에 자동차라곤 내가 가진 포니엑셀 한 대뿐이었기 때문이다.

당시 군부독재 집권세력은 민중후보 진영을 '좌경'으로 몰아붙이고 있었다. 선거본부로 쓰고 있는 진관동 기자촌 선생 댁에 협박전화들이 걸려오곤 해서 백 선생도 그런 일들이 적잖게 신경에 거슬리는 듯했다. 물론 후보조직 안에는 진보적 노동단체 일부가 참여하고 있었지만, 그렇다고 좌경으로 몰려야 할 이유는 없었다. 분단된 대한민국에서는 아무리 좌경해도 남북을 통틀어 볼작시면 중도 우파밖에 되지 않으니까…. 무엇보다 후보 자신이 좌니 우니 하는 따위에 개의치 않았고, 선생 자신의 언표를 빌리자면 좌우 문제가 아닌 누가 옳고 누가 그르냐 하는 문제만 있기 때문이었다.

우리는 군부독재세력의 이념 시비를 적절히 방어해야 할 필요를 느꼈다. 그런 가운데 대학로 집회에 무려 10만여 명의 청중이 모여들었다. 문자 그대로 인산인해였다. 자칭 광대인 나는 단상에서 사회를 맡았고, 수순상 분노의 감정보다는 풍자의 묘수가 먼저 필요하다고 느꼈다.

"여러분, 저 군부독재세력이 우리 민중후보를 좌경이라 몰아붙이고 있습니다. 여러분, 좌경이 대체 뭡니까? 난폭한 운전사가 핸들을 갑자기 우측으로 꺾으면 승객들은 모두 좌로 쏠릴 수

1987년 민중후보 백기완 선대본의 유세 활동 ©홍선웅

밖에 없습니다. 극우세력에게 운전을 맡기면 우리 국민은 모두 좌경해야 합니다. 여러분, 우리가 똑바로 서 있으려면 저 극우 독재 운전사를 바꿔쳐야 합니다. 가자 백기완과 함께 민중의 시대로!"

청중들 반응은 열화 같았고, 그 후 민중후보를 좌경으로 모는 언동은 수그러들었다.

1987년 대선정국에서 민주진영 양 김 후보의 분열을 막지 못한 백 선생은 선거 이틀 전 피눈물을 머금고 사퇴하였으며, 선거 결과는 예측한 그대로 참담한 패배였다.

대선 패배는 우리 정치사에 엄청난 피해와 좌절을 남긴바, 하나는 영호남 간 배타적 지역감정의 심화요, 다른 하나는 수구·부패를 잔존시킴으로써 친일·유신 잔재세력이 지금도 기승을 부리는 정치판 구도가 고착되었다는 사실이다. 그리고 그러한 적대적 공생 구도는 그 눈부신 촛불혁명 이후에도 여전히 견고하게 시커먼 또아리를 틀고 있다.

이야기꾼

백기완 선생은 통일꾼이자 불쌈꾼이고, 비나리꾼이자 이야기꾼이다. 사실은 노래도 정말 잘 부르신다. 팔순이 다 된 무렵 서울대 문화관에서 열린 〈노래에 얽힌 백기완의 인생〉이라는 공연에서는 흘러간 노래들을 정치·사회·문화적 관점에서 재해석하여 유행가가 아닌 '시대의 노래'로 들어올리는 빼어난 시각을 보여줌으로써 2천 명이 넘는 청중을 감동의 도가니로 몰아넣은 바 있다. 백 선생의 흘러간 노래 솜씨는 '분노의 감정을 삭히고 삭혀 끝내 비애의 정서로 치환해내는' 연금술에 비유할 수 있다.

하지만 백기완 선생의 진면목은 민중적 '이야기꾼'이라는 점에 있다. 이야기의 내용도 탁월하거니와 이야기를 풀어가는 솜씨 또한 탁월하다. 백 선생의 대담 프로그램을 라디오로 들었다는 어떤 청중은 "그분의 이야기를 듣고 넋을 잃은 것 같은 느낌이었다. 강약, 완급, 고저, 냉온… 상상할 수 있는 수법은 모조리 동원되어 사람의 마음을 쥐락펴락 하였다"고 소감을 피력하기도 하였다. 만약 '판소리' 아닌 '판이야기'에도 예능보유자를 인정한다면, 백기완 선생이야말로 이 부문의 첫째 인간문화재로 지정되어야 마땅하다.

백기완 선생의 이야기 내용은 주로 민중적 전형성을 지닌 인물 또는 동물에 관한 소재들과, 민중이 염원하는 이상향에 관한 주제들이다. 영웅설화의 민중판이라고나 할까? 질곡의 늪에 빠진 세상에 샛별처럼 나타나 현상 타파의 계기를 일구는 전형적 인물 '새뚝이', 자기를 옥죄고 있던 쇠사슬을 끊고 스스로 해방을 일구는 사내 '쇠뿔이', 부당한 상대에 고개 숙이지 않고 목을 뻣뻣이 세워 앞만 보고 가는 사내 '곧은목지' 등은 대륙적이면서 민중적 전형성을 지닌 대표적 인물들로, 프랑스 실존주의 작가 까뮈의 시지푸스 신화에 나오는 인물보다 훨씬 더 우렁차고 역동적이다.

'장산곶매' 이야기는 생사를 결단하고 싸움터에 나서는 전사·의사·열사의 전형상을 은유한 설화요, '이심이' 이야기는 착하고 힘없는 민중들이 힘을 합치면 무지막지한 지배계층의 폭력도 이겨낼 수 있다는 예언적 설화라 할 수 있다. 그런가하면 '골굿떼 이야기'는 이밥에 고깃국을 마음껏 먹을 수 있는 새세상을 염원하는 민중의 꿈을 대변한 설화일 터이며, '찬우물 이야기'는 아무리 마셔도 마르지 않고 샘이 솟는 땅, 생명이 용솟음치고 평화가 넘치는 그런 이상향을 그린 설화로 읽힌다.

그리고 그 바탕에는 부당한 압제로 인해 깨져 나간 민중의 삶과 고통에 분노하고, 그 삶과 꿈을 다시 불러 일으켜 세우는 '불쌈(혁명)의 미학'이 깔려 있다.

노나메기
1987년 이후 백기완 선생의 사상과 생애를 한마디로 응축한 말은 '노나메기'이다. 노나메기란 "너도 일하고 나도 일하고, 그리하여 너도 잘 살고 나도 잘 살되, 올바로 잘 사는" 벗나래(세상),

니나(민중)들의 바랄(소망)을 뜻한다.

나는 이 글에서 한 시대를 풍미한 불쌈꾼 백기완의 한살매를 더듬어 보았으나 1987년까지밖에 다루지 못하였고, '불쌈꾼'이라기보다 '새뚝이'로서의 백기완을 그리는 데 그치고 말았다.

1987년 이후 선생은 이 땅의 핍박 받는 사람, 차별 받는 사람, 소외 받는 사람들이 모여 사는 더 낮은 벗나래로 자신의 몸과 마음과 생각을 옮겨 살으셨다. 나는 계급적 한계와 체력적 한계로 불쌈꾼 백기완 선생을 곁에서 더 모시지 못했음을 고백한다. 노나메기 세상을 염원한 이 시기 백기완 선생에 대한 기억 또는 체험은, 돌아가시기 전까지 나보다 더 가까이서 선생님과 함께 했던 우리 시대 비나리꾼의 계승자들에게 기대하고자 한다.

〔《창작과 비평》, 2021 여름호(통권 192호) 수록 글〕

주머니에 단돈 5천 원

한승헌 — 변호사

고인이 되신 백기완 선생이 겪은 수난 내지 박해엔 법정이라는, 일반에 알려지지 않은 특수 공간을 빼놓을 수 없다. 따라서 변호인인 나는 증언자의 소임까지도 염두에 두어야 할 때가 있다.

박정희의 폭주가 끝날 줄 모르자 대학가 반정부 시위가 격화됐고, 1973년 12월엔 마침내 함석헌·윤보선 등 지도급 인사를 망라한 '개헌청원운동본부'가 장준하, 백기완의 주도 아래 '유신헌법 폐지 백만인 서명운동'에 돌입했다.

박 정권이 최악의 위기를 벗어나려는 대증요법으로 긴급히 내놓은 조치가 '대통령 긴급조치 제1호'였다. 초법적인 엄벌 위협에도 불구하고 반유신 개헌운동은 그야말로 요원의 불길처럼 전국에 번져 나갔다. 그리고 긴급조치 1호 위반 첫 사건의 주인

공이 등장했다.《사상계》주간과 국회의원을 역임한 장준하, 그리고 통일운동가이자 백범사상연구소장이던 백기완 두 사람이 긴급조치 재판극의 첫 배역으로 끌려가게 된 것이다.

긴급조치(긴조) 사건은 일반법원이 아닌 비상보통군법회의가 1심, 비상고등군법회의가 2심, 대법원이 최종심이었다. 이름부터 '비상'이 '보통'에 얹혀 있으니 피차에 어리둥절했다. 나는 백기완 선생의 변호인이 되었다. 장준하, 백기완 두 사람은 긴조 1호가 나온 지 5일 만에 중앙정보부로 연행 구속되어 12일 만에 기소, 6일 뒤 첫 공판, 바로 다음날 판결 선고 식으로 초고속 질주로 1라운드가 끝났다. 서울 삼각지 국방부 청사 근처 언덕바지에 있는 군용 퀀셋 안에서 비상보통군법회의가 열렸다.

그런데 정작 공소장에는 헌법개정청원운동본부를 결성하고 백만인 서명운동에 들어간 행위는 이른바 모두(冒頭)사실, 즉 처벌 대상인 '범죄사실'이 아니라 그 전 단계의 경과사실로 기재되어 있었다. 긴급조치가 발표된 1월 8일 이전의 일이었기 때문에 '소급적용'을 하지 않았다는 몰골로 보였다. 그러다 보니 막상 공소사실에는 긴급조치를 비난하는 말 몇 마디만 남게 되었다.

예컨대 "국민이 대통령에게 개헌청원도 못 한단 말인가", "개헌이란 '개' 자만 말해도 잡혀가게 되어 있으니, 이런 놈의 나라가 어디 있느냐"라는 등의 말을 함으로써 대통령 긴급조치를 비방하고(장준하), 또는 "이런 조치는 대통령이 더 오래 해먹겠다는 이야기니 나는 15년 징역을 살고 나오면 백기완 옹이 되겠구나"라는 말을 함으로써 대통령 긴급조치를 비방하고(백기완)…. 이런 식으로 되어 있어서 자못 희극적이었다. 긴급조치 1호에는 유신헌법 비방뿐 아니라 '이 조치를 비방하는 자' 역시 긴급조치 위반으로 처벌한다는 조항이 있었던 것이다. 그 저인망식 표현에 냉소를 금할 수가 없었다.

당시 변호인인 나와 백기완 선생 사이에는 이런 법정 문답도 오갔다.

변호인: 이번에 중앙정보부에 잡혀가서 조사를 받을 때에 주머니에서 나온 돈이라고는 단돈 5천 원뿐이었다는데, 그게 사실입니까?
백기완: 예, 딱 5천 원밖에 없었습니다.
변호인: 그동안 전 국민적인 개헌운동을 주도해오시면서 상당한 자금이 필요했을 터인데요?
백기완: 아닙니다. 민주주의와 통일을 열망하는 엄청난 민심이 바로 우리들의 자금이요, 힘이었으니까요.

내가 그런 질문을 한 데는 개헌운동에 대한 국민적 공감과 백 선생의 헌신을 부각시키려는 의도가 담겨 있었다. 당사자인 백 선생도 그때를 회고하는 글에서 이렇게 적고 있다. "나는 어찌해서 그 많은 변호사 반대신문과 변론 요지를 빼고 굳이 이 대목을 상기하고 있는 것일까? 그것은 바로 이 대목에서 한승헌 변호사의 날카롭고 당당한 백기완 변론의 알짜가 살아 있다고 여겨지기 때문이었다", "당시의 반박정희 기류와 온 민중의 염원이 객관화된 것이나 다름없었기 때문이었다"라고도 했다.

그런데 역시 중정에 끌려온 장준하 선생의 호주머니에서는 단돈 180원이 나왔다. 담배 한 갑 값도 안 되는 푼돈이었다. 나도 모르게 눈물이 나왔다.

1월 31일 첫 공판에서 군 검찰관은 두 피고인에게 각 징역 15년과 자격정지 15년을 구형했다. 그리고 바로 다음 날 재판부는 전날의 검찰관 구형과 똑같은 15년형을 두 사람에게 선고했다. 나는 두고두고 말했다.

"대한민국의 정찰제는 대도시의 백화점에서 확립된 것이 아니라, 서울 삼각지의 군용 퀸셋 안에서 군법회의 판결이라는 이름으로 태어난 것이다."

참으로 어이없고 부끄러운 '판결'이었다.

이게 '개판'이지 무슨 재판이냐고 분개하는 사람도 있었다. 나는 그들에게 말했다.

"어디까지나 군법회의니까, 다시 말해서 회의 결과에 불과하니까 그리 알고 넘어갑시다."

내 그런 말을 듣고 바뀐 것은 아니겠지만, 그 뒤 '군사법원'이라고 개명을 해서 지금은 '회의' 소리는 면했는지 모르겠다. 이 사건은 대법원에서도 상고 기각으로 끝났다. 박 정권이 긴급 조치 1호를 발동해 법률로도 할 수 없는 짓을 대통령 명령 하나로 15년 징역을 먹이는 판이었으니, 황당하면서도 만만치 않은 공포 분위기가 넘쳐나고 있었다.

그렇다고 명색이 변호사인 제가 '정찰제' 타령이나 하고 제 할 일 다 한 듯이 알고 살아온 것은 참으로 부끄럽습니다. 백 선생님!

〔《한겨레》, 2021. 2. 21. 수록 글 〕

2

———— 날아라
장산곶매야

큰 산과도 같았던 분 〔녹취〕

권낙기–통일광장 대표

"씰데없는 짓거리 하지 마라. 그거 하면 다 지 자랑이지. 안 그래도 우리 당은 다 알고 있다. 시끄럽게 짤랑거리지 말아라. 말을 하려면 정직하게 해야 하고, 정직하게 하려면 용기가 있어야 돼."

이 이야기는 우리 아버님이 28년인가 감옥을 살고 나와서 주변 사람들이 그 사연과 발자취를 녹취해서 남기자고 하니 하신 말씀이다. 바깥에서 이미 다 알고 있는 이야기이고, 그땐 '비합'이었으니까 정확하지도 않고, 그래서 지금도 개인사를 털어놓는 것이 썩 내키지는 않는다는 말씀이었던 것 같다.

나는 복잡한 가정사와 형편 때문에 부산 동아중학교 2학년 때 중퇴를 했다. 친구들이 고등학교, 대학교 다닐 때 나는 노동을 했다. 신문팔이, 구두닦이부터 인쇄소, 국수 공장, 그리고 4부두, 3부두, 2부두에서 막노동까지 닥치는 대로 일을 했다. 그러던 중 감옥에서 출소하신 작은아버지 밑에서 심부름을 하면서 '비합법 활동', 지금으로 말하자면 국가보안법에 저촉되는 일을 하기 시작했다.

대단한 반골 집안이었던지, 큰아버지께서 일제강점기에 일본 유학을 갔다 오셔서 경상북도에서 항일운동을 하셨다. 짧은 기간이지만 경북도당 위원장도 하셨다. 신문에 나온 대로 하면 경북도당 총책, 그때는 총책이 도당 위원장이었다. 집안의 제일 큰 형이 그러니까 그 밑으로는 뭘 알고 모르고 할 것 없이, 그냥 끌려다니고, 결국에는 아버지와 작은아버지도 엮이게 됐다. 큰아버지는 1948년에 체포당해서 대구 앞산에서 사형당하셨다.

아버지는 1948년 '전조선 제정당사회단체 대표자 연석회의' 때 대구 노동자 대표로 평양을 갔다 내려오다가 밀고로 잡혀서 대구교도소에 수감되어, 부산교도소로 갔다가 다시 대구교도소로 와서 출소하셨다. 작은아버지는 대구 능인고등학교 다닐 때 체포되어 소년수로 15년을 언도 받았다가 6·25 전쟁 때 나오셨다. 월북한다고 따라 올라가다가 허벅지에 총상을 당해 낙오돼서 다시 대구로 내려갔다.

그러다가 작은아버지께서 1966년에 평양을 다녀오시고, 그리고 관련된 일이 '통혁당 사건'이었다. 나도 1972년에 통혁당 사건으로 체포됐다. 아는 것도 별로 없는데 아버지하고 작은아버지가 일을 시키니까, 등사기 가리방 긁고, 유인물 뿌리고, 무전 치고, 난수표 받는 일을 했다. 1심에서 검사 구형 15년을 받았는데,

아버지가 재판을 거부한 것을 알고 나도 재판을 거부했다. 그 결과는 무기징역이었다. 다행히 2심에서 10년으로 감형이 됐다. 그 사건으로 아버지께서는 1심 사형, 2심 무기징역, 어머니는 1심 5년, 2심 3년 6개월, 동생은 집행유예를 받았다.

1989년에 출소해서 서울로 올라왔다. 백기완 선생님과 처음 인사를 나눈 것이 아마 1991년경이었던 것 같다. 나는 백 선생님을 알고 있었는데, 백 선생님은 내가 누구인지 잘 몰랐을 것이다. 청주보안감호소에 있을 때 가끔 잡지 같은 데서 백 선생님의 사진을 본 적이 있었다. 먼저 출소한 후배에게 백 선생님에 대해 물어보니 한 시대의 획을 그은 분이면서 참 별종이라고 했다. 별종도 종류가 많은데 어떤 별종이냐고 물으니, 고집과 자기 정체성이 대단한 분이라고 했다.

　백 선생님을 가까이하게 된 것이 민가협 장기수가족협의회 회장으로 있을 때였다. 〈시와 노래의 밤〉 행사를 했을 때 백 선생님을 모신 것이 계기가 됐다. 처음 봤을 때는 뭐랄까 그늘 같은 것을 느꼈다. 선생님께서 살아온 삶에 대한 이해 부족 때문이겠지만, 주변에서 선생님을 경원하는 듯한 분위기가 느껴졌다. 이러든 저러든 간에 한 시대를 풍미하신 대선배님이신데….

　개인적으로는 내가 살아온 삶하고 교감이 되면서 본격적으로 백 선생님을 가까이 모시게 됐다. 집회든 행사든 백 선생님이 오시면 모셔서 앞자리 앉으시게 했는데, 백 선생님도 당신을 그렇게 신경 써드린 게 기억에 남았던 것 같다. 특별한 말씀은 없었는데, 눈빛에서 선생님의 따뜻한 마음을 읽을 수 있었다. 자주 뵙다보니 그 전에 봤던 건 그늘이 아니라 햇빛인 걸 알았다. 단지 눈이 부셔서 그늘로 보인 것뿐이었다.

백 선생님은 한이 많은 분이라고 생각한다. 개인의 복수 차원에서의 한이 아니라 평생 살아오면서 가졌던 민중에 대한, 또 조국에 대한 그런 한. 나는 한 인간이 책상머리에 앉아서 쌓은 지식보다도 자기 연륜 속에서 만들어진 그 지혜가 참 무서운 거라고 생각한다.

지금은 돌아가신 장기수 선생님께서 책을 내서 출판기념회를 하는데 백 선생님께 축사를 부탁했다. 참석하신 지인 중 한 분이 까탈을 부렸다. 왜 하필 백기완이냐고. 백기완이 축사하면 나가겠다고. 나가려면 나가라고 했다.

"저는 사람을 선별하는 그런 관점이 싫습니다. 간장 종지같이 좁은 속으로 무슨 혁명을 하겠습니까."

백 선생님한테는 말씀도 안 드렸지만, 밖에서 작은 소란이 있었던 걸 노련한 분이 눈치를 채신 거 같았다. 그런데도 나에게 아무 말도 안 하시고, 또 물어보지도 않으셨다.

다른 장기수 선생님이 돌아가셨을 때도 바쁘신 걸 알면서 백 선생님께 추도사를 부탁드렸는데 흔쾌히 응해주셨다. 선생님께서는 속된 말로 입장이니 전망의 차이니 그런 것을 따지지 않으셨다. 그런 것이 고마웠다. 그래서 나도 노동자들 농성하는 자리에는 꼭 찾아가려고 노력한다.

내가 운동하면서 싫어하는 사람이 착한 사람이다. 착하다는 건 개성이 없다는 것이다. 백 선생님께서 질곡 있는 삶을 살아오면서 긍정적인 것도 있고, 부정적인 것도 있을 것이다. 하지만 총체적으로 놓고 보면 백 선생님이 가고자 했던, 바랐던 그것은 변함이 없었다. 때로는 뒤차를 타거나, 버스도 좀 탔을는지 모르겠지만, 옆으로 빠진 적은 없었다. 주판 놓고 계산 따지는 것이 아니라 꾸준하게 가는, 참으로 우직하게 정직했던 분이셨다.

한번은 흥사단에서 무슨 행사를 했는데, 참석자 중에서 한 분이 백 선생님 축사 중에 싫은 소리를 했다. 백 선생님께서 대뜸 "누구야, 나가서 맞짱 뜰까?" 하셨다. 그 생동감 있고, 소박하고, 솔직한 그런 것이 나는 좋았다. 돌아가시기 수년 전부터는 노골적이면서 직설적이게, 그러나 가장 적절하게, 길지도 않고 정곡을 찌르는 그런 말씀을 자주 하셨다. '진보'라는 화두를 가지고 이런저런 말들이 많았을 때, "진보, 진보 하는데, 이 시대의 가장 큰 진보는 사회주의자야", 아주 간결하면서 핵심을 찔러버렸다.

이석기가 구속되고 난 뒤에 백 선생님께 석방운동에 참여를 부탁드렸다. 옆에 앉아 있던 분이 통합진보당과 이석기에 대해 부정적인 이야기를 하면서, 굳이 선생님께서 나서서 구명운동을 할 필요 뭐가 있겠냐고 만류를 했다. 백 선생님께서는 "너그들 그러면 못써. 지금 사람이 물에 빠져 있는데, 일단 건져놔 놓고 회초리를 때리든지 상을 주든지 해야지 지금 뭔 그딴 소리를 하냐"고 하셨다.

선생님께서는 '최후의 여자 빨치산'으로 잘 알려진 정순덕 선생님하고도 친하게 지내셨다. 정순덕 선생님도 대단한 분이셨다. 대퇴부에 큰 부상을 입고 제일 마지막으로 잡힌 빨치산이다. 다리 하나를 자르고 나서 재판을 받는데, 판사가 하는 말이 "너희들은 산에 있을 때도 남자들하고 그 짓 많이 했지"하니까, "너 같은 새끼 낳을까 싶어서 안 했다. 이 ○○놈아" 했다는 일화로 유명하신 분이다.

1994년엔가 두 분이 우연히 만나게 됐는데, 백 선생님의 나이를 확인하고 바로 그 자리에서 오빠, 오빠 했다는 너무도 화통하신 분이다. 백 선생님도 그런 정순덕 선생님을 친동생처럼 아끼셨다. 선물로 받은 양주 세 병을 한 병에 백만 원씩 받고 팔아오게 해서 그 돈으로 정순덕 선생님에게 전동 휠체어를 사주기도 했다.

백 선생님께서 돌아가시기 전 서울대병원에 입원해 계시는 중에 안재구 박사님이 돌아가셔서 같은 병원의 장례식장에 빈소가 마련돼 있었다. 문상을 가 있었는데 마침 백 선생님이 좀 보잔다고 연락이 왔다. '코로나 때문에 면회가 안 될 텐데' 긴가민가 하고 장례식장에 있다가 면회를 갔다.

선생님께서는 별 말씀이 없고 나도 특별히 할 말이 없어 그냥 얼굴만 쳐다보고 있는데, 사람을 시켜 봉투 하나를 주셨다. 안재구 박사님이 돌아가셨다는데 부의금 좀 전해주라고. 나중에 안재구 박사님 아들한테 들으니까, 감옥에 계실 때 짧은 기간이었지만 두 분이 같이 계신 적이 있었다고 했다. 당신의 생사가 왔다 갔다 하는 판에도 그런 도리를 챙기시는 걸 보면서 아 저게 참 쉬운 게 아닌데 하는 생각을 했었다.

죽음을 놓고 보면 다 아는 것 세 가지와 다 모르는 것 세 가지가 있다. 다 아는 것은 혼자 죽는다는 것, 누구나 죽는다는 것, 죽을 때 아무것도 못 가져간다는 것이다. 다 모르는 건 언제, 어디서, 어떻게 죽을지 모른다는 거다. 실제 열사들을 보면 언제, 어디서, 어떻게 죽을 줄 몰랐다. 그나마 다행스러웠던 것은 오종렬 선생님도, 이소선 어머님도, 백 선생님도 병원에서 돌아가셔서 문병이라도 갈 수 있었고, 준비라도 할 수 있었다는 것이다. 준비가 되어 있었기 때문에 충격을 줄일 수 있었다.

백기완 선생님은 갖고 계셨던 사상이라든가 이런 걸 떠나서 큰 산이라고 본다. 큰 산은 움직이지 않는다. 범접할 수도 없고, 함부로 건드리지도 못한다. 언제나 그 자리를 지키고 있을 뿐이다. 백 선생님은 이 시대뿐만 아니라 앞으로도 큰 산이다. 백 선생님은 당성이니, 정치성이니, 사상성이니 그런 것보다 중요한 것은 종국에는 그 사람의 인품이라고 하셨다. 누구보다 민중들을 사랑했던 분이시다. 백기완 선생님이 지금 앞에 계신다면 북에 있는, 누님이 계셨던 고향에 한번 같이 가자고 권유하고 싶다.

대담 **백원담**

녹취 정리 **최병현·박선봉**

고문으로 몸무게 반쪽이 됐던
그를 기억하며

공지영—소설가

한 인간을 추억한다는 것은 밤하늘의 별을 다 살피는 일만큼 어려운 일인지도 모른다. 열 권의 책을 쓴다 한들 그의 인생을 다 묘사해내지는 못하리라. 혹자는 그를 통일운동가로, 혹자는 그를 대통령 후보로 출마했던 정치가로 부르고, 혹자는 온갖 말로 그를 가리켜 폄하도 할 테지만, 나는 그를 말과 행함에서 아주 작은 괴리도 용납하려 하지 않았던 한 진실한 인간, '새내기' '동아리' 같은 말을 우리에게 새로 일깨워준 작가 혹은 시인으로 기억하고 싶다.

그의 부고를 듣고 수많은 생각이 나를 스쳐 지나갔다. 내 인생의 많은 곳에도 그가 있었다. 어린 시절 읽었던 『자주고름 입에 물고 옥색치마 휘날리며 』라는 그의 책부터 1987년과 1992년 대통령선거, 쌍용자동차 등 모든 해고자의 눈물 속까지.

　나뿐 아니라 수많은 사람의 마음속에 어떤 장소, 어떤 순간 속에 그가 있었음이 스쳐 지나갔으리라. 그는 그렇게 어디에나 있었다. 만일 거기 의로운 분노가 있고 가난한 눈물이 있었다면 말이다. 만일 거기 더러운 억압이 있고 최루탄과 짓밟힘이 있었다면 말이다.

　하지만 내게 가장 뚜렷하게 떠오르는 건 조금은 다른 것이었다. 나는 대학 시절 그의 큰딸인 백원담 교수(성공회대)와 학교 선후배라는 인연으로 그의 집에 방문할 기회가 여러 번 있었다. 어렸던 나는 그가 설거지하던 모습을 잊을 수 없다.

　학교에 강사로 오면 구름떼같이 모인 학생들의 환호성에 휩싸인 주인공이던 그가, 거구에서 나오는 우렁찬 목소리로 포효하며 10만 명 넘게 운집한 광장의 젊은이들을 움직이게 하던 그가, 두레상에 앉아 겸손한 식사를 마치면 당연하다는 듯이 그릇을 들고 설거지했다. 초등학교 선생님으로서 평생 집안 생계를 책임져야 했던 아내의 노고를 돕기 위해, 그는 언제나 막내딸을 둘러업고 저녁밥을 하고 내일 가져갈 딸들의 도시락을 챙겼다. 그러는 동안에도 엄마가 보고 싶은 딸들에게 우리의 옛이야기를 들려주는 그런 아빠였다. 그 집안에서 그것은 너무나 당연한 의례 같았다.

　이른바 '민주화 투사'라는 사람들이 여자 문제를 일으키던 때, 나랏일은 남자의 것이고 집안일은 여자나 하는 것이라는 봉건이 아직도 짙었던 그때, 페미니즘에 겨우 눈뜨던 내게 그 모습이 얼마나 큰 충격이었는지. 더구나 그는 이미 그 직전인 박정희·전두환 독재정권의 개들에게 끌려가 고문당하고 81킬로그램의 몸이 38킬로그램이 되도록 만신창이가 되어, 던져지듯 집으로 돌아와 겨우 회복한 터였다.

모두 가망이 없다는 죽음의 세월에서 그는 다시 살아났으나 이후에도 투옥과 고문, 가택연금은 끊이지 않았다. 그러나 그는 비굴하지도 상처에 찌들어 비뚤어지지도 않았다. '나는 위대한 일을 하고 있으니 너희가 나를 대접해야 한다'라는 역겨운 가식 같은 건 눈을 씻고 봐도 보이지 않았다. 아내는 그의 동지였고 그런 대우를 받았다. 그가 한 번도 그녀를 배반한 일이 없다는 당연한 일이 역사에서 얼마나 드문지 우리는 알고 있지 않은가.

1992년 겨울 민주화를 이루기 위해 민중후보로서 대통령선거에 다시 나섰을 때, 그의 대선 캠프에서 내게 도움을 요청했다. 그때 나는 1,500cc 소형차를 그 캠프에 줬고, 그는 그것을 전용차로 썼다. 당시 이름 없던 소설가가 가진 차를 차출해 전용차로 써야 할 만큼 가난한 대선 캠프. 몇 년 전 방한한 프란치스코 교황이 소형차를 타는 것을 보고 감동 받은 사람들이 그랬듯, 당시 내게 그것은 신선한 충격이었다. 그 신선한 충격이 얼마나 많은 청년의 정수리에 희망을 들이부었던지.

변두리 집에서 나는 자동차를 빌려주고 발이 묶여 하는 수 없이(?) 책상 앞에 앉아 『무소의 뿔처럼 혼자서 가라』를 썼으니, 그게 거의 30년 전 일이다. 세월은 덧없이 날아가고 우리네 인생은 아침 풀잎에 맺힌 이슬만큼 허망하게 스러지는 듯하다.

꽃이 질 때마다 울 수는 없는 일이겠지. 그러나 그 꽃 아래서 우리가 했던 약속을 기억하는 건 좋은 일이리라. 그 꽃 아래서 불렀던 노래를 다시 부르고, 하늘을 우러르던 빛나는 눈동자를 기억하는 것도 좋은 일이리라.

오, 신이시여 부디 고단했던 그의 영혼을 안아주소서. 축구화를 사고 싶어 황해도에서 서울로 내려왔던 어린 소년이 그날로 막힌 삼팔선 때문에 고향으로 다시는 돌아가지 못했음을 기억하소서. 그 상처의 힘으로 다른 모든 가여운 이들을 위해 애썼음을 헤아려주소서.

그는 가고, 남은 우리는 여기서 그가 남긴 노래를 천천히 부르겠나이다.

사랑도 명예도 이름도 남김없이….

〔《한겨레 21》, 2021. 2. 20. 수록 글〕

장산곶매는 둥지를 부수지 못한다

김명인—인하대 교수, 문학평론가

스무 살 약관의 나이 때부터 나름 모진 세월을 살다보니 내 삶은 나도 모르게 '공적인 삶'이 되어버렸다. 원래 소인주의적 태도가 몸에 배기도 했거니와 시원찮은 건강 때문에 사람들 앞에 나서는 일을 좀 두려워하게 되어 마흔 중반 이후로는 무슨 집회나 행사에도 잘 안 다니고 어디 이름을 올린다거나 하는 일도 거의 안 해왔음에도, 나는 내가 그저 '사적인 삶'을 살고 있다는 생각은 해본 적이 없다. 무슨 일을 하든 무슨 생각을 하든 어떤 공적 기준이 먼저 앞서고, 나는 그 기준을 의식하며 삶의 나머지 부분에 임했다.

하지만 잘했다는 뜻이 아니다. 오히려 위선적이다 싶을 정도로 나는 겉으로는 그 공적인 기준들을 내세우면서 사실은 그 기준의 그물을 어떻게 빠져 나갈까, 아니면 빠져 나갔으면서 빠져 나가지 않은 척 나 자신을 속일 수 있을까를 궁구하면서 살아왔다. 그러므로 좀 더 솔직하게 말하자면 내 삶은 공적인 것과 사적인 것, 공적 의지와 사적 욕망 사이에서 동요해온 삶이었다. 그리고 그 낙차 때문에 늘 부끄러웠고, 그 부끄러움은 깊은 자의식으로 침전되어 내 생의 떼어놓을 수 없는 그림자이자 직시하고 싶지 않은 어둠이 되었다.

그렇게 문득문득 고개 드는 자의식으로 괴로울 때마다 생각나는 사람들이 있다. 나 같은 타고난 소인배와는 도저히 같은 반열에 놓일 수 없는 자기 삶의 영웅들이다. 전태일을 필두로 한 공적 의지의 제단에 자신을 기꺼이 바친 초인들이 먼저 떠오르지만, 그렇게 한순간의 결단으로 천공의 별이 되는 대신 조금씩 조금씩 삶의 가장자리부터 먹어 들어와 어느새 존재 전체를 부패하게 만드는 욕되고 비루한 일상의 침식과 평생을 맞서며 끝까지 살아남아 인간의 존엄성을 증거하는, 지상의 촛불 한 자루와 같은 또 다른 초인들도 그에 못지않게 나를 울리며 부끄럽게 한다. 나는 도저히 살아낼 수 없는 삶을 살아내는 사람들, 자기 삶의 갈피마다 고개를 드는 간사하고 집요한 수많은 욕망들을 때려눕히며 살아남는 사람들이 그들이다.

그중에 한 사람이 백기완 선생이시다. 흰 동정에 검은 한복 저고리를 입고 거의 봉두난발한 머리를 하고 매우 온화한데도 불구하고 바라보는 이들을 지레 찔리게 만드는, 그런 얼굴을 가진 백기완 선생. 그 얼굴은 평생 다할 수 없는 숙제처럼, 뛰쳐나갈 수도 다시 들어앉을 수도 없게 하는 반쯤 열려 있는 문처럼 그렇게 언제나 내 마음 한켠에 있다가, 내가 나를 속일 때마다 속절없이 떠올라 나를 불편하게 만들었다. 이제 그분은 돌아가시고 없다. 하지만 살아계실 때나 돌아가신 후에나 내 마음 속 그분의 자리는 달라진 것이 없다.

내가 그분과 가까워 자주 뵙고 자잘한 삶의 면모까지 잘 알았다면 그분의 얼굴이 그 같은 하나의 상징으로 자리하지는 않았을 것이다. 하지만 나는 정작 그분의 생전에 그렇게 살뜰한 인연 같은 것은 맺지 못했다. 세상 무서울 것이 없었던 풋내기 학생운동가 시절, 나는 그의 이름을 그저 풍문으로 들어 알고 있었고, 내가 읽었던 '딸에게 주는 편지'라는 부제를 붙인 『자주고름 입에 물고 옥색치마 휘날리며』라는 책의 저자로 더 가까웠다. 그 시절 나는 주제넘게도 스스로 혁명가인 양 행세했고, 그 행세의 핵심에는 젊은 급진주의자들이 흔히 그러하듯 이전 세대에 대한 강한 비판과 부정이 있었다. 유신 말기의 꽉 막힌 상황 속에서 사회과학의 언어로 전망을 획득했고 광주민중항쟁의 핏빛 세례 속에서 생사를 건 투쟁의 정동을 내면화한 세대의 일원으로서, 기껏해야 낡은 민족주의와 부르주아 민주주의적 전망이 최대치인 '민주화투쟁'에 매달리는 기존의 모든 '재야세력'들과 '민주인사'들의 사상과 행동이 성에 찰 리가 없었다.

김대중, 김영삼 같은 자유주의자 정치 지도자는 말할 것도 없거니와 백기완 선생을 비롯한 문익환, 계훈제 같은 직업이 '재야민주인사'(이 재야인사라는 말은 마침 백기완 선생의 즉석 조어라는 말을 들은 적이 있다)인 분들, 고은, 김지하, 백낙청 선생

같은 '자유실천' 문인들, 심지어 이영희, 박현채 선생 같은 사상
이론의 대가들조차, 젊은 내게 많은 것을 가르쳐준 분들이기는
했지만 나는 마치 어미 거미 속살을 파먹고 성장하는 어린 거미
처럼 그들을 극복하고 한 걸음 더 나아가고자 했다. 나는 그분들
을 이론과 행동에서 계급적 전망과 당파성을 갖지 못한 것으로
간주했고, 특히 김대중, 김영삼 등의 자유주의 보수정치세력들의
헤게모니에 손쉽게 포섭되어 더 근본적인 혁명적 전망에 장애가
될 가능성이 농후한 인사들로 인식하였다.

　　백기완 선생도 마찬가지였다. 선생은 언제나 권력과 민중 간
의 싸움이 있는 모든 전선 제일 앞줄에 서 계셨다. 하지만 젊은
날의 나는 그런 건 쉬운 운동방식이라 생각했다. 정말 전선에 있
는다는 것은 사상과 조직의 전위에 서는 것이지 눈에 보이는 물
리적 충돌지점에 나가 있는 것은 그리 중요한 일이 아니라 생각
했다. 그러므로 나는 그 시절 백기완 선생을 유신헌법반대 서명
운동이라든가 YWCA 위장결혼식 사건 등의 주동자로서보다는
『자주고름 입에 물고…』의 저자로서 더 많이 기억했다. 딸에게
주는 편지 형식의 책 『자주고름 입에 물고…』는 지금은 그 내용
이 거의 기억나지 않지만, 나름 시를 쓰고 평론을 논하던 국문학
도였던 내게 하나의 문화충격이었다. 제도교육 속에서 온실처럼
성장하여 읽은 것이라고는 교과서와 대부분 표준어로 탈색된 한
국문학의 정전들과 일본어 중역으로 날림 출간된 세계문학 전집
류 등이 전부였던 나에게 『자주고름…』은 그 호방한 문체와 거침
없는 민중적 세계관, 그리고 무엇보다 거의 알아듣기 힘든 순 한
글 단어의 향연(?)으로 과연 이분은 우리와 같은 시대, 같은 공간

에 함께 살아가는 분이 맞는가 싶을 정도였다.

'새내기', '동아리', '모꼬지', '댓거리' 등 이제는 완전히 일상어로 정착한 정겨운 우리말들이 사실은 오래도록 죽은 말이었다가 선생의 노력으로 다시 시민권을 획득했다는 것은 이미 잘 알려진 사실이지만, 그 외에도 '하제'(희망), '알기'(핵심), '몰개'(파도) 같은 말들을 비롯해서 들을수록 도무지 통역이 없으면 이해하기 힘든 말들이 여전히 부지기수로 남아 있다.

막내 따님의 회고(백현담, 「통방소리─백기완의 우리말 이야기」, 《황해문화》 111호, 2021)에 의하면 그 알 수 없는 말들은 사전에 있지만 알려지지 않은 순 한글과 지방 사투리이거나, 일어, 영어 등 외래어를 대체하여 일부러 만든 말, 그리고 보통 사람들의 입말들이라고 하니 출전도 갖가지라고 할 수 있다. 그런 면에서 선생은 한글 순혈주의자로 최현배 같은 한글 전용주의자들과 유사하다고 할 수 있지만, 선생의 우리말 사랑에는 반제국주의적이고 민중적인 지향성이 깊게 깃들어 있다는 점에서 그들보다 훨씬 더 급진적이고 정치적이라고 할 수 있다.

실제로 이런 우리말들은 『자주고름 입에 물고…』 외에 그의 사상의 집적물이라고 할 수 있는 『장산곶매 이야기』나 『백기완의 통일 이야기』, 그리고 「묏비나리」나 「갯비나리」 같은 비나리체 장시들, 『젊은 날』, 『이제 때는 왔다』, 『아, 나에게도』 같은 서정시집들, 『버선발 이야기』 같은 옛이야기 속에 제대로 자리 잡으면 고기가 물을 만난 듯 생명력을 지니고 우리 민중사의 저변에 면면히 흘러온 고난과 비탄, 불퇴전의 기개를 담아내기에 가장 적합한 언어로 되살아나 '백기완 은하계'의 아름다운 질료가 되었다. 다시 이러한 백기완의 사상 문화적 텍스트들은, 이른바 '구라'로 잘 알려진 선생의 생생한 구연교육과 더불어 1970년대와 1980년대 민중문화운동의 한 원천이 되었다.

당시 대학가를 중심으로 불길처럼 번져 나갔던 마당극 운동을 비롯한 전통 민중문화 계승운동은 미학적으로는 조동일, 김지하 등의 민중문화운동론에서 기원하지만, 그 전투적 치열성에서는 백기완 선생에게 크게 영향을 받았다고 하지 않을 수 없다. 『피안감성』과 『해변의 운문집』을 쓴 눌변의 서정시인을 『조국의 별』을 쓴 다변의 민중시인으로 바꿔놓은 것도 알고 보면 백기완 선생이었고, 황석영의 『장길산』의 세계에도 백기완 선생의 그림자가 짙게 드리워져 있다는 것은 그 소설의 근거지가 바로 선생의 고향인 황해도이고, 장산곶매를 둘러싼 설화적 분위기가 그 소설의 중요한 바탕이 되고 있다는 데서 잘 드러나고 있다.

그러므로 선생의 장시 한 구절을 따서 만든 노래 한 곡이 수십 년이 지나도록 애국가보다 더 많이 불리고 있는 노래가 되고 있는 것도 별로 새삼스러운 일이 아니다. 선생의 목소리와 시와 노래는 우리 현대사가 겪은 가장 치열한 변혁운동 시기 중의 하나였던 1980년대에 거리로 현장으로 쏟아져 나왔던 모든 사람들의 가슴으로 번진 하나의 불길 같은 것이었음을 나는 인정하지 않을 수 없다. 선생이 두 차례나 민중후보로서 대통령선거에 나서게 된 것도, 이제 와서 보면 선생에게는 어떤 새로운 도정이 아니라 이 모든 것의 자연스러운 결과였다.

하지만 백기완 선생의 진짜 이야기는 모두가 혁명을 이야기했던 1980년대가 끝난 뒤부터 시작된다. 솔직하게 고백하자면 1980년대 내내 나는 선생 같은 분들의 그 뜨거운 정동을 어떤 '과잉'으로 인식했고, 그 과잉은 거꾸로 어떤 내적 결핍의 결과가 아닌가 의심했다. 피맺힌 원한과 격렬한 분노가 깊을수록 차라리 창백해지는 것을 더 원했고, 그래야 이길 수 있다고 생각했던 나로서는 그렇게 생각하는 게 당연했다.

하지만 시간의 풍화작용은 모든 것들의 헛된 피와 살을 발라내고 마침내 하얀 뼈만 남겨 놓게 마련이다. 냉정으로 가장되었던 나의 창백은 시간이 지나면서 한 번도 모든 것을 헌신해본 적이 없는 주저와 유보의 다른 이름임이 판명되었고, 반면에 어떤 사람들의 뜨거움은 자기 자신들은 조금도 태울 수 없었던 겉불에 불과했음이 판명되었다. 그리고 모두가 그렇게 떠난 자리에 아주 소수의 사람들만 남았다. 그 남은 사람들 중에 오직 백기완 선생만 백발이 성성한 어른이었다.

선생은 1990년대에도 2000년대에도 2010년대에도, 계속 한결같았다. 신자유주의가 모든 것을 집어삼켜 어디서부터 다시 몸을 추슬러 나가야 할지 저마다 갈피를 못 잡고 있었을 때에도, 선생에게는 '다시'라는 말이나 '이제'라는 말은 필요하지 않았다. 아픈 사람들이 있는 곳이라면, 억울한 사람들이 있는 곳이라면, 빼앗긴 사람들이 있는 곳이라면 옛날부터 그러했듯이 선생은 늘 그곳에 있었다. 이미 1980년대 내내, 1979년의 YWCA 사건 때 온 뼈마디가 다 어긋나고 온 내장기관이 다 뒤틀리도록 죽음의 문턱에 다녀온 그 몸을 시대에 공양하듯 다 내놓았음에도, '이제'도 없고 '다시'도 없이 선생은 하염없이 그 몸을 다 내주었다. 그야말로 '사랑도 명예도 이름도 남김 없는' 거룩한 행보였다. 쌍용차 노동자들이 공장 옥상에서 초주검이 되어갈 때도, 희망버스가 노동자 김진숙과 함께 울어줄 때도, 대추리에서 사람들이 고향땅을 지키기 위해 몸부림칠 때도, 용산 남일당에서 비참한 화염이 치솟을 때도, 용균이 어머니가 피눈물을 흘리는 그 곁에도 언제나 선생이 계셨다.

사상이고 이론이고 전망이고 다 사라져 없을 때, 마지막 남아 사람을 일으키는 것은 아마도 사랑일 것이다. 사랑만이라면 참 초라하고 남루하지만, 사랑이 없으면 모든 것이 무의미해진다. 인간에게 거기서부터 시작해도 좋은 유일한 어떤 것이 있다면 그것은 사랑일 것이다. 이런 말 하자니 참 낯간지럽지만, 선생을 평생 이렇게 변함없이 일으켜 세워 저 고통 받는 사람들의 거리로 내몰았던 것이 사랑이 아니면 무엇일까 싶다.

몇 년 전인지도 기억이 나지 않는다. 꽤 오래 전이니 5년은 지났을 것이고, 내가 교수였던 때였으니 2005년에서 2015년 사이 언제쯤이었을 것이다. 혜화동인지 연건동인지 아무튼 서울대학교병원 근처 골목 안에 있었던 통일문제연구소에 찾아가 선생을 뵌 적이 있었다. 선생이 나를 부르셨던가, 아니면 내가 무슨 일이 있어 찾아뵈었던가 잘 모르겠다. 하지만 그날 그 작은 주택 집은 참 따뜻했고, 선생은 시종 온화한 표정으로 내 말을 들으셨고 또 말씀을 하셨던 것만 기억난다. 그게 선생을 마지막 뵌 자리였다. 코로나 핑계로 근 1년을 계셨던 병원에도 못 가고 마지막 보내드리는 자리에도 못 갔다. 나는 아무래도 마음에 사랑이라고는 없는 타고난 냉혈한인 것 같다.

선생이 최초의 발신자인 장산곶매 설화가 떠오른다. 장산곶매는 큰 적과 싸우러 나가기 전에 둥지를 다 쪼아 부순다는 그 아주 간단한 이야기에 은근히 마음을 사로잡혔던 젊은 날이 내게도 있었다. 하지만 오랜 시간이 흐르면서 나는 그 장산곶매의 영웅적인 마지막 비상의 풍모보다, 둥지 안에 남아 있었을 아내와 새끼들을 더 생각하게 되었다. 황산벌 전투에 나가기 전에 가족들을 먼저 다 죽였다는 계백 장군의 일화를 끔찍하게 생각하던 그 느낌이었다.

이제 그런 마초들의 영웅담은 더 이상 감동을 주지 못하는 시대가 되었고, 나는 그 장산곶매를 조금도 기릴 생각이 없어졌다. 그리고 나는 오래도록 백기완 선생이 바로 그 장산곶매처럼 그런 사람인가 싶었다. 하지만 이렇게 선생을 보내드리고 남아 생각해보니, 선생의 장산곶매 이야기는 짐짓 부려본 허세가 아니었던가 생각된다. 저렇게 정이 많아 아픈 사람들 곁을 떠나지 못하는 그 사람이 싸우러 나간다고 제 새끼들 집을 부술 리가 없다고, 아마도 선생이 장산곶매였다면 설사 아침에 집을 부수더라도 저녁엔 기어이 돌아와 집을 다시 지어 새끼들을 불러 모을 그런 따뜻한 장산곶매였을 거라고 믿는다. 그것은 밖에서는 헌걸찬 여장부요 가차 없는 페미니스트이면서도 피곤에 쩔어 귀가하면 쉴 틈도 없이 지아비와 자식들을 먹이기 위해 소매를 걷어붙이는 선생의 큰 따님이자 내 오랜 친구인 백원담을 보아도 그렇다. 그 아비에 그 딸 아니겠는가.

누구는 태산이라지만
내게는 무릎이다

명진—스님, 평화의길 이사장

백기완 선생님을 사람들은 태산이라고 한다. 늘 거기, 우리 현대사 속에 태산처럼 버티고 서서 바람이 부나 비가 오나 힘없고 가난한 백성들, 거리에서 부서지며 싸우는 노동자 민중들과 함께 했던 태산이라고 한다. 그러나 내게는 무릎이었다.

조계종에서 승적이 박탈된 '짤린 중'이 되자 제일 먼저 팔을 걷어붙이고 나선 분이 백기완 선생님이셨다. 50명이 넘는 우리 사회 원로들께 사발통문을 돌려 '명진 스님 제적 철회를 위한 원로 모임'을 조직하고 기꺼이 좌장을 맡아주셨다. 그리고 연이어 시민사회 활동가들에게도 나의 제적 문제에 시민사회가 적극 나서야 한다고 호소하셨고, 그렇게 1천 명이 넘는 시민운동가들이 제적 철회와 조계종의 적폐청산운동에 동참하기도 했다.

어제나 오늘이나 권력이든, 정치권이든, 시민사회든 이상하게 종교의 잘못에는 모르쇠로 일관한다. 종교가 유형무형의 힘을 다 가지고 있기 때문일 것이다. 어느 쪽이나 명분도 있고 조직도 있고 심지어 돈도 있는 종교와 척을 지려고 하지 않는다. 현대의 헌법은 정교분리를 명토박아놓았으나, 모든 권력과 종교의 짬짜미는 칡덩굴처럼 얽혀 상부상조하면서 공생한다. 그래서 종교와 손을 잡은 세력은 오래도록 그 세력을 누린다.

그러나 백기완 선생님께서는 김진숙을 구하기 위해 한진중공업 담벼락을 넘던 그 발걸음으로 그 오랜 고정관념마저 훌쩍 뛰어넘으셨고, 오로지 진실과 정의를 기준 삼아 팔을 걷어붙이셨던 것이다. 2018년 그 여름, 조계사 앞에서 조계종 적폐청산을 위해 단식농성을 하고 있을 때도 수시로 찾아와 응원을 아끼지 않으셨다. 칠순을 목전에 둔 나이였지만 백 선생님께서 단식 천막을 찾아오신 날은 나도 응석받이가 되어 선생님의 무릎을 베고 누워 쉴 수가 있었다.

군부독재와 모진 고문에도 쓰러질지언정 결코 꺾이지 않으셨던 노투사는 단식이 스무 날에 가까워져 갑자기 혈압이나 혈당 등이 급속도로 떨어지자 사람을 보내 "그 몸 상하면서 싸울 생각 말고, 건강하게 계속 싸우라"는 말씀을 전해주시기도 했다. 아마도 당신께서 박정희 전두환의 군사정권에 맞서 수없이 투옥되면서 고문을 받아 반쪽이 성하지 않게 되었기 때문에 그랬는지도 모르겠다.

1970~80년대 여러 차례 투옥되기도 하셨던 선생님께서는 특히나 1979년 'YWCA 위장결혼 사건'과 1986년 '부천서 성고

2017년, 명진 스님의 단식 농성장을 찾은 백기완 선생 ©김성현

문 폭로대회'를 주도한 혐의로 투옥된 뒤 81킬로그램의 거구였던 몸이 40킬로그램 반쪽으로 축이 났다고 한다.

인간을 인간이 아니게 만들어 항복시킨다는 게 그 시절의 고문이었다고 한다. 여러 민주인사들이 끌려갔지만 특히 목소리도 크고 기개가 남달랐던 백 선생님의 기를 꺾으려고 했다. 고문 기술자들은 매질은 물론 공중에 매달기도 하고 손톱을 뽑기도 하는 등 할 수 있는 고문은 죄다 동원해 선생님의 항복을 받아내려고 했다. 그만하면 웬만한 사람들은 못 견디고 항복을 하기 마련인데, 선생께서는 "때려라 이놈들아! 더 때려봐라"라고 호통을 치는 통에 더 미움을 사서 기절할 때까지 두들겨 맞기도 했다고 한다. 하지만 어떤 불의한 권력도, 어떤 못된 고문 기술자도, 백기완 선생님에게 항복을 받아낼 수는 없었다.

친일 경찰들이 독립투사들을 고문할 때부터 이어져 오던 못된 버릇을 한국 경찰은 오랫동안 버리지 못했다. '매 앞에 장사 없다'는 속담처럼 수많은 사람들이 고문 조작을 통해 간첩으로 둔갑하던 시절이었다. 많은 사회운동가들이 무지막지한 고문 후유증을 겪었고, 그중 김병걸 평론가는 후유증으로 앓다가 작고했을 정도였다. 백 선생님께서도 내내 고문 후유증으로 지팡이를 짚고 다니셔야 했다. 내가 그 시절에 그런 일을 당했다면 어땠을까를 여러 번 생각해본 적 있다. 아마 백기완 선생님처럼은 살지 못했을 것이다.

우리 사회가 혁명의 열기로 뜨거웠던 시절이 있었다. 그때 돌멩이 한 번 안 던져본 사람이 없고 최루탄에 눈물 흘리지 않은 사람이 없을 것이다. 그런 사람들의 분투가 있었기에 우리 사회가 그나마 이만큼은 민주화되고 살 만해졌다. 하지만 그 시절 뜨겁게 외치던 '민중이 해방되고 주인 되는 세상, 갈라진 조국이 하나로 통일되는 세상'은 아직 오지 않았다. 그런데 이루지 못한 그 해방의 외침, 통일의 목소리는 잘 들리지 않는 것일까, 변방의 소리로 잦아들었다. 세상이 변했다고 구닥다리 같은 소리 말라는 지청구까지 듣고 있다. 그러나, 그러나 과연 그런 것일까?

폭풍 같은 시절 혁명의 길을 가기는 오히려 쉽지만, 햇살 난만한 시절 혁명의 길을 가기란 더더욱 어렵다는 말이 있다. 긴 병에 효자 없다는 말처럼 세월은 무섭다. 자기 몸에서 난 자식도 변하게 하는데, 다른 사람이야 말해 무엇하겠는가. 그렇게 사람들은 세월 속에 변해갔고, 그 뜨거웠던 혁명의 열의는 식고 변화의 열망은 흩어져 버렸다. 깃발을 잃어버린 시대, 그러나 흰 무명옷 입고 평생을 한길을 걸은 백 선생님은 우리의 깃발이셨다. 꺾이지도, 물러서지도 않았던 깃발!

백기완 선생님의 빈소에서 어느 분은 말씀하셨다. "체 게바라가 90살까지 살았다면 우리가 아는 체 게바라일지는 누구도 모를 일이다"라고. 그렇다. 한생을 일관되게 살기란 참으로 어렵다. 더욱이 모두가 혁명을 포기하고 다만 약간의 변화만을 추구하는 이 시대에는. 모두가 대의보다는 일신의 편안함에 익숙해진 이 시대에는.

백기완 선생님께서는 이 땅의 사람들을 위한 '뜻'으로 살아오셨다. 민중을 위해, 민족을 위해, 간난신고도 마다하지 않으셨다. 그 대열에서 한 번도 이탈하신 적도, 뜻과 몸을 흐트러지게 하신 적도 없다. 남아공에 태어났다면 만델라 대통령이 되었을 것이고, 쿠바에서 태어났다면 피델 카스트로 국가수반이 되었을 것이다. 그런데 노동자 민중의 지도자였던 백 선생님께서는, 김구 선생님의 뜻을 이은 민족의 지도자였던 백 선생님께서는 투쟁하는, 고통 받는 많은 이들의 환한 등대이셨으나 동시에 재야의 외로운 고목이기도 하셨다.

민중과 민족의 지도자가 태어나길 바라지 않는 70년 분단기득권 체제의 집요한 공작 때문이기도 하지만, 그보다는 선생님을 믿고 따랐던 이른바 뜻을 같이했던 수많은 사람들이 대열을 이탈해 친기득권, 친자본, 친미가 되었기 때문이다. 소위 586으로 대변되는 1980년대 민주화세대는 1960~70년대 숨도 못 쉬던 박정희 치하에서 목숨 걸고 싸웠던 분들의 희생 위에서 대중의 지지라는 봄을 맞았다. 정치권으로 간 이들 다수는 그 뒤로도 안락한 일신의 봄을 쫓았고, 선생님의 길과 멀어졌다. 이들의 거리두기는 선생님을 더욱 외롭게 만들었고, 혁명을 실현 불가능한 헛된 것으로 전락시키는 데 크게 일조했다.

백범 김구 선생님을 존경했던 백기완 선생님께서는 아흔 해의 삶으로 그 뜻을 고스란히 이으셨다. 더 나아가 민중해방, 민족통일이라는 한국 사회의 본질적 문제를 꿰뚫어보시면서 세상을 바꾸고자 하셨다. 타협하지도 않고 흔들리지도 않고 한길을 가셨다. 백범 선생님께서도 그만하면 잘했다고 지하에서 말씀하셨을 것 같다.

'노나메기', 백기완 선생님께서 바라시던 대동세상이다. 절집에서는 이를 '극락'이라고 부른다. 젖과 꿀이 흐르는 세상이라고 다 극락은 아니다. 먹을 게 넘쳐흘러도 자기 입에만 떠 넣으려고 서로 다투다 상을 뒤집어엎는 건 지옥이다. 하지만 떡 한 쪽이라도 나누고 부족해도 서로의 입에 먹을 것을 떠 넣어주는 세상이 바로 극락이다. 극락과 지옥은 어떠한 장소가 아니라 우리의 행위에 따라 만들어지는 세상이다. 함께 살려고 하면 그대로 극락인 것이고, 자기만 잘 살겠다는 마음을 품으면 그 자리가 아귀다툼의 지옥이 되는 것이다. 지옥은 짐승이 사는 곳이고, 극락은 인간이 사는 곳이다. 인간도 욕망에 눈이 멀면 짐승이 되고, 자기를 생각하듯 타인을 생각하면 동체대비의 보살이 되는 것이다.

당신께서는 생전에 문정현 신부님과 당신의 삶을 담은 『두 어른』이란 책에서 이렇게 말씀하신 적이 있으셨다.

178

몸뚱아리의 끝을 죽음이라고들 하는데 아니야. 진짜 죽음은 뜻을 저버렸을 때야. 뜻을 저버리면 죽어도 싸그리 죽는 거야. (…) 우리 모두 한갓된 죽음은 뿌리치고, 강요된 죽음과는 끝까지 맞서 싸우다가 죽어야 산다는 깨우침으로, 우리 새 세상을 빚어내야 한다 그 말이야.

아흔에 가까운 삶을 사셨지만, 우리는 외람되지만 선생님을 '청년 백기완'으로 기억한다. 당신께서는 민중을 위한 세상, 해방 세상에 대한 뜻을 한 번도 저버리신 적도 굽힌 적도 없기 때문이다. 어떤 고난과 유혹이 와도 변함없이 꿈을 꾸셨고, 그러한 세상을 향해 뜨거운 가슴으로 뚜벅뚜벅 걸어 나가셨다. 끝내 그 길에 이르진 못하셨지만 우리가 어떻게 나아가야 할지는 삶으로, 온몸으로 보여주셨던 것이다.

선생님을 떠나보내며 3·1운동으로 일제에 항거하면서 끝끝내 변절하지 않으셨던 단 한 분의 애국투사 만해 한용운 스님을 떠올린다. 만해 스님께서도 일제에 고개 숙이지 않겠다며 서서 세수를 하시고, 볕이 들진 않지만 일제를 향해 집을 짓지 않겠다며 북향집을 짓고 사셨다. 무릇 모든 깨친 자는 자기 자신만이 아닌 세상을 향한다. 나만이 아닌 우리를 위한다.

만해 스님은 〈님의 침묵〉에서 노래했다.

님은 갔습니다.
아아, 사랑하는 나의 님은 갔습니다.

푸른 산빛을 깨치고
단풍나무숲을 향하여 난 작은 길을 걸어서
차마 떨치고 갔습니다.
황금의 꽃같이 굳고 빛나던 옛 맹세는
차디찬 티끌이 되어서
한숨의 미풍에 날아갔습니다.

날카로운 첫 키스의 추억은
나의 운명의 지침을 돌려놓고
뒷걸음쳐서 사라졌습니다.
나는 향기로운 님의 말소리에 귀먹고
꽃다운 님의 얼굴에 눈멀었습니다.

사랑도 사람의 일이라
만날 때에 미리 떠날 것을 염려하고
경계하지 아니한 것은 아니지만
이별은 뜻밖의 일이 되고
놀란 가슴은 새로운 슬픔에 터집니다.

그러나 이별을
쓸데없는 눈물의 원천을 만들고 마는 것은
스스로 사랑을 깨치는 것인 줄 아는 까닭에
걷잡을 수 없는 슬픔의 힘을 옮겨서
새 희망의 정수박이에 들어 부었습니다.

우리는 만날 때에

떠날 것을 염려하는 것과 같이

떠날 때에 다시 만날 것을 믿습니다.

아아, 님은 갔지마는

나는 님을 보내지 아니하였습니다.

제 곡조를 못 이기는 사랑의 노래는

님의 침묵을 휩싸고 돕니다.

그렇다. 님은 갔지만, 우리는 님을 보내지 아니하였다. 청년 백기완의 뜻은 끝나지 않았다. 우리가 그 꿈을 놓지 않는 한, 그 길을 가는 한 더디더라도 언젠간 닿을 날이 있을 것이다. 모든 혁명은 길 위에 있다. 우리는 그 길을 걸어갈 뿐이다.

길이 끝나는 곳은 막다른 절벽이 아니다. 막다른 골목도 아니다. 오직 우리 발걸음이 멈추는 그곳만이 막다른 절벽이고 막다른 골목이다. 아직 길은 끝나지 않았다. 언제까지고 끝나지 않았다. 자, 우리 모두 신발끈 동여매고 청년 백기완이 꿈꾸던 '노나메기' 세상을 향해, 한 걸음 내딛자.

천하의 백기완 선생을 기억하며

문정현 — 신부

얼마 전 이 원고 청탁을 받고 거절할 수가 없어 부담을 무릅쓰고 끙끙대며 쓰다 보니, 한편으로 마음공부의 과정임을 느끼게 되었다. 백기완 선생은 비록 걸어온 길은 조금 다르지만 내가 믿는 참된 종교인의 바른 구도행과 어긋남이 없었다. 늘 자신과 이웃을 깨우고, 자성하고 다지며 함께 나아가는 혁명가의 마음이셨다.

생각하면 정말 긴 세월 선생과 같은 시대의 길을 걸었다. 온갖 불의와 부정과 폭력이 앞을 가로막는 어둠의 길이었고, 가시밭길이었지만 존엄한 길이었다.

1972년 박정희가 영구집권을 위한 이른바 유신헌법을 선포하였다. 1974년부터는 이에 불응하는 세력을 제거하기 위해 긴급조치 1호부터 4호까지 연거푸 발표되었다. 저항하는 인사들과 진보적인 학생들을 탄압하기 위한 희대의 악법이요 탄압의 시작이었다. 종교인도 예외가 아니어서 천주교 원주교구 교구장 지학순 주교는 구속되어 징역 18년 선고를 받기도 했다. 이에 자극을 받아 그해 9월에 천주교 정의구현전국사제단이 결성되었다. 나도 한 구성원이었다. 이때부터 성당 밖에서 고난 받는 이들과 함께하는 '길 위의 신부'로 평생을 살게 되었다.

백기완 선생은 그때 이미 집중적인 탄압의 대상인 요주의 인물이었다. 그렇게 거리로 나온 후 이곳저곳에서 평생 백기완 선생을 만나게 되었다. 나는 그분의 눈에 띈 사람 중 하나였다. 부족하지만 용기를 가지고 행동해 나가던 나를 선생이 신뢰하고 좋아한다는 느낌을 받으며 힘을 얻곤 했다. 만나기만 하면 반갑게 '문 신부' 하며 거침없이 불러주셨다. 백기완, 문익환, 계훈제 선생 등은 이미 중년을 넘으셨고, 나는 아직 젊은 신부였다.

백기완 선생은 역대 군사독재정권의 본질을 늘 올바로 꿰뚫고 정리해주시는 흔치 않은 분이셨다. 나는 주로 군산과 익산, 전주 지역을 중심으로 활동하며 답답할 때마다 백 선생을 자주 강사로 초빙하였다. 매번 우리들의 답답한 가슴과 막힌 숨을 뚫어주시는 분이었다. 그가 기염을 토할 때면 커다란 성당을 가득 채운 청중들이 숨소리 하나 내지 않고 죽은 듯이 들었다.

선생이 오는 날이면 성당 안과 밖에 경찰과 공안기관의 정보원들이 여기 저기 끼어 앉아 있었다. 그때도 나는 쥐새끼 같은 인간들을 가만두지 못하는 성미였던 듯하다. 하나하나 찾아내 가차 없이 쫓아낼 동안 선생은 조용히 기다려주곤 했는데, 이런 내 모습이 마음에 들었던지 선생의 목소리는 더 커다랗게 고양되곤 했다.

훗날 백 선생을 통해 들으니, 그때의 나 때문에 또 감옥에 갇혔다고도 하셨다. 한바탕 소동을 치르곤 하던 전주 강연을 마치고 기차를 타고 서울역에 이르렀는데, 경찰들이 기다리고 있었다고 한다. 바로 체포되어 구속당했다니 참 기가 막힌 일이었다.

1964년 한일협정반대운동을 전후해 혁명가로 나선 선생은 평생 이 땅의 분단세력, 특권세력들에게 제거되어야 할 불순분자였다. 그러나 그 어떤 긴급조치도 계엄령도, 고문과 연금생활도 선생의 입을 틀어막지 못했다. 끊이지 않던 감옥 생활. 당시 끌려가서 공안기관한테 당한 일을 들으면 끔찍하다. 치가 떨린다.

두 손발을 묶고 혀에 뺀찌를 채워 달아놓고 두들겨 팼다고 한다. 보안대 서빙고 분실에 끌려가서는 손톱을 뽑히고, 넓적다리에 살점이 뜯겨 떨어지고, 배알이 터져 나오고, 생 오줌을 지리는 참혹한 지경에서도 굴복하지 않았다고 한다. 전봉준처럼 교사 당하고, 안중근처럼 사형 당하고, 장준하 선생처럼 의문사로 처리되더라도 무릎 꿇을 수 없었다고 한다.

죽을 지경에 이르자 병원에 데려갔다고 하는데, 백기완이 아니라 다른 이름으로 불렀다고 한다. 만에 하나 사망하면 백기완이라는 사실을 은폐하기 위해서였다. 죽여 없애고 싶었지만 선생의 죽음은 저들도 무서웠던 것이다. 그런 투사들의 역사가 우리 사회의 진정한 뿌리임을 잊어서는 안 된다.

그런 선생은 평생을 외쳤고, 물었다. 노동자 민중은 왜 가난한가? 왜 억압을 받는가? 왜 분단을 극복하지 못하는가? 이것이 사회적 모순과 갈등의 핵심. 컴컴한 공포의 밑바닥에 도사린 문제들이었다. 군부독재 시대 선생의 답은 반독재 민주화 투쟁이었다, 그것을 이룰 핵심 주체는 노동자 민중들이었다. 그들이 변혁의 지렛대요, 해결책이요, 오염된 정신의 활로였다. 그들이 깨어나 함께 나아가는 것이 통일의 길이었다.

이런 역사적 각성, 사회적 각성이 두려워 독재자들은 늘 공안기관을 만들어 탄압하는 게 일이었다. 저들이 살아남기 위한 유일한 길은 폭력에 대한 의존뿐이었다. 그러니 이러한 폭력을 두려워하지 않고 오히려 온몸으로 맞서 철저하게 깨부수는 백기완 선생은 다른 누구보다 무서운 존재였을 것이다. 마음에 뜻은 있지만 두려워 말하지 못하던 지식인들은 선생을 따르기도 했지만, 여전히 두려워했다. 쉽게 가까이 할 수 없고 부담스러운 이였다. 세월이 흐르며 권력 편으로 간 이들은 선생을 철저히 외면했고 배제했다. 그래도 고독한 뜻을 버리지 않았다. 수많은 파문과 굴곡이 있더라도 역사의 거대한 물줄기가 가는 방향에 대한 믿음이 있었기에 선생은 흔들리지 않았다.

선생이 우리에게 남겨준 유산이 한두 가지가 아니지만, 그중에서도 내가 존경하는 것은 일찍이 간판 걸기도 힘든 때에 '통일문제연구소'를 차리고 평생을 지켜주신 일이다.

과연 누가 한반도의 허리를 잘라놓았는가? 미 제국주의다. 누가 일제하 독립운동가의 정신을 모조리 말살했는가? 알려졌듯 승자 미국은 우리의 진정한 독립에는 관심이 없었다. 오직 한반도를 철저하게 장악하는 것 그게 전부였다. 친미 인사인 이승만을 내세우고 처벌 받아야 마땅한 친일파들을 앞세웠다. 미군정의 엄호 아래에서 또다시 권력을 휘어잡은 그들에 의해 모든 사회 역사적 기준과 가치가 훼손당해야 했다. 후세에까지 이어져야 할 독립운동 정신의 맥이 끊겼다.

당시 민중들은 일장기가 내려가고 성조기가 올라갔다고 말했다. 맞는 말이었다. 그들은 한반도 북쪽을 빨간색으로 덧칠하여 금기의 땅으로 규정하였다. 남쪽을 지켜야 한다는 것이 안보 논리였다. 그 안보 논리를 군사독재를 변명하는 강력한 수단과 빌미로 삼았다. 이런 독버섯들의 뿌리는 아주 깊어 현재도 분단 구조에 기생하며 재력과 권력을 선점한 한국사회의 지배계층을 이루고 있다.

선생과 우리의 투쟁은 이런 제국주의 세력과 거기에 기생한 국내 수구보수 독재정권에 맞서 올바른 역사인식과 비판정신을 지키며 굳세게 저항하는 일이었다. 작은 개선이 아니라 판을 뿌리째 몽땅 뒤집어야 한다, 그래야 이 나라가 바로 선다. 이것이 백기완 선생의 일념이었다. 그 일념을 위해 선생은 늘 용광로처럼 타오르며 '머리끝에서 발끝까지' 저항하는 불굴의 일생을 살아주셨다.

갖은 고생 끝에 군부 독재자들을 감옥으로 보내고 김대중, 노무현, 문재인으로 이어지는 민간정권을 세웠지만 원흉인 세계 자본주의와 제국주의로부터, 그 첨병임을 자랑하는 미국의 지배 개입으로부터 한반도는 여전히 자유롭지 못했다. 2017년 전 세계에 유례가 없는 무혈혁명이었던 촛불항쟁으로 박근혜로 대표되는 분단 공안세력, 수구보수 적폐세력을 끌어내리고 새 정권을 탄생시켰지만, 그 정신을 온전히 잇지 못한다. 종전선언과 평화협정은 고사하고 남북연락사무소는 폭파당한 채, 민간교류조차 막혀 있다. 여전히 아무 생각 없는 미 백악관의 결재만 기다리고 있다. 독재의 망령들을 감옥으로 보내고 문민정부를 뽑아 세웠으나 결코 미국의 그늘에서 벗어나지 못하는 현실이 분노스럽다.

본인 역시 제국주의 전쟁과 분단에 따른 피눈물 나는 이산가족이었던 백기완 선생은 이를 이미 오래 전에 갈파했다. 무엇보다 민족의 정기를 제대로 세워 놓아야 한다. 민족의 구체적인 알맹이인 노동자 민중이 이 사회의 주인이 되고 앞장서야 한다는 확신과 신념이었다. 동학혁명, 3·1 혁명, 4·19 혁명, 6·10 항쟁, 1987년 노동자대투쟁 등의 정기를 이어야 한다. 그게 올곧게 사는 길이라는 한결같은 신념. 이 신념으로 선생은 노투사가 되어서도 어떤 불의나 부정과 손잡지 않고, 협잡꾼들을 질타하며 평생을 투쟁의 거리와 광장에서 살아주셨다. 그의 영원한 벗과 동지들은 지금-여기에서 투쟁하는 '버선발'의 노동자 민중들이었다.

말년에 이른 선생의 삶은 더욱 존엄하였고, 눈물겨웠다. 팔순 노구를 이끌고도 그는 늘 새뚝이처럼 푸르렀고, 장산곶매처럼 매서웠다. 찬 샘물처럼 그 역사적 지혜는 끊이지 않았고, 푸른 하늘 쪽빛처럼 그 말과 행동은 더욱 깊어졌고 드넓어졌다.

선생이 보기 드물게 위대한 것은 그가 마지막까지 서 있던 자리가 말로 논하고 가르치는 자리가 아니라 행동하는 자들의 곁이었다는 것이다. 팔순 노구를 이끌고도 그는 한미 FTA 반대 집회, 한진중공업 희망버스, 쌍용자동차 해고 반대투쟁, 쌀 수입 반대, 세월호 진실 규명을 위한 촛불집회, 비정규직 제도 철폐,

그리고 장애인과 빈민들의 집회 현장까지 쉬지 않고 뛰어다녔다.

"애야, 가자!" 누가 오라 하지 않아도 눈에 밟히는 현장을 찾아 스스로 길을 나섰다. 그 현장에 서면 눈물을 참지 못하셨다. 하얗거나 검은 한복 차림에 흩날리는 머리카락, 선생이 나타나면 누가 뭐라 하지 않아도 자리가 열렸다. 그는 항상 맨 앞자리 한복판으로 나아갔다. 그러니 참 큰 어른이다. 나중에는 주저앉은 자리에서 일어서기도 힘들었지만 한 번도 꼿꼿한 모습이 흐트러진 적이 없다.

부축을 받으며 연단에 오르면 쓰러질 듯하던 선생의 입에서 우렁찬 백두산 호랑이의 포효가 나왔다. 그 포효는 매번 모두의 머리를 치고 심장을 뚫었다. 에둘러 가지 않고 가차 없는 독설로 시대의 정곡을, 사건의 핵심을 꿰뚫었고 찔렀다. 한마디 한마디가 듣는 이들의 마음 깊이 새겨졌다. 지금도 그 모든 선생의 포효가 생생하다.

왜 절에서는 한문만 쓰는가? 왜 법전은 모두 한문으로 되어 있는가? 왜 관공서의 모든 서류는 한문으로 되어 있는가. 평범한 민초들도 누구나 알아듣고 쓸 수 있게 한글로 풀어서 쓰면 아니 되나? 그런 왜곡된 세상에 우리 모두가 젖어 살 때, 짓밟힌 민족 민중문화의 원형과 그 정신을 되살려준 민족 민중문화재 제 1호가 백기완 선생이기도 했다.

어느 틈에 한문은 영문으로 뒤바뀌져 있기도 했다. 백 선생님은 이런 문화적 식민지 상황을 보고 들으면 견디지를 못했다. "야, 이 새끼야, 스톱이 뭐야! 섯 하면 되지." 집회 현장에서도 불호령을 내곤 했다. 그런 선생을 통해 우리는 간신히 아름다운 우리말의 일부와, 민중문화의 원형과 정신을 체득할 수 있었다.

　말년에 주로 말씀하셨던 '노나메기' 정신에 감화받아 나는 이 글귀를 설명과 더불어 나무에 새겨두기도 했다. 내가 죽어 없어져도 이 새김판은 남아 있겠지? "너도 일하고 나도 일하고, 너도 나도 잘 살되 올바로 잘 살자!"는 노나메기의 정신이 언젠가는 온 누리에 울려 퍼질 것이다. 선생은 우리 곁을 떠나셨지만 그 정신과 혼만큼은 살아서 우리 곁에 남을 것이다. 그가 남겨준 고운 우리말 '달동네'에, '새내기'들의 푸르름 속에 영원히 남을 것이다. 그 고운 우리말을 영어단어 외우듯 하는 세상이면 좋겠다. 선생의 귀한 저서들이 묻히지 않게 전집을 만들어 길이길이 남기고 다시 꿈을 꾸고자 하는 젊은이들에게 읽히게 했으면 좋겠다.

　한번은 선생과 둘이서 도원결의해서 '비정규노동자쉼터 꿀잠' 설립에 나서기도 했다. 쉽지 않은 일이었지만 선생께서 함께 나서주시니 힘이 솟았다. 서예가도 아니요 서각가도 아닌 선생과 내가, 나는 서각을 내놓고 선생은 붓글씨를 내주어야 했다. 젊은 벗들이 나서서 평생 그렇게 노동자 민중들이 꿀잠 자는 세상을 위해 살아온 나와 선생의 이야기를 엮어 『두 어른』이라는 멋진 책도 내주었다. 부끄러운 일이었지만 선생의 길 나도 따라 가겠다는 마음으로 선생 곁에 함께 서는 소중한 일이었다. 그 책의 모든 인세도 꿀잠 활동 기금으로 가게 했다.

　우스갯소리지만 꿀잠의 젊은 활동가들은 내게는 백 선생께서 두문불출 감방에 갇힌 듯 사무실에 앉아 붓글씨를 쓰고 계시다고 하고, 백 선생께는 내가 불철주야 열심히 서각을 하고 있다고 하며 부추겼다고 한다. 그렇게 괘씸한 그들이 때로 참 사랑스러웠다. 그래 평생을 평화와 평등을 위한 길에 모든 걸 내놓고 살았는데 무엇을 더 못 내주겠느냐. 늙은 우리를 팔아서라도 투쟁의 거점을 만들겠다는데 그들이 대견하기도 했다.

선생은 먼저 가시고 나는 지금도 가끔 그 꿀잠에서 잠을 청한다. 전국 곳곳에서 상경 투쟁하러 올라온 노동자들을 그곳에서 만난다. 거리에서 싸우는 이들 대부분의 문턱 없는 사랑방이 된 꿀잠. 그곳에서 먹고 자고, 땀 저린 몸을 씻고, 묵은 빨래를 하며 다시 싸우러 나가는 젊은이들을 볼 때마다 '백 선생님이 계셨다면 나처럼 좋아하셨을 텐데' 선생이 먼저 가신 자리가 슬프기도 하다. 누구보다도 우리가 함께 힘 보탠 이 자리가 저 많은 '버선발'들에게 '나도 이 사회에서 소중한 사람이구나, 존중 받는 사람이구나!'라고 느끼는 소중한 마당집이 된 것을 기뻐해주셨을 터다.

근래 이 비정규노동자쉼터 꿀잠이 재개발 투기세력들에게 다시 밀려날 위기에 처해 있어 서울을 오가면서도 선생의 생전 모습이 떠오르곤 했다. 2009년 용산 철거민 참사 진상규명을 위해 용산4가 철거민촌에서 싸울 때 선생은 '참사'라는 활동가들을 준엄하게 꾸짖곤 했지. "이게 무슨 참사야. 눈 똑바로 떠. 이건 이명박과 토건재벌이 협잡해 이룬 학살이야. 학살!"

그렇게 선생은 평생 '딱 한 발짝 떼기에 / 목숨을 걸어라'고 하셨다. 가끔은 사제인 내게 목수인 예수도 노동자 아니었느냐고 했다. 부당한 사회 질서와 당대의 권력에 대항한 혁명가로 살다 십자가에 못 박힌 성자 아니었느냐고 했다. 말인즉 옳은 말이었다.

꿀잠 건립 기금 마련을 위해
뜻을 함께한 두 어른 백기완,
문정현 ©박승화

눈깔 똑바로 뜨고 곧장 앞으로, 한 발짝만 가자, 한 치라도
가자고 선생은 피를 토하곤 했다 딱 한 발 떼기에도 목숨을 걸어
야 하는 이 흉악한 시대에 함께 맞서자고 했다. 반생명의 무리들
에 맞서 진정한 사회적 역사적 생명을 찾아 사는 것. 그것이 우리
들의 저항이고 혁명이어야 한다고 하셨다. 그런 저항의 현장으
로 달려가느라 통일문제연구소 오래된 마루에는 소환장, 벌금고
지서가 끊일 날 없었지만 개의치 않으셨다.

그런 선생과 2011년에는 저 먼 부산까지 달려가, 벗이 목을 매단 85호 크레인 위에 올라가 고공농성 중이던 김진숙과 함께 하기 위해 한진중공업의 높은 담장을 맨 앞에서 둘이 함께 넘기도 했었다. 바야흐로 군부독재 시절을 넘어 자본독재의 시대가 열린 때 많은 이들이 이제 세상이 바뀌지 않았냐며 자본과 권력의 노예가 되는 길을 택해 훼절해갔지만 선생은 그 현장까지도 끝까지 지켜내며 천하의 백기완, 시대의 큰 산이 되어주셨다.

선생과 함께 한 마지막 거리는 지난 2017년 촛불혁명 때였다. 선생은 그 겨울 내내 단 한 차례도 빼놓지 않고 촛불항쟁의 맨 앞자리를 끝까지 지켜주셨다. 긴 집회 동안 화장실이 급해지면 난감할 터라 전날부터는 물도 마시지 않았다고 하셨다. 평생 한기가 온몸에 스며들어 내복을 몇 벌씩 껴입고 나가야 했지만, 거리에 가득찬 변혁의 불길로 마음을 데우니 행복했다고 하셨다. 선생은 그렇게 말과 생각과 행동을 끝까지 일치시켰다. 변혁의 바다 한 가운데에서, 민중의 바다 한가운데에서 선한 눈빛과 해맑은 정신으로 자신을 정화시키셨다. 그의 뒤를 이제 우리가 이어 한바탕해야 하지 않겠는가!

선생은 북쪽에 두고 온 어머니 무덤을 두 발로 찾아가 보는 게 마지막 소원이라 하셨는데, 그 꿈을 끝내 못 이루고 떠나시게 해서 아프다. 선생의 형은 6·25 전쟁 당시 군에 끌려가서도 북에 두고 온 가족들 얼굴이 떠올라 총을 겨누지 못하고 허공에 쏴대다 전사했다고 했다. 이 고통은 언제쯤이나 끝나는 것일까. 한반도의 전쟁 위협은 언제나 끝나는 것일까. 언제쯤이나 저 철조망이 걷히는 평화로운 통일 세상이 오는 것일까. 이 세상의 모든 불의와 부정은 언제쯤이나 끝나고 평범한 노동자 민중들 모두가 평화와 평등을 이루는 진정한 '노나메기'의 세상이 오는 것일까. 제국주의와 자본주의 시대를 넘는 새로운 역사의 진보는, 인류 문명의 진보는 언제쯤 오는 것일까.

선생은 가셨지만 우리는 선생을 저 하늘로 보내지 않았다. 우리 가슴속 깊이에 내가 살아가야 할 이정표로 세웠다. 선생은 일생을 일관되게 살았다. 많은 사람이 떠나버린 변혁의 마당에서 이론이 아닌 몸으로 앞장섰다. 뒤에 서 있지 않았다. 그래서 어른이다. 혁명 투사다. 선생이 견지하셨던 인간과 역사에 대한 끝없는 믿음과 애착이 숭고하다.

숨을 거두기 전 선생께서 호흡기를 찬 상태에서 마지막 남긴 필담은 "노동해방", "김진숙 힘내라", "김용균 엄마 힘내라"였다.

그런 '천하의 백기완'을 우리는 잊지 않을 테니 우리 가슴속에, 이 역사 속에 영영 함께 서계셔 주시길 빕니다.

선생님, 그땐 너무 놀랐어요 〔녹취〕

배은심—이한열 열사 어머니, 인권운동가

가슴에 묻은 자식이 어찌 쉽게 잊힐까마는, 34년이 지났으니 이제는 굳어질 때도 됐는데, 생각처럼 쉽지가 않다. 며칠 전에는 잠을 자고 있는데 불쑥 망월동이 보였다. 묘지 앞에 눈이 쌓여 있고, 고드름이 막 뜨글뜨글하고. '어머, 이게 뭔 일이다냐. 우리 한열이 무덤 앞에 난리가 났네'. 허둥지둥 잠을 깨보니 낮 한 시였다. 밤도 아니고. 잠깐 낮잠을 잤는가 보다. 그러고는 망월동 관리사무소에다 전화를 했다. "광주에 눈이 많이 왔는가?" "어젯밤에 눈이 허벌나게 와서 시방도 쌓였어요."

그렇게 쉽게 갈 줄은 몰랐다. 그냥 그렇게 좀 누워 있다가 일어날 줄 알았다. 평생 휠체어 신세라도 엄마랑 같이 살 수 있으면, 그 정도면 충분하다고 생각했었다. 그렇게 죽어서 갖다 묻고 내가 이렇게 대중들하고 어울리고 이럴 거라고는 꿈에도 생각하지 못했다.

그때 엄청나게 많은 분들이 감옥에서 출소를 했다. 노동자들이 영안실까지 찾아와서 내 손을 꼭 붙잡고 울면서 한열이 때문에 출소를 할 수 있었다고 고마워하기도 했다. 다음날 아침에 신문에 대서특필 돼가지고, 나는 꿈에도 그런 걸 상상도 못 하고 살았을 때니까, 이게 다 뭔가? 몰라도 너무 몰랐었다.

살다 보니 그때 누가 좀 서운하게 한 말은 기억이 나고, 또 좀 그 뭐랄까, 듣기 부드러운 이런 말들은 다 잊어버리고 그렇게 되더라. 한열이가 호스를 꼽고 겨우 연명하고 있으니 별 소리들이 다 들렸다. 이미 운명했는데 호스만 꽂아놓고 있다…. 우리 새끼는 수염이 까맣게 나오고, 손톱이 길고 그러는데. 아빠가 수염도 깎아주고, 손톱도 깎아주고 그랬는데. 한 달 동안 병원에 있으면서, 거기에서부터 내 인생이 새롭게 시작됐다. 또 다른 내 삶이, 내 나이 마흔아홉 살에.

장례를 치러야 하는데 한열이 아버지가 연세대 정문을 못 나가겠다고 버텼다. 연대 뒷산에, 지금 경영대 뒷산 그쪽에다가 묻는다는 거였다. 그러면 나는 한열이 묘지에도 자주 가볼 수가 없을 테고, 보고 싶을 때 묘지에 가서 잔디도 못 만져볼 것 같았다. 그래서 당시 총학생회장과 같이 밥을 먹으면서, "우리 한열이 망월동으로 보내주시오" 했는데, 그게 또 신문에 대서특필이 돼버렸다. 그냥 이슈가 돼버려서, 그래서 망월동으로 간 것이다.

많은 사람들이 도와주지 않았으면 그렇게 되지 못했을 거다.

국민들의 성원 때문에 거기까지 데리고 갈 수 있었다. 지금도 그때 동참했던 사람을 만나면 고맙다고, 그저 감사하다고, 이 '감사하다'는 말이 입에 붙어버렸다.

그때 기억이 나는 게, 추모식이 다 끝나고 이제 가려고 하는데, 나도 말 좀 하자, 그냥은 못 가겠다. 이렇게 해서 "전두환, 노태우는 살인마다" 거기서 한마디를 한 것이 대중 앞에서는 처음으로 한 말이었다. 한동안 정신을 못 차렸는데, 살다 보니까, 정신없이 그저 이렇게 살다 보니까 다시 정신이 돌아왔다. 하긴 지금도 정신을 못 차리는 것 같다. 대낮에 꿈을 꾸고 하니.

그러고는 쭉 서울에서 살았다. 집은 광주인데. 그래서 많은 사람들이 내가 집이 서울인 줄로 알고 있다. 광주에 행사가 있어서 내려가면 노장 선생님들이 언제 왔느냐, 서울에서 벌써 내려왔냐고 물어보고는 했다. "선생님, 저 집이 광주예요" 하면 깜짝 놀란다. 그러냐고, 서울에서 살고 있는 줄 알았다고.

한열이 죽고 5년 만에 한열이 아버지도 쓰러지셨다. 너무 힘들었다. 한열이 아버지는 한열이를 참 좋아하고 예뻐했다. 둘도 없는 아들이었다. 근데 한열이가 그렇게 가고, 직장을 다시 다니시면서 나는 서울로 쫓아다니느라 혼자 식사도 제대로 못 하니 중풍이 온 것이다.

혈압도 떨어지고, 손도 마비가 될 때도 있고, 또 상처도 잘 나고. 한 3년 그러시다가 마지막에는 말도 못 하고, 수족도 못 썼다. 그렇게 고생을 많이 하셨다. 그게 다 화병이다. 내가 참 죄를 여러 가지로 많이 지은 사람이다. 한열이 아버지 그러고 있는데 나는 막 서울 돌아다니고 그랬으니. 자식놈 그래 놓고, 남편 뒷바

1987년, 이한열 열사 민주국민장. 최민화의 〈이한열 부활도〉 뒤로 지팡이를 짚고 행진하는 백기완 선생이 보인다.

라지도 못 하고. 내가 하나밖에 모르고, 이것밖에 모르고 살았다. 망월동 일반 묘지 한열이 아버지 묘에 가면 '내가 잘못했어요'라고 용서를 빌고는 한다.

한열이 죽고 나서 백 선생님을 처음 뵈었다. 처음에는 누군지도 몰랐다. 혼자만 한복을 입고 계셨으니 병원에 있을 때 본 기억은 나는데, 성함도 모르고, 뭘 하시는 분인지도 몰랐다.

　한열이 죽음을 누구보다 안타까워하셨는데, 어느 날 깜짝 놀랄 무서운 말씀을 하셨다. 한열이를 망월동에 묻을 것이 아니라 어디다가, 나무 위에 올려놓고 온 세상이 똑똑히 그 끔찍한 죽음을 보게 해야 한다고, 그래야 이놈의 나라가 번쩍 정신을 차릴 거라고. 내가 놀라서, 너무 놀라서, 답도 못하고, "한열이를 나무에다 올려놓으면 날짐승이 상처를 줄 것 아니요"라는 말밖에.

그랬는데, 살다 보니까, 그 엄혹한 시절에 얼마나 절실했으면 그렇게까지 말씀하셨을까 뒤늦게 이해가 됐다. 1987년 이전만 해도 너무 엄혹한 세상이었던 것을 내가 이제 짐작이 간다. 1987년 이후에 우리들이 살아온 것은 그 전에 사신 분들 반품도 안 되는 거다. 아무리 전두환, 노태우 정권 시절이었다고 하더라도.

6·10 항쟁을 겪고 나니 5월 항쟁이 짐작이 갔다. 망월동에서 한열이 장례를 치르는데, 절차나 규모나 모든 걸 봤을 때 오월 식구들의 눈에는 그렇게 예쁘게만 보이지 않았을 거라는 걸 그 후에 알았다. 1995년에 5월 희생자들을 국립묘지로 이장을 할 때, 시신들을 비닐에 싸서, 합판 같은 것에 넣어 대충 묻어놓은 것을 보고 충격이 컸다. 처참했다. 이래서 국민들이 울분을 토하면서 참여를 했구나라고 느끼면서 반성도 많이 했다. 자숙을 하고 나니 그분들에게 애착도 생기고 그냥 묘한 그런 것이 가슴에 다가왔다. 그러면서 대중들과 이렇게 부대끼면서 살았다.

백 선생님께 그때 서운했다고 한번 말씀을 해보려고도 생각했는데, 이제 선생님이 안 계시니. 백기완 선생님, 계훈제 선생님, 문익환 목사님, 그분들을 참 존경했다. 의지를 하고 살았다. 그래서 힘들 때도 견딜 수 있었다. 지금 그분들이 안 계시니까 우리가 힘이 없다. 그때는 왜 자식이 죽었는데 부모 마음대로 못 하게 하고, 왜 저렇게까지 해야 하는지 솔직히 서운하기도 했다. 그랬는데 우리 역사가 이렇게 굴러온 것을 가만히 보면 백 프로는 아니어도 "그랬구나"라는 것을 나도 스스로 느끼게 된다. 그래서 우리는 혼자는 못 사는 거다. 같이 살아야 하는 거다.

백 선생님께서 대학로에 있는 통일문제연구소에 계실 때는 몇 번 가기도 했는데, 돌아가시기 전에 병문안을 못 갔다. 가려고 날짜를 받아놓으면 집에 계신다고 하고, 코로난가 뭔가 그런 것 때문에 병문안을 못 한다고 하고. 그래서 병문안을 못 했다. 두고 두고 서운하고 가슴에 맺힌다. 그나마 마석 모란공원에 안장할 때 (박종철 형) 종부가 나를 보고 "어머니, 선생님께 술 한잔 드리세요" 해서, "선생님, 이 술 한잔 받으시오". 그렇게라도 하고 나니 마음이 좀 풀렸다. 선생님께서 살아계셨더라면 이럴 때 오셔서 큰 말씀 한마디 하셨을 텐데….

대담 백원담

녹취 정리 **최병현·박선봉**

당신의 호출이 그립습니다

손호철─서강대 정치학과 명예교수

"아이고, 이 추운 날씨에 이게 무슨 미친 짓이야!"

유난히도 추웠던 2018년 연말 어느 날, 나는 집이 있는 경기도로부터 서울 양천구 목동에 가기 위해 버스를 갈아타고 두 시간을 거리에서 헤매며 투덜거렸다. "대표적인 노동탄압 기업으로 정평이 난 스타플렉스(파인텍) 노동자들이 400일이 넘게 고공 굴뚝농성을 하고 있어 원로들이 나서려고 하니 스타플렉스가 있는 목동에 결집해 달라"는 백기완 선생님의 부름을 받았기 때문이다.

사실 나는 학교를 일찍 들어간 덕에 미성년자였던 대학 2학년 때 학생운동으로 감옥을 가기 시작해, 제적, 강제징집 등 파란만장하다면 파란만장한 청년 시절을 보냈다. 1980년 전두환 덕에 언론사를 그만두고 떠나야 했던 미국 유학에서 돌아와 교수가 된 뒤에도, 민주화를 위한 전국교수협의회 상임공동의장, 민중연대 공동대표 등으로 활동하며 많은 시간을 거리에서 보냈다. 그래서 2018년 초 30년간 몸담았던 대학에서 정년을 하면서 "이제 사회운동도 정년을 하고, 그동안 사회운동을 하느라고 하지 못했던 그림, 사진 등 고등학교 시절의 꿈을 찾아보자"고 마음먹었다. 헌데 백 선생님 부름을 받으니 안 나갈 수도 없어 투덜대며 목동으로 향했던 것이다.

목동에 도착해 추위에 떨고 있는데, 백 선생님이 부축을 받으며 나타나셨다. 고령이신 데다가 얼마 전 목숨을 건 대수술을 해서 건강이 말이 아니었다. 그런데도 부축을 받으며 나오신 그를 보니 정신이 바짝 들었다.

"아니 나보다 스무 살이나 나이가 많고 건강도 좋지 않은 백 선생님이 아픈 몸을 끌고 이렇게 나오시는데 내가 정년 좀 했다고 사회운동도 은퇴하겠다고 생각했으니, 말이 되는 이야기인가?"

갑자기 내 자신이 부끄럽기 짝이 없었다.

이로부터 한 달이 지난 2019년 초, 다시 백 선생님으로부터 파발이 왔다. 태안화력발전에서 설비 점검 중 사고로 숨진 비정규직노동자 김용균 씨에 대한 진상 규명과 대책 마련을 촉구하는 사회원로(중진) 비상시국선언을 발표하려고 하니, 서울대병원 영안실에 모이라는 부름이었다. 한 달 전 그 추위에도 부축을 받으며 나타났던 백 선생님의 모습이 떠올라, 이번에는 불평 없이 집을 나섰다.

그렇다. 사회의 원로가, 사회의 큰 어른이 사라진 우리 시대에 백기완 선생님은 '마지막 원로', '원로의 좌장', '영원한 재야', '민중운동의 총사령관'이었다. 아니 문정현 신부님과 같이 낸 책 『두 어른』의 제목처럼 그냥 우리 시대의, 우리 사회의 '어른'이었다.

적지 않은 원로라는 분들이 정부 인사들과의 개인적 친분관계나 권력욕, 아니면 민주당으로 상징되는 '자유주의' 정치세력 내지 '개혁' 정치세력이 문제는 있지만 그래도 지지해줘야 한다는 소위 '비판적 지지'의 입장 때문에 김대중, 노무현, 문재인 정부로 이어지는 자유주의적 '개혁정부'(일반적으로 이들을 '진보'라고 부르는데 이는 잘못이며 이들은 진보, 즉 '프로그레시브'가 아니라 미국의 민주당과 비슷한 자유주의적인 '리버럴'에 불과하다)에 들어가 한자리를 하거나 이들에 대해 공개 지지를 했다. 그것이 아니더라도, 이들이 잘못할 때도 이들을 비판하는 데 몸을 사렸다.

그러나 백 선생님은 이들 정권과 거리를 뒀을 뿐 아니라 옳은 길을 가지 않고 있으면 '개혁정부'라고 하더라도 죽비와 호통을 아끼지 않아왔다. 목동에서도, 서울대 영안실에서도, 촛불정부를 자임하는 문재인 정부를 향한 이 같은 호통은 끝나지 않았다.

백 선생님이 생의 끝자락에 우리 사회에 소중한 선물을 하나 주셨다. 『버선발 이야기』라는 이야기보따리다. 백 선생님은 치열한 사회운동가이기도 하지만 뛰어난 문학가, 이야기꾼, 한글학자였다. '민중운동의 애국가'라고 할 수 있는 〈임을 위한 행진곡〉이 백 선생님 시로 만든 것이라는 잘 알려져 있지만, 그 밖에도『장산곶매 이야기』,『부심이의 엄마생각』과 같은 '소설'로부터『이제 때가 왔다』와 같은 시집,『대륙』과 같은 영화 시나리오 등 그의 문학적 성과는 가히 전천후적이다.

뿐만 아니라 한자, 일본어, 영어 등으로 오염된 우리의 말을 바로잡기 위해 고군분투했던 뛰어난 한글학자가 바로 백 선생님이다. 노벨문학상을 받은 남미를 대표하는 소설가 가브리엘 마르케스의 대표작에는 '마술적 사실주의'의 걸작으로 일컬어지는『백년의 고독』이라는 작품이 있다. 이 소설과 마찬가지로『버선발 이야기』는 가상의 땅에서 일어나는 버선발의 성장기를 신분사회와 계급사회의 비인간적인 현실과 억압, 착취를 내용으로 하면서도 우화로, 가상의 이야기로, 신화로 그려낸 '한국판 마술적 사실주의'의 걸작이다. 그런 만큼 '우리 시대의 마지막 원로'가 들려주는 역사 강의, 이야기 강의로 모두가 읽어야 할 우리 시대의 '사회 교과서', '역사 교과서'이다.

이 글의 앞의 이야기는 백 선생님이 2019년『버선발 이야기』를 내면서 서평을 써달라고 부탁을 하셔서 서평 도입부에 썼던 이야기이다. 그리고 서평의 마지막에 나는 다음과 같이 썼다. "백 선생님, 건강하십시오. 그리고 너무 자주 호출하지는 마세요."

그러나 백 선생님은 이 서평 이후에도, 그의 생의 마지막까지도, '니나'('민중'에 대한 백 선생님의 표현)에 대한 사랑, "너도 일하고 나도 일하고 그리하여 너도 잘 살고 나도 잘 살되, 올바로 잘 사는" 노나메기 '벗나래'('세상'에 대한 백 선생님의 표현)에 대한 염원을 버리지 못하고 우리 사회의 비리와 구조적 악에 대해 끝까지 발언하셨다. 그리고 그때마다 나를 호출하셨다. 세월호 참사, 김진숙 복직투쟁, 제대로 된 중대재해기업처벌법 제정이 대표적인 예이다.

역사적인 촛불항쟁에서 승리했으니 백 선생님이, 백 선생님의 호출이 필요 없는 세상이 와야 하지만, 불행히도 촛불항쟁에도 불구하고 백 선생님이, 백 선생님의 호출이 여전히 필요했던 것이다. 아니 많은 사람들이 "이제 촛불정부가 들어섰다"며 현실을 외면하거나 현실에 침묵했기 때문에, 백 선생님이, 백 선생님의 호출이 그 어느 때보다도 더 필요했다.

나는 정치학자로서, 우리가 백 선생님을 평가하는 데에서 잊지 말아야 할 부분이 있다는 점을 상기시키고 싶다. 그것은 자유주의 개혁세력으로부터 분리된 '독자적인 진보정치운동의 선구자'로서의 백기완이다.

한국의 진보정치, 진보정당운동은 몇 시기를 거쳐왔다. 제1기는 일제와 해방정국이다. 식민지하에서 민족모순과 계급모순이 중첩된 가운데 우리는 조선공산당 등을 중심으로 아시아에서 가장 강력한 진보정치운동 중의 하나를 만들어냈다. 그러나 이는 분단과 해방정국, 그리고 한국전쟁을 거치며 괴멸되고 말았고, 극우보수 일변도의 정치가 한국전쟁 이후 한국 사회를 지배했다.

제2기는 1960년 4·19 혁명에서 1961년 5·16 쿠데타까지 1년 간의 기간으로, 이승만 정권 몰락 후 사회대중당, 사회당 등 진보 정당들이 생겨나 국회 상하원에 진출하는 등 일정한 성과를 거두었다. 그러나 이 역시 5·16 쿠데타 세력에 의해 괴멸되고 말았다.

제 3기는 1987년 민주화 이후로 민주노동당에서 통합진보당으로 이어지는 흐름이다. 이는 민주노동당을 이끈 권영길 민주노총 위원장이 그 전에 민주노총 등 진보 조직들의 결정에 의해 출마한 1997년 '국민승리21'이 효시인 것으로 알고 있는 사람들이 많다. 그러나 이는 틀린 것이다. 보수야당, 즉 민주당으로 상징되는 개혁적 자유주의정당으로부터 분리된 독자적인 진보정치세력 건설의 선구자는 1987년 민중후보로 출마한 백기완 선생님이다.

1987년 대선 당시, 백 선생님은 '인민노련'과 '제헌의회 그룹' 등 이른바 '독자후보파'의 추대로 민중후보로 출마해 진보정치세력의 필요성을 역설했고, 국가보안법 폐지, 주한미군 철수, 재벌 해체 등 급진적 의제들을 여론화시켰다. 이후 그는 민주민간정부 출범의 중요성에 기초해 양 김의 단일화와 민주연합정부 설립을 제안했지만 대통령병에 걸린 양 김은 이를 거들떠보지도 않았고, 백 선생님은 선거 이틀 전 민주세력대연합 실패의 책임을 지고 후보 사퇴를 한 바 있다.

다시 말해, 민주노동당, 통합진보당, 정의당(정치정당운동 제 3기는 통합진보당 와해사태로 끝났고, 현재 유일한 원내 진보정당인 정의당과 사회변혁노동자당 등 원외 군소진보정당의 등장은 제 4기로 보아야 한다)으로 이어지는 1987년 민주화 이후 진보정치운동이 빚지고 있는 사람이 바로 백기완 선생님이다.

'영원한 재야' 백기완 선생님은 이제 그토록 사랑했던 세상을 떠나 모란공원에 합류하셨다. 마지막까지 김진숙 민주노총

지도위원의 복직과 중대재해법 제정 등을 위해 애쓴 이 '민중운동의 총사령관'은 이제 전태일 열사 바로 옆에 누워 '노나메기 세상'을 꿈꾸고 있다. 모란공원을 찾아가야 할 이유가 하나 더 생긴 것이다.

"태일아, 잘 있었지?" "예, 어서 오십시오." 모란공원에 마련된 백기완 선생님 묘역에 서자, 연배로는 대선배이지만 묘역의 '새까만 후배'로 전태일 묘소 옆에 최근 입주한 백 선생님이 머리에 '노동해방'이라고 쓴 붉은 띠를 두른 전태일 열사와 담소를 나누고 있었다.

'한국 민중운동의 총사령관'이 떠난 뒤 저 세상은 시끄러워졌고 염라대왕도, 옥황상제도, 하느님도 긴장하고 있겠지만, 이곳은 반대로 너무 조용해졌다. 민주노총 위원장의 구속으로 상징되는 노동탄압과 대장동 게이트로 상징되는 토건자본의 탐욕, 민중들의 신음에도 불구하고 진보진영의 대응은 '사령관 없는 혁명군'처럼 굼뜨고 빈약하기만 하다.

"선생님이 떠나고 나니, 예전에는 투덜댔던 선생님의 호출이 그립습니다. 백 선생님, 그립습니다."

백기완의 지성은 어떻게 만들어졌나?

장회익—작가, 전 서울대 교수

백기완 선생과 나는 같은 시기(6년의 차이) 같은 땅에서 살아왔지만, 나는 주로 과학의 언저리를 맴돌고 선생은 이와는 거리가 있는 삶의 현장을 주로 누비셨기에 직접 대면해 이야기를 나눌 기회가 거의 없었다. 단 한 번, 2005년 무렵이라 생각되는데, 충남 아산에 있는 순천향대학교에서 선생과 내가 함께 강연을 하게 되었다.

　이날 나는 우리 민족이 처한 현실에 대한 선생의 투철한 분석과, 특히 미국에 대한 날카로운 비판에 감명을 받았다. 강연이 끝나고 잠시 대면해 인사를 나눌 기회가 있었는데, 이때 나는 선생의 그 지성(知性)이 어디서 온 것인지를 묻고 싶었다. 결국 시간이 허락해주지 않았지만, 질문을 던졌더라면 당장 "지성이 뭐야, '○○○'이지" 하고 바른 우리말 표현부터 가르쳐주셨을 텐데, 그 기회를 놓쳤으니 선생께는 송구스럽지만 나는 오늘 지성이라는 표현을 그대로 쓸 수밖에 없다.

이 글을 접하는 많은 사람들은 왜 하필 백기완 선생의 지성을 들먹이는가, 선생이야말로 지성하고는 거리가 먼 감성의 사나이, 의지의 사나이, 불꽃같은 정의의 사나이였는데, 그런 분에게 왜 갑자기 지성이란 잣대를 들이대려 하는가 생각할지 모르겠다. 다 맞는 말이지만, 그분의 이러한 성품이 지성과는 무관하다고 생각한다면 크게 잘못된 일이다.

내가 보기에 그분이야말로 진정한 지성의 표본이었고, 이러한 지성의 바탕이 있었기에 그분의 감성과 의지가 바른 방향을 지향했고 그분의 용기가 진정 온몸을 불태워도 아깝지 않게 당당했다. 사람들은 중학교에조차 발을 들여놓지 못한 그분의 학력을 보고 아예 지성의 세계와는 결별한 분일 것으로 지레짐작할지 모르지만, 나는 오히려 이것이 그분의 지극히 순수하고 독창적인 지성을 일구어낸 원천적 계기가 된 것으로 본다.

내가 이렇게 생각하는 데에는 내가 관찰해온 역사적 사례들이 있고, 또 내 나름으로 겪어본 개인적인 경험이 있어서다. 내가 아는 사례들은 백기완 선생과는 정말 거리가 먼 이론물리학자들의 경우지만, 순수하고 독창적인 지성이라는 점에서는 큰 차이가 없다. 누구에게나 다 잘 알려진 뉴턴과 아인슈타인의 경우를 보자. 이들이 지닌 공통점 하나는 젊은 시절, 우리로 치면 중고등학교 시절 몇 년씩 제도권 교육에서 벗어나 있었다는 사실이다.

뉴턴의 경우, 어머니의 명에 의해 학교를 중단하고 농사를 지어야 했고, 아인슈타인은 아예 자신의 의지로 학교를 탈퇴하여 혼자 공부한 경험을 가졌다. 만일 이들이 이러한 경험이 없이 제도권 교육에 계속 머물렀더라도 그 같은 지적 능력을 키워낼 수 있었을까라고 묻는다면 내 대답은 "아니다" 쪽에 가깝다. 이 경험이 이들에게 홀로 사유하고 홀로 앎을 추구하는 방식을 익히는 중요한 계기가 되었을 것이기 때문이다. 물론 이런 기회를 가진다고 모두 뉴턴이나 아인슈타인이 된다는 뜻은 전혀 아니다. 다만 그렇게 할 의지를 가지고 그런 노력을 기울인 사람에게는 이것이 더없이 소중한 기회를 제공할 수 있다는 것이다.

이 점에 대해서는 내 자신에게도 작은 경험이 있다. 초등학교 5학년을 마치고 막 6학년이 되었을 때 6·25 전쟁이 발생했고, 우리 가족은 고향 조부모 댁으로 귀향해 몇 년간 머물게 되었다. 그런데 무슨 이유 때문인지 할아버지가 나를 더 이상 학교에 다니지 못하게 했다. 그래서 초등학교를 마저 다니지 못했고, 중학교 대신 동네 안에 차려진 고등공민학교에 1년 정도 다니다가 결국 타지로 나가 2학년 2학기에야 정규 중학교에 편입했다.

내게는 매우 고통스런 기간이었지만, 그동안 나 혼자 공부하려고 별별 짓을 다 해보았다. 사실 책을 읽기는 하지만 이것으로 내가 과연 그 내용을 아는지를 확신할 수 없었다. 그래서 그것을 다시 공책에 적어보기도 하고 들고 다니며 누구에게 물어보기도 했다. 그런데 지금 생각해보면 이 과정에서 나는 혼자 공부하는 방법을 체득했고, 이것이 이후의 내 학습과정에서뿐 아니라 내 온 생애를 통해 지성을 다듬어 나가는 데에 큰 도움이 되었다.

나는 백기완 선생의 한살매『사랑도 명예도 이름도 남김없이』를 읽으며, 그렇게도 중학교 교육을 받고 싶어 혼자 애쓰신 그 심정과 고뇌를 누구보다도 잘 공감할 수 있었다. 그런데 선생의 처절한 노력에도 불구하고 끝내 정규교육에 복귀할 기회는 다가오지 않았다. 대신 선생은 스스로 중대한 결단을 내린다. "열여섯이 되던 해, 혼자서 세 해 안에 돌배울(중학교) 배우기(6년제 교과서)를 몽땅 해치우기로 한 것이다…. 첫째, 닥치는 대로 외우고, 둘째, 닥치는 대로 읽고, 셋째 닥치는 대로 먹는다."

물론 출발은 우격다짐이 될 수밖에 없다. 방법을 모르니까. 우선 영어는 사전부터 몽땅 (과학용어만 빼고) 외워버렸다. 누군가가 릴케의 책을 못 읽었다고 힐난을 하자, 이 책을 찾아보기 위해 온 서점과 도서관들을 다 돌아다니기도 했다. 하지만 이러한 시행착오를 거쳐, 결국은 자신이 무엇을 어떻게 공부해야 하는지에 관한 참 깨달음에 이르고 이를 몸에 익히게 된다.

여기까지는 적어도 제한된 범위에서 나도 경험했고, 뉴턴도 아인슈타인도 경험했다. 그런데 백기완 선생은 끝내 제도권 교육에 복귀하지 않고 일생을 이러한 배움으로 일관하셨으니, 그 경지가 어디에 가 닿았는지 그 길에 끝까지 함께해보지 못한 사람으로는 참으로 가늠하기 어렵다. 한 가지 확실한 것은 선생이 분명히 엄청난 배움을 체득하셨고, 또 이에 대한 긍지를 확고하게 지니고 사셨다는 점이다. 그분의 말을 들어보자.

"어허, 모르는 소리. 이건 임마, 개구리 노래야. 개구리. 갸들 노래를 내가 꾸어다 부르는 거라고."
"미친 놈, 야 임마, 개구리는 '개골개골' 그래. 너 그것도 모

210

르는 걸 보면 한배울(초등학교) 들어가기 다룸(시험)에서 그나마 미끄러졌구나."

"야 임마, 난 한배울도 못 다닌 게 아니고 배울(학교)이라면 어떤 것이든 몽땅 다 이고 다녀. 안 보여, 내 머리 위에 있는 한배울, 두배울(중학교), 선배울(고등학교), 모배울(대학교), 그 할애비들, 이것도 안 보이는 걸 보면 네 놈은 눈이 있어도 앞을 못 보는 판수로구나 판수."

(『사랑도 명예도 이름도 남김없이』, 205쪽)

"모배울, 그 할애비들", 이른바 석사, 박사, 교수조차 선생의 눈에는 그저 한심스런 먹물들일 뿐이다. 혼자 힘으로 지성의 세계를 꿰뚫은 사람이 보기에 내로라하는 학자 사상가 부스러기들이 떠드는 소리들이 제멋에 겨운 잠꼬대보다 나을 게 뭔가? 그들이야말로 책상머리에 앉아 썩은 먹물이나 퍼마셨지, 언제 삶의 밑바닥을 헤매며 피 터지는 현실을 교재 삼아 세상의 참 모습을 피부로 느껴본 일이 있는가? 이 진정한 삶의 체험을 바탕으로 한 치의 에누리도 없이 세상을 있는 그대로 꿰뚫어온 그 날카로운 지성이 그의 말 속에, 글 속에, 노래 속에 그대로 묻어나고 있다.

여기서 한 가지 우리가 유념해야 할 것은, 선생이 제도권 교육의 오염에서 온전히 벗어날 수 있었다는 점이다. 대부분의 사람들은 제도권 교육이 얼마나 왜곡되어 있는지를 알지 못한다. 그런데 선생은 이미 이 점을 누구보다도 일찍이 간파했다. 해방이 되자마자 하루아침에 가르침의 내용이 180도로 바뀌는 교사들의 태도에서, 남과 북에서 정반대의 것들을 옳다고 가르치는 교육에서, 한 오라기의 허위도 허락하지 않으려는 선생의 지성이 상처받지 않고 온전히 피어나기 위해서는 차라리 몸에 스치는 현실을 교재 삼아 자신의 앎을 스스로 깨쳐 나가는 일이 가장 좋은 교육일 수 있고, 선생의 지성은 바로 이 교육이 빚어낸 결과로 보아야 한다. 다시 선생의 글 한 곳을 더 읽어보자.

그런데 살구 녀석이 빙그레 웃으며 또 밀어준다. 꽁꽁 얼은 '이' 여남은 마리(열 마리쯤)다.

"이건 다 네 몸에서 나온 네 것이니 갖고 가라. 그리고 다음부터 잠만은 딴 데서 자거라" 그런다.

"뭐야, '이'라고 하면 어째서 모두 내 것이냐. 이 새끼야" 하고 한판 하러 나가며 생각했다. '이참이야말로 쟈하고 붙어서 내가 지게 되면 나는 죽어도 죽지 못한다. 그러니 반드시 이기자' 하고 배지기로 들었다 엎고선 막 조지려는데 누가 툭툭 친다.

가대기 언니다.

나는 대뜸 "언니, 오늘은 내가 이겼지" 그랬다.

하지만 맞대(대답)라는 것이 영 딴말이었다. 빙그레 웃으며 "싸움은 턱없이 뺏어대는 놈, 일테면 있는 놈하고 붙었을 때 이기고 지고가 있는 거야, 인석아. 가진 거라고는 '이'밖에 없는 것들끼리 붙어봐야 서로 코만 터져."

나는 그적지까지 가장 따르고 싶은 이가 있다면 몽양도 아니고 백범도 아니고 조소앙 선생도 아니었다. 그 누구보다도 가대기 언니였다.

212

나는 우리의 교육 현장을 인삼 밭에 비유한 일이 있다. 인삼 밭은 정성껏 토양을 고르고 시비를 하고 채광을 조절해 인삼이 최적의 조건에서 성장하도록 보살피는 곳이다. 그리하여 5년 혹은 6년을 키워 모두 캐낸다. 더 이상 두면 썩어서 못쓰게 된다는 것이다. 그렇기에 제대로 된 인삼은 이런 인삼포에서 재배되어 나오는 것이 아니다. 심산 협곡에서 주변의 모든 시련을 이겨내고 십년이고 백년이고 저 혼자 자라나온 산삼이 제대로 된 약효를 가진다. 이런 점에서 나는 백기완 선생이 지닌 지성이야말로 험한 산 속에서 불끈 솟아오른 굵은 산삼 한 뿌리에 해당한다고 본다. 그 안에는 제도권 교육에서는 결코 배양될 수 없는 진실이 담겨 있고 지혜가 담겨 있고 예술이 담겨 있기에.

백기완 선생님의 추억

최윤―민주평화통일자문회의 강원지역회의 부의장

백기완 선생님은 책을 통해 처음 만났다. 대학 1학년 때 『자주고름 입에 물고 옥색치마 휘날리며』라는 책을 샀는데, 따님인 '담이'에게 쓰는 편지 형식의 글이었다. 그 책에는 "돌아와 탑을 부수라"라는 글이 있었는데, 내용은 4·19 혁명은 아직도 진행 중이니 탑을 세워 기념할 것이 아니라 탑을 부수고 다시 혁명운동에 나서야 한다는 내용이었다. 이 글은 당시 젊은 나의 가슴을 불타게 만들었으며, 백 선생님에 대한 깊은 인상을 갖게 만들었다.

선생님을 직접 뵙게 된 것은 1985년 민주통일민중연합(민통련)에서이다. 선생님은 민통련 부의장을 맡으셨고, 나는 강원 민통련 일을 하면서 자주 뵐 기회가 있었다.

당시에 백 선생님은 대학 강연을 많이 다니셨고, 그 강연이 끝나면 바로 시위로 이어졌다. 1986년에 춘천 운교동 성당에서 강원 민통련 주최로 백 선생님 강연이 있었는데, 강연이 끝나고 사람들이 나가면서 자연스럽게 시위를 하였다. 이로 인해 많은 학생들이 연행되어 고초도 치렀다.

이와 같이 백 선생님은 서울에만 머물지 않고 전국 각 지역을 다니며 강연을 하셨고, 당시 취약했던 지역의 민주화운동을 활성화하는 데 많은 기여를 하셨다. 이를 통해 지역에서 묵묵히 활동하던 민주화운동가들과 만남을 만드셨고 힘을 주셨다.

당시 일화를 하나 소개하면 백 선생님은 다른 의장단에 비해서 돈이 없으셨다. 그래서 항상 식사나 술자리에서 계산에서는 빠지셨다. 그런데 하루는 우리와 술자리를 하는데 10만 원짜리 수표 두 장을 흔드시며 '나에게 잘 보이면 이것으로 술을 사지' 하셨다. 그래서 악다구니 같은 우리들은 선생님에게 술을 막 권하며 기분을 맞춰 그 돈을 쓰시게 만들었다. 아마 백 선생님이 술값을 내신 얼마 안 되는 경우였을 거다.

그리고 다음 날 다시 뵈었는데, 선생님이 어제 술 산 돈이 사모님이 이를 고치라고 준 돈인데 딴 데 쓰셔서 혼났다고 하셨다. 우리는 미안한 마음도 들고 해서 치과 비용을 우리가 모아서 내겠다고 지키지 못할 약속을 하고 끝낸 적도 있다.

선생님은 운동의 노선도 중요하지만 혁명가의 기개를 중요시하였다. 예를 들면 "호랑이는 짐승을 사냥하면 내장만 먹고 나머지는 놔둬. 다른 짐승들이 먹도록 하는 거지. 너희들도 작은 것에 신경 쓰지 말고 대범하게 일을 해야 한다"고 일갈하시곤 하였다. 두고두고 기억에 남는 말씀이다.

1987년 6월 투쟁이 끝나고 민통련은 직선제 개헌으로 처음 치러지는 대선에 대한 방침 때문에 심한 내홍에 빠지게 되었다. 비판적 지지, 후보단일화, 독자후보론 세 갈래로 입장이 나뉘어져 심각한 노선투쟁이 벌어지며 그동안 하나로 모아져 있던 재야 민주화운동이 갈라지는 계기가 되었다.

이러한 상황에서 백 선생님은 어쩔 수 없이 민중의 정치세력화와 정권교체를 위한 민중후보로 출마하여 국민들의 엄청난 반향을 일으켰지만, 민주 후보의 단일화 제안이 양 김씨에 의해 받아들여지지 않아 결국은 눈물로 후보를 사퇴하셨다.

결국 대선의 결과 전두환의 후계자 노태우가 당선되어 1987년 6월 투쟁의 결과를 헛되이 만들었다. 전 국민의 피땀이 어린 6월 항쟁의 성과가 보수야당의 맹주였던 양 김씨의 분열로 인해 군사독재의 연장으로 귀결돼버린 것이다.

이러한 결과에 낙담하셨던 백 선생님은 독자후보를 지지했던 그룹도 하나가 되지 못하고 따로 당을 만들어 총선에 나서자 이에 대해 상당히 실망하셨으며, 진보세력의 이런 소아병적 자세는 프티 부르주아적 계급성에 기인한다고 비판을 하셨다.

이런 와중에서도 나는 1988년 4월 총선에 민중의당 후보로 출마하게 되었다. 정치자금도 전무하고 금배지도 하나 없는 당의 후보로, 아무리 척박한 정치지형이지만 진보정치의 씨라도 뿌려야 한다는 결기 하나만 있었다.

선생님을 찾아뵙고 "제가 출마를 해야겠습니다"라고 말씀드리니 한참 아무 말씀이 없으시다가 "너 참 배짱 좋다"고 웃으시던 모습이 눈에 선하다. 그리고는 춘천까지 유세 지원을 와주셨다. 당시 강원대학교에서 강연을 했는데, 시민과 학생 약 5천 명은 왔던 것 같다. 열띤 강연은 청중들의 호응을 이끌어 선거에 많은 도움이 되었다. 이후에도 백 선생님하고는 민중의 독자적 정치세력화를 위해 민중당 창당과 1992년 두 번째 대선 출마까지 같이했다.

얼마 전에 제주 4·3 지원보상법이 통과되었지만 1990년대 초만 하더라도 4·3은 금기어였다. 1992년 대선 당시 제주 유세에서 유난히 할머니들이 많이 참석을 하셨다. 이분들은 백 선생님이 4·3 학살에 대해 발언하시면 눈물을 흘리셨다. 알고 보니 학살의 피해자들이셨다.

그간 금기로 파묻혀 있던 진실을 밝히신 것에 대해 제주도민들도 고마웠는지 백 선생님의 제주 득표율은 다른 지역에 비해 두 배 정도 높게 나온 것으로 기억하며, 전체적으로 기대보다 낮은 득표율 속에 위안이 되었다. 이후 세계사적 변화 속에서 진보세력의 개편은 불가피했고, 백 선생님과의 만남 역시 줄어들게 되었다.

백 선생님의 정치 진출과 좌절에는 우리의 책임이 가볍지 않다. 민중의 정치세력화를 명분으로 백 선생님의 출마와 희생을 부탁드렸고, 선생님은 패배가 눈에 보이는 뻔한 선거에 몸을 던져서 우리에게 도움을 주시려 하였다. 가진 것은 없었지만 늘 힘없고 서러운 사람을 위해 같이 아파하고 보듬고 비빌 언덕이 되어주신 눈물 많은 분이셨다.

지금 돌이켜 생각하면 백 선생님은 평생 자신이 가진 것을

'남김없이' 주고 가셨다. 백 선생님은 시대의 고통과 민중의 아픔을 온몸으로 감당하셨다. 수많은 어렵고 힘든 사람을 만나 아파하며 위로와 희망을 나누어주셨다. 편찮은 몸을 이끌고 칼바람이 부는 추운 거리이건 뙤약볕의 도로 위이건 약자들의 편에 서셨다. 고문과 핍박의 흔적이 배어 있는 깡마른 팔뚝질로 모든 소수자들의 힘이 되셨다.

백 선생님의 유택도 그러하시다. 전태일, 이소선 어머니와 청년 노동자 김용균과 나란히 누우셔서 영면에 드셨다. 살아생전과 마찬가지로 그곳에서도 힘없는 자, 묶인 자, 갇힌 자와 함께하고 계신다.

백 선생님!
함께해주셔서 고맙습니다.
같이할 때 행복했습니다.

백기완 선생님을 기리며 기도합니다

함세웅 - 신부

사랑도 명예도 이름도 남김없이
한평생 나가자던 뜨거운 맹세
싸움은 용감했어도 깃발은 찢어져
세월은 흘러가도
구비치는 강물은 안다

벗이여 새날이 올 때까지 흔들리지 말라
갈대마저 일어나 소리치는 끝없는 함성
일어나라 일어나라
소리치는 피맺힌 함성

앞서서 나가니
산 자여 따르라 산 자여 따르라

1989년 12월에 선생님께서 지은 시 「묏비나리」의 한 구절입니다. 이 시를 개사하여 지은 노래가 〈임을 위한 행진곡〉입니다.

1990년대 이후 현장에서 가장 많이 불렀던 노래, 지금도 호소하고, 항의하고, 투쟁해야 하는 현장에서 누구나 부르는 노래입니다. 어쩌면 선생님보다 이 노래가 더 유명하고 알려져 있을 것 같습니다.

선생님은 그렇게 사랑도, 이름도, 명예도 남김없이 우리 공동체를 위해 살다 가셨습니다. 이 시를 지을 때 자신의 삶의 지향을 우리 모두에게 알려주셨고, 그 삶을 실천하며 우리 모두에게 고난의 땅에서 살아야 하는 어려움과 지혜를 스스로 체득하기를 바라셨던 선생님의 삶을 깊이 묵상하며 기도드립니다.

사람은 누구나 태어나고 죽어야 하는 숙명 같은 삶을 살아야 합니다. 누구도 죽음을 피할 수 없습니다. 그래서 많은 성현들이 죽음 뒤 산 사람의 삶의 가치를 평가하는 기준을 만들고, 살아가는 방법을 제시하고 논평했습니다. 죽는다는 생각에 집착하면 삶 자체가 허망하고 부질없는 실의에 빠질 수도 있고, 죽음 뒤에 따르는 후세의 냉혹한 평가에 두려움을 가져 스스로 최선의 삶을 살도록 가하는 채찍이 될 수도 있다는 의미였다고 생각합니다.

선생님은 삶을 자연스럽게 지내실 수 있었음에도 불구하고 공동체를 위해 가혹할 정도로 자신을 스스로 학대하고 자책하며

220

사신 분이라고 많은 이들이 생각합니다. 아마도 선생님께서 후세의 평을 생각하여 자신의 삶을 돌보았다고 얘기하면 선생님께서는 버럭 하고 크게 소리를 지르실지도 모르겠습니다.

"난, 무엇에도 구애받지 않았어, 그저 현실에 보이는 노동자, 농민, 빈민들의 삶이 너무 고통스럽고 그들을 대하는 사회제도와 가진 자, 권력자들의 행태에 구역질이 나서 나대로 한판 크게 춤을 추며 산 게야, 평가! 지랄 맞은 소리 허지 말어!"

우리 시대에 그 어떤 것에도 구애받지 않고 가장 자유롭게 사신 분이 바로 선생님입니다. 선생님께서 일상 속에 늘 함께한 사람들은 바로 우리 제도가 말하는 '사회적 약자'들입니다. 사회적 약자 그 표현조차도 차별과 편견이 가득한 단어입니다. 그 사회적 약자는 우리 공동체가 만들어낸 결과이기 때문입니다.

그래서 선생님께서는 그 단어조차도 싫어하셨겠지만, 선생님은 그분들이 힘들고 고통스러워하고 매 맞는 현장 바로 그 옆에서 그분들을 대신해 소리 지르고, 주먹을 내지르고, 울부짖으며 사셨습니다. 때로는 분노에 찬 악담과 저주도 마다하지 않으셨으니 참으로 자유로운 삶을 사셨다 하겠습니다.

제도를 넘어서서 가진 자와 권력자들의 눈치를 보지 않았으니 그분 내면에 '자유'가 가득했을 것입니다. 그러나 선생님께서 지니신 그 충만을 밖으로 내뿜지도 못하고 보여줄 수도 없고, 실현할 수도 없었으니 그 자유가 얼마나 힘들고 무거웠을까라고 공감합니다. 선생님의 삶은 바로 민족공동체의 아픔, 그 자화상입니다.

「묏비나리」는 1980년 5월 18일 광주대학살을 겪으며 억울한 죽음에 피 솟는 슬픔과 강고하고 무자비한 군부정권에 대한 투쟁으로 민주화를 이루어야 한다는 절규였습니다. 우리는 그 절규를 기억하며 흔들리지 않고 선생님께서 남긴 일을 늘 한결같은 마음으로 실천해야 합니다. 어떤 의미에서 우리는 모두 백 선생님께 빚을 진 사람들입니다.

백 선생의 말처럼 백 선생은 세상을 떠났지만 한평생 민중 곁을 지키며 자신의 몸을 내놓고 싸우던 백 선생의 정신은 우리 곁에 영원히 남을 것이다. (《경향신문》, 2021. 2. 15.)

《경향신문》이 쓴 선생님 추모기사 중 일부입니다. 우리 곁에 영원히 남을 '백 선생의 정신'은 무엇일까요? 시장 논리에 찌든 이기심 가득한 자본주의 폐해, 그래서 가난한 자들의 몫이 자꾸 줄어드는 나눔의 방식을 해결하는 것이 선생님의 정신일까요?

총칼로 권력을 잡겠다고 무자비한 살상을 주저하지 않았던 독재자들을 처단하는 것이 선생님이 우리 모두에게 남긴 정신일까요?

고향을 떠나 남쪽에 사시며 언젠가는 통일된 나라에서 사시겠다던 그 꿈을 실현하는 것이 선생님께서 바라시는 정신일까요?

모두 맞다고 생각합니다. 평소 선생님께서 이루고 싶어 하셨고, 간절하게 소망하셨던 일들입니다. 그 모든 행위들 앞에 '참된 인간', '사람다운 사람' 모두가 존중 받고, 사랑하며, 아끼는 인간다움이 이루어지면 선생님께서 소망하셨던 모든 일들은 자연스럽게 완성될 것이라 생각하셨고, 그 생각을 2019년『버선발 이야기』에 담으셨다고 저는 생각합니다.

세상이 정하는 가치를 버리고 인간에 대한 경외감을 가질 때, 우리는 실망하거나 좌절하지 않고 모두를 위해 헌신하셨던 선생님의 정신을 흔들리지 않고 따를 수 있을 것입니다.

나는 기독교인들이 생각하는 기생오라비처럼 곱상한 예수는 당최 마음에 들지 않아. 내 생각에 그건 잘못된 그림이야. 예수는 노동자였어. 노동으로 단련된 몸을 가지고 있었을 거야. 그리고 예수는 부당한 사회질서에 대항한 깡다구 있는 인물이었다구.(『예수 역사인가, 신화인가』, 정승우, 책세상, 28쪽)

가톨릭 사제이며 신학도인 저도 이 말씀에 대해 일면 공감합니다. 문자로 기록된 언어는 저자의 생각과 관련 없이 여러 의미로 해석을 할 수 있습니다. 해석의 다양성, 해석학적 순환입니다. 성서의 해석도 마찬가지입니다. 성경에 나오는 예수님에 대한 판단과 해석은 성경을 읽는 사람들 모두에게 열려 있기 때문에, 선생님의 해석 방식도 가능하다고 저는 생각합니다.

"부당한 사회질서에 대항"… 선생님을 상징하는 한 구절이며, 스스로 삶을 규정한 의미이며, 저를 포함한 우리 시대 모든 이들이 어떻게 살아야 하는지 알려주신 말씀입니다.

선생님께서 말씀하시는 '부당한 사회질서'는 법이나 사회 규범이 정하는 그 한계를 분명히 넘어서야 함을 명하고 있습니다. 현장에서 고통 받는 우리 이웃이 느끼는 부당함을 설명하고 있습니다.

우리는 파업하는 노동자, 해고된 노동자, 농민을 포함해 부족하다고, 억울하다고 하소연하기 위해 광장에 모인 사람들에게 대해 "이거 좀 심한 거 아니야" 하는 반응을 간혹 보이기도 합니다. 선생님께서는 누구든 부족하다고 느끼며 억울함과 고통을 호소하는 분들에게 열린 마음으로 그들의 이야기를 들으라고 우리에게 충고하고 계십니다.

고통 받는 모든 약자들을 이웃으로 받아들이는 삶, 서로에게, 모두에게 열린 마음으로 공감하는 삶을 통해 우리의 가치관과 삶의 행태를 바꾸라는 질책입니다.

오늘날 한국 사회는 그리스도교 국가라고 할 정도로 많은 교회와 성직자가 활동하고 있습니다. 선생님은 그 많은 교회와 성직자들에게 "예수님은 과연 누구입니까?" 하고 묻고 계십니다. 광화문광장에서 태극기, 성조기, 이스라엘기를 들고 "아멘"과 "예수님"을 외치는 이들에게 "당신들이 믿는 예수님은 과연 누구입니까? 당신들은 어느 나라 사람입니까?"라고 선생님께서는 되묻고, 계속 또 묻고 계실 것입니다. 선종하신 선생님을 대신해 이제는 우리가 더 크게, 더 분명하게 물음을 던져야 합니다.

"예수님은 누구이십니까? 우리들은 도대체 어느 나라 사람입니까?"

그러면 우리 시대 우리 공동체가 해야 할 일들이 선명하게 보일 것입니다. 오늘도 광화문광장을 지나며 목 쉰 소리로 호소하는 선생님을 봅니다.

이 썩어 문드러진 세상
하늘과 땅을 맷돌처럼 벅벅
네 허리 네 팔뚝으로 역사를 돌리다
마지막 심지까지 꼬꾸라진다 해도
언 땅을 어영차 지고 일어서는
대지의 새싹 나네처럼
젊은 춤꾼이여
딱 한발 떼기에 일생을 걸어라

동심의 순수함, 투신적 열정, 전적 헌신의 삶을 사신 선생님을 기리며 칭송합니다. 어린 시절 할머님께서 들려주신 '장산곶매 이야기'를 한평생 가슴에 품고 재현하신 분입니다.

우리는 모두 어린 시절에 할머니, 할아버지 등 어른들로부터 감동 어린 이야기를 많이 들어왔지만, 그 이야기를 선생님처럼 우리 생애의 전환점으로 삼지는 못했습니다. 어린 시절 감동적 이야기 체험을 체화해 인생의 길잡이로 삼으신 선생님은 참으로 아름다운 실천과 초지일관의 삶을 사셨습니다.

장산곶매 이야기는 침략국 일본에 맞선 항일 투쟁사일 뿐 아니라, 잔인한 역대 독재정권에 맞선 청년 학생들의 저항, 그리고 불의한 자본권력에 맞서 싸운 민중과 노동자들의 항쟁사입니다.

아니, 그 이야기는 바로 온갖 죄악을 뿌리 뽑은 십자가 죽음을 통한 예수님의 부활과 승천의 인류 구원사입니다. 그리고 또한 우리 각자의 책무와 소명사입니다.

백 선생님, 이제 장산곶매와 함께 부활하소서. 그리하여 남북 8천만 우리 겨레를 위한 일치와 평화, 공존의 길잡이 되어주시고 하늘나라에서 영복과 영생을 누리소서. 아멘.

3

———

혁명이 늪에 빠지면
예술이 앞장서는 법

백기완,

그 이름만으로도 가슴 뛰게 하는 사람이었다.
그 말과 소리와 몸짓은 높은 창공의 장산곶매였다.

거침없는 상상력이었다.
떨리는 붓으로 그 아름다운 이름을 쓴다.

깊이
내 가슴에 쓴다.

〔 정태춘, 〈내 안에 백기완이 있다〉, 34×70cm 〕

백기완, 건국 서사 쓰는 사람

김정환―시인

정통 국문학자로서는 드물게 뛰어난 문학평론가이고 '동아시아 문제'에 관한 한 한국 제일의 석학이자 최고의 문장가라 할 최원식은 자신의 최근 저서 『이순신을 찾아서』를 놓고 열린 북콘서트에서 이렇게 말하고 있다.

> 1974년에 《앎과 함》 문고라는 게 나왔어요. 백기완을 중심으로 그 당시의 운동권들이 모여서 만든 백범사상연구소가 있었어요. 그 연구소에서 낸 문고 시리즈가 《앎과 함》인데, 문고의 제 1권이 바로 단재의 『조선혁명선언』이었습니다. 우연히 그걸 보는 바람에 제가 단재에 감전되었어요. 「아와 비아의 투쟁으로서 역사」하고 「조선혁명선언」 두 편의 글

을 묶은 책인데,「조선혁명선언」을 보고 깜짝 놀랐어요. 세상에, 우리 근대에 이런 엄청난 문장이 있구나.「조선혁명선언」에서 감전된 것이 씨앗이 되어서 단재 연구의 일각이라도 기여를 해야겠다 생각했던 것이 이 책『이순신을 찾아서』의 시작이라고 하겠습니다. (《작가들》 2020년 가을 74호 〈특집II〉 170쪽 상단)

무슨 구전문학도 아니고 최원식이 얼치기 사회주의 국가 수령도 아닌데 최원식 앞에 수식 호칭을 길게 붙이고, 본인이 직접 쓴 문장과 달리 정갈하지도 않은데 인용이 길었던 것은 한마디로, 내가 놀라서다. 최원식 같은 국문학계 정통이 재야 그 자체인 백기완 이름을 이런 '문화적' 분위기로 등장시키는 사례는 내가 읽기로, 처음이다. 게다가 그가 의미 내포했든 아니든, '우리 근대에 이런 엄청난 문장' 운운이 일약 백기완을 백범 김구의 정치 사상적 후예보다 혁명적 글쟁이 신채호와 비교해야 할 인물로 더 중요하게 부각시킨다. 혁명적 글쟁이란 식민지 근대에 없는 근대 건국서사를 평생의 온몸으로 혹은 온몸의 평생으로 쓰는 사람을 말한다. 김구? 그는 건국자 가운데 한 사람이고,『백범일지』가 아무리 감동적이란들 혁명적 글쟁이는 아니다. 혁명적인 레닌도 혁명적인 글쟁이는 아니다. 그리고 혁명적인 글쟁이가 글쟁이인 까닭에 더 혁명적일 수가 얼마든지 있고, 그 점이 혁명적 글쟁이를 혁명적 글쟁이이게 하는 것일 게다.
로마 건국 덕분에 로마 제국이 역대 황제들 희대의 만행과 음산한 기행에도 불구하고 그만한 번영을 누릴 수 있었다…. 이렇게 말하면, 말이 안 되나? 그러나 베르길리우스의 로마 건국 신화 서사시『아에네이드』가 말도 안 되는 그 말을 말 되는 이상(以上)으로 만든다. 이 작품으로 로마는 그 이전 창건부터 그 이후 멸망까지 야만적일 정도로 끈질긴 건국이고 건국 정신이다. 아니 멸망 후에도 심지어 지금도 로마가 건국이고 건국 정신이다. 불굴의 신화 아니라 불굴의 인간성이 이루는 문학의 걸작, 우리에게 없으니 우리에게 미흡한 전쟁 영웅 설화만 있는 그 평화의 기적 말이다.

홍익인간이 아무리 훌륭한 미래 전망이란들 고조선 건국신화는 서사가 아니라 표어에 가깝다. 그리고 건국 서사가 아무리 필요하단들 없었던 일을 있었던 일로 꾸며낼 수 없다. 글과 몸이 서로를 혁명적으로 부추기는 평생으로 건국 서사를 대체할 수밖에 없는 지점이다. 대표적으로 신채호(1880~1936)의 신문 논설과 「조선상고사」, 「조선상고문화사」, 「조선사연구초」, 「조선사론」, 「이탈리아 건국삼걸전」(번역), 「을지문덕전」, 「이순신전」, 「동국거걸최도통전」 등이 모두, 성취 및 중요도가 크건 작건 혁명적 글쓰기의 건국 서사 일환이고, 그것은 그가 죽고 세월이 갈수록 더 그렇게 보인다.

그 점은 백기완도 마찬가지.『자주고름 입에 물고 옥색치마 휘날리며』,『장산곶매』,『젊은 날』,『벼랑을 거머쥔 솔뿌리여』,『사랑도 명예도 이름도 남김없이』… 책 제목들이 표지를 박차고 나와 가장 보편적이고 편재적인 당대 언어로 회자된 그의 글들 또한 딸들에게 주는 말부터 자서전에 이르는 민담, 통일론, 온갖 산문과 운문 장르를 아우르며 건국 서사를 형성해간다. 신채호

신화와 전설보다 더 역사적이고 현실적으로, 그리고 생활적으로. 그리고 순우리말에 대한 집착을 조금만 줄인다면, 백기완에 대한 호오가 뚜렷하게 갈리는 양쪽 다 모르거나 무시한 사실로, 그러므로 놀랍게도, 다름 아닌 문학적으로, 위용이 대단하면서도 생활이 고결한 문장이 드러나는 것이다.

병든 사회에 무슨 개인의 힐링? 병든 사회 스스로 자신의 치유에 나설 밖에 없다.
　　그리고

　　백기완(1932~).
　　그가 10개월째 병석에 누워 있다.
　　민주화와 통일 운동의 가장 치열한
　　상징이 된 지 이미 오래인 그가
　　코로나19와 마지막으로 싸우려는
　　방식인 듯 이제는
　　코에 영양 공급 튜브를 꽂고
　　누워 있다. 의식이 무슨
　　분량으로 젤 수 있는 것이라도 되는 듯
　　의사소통에 꼭 필요한 만큼만 있다.
　　가장 놀라운 것은 그의
　　쓰는 행위다.
　　식민지에서 태어나
　　독립보다 해방보다 먼저

꼭 있어야 할 건국서사시를

독립한 지 오래도록 썼고 통일이

더디지만 썼고 해방을 앞당기려 썼던

그가 지금도 쓴다. 왜냐면

건국 없는 건국서사시는

행위가 글을 글이 행위를

교정하면서 드높이는 온몸

평생의 글쓰기로서만 가능하다.

자본주의에 침윤되지 않은

서사의 전근대 위험을 벗으려면

글의 끝없는 가두투쟁과

가두투쟁의 끝없는 반성이 필요하다.

백기완. 그가 10개월째 병석에 누워

있음으로 쓴다. 언젠가 그가

죽음으로도 쓸 것이 분명하다. 하지만

꼭 그래야 하나, 그렇게까지 하게

만들겠나?

왜냐면

건국 없는 건국서사시는 미래를

건설하는 서사시에 다름 아니다.

후대의 문학 너머

후대라는 문학이 계속 써 나아갈.

〔 백기완 선생 2021년 심산상 수상 축시 〕

통일을 노래하는
백기완 선생의 하얀 옷

김준태 ─ 시인, 전 5·18기념재단이사장

"사람이 주인인 세상 / 그게 바로 통일이란다"
"어머니, 저는 어머니에게 드릴 선물이라곤 / 찢어진 깃발, 통
일의 깃발 / 하나밖에 없습니다"
(백기완 시, 「통일 비나리」에서)

2007년 여름이었다. 7월 11일 서울 인사동 네거리 '공화랑'
에서 개최한 〈김준태 통일시화전〉 첫날. 여러 선생님들을 모시
고 통일시화전과 함께 통일시 해설집 『백두산아 훨훨 날아라』 출
판기념회도 같이 열었다. 이 자리에는 평소 존경하는 선생님들
이 많이 찾아주어 자리가 빛났다. 김규동, 고은, 백기완, 이기형,
민영, 임헌영, 박석무, 양성우, 정희성, 안성례(광주 5월어머니집

관장) 선생과 화가 장순복 선생 등 백여 분의 선생님들이 기쁨을 같이 해주었다.

　서울에 사는 한 선생님은 인사동에서 '통일'이라는 말을 붙인 시화전은 〈김준태 통일시화전〉이 아마도 처음일 것이라고 했다. 함경북도 두만강이 고향인 김규동 시인은 「아, 통일」이라는 시를 시작으로 축사를 해주었다. "이 손/더러우면/그 아침 못 맞으리//내 넋/흐리우면/그 하늘/쳐다 못보리//반백년 고행 길은/형제의 마디 굵은 손/잡지 못하리/이 손 더러우면//내 넋 흐리우면/아, 그것은/영원한 죽음"이라고 이 땅의 통일에 순결성을 부여하였다.

　백기완 선생은 하얀 베적삼, 한복 바지 차림으로 통일시화전의 한복판을 꽉 채워주셨다. 선생은 당신께서 노래한 시 구절처럼 흐트러짐이 없는 목소리로 말씀을 하셨다. 적어도 통일을 노래하고 통일을 말하는 자리에서의 님의 목청은 항상 '신명'을 담고 있었다. 언제나 그러하여 왔듯이 "한 줌 흙을 쥐고/울어보지 못한 이는/조국에의 사랑을 모른다"고 두 주먹에 힘을 주어 말씀하시는 선생은 더없이 비장하고 엄숙하기까지 하였다. 여기에다 저 황해도 구월산을 오르내리던 소년의 모습처럼 순결하고도 벅찬 원초적 고향 정신으로, 혹은 민족정신으로 선생께서는 우리들의 맨 앞에 서 있음을 보여주었다.

　혹자는 백기완 선생을 낭만주의자라고 말하기도 했다. 과학적 사유가 좀 결여되어 있다는 말일 것이다. 한반도를 둘러싸고 있는 주변정세를 깊이 꿰뚫어 보기보다는 정서적으로 낭만적으로 남북관계 또는 통일운동을 하면서 통일시를 쓰고 있다고 말하곤 했다. 그러나 그것은 백기완 선생을 잘 모르는 말이다. 그리고 통일운동을 잘 모르고 했던 말일 것이다. 선생에게 통일운동은 두 가지 경로로 행해져왔다. 사실과 진실을 본바탕에 둔 '몸으로서의 리얼리즘'과, 감정과 정신에서 비롯된 시적 낭만주의가 곧 선생의 통일운동의 두 축으로 작동돼왔던 것이다.

비견해서 말하면 프랑스 혁명에 기폭제가 된 것은 현실적 시대적 역사적 리얼리즘 못지않게 그 앞에서 불을 지른 낭만주의였다는 것을 잊어서는 안 될 것 같다. 낭만주의는 곧 사람과 가장 밀접한 감정인 '그리움'을 축으로 해서 '자유와 인간해방'을 제시한 역사적 에너지이기도 한 것이었다. 바로 이 에너지를 백기완 선생은 당신의 시를 통하여 온몸으로 표출하였던 것으로 풀이된다. 바로 이 낭만주의적 오기가 그의 통일운동을 지속시켜왔던 것으로 생각하면서 그를 바라보면 항상, 언제나 '하얀 옷'으로 나부껴 존재한다.

그에게 하얀 버선, 하얀 옷고름, 하얀 저고리와 하얀 바지는 그럼 무엇일까. 선생에게 우리 옷 '한복'은 그가 죽을 때까지 오매불망 그리워했던 어머니가 아닐까. 그리고 선생의 어머니가 어릴 적 그에게 입혔던 그 하얀 옷이 아닐까. 언젠가 나는 한복을 주제로 한 일련의 시에서 백기완 선생에게서 느꼈던, 평생을 '새의 날개'처럼 그리고 더러는 '한민족의 깃발'처럼 여기면서 입은 한복을 이렇게 노래했다. 이 시(「한복Ⅱ」)를 선생과 선생의 시(노래) 앞에 바치고 싶다. 나는 수 편의 한복을 노래한 시를 썼는데 다음이 그중 하나이다. 사실 '우리 옷' 하얀 한복은 백기완 선생의 입성이요 상징이기도 하다.

모두들 양복을 입는 세상?

모두들 다른 마음을 입는 세상?

어머님, 나는 한복을 즐겨 입고 싶어요

깊은 밤에 들려오는 아버지의 목소리처럼

먹물이 풀리는 듯한 한복의 볼륨!

감실감실한 촉감을 주면서도 교교한 어질머리!

그 환장하게 아늑한 깊이! 잘 지지 않는 노을의 얼룩!

피를 뚫지 않고도 잡혀지는 뻑뻑한 어제의 깊이!

거울 앞에 서서 보며 입지 않아도

옷고름이 나붓이 고요히 제자리에 와서 만져지는

그 연두빛의 떨림! 떨림! 떨림!

혹은 외롭게 허물어져 내려갔던 그 하이얀 따거움!

스르르 눈 감아보면 저절로 흔들리는 황량한 옆모습!

우리가 한 번도 가지 않는 곳에 함박눈이 소복소복 쌓이듯

아직은 칼이 박힐 수 없는 우리네 눈물에

땅강아지처럼 기어다니는 저녁 어스름!

물레방아에 휘감긴 치렁치렁한 잎사귀의 아픔!

어머님, 나는 오지게 한복을 입고 싶어요

서럽도록 하이얀 한복을 죽고 못살게 좋아해요

바짓말이 넉넉하여 펄럭이는 우리나라 사람들!

솔바람도 초승달 달빛으로 흘러들어오는 기인 소매통!

은은하고 부드러운 한복을 호올로 찾아서 입노라면

어머님, 어머님, 나는 정말 외롭지 않답니다

모처럼 빨아 다려 입고 길거리에 나서면

사람들은 나를 異邦人처럼 치켜다보지만
저희들끼리 들먹들먹 수군수군거리는 모양입니다만
어머님, 나는 그럴수록 마음이 뉘엿뉘엿 푸근해집니다
잃어버린 옛시절 고향을 돌아나 온 듯이
밀려드는 밤바다의 파도에 머리끝까지 안기우듯이
한복은 내 불덩이 가슴을 지그시 지그시 누르며
머언 푸른 하늘을 향하여 —
학처럼 넓게 날개를 펄럭거려준답니다
피를 뚫지 않고도 잡혀지는 빽빽한 어제의 깊이!
깊은 밤에 들려오는 아버지의 목소리처럼
먹물 풀리는 듯한 한복의 볼륨!
어머님, 그래요 살이 너울거리도록 입고 싶어요
죽어갔던 우리나라 사람들의 마음을 펄럭펄럭 입고 싶네요
오늘도 살고 내일도 살아갈 우리나라 사람들의 몸부림을
오 눈물보다 더 맑은 한복을 곱게 여미어 입고
한번쯤 호탕하게 너털털 웃고 싶어요
한번쯤 쩌렁쩌렁 목청을 가다듬고서
정든 산천 어디에서나 하얘지고 싶어요…
캄캄한 밤중에도 하얘지며 나부끼고 싶어요…

(김준태 시 「한복(韓服) Ⅱ」)

백기완 선생과 나는 서울 인사동에서 열린 〈김준태 통일시화전〉 말고도 충청북도 청주에서도 강연을 같이 했다. 전라도 화순에서 처러진 '통일운동가 장두석 선생 1주기' 행사에서도 선

생은 통일에 대하여 말씀을 하였고, 나는 선생의 뒤를 이어 조사를 올렸다. 선생은 이 땅의 모든 불행이 '분단'에서 왔다고 먼저 말씀하신 뒤에, 우리는 멀리서 오는 그날까지 '통일을 준비해야' 한다고 설파했다. 사람 생명을 사람 생명으로, 사랑과 자비와 평화를 사랑과 자비와 평화로 모셔오기 위해서는 통일을 이 땅 한반도에 가져오는 준비를 해야 한다고 강조했다. 통일은 어느 날 갑자기 하늘에서 떨어지는 것이 아니라 우리가 부단히 노력했을 때만이 가능하다는 것을 주창하였다. 여기에 나의 생각도 뜻을 같이할 수밖에 없었다.

"통일은 준비를 하는 자에게만 찾아온다!" 나는 19세기 독일의 철학자 프리드리히 헤겔이 그의 저서 『역사철학』에서 말한 것을 기억한다. 그 민족의 구성원들이 끊임없이 역사를 향하여 애정과 몸부림과 노력을 쏟아야 통일은 가능하다는 생각을 한다. 그런 생각에서 나 또한 백기완 선생과 고뇌를 같이 한다.

나의 경우는 평화공존→민족통일의 수순을 따른다. 6·25 한국전쟁과 베트남 전쟁 참전(투입), 정치적 혼란과 변동기를 같이해온 필자(1948년생)는 민족통일을 상위개념으로 삼되, 그 과정인 '평화 프로세스'를 우선으로 삼는다. 남과 북이 서로를 △상호교류→△상호인정→△상호통합+알파(a)의 3단계를 밟아가는 프로세스를 통일의 바람직한 방법으로 생각한다. 그래서 나는 지금 '역사의 아름다운 찬스'를 꿈꾼다.

지금은 1950년대와 1960년대의 세계를 짓눌렀던 열전과 냉전의 시대가 아니다. 일본 제국주의가 35년간의 강점기를 통해 원인과 결과를 제공한 6·25 한국전쟁과 분단! 현시점에서 바라볼 때 이 땅의 모든 비극은 '분단'에서 비롯되었다는 것을 다시 상기한다. 남쪽은 남쪽대로 북쪽은 북쪽대로 '하늘 아래서, 역사 속에서' 누려야 할 평화를 누리지 못했던 우리들의 한반도….

모든 것들이 갈라지고, 뒤틀리고, 엎어지고, 찢어지고, 전혀 다른 불확실한 색채로 물들여지고, OX 문제처럼 양자택일만을 강요해온 잔인하고 바보스런 분단체제와 분단문화 속에 갇혀 살아온(견뎌온) 것이 한반도 우리들이 아닌가.

1950년 6·25 한국전쟁의 기점에서 분단 72년, 1945년의 '8·15'(해방공간 5년)와 함께 시작된 77년의 분단의 역사 속에서, 한반도는 지금도 찢어져 있다. 할아버지가 총으로 쓰러진 자리에서 아버지는 다시 총을 들고 그 아들도 총을 들고, 그 아들의 손자도 총구멍을 닦고 있는 게 오늘의 한반도다.

백기완 선생의 일생은 한반도의, 한국의 현대사다. 황해도 구월산 자락에 어머니를 두고 서울에 와서 영영 돌아가지 못하고 숨을 거둔 백기완 선생! 그리고 그의 평생을 감옥에서, 거리에서 바친 사람이 선생이다. 사람이 사람답게 살아야 한다, 사람이 사람답게 일하면서 살아야 한다고 외치는 곳이라면 어디든지 달려가서 맨 앞자리에서 외쳤던 백기완 선생! 몸은 만신창이가 되었을지언정 오히려 그의 몸에서 터져 나오는 매니페스토(선언·경고·시·manifesto)는 그의 고향 바닷가 '장산곶매'처럼 드높이 날아올랐다.

다음 시편들을 보자. 대추나무에 연 걸리듯이 평생을 쉴 사이 없이 연행·체포·고문·구금·구속되었어도 그의 '통일에 대한 꿈과 신명'은 아무도 꺾을 수는 없었던 것이다. 그리고 그의 '통일문제연구소'는 항상 열려 있다.

입을 열라고 하면/죽어도 못하겠고//자갈을 물려도/할 말은 해야겠다//벌써 이레째구나/어디 한 번/더 갈겨보아라//내 손톱까지 빼더니/두 무릎을 뒤꺾고/제껴진 고개에/미제의 썩은 물을/한없이 쏟아붓던/이 망종들아//양놈들은/조국을 가르더니/네놈들은 마침내/내 허리를 뿐질러//벌벌 기라고/못한다//물러서라고/못한다//항복하라고/못한다//포기하라고/못한다//타협하라고/못한다//죽어보라고/그래, 죽고 또 죽어도//이 목숨으로 보듬는/순결이 있다/이대로 쓰러져도 통일/내 진술은/그저 통일이다 이놈들아

(「진술거부」)

나는 무너진 오월항쟁 소식을/처음 듣고는 너무나 놀라/이를 한참 뒤에야 알으켜 준/아내를 붙들고 떨며/어떤 일이 있어도 나는 다시 서야 한다/아니 다시 설 수 있다면/나의 명제는 통일이다/그렇다 느그들이 안보라면/우리는 자유요 해방이다… 나는 정말 광주소식을 듣고서야/내 남은 생애 모두를/오로지 해방통일에 바칠 것을 다짐했습니다

(「울며불며 떠도는 이야기꾼 말입니다」)

버티느냐

쓰러지느냐
그것은 이미
두 갈래가 아닌
하나의 길이다
삶이냐
통일이냐
그것이야말로
두 갈래가 아닌
하나의 길이라
…
버선발로 뛰어나와
한번쯤 뒤돌아보며
울어대는
흰 옷의 무리들

아, 그것은
결코 꿈이 아니다
우리 다 함께
터져야 할
그날의 아우성으로
백두여 울어라
천지여 넘쳐라
(「백두산 천지」)

개나리 진달래 피는 새봄을 위하여

그들 푸른 병사들과 묻혀 있다고 묻혀서 사랑하는 내 조국땅

통일을 위한

한 줌 거름이 되고 있다고

그렇게 그렇게 전해 달라

(「전지요양 가는 길목에서」)

너희들은 지금 나를 끌고 가지만

역사는 내가 끌고 간다

(「끌려가던 날」)

사랑도 명예도 이름도 남김없이

한평생 나가자던 뜨거운 맹세

싸움은 용감했어도 깃발은 찢어져

세월은 흘러가도

굽이치는 강물은 안다

벗이여 새날이 올 때까지 흔들리지 말라

갈대마저 일어나 소리치는 끝없는 함성

일어나라 일어나라

소리치는 피맺힌 함성

앞서서 가나니

산자여 따르라 산자여 따르라

(「묏비나리」)

통일된 나라는
역사를 바로 세우는 나라란다
갈라져온 역사는
침략의 역사고
통일을 위해 싸운 역사만이
우리의 역사인 민족정기를
세계의 평화 정의로
이끄는 문화의 꽃이 피는 나라
(「통일 비나리」)

백기완 선생의 목소리는 걸다(풍성하다). 선생의 삶과 오지 랖과 품은 넓다. 선생의 시(노래)는 시에 묻히지 않고 시를 뛰어 넘어 가면서 시를 더 넓혀준다.

그의 시는 비나리다. 우리 민족이 살아갈 오늘과 내일을 빌 어주는, 그리고 지나온 어제도 빌어주는 비나리다. 따라서 그의 시 비나리는 그의 말처럼 건강하고 대지적 생명력을 가지고 울 림을 준다. 그의 시는 그리하여 시(Gedicht)이면서 민요(Ballade, Lied)의 세계를 지향한다. 이와 동시에 그의 노래(시)는 시문예운 동보다는 민중문학을 지향하면서 민족문학으로서 민족문예운동 의 반열에서 역동적으로 거듭난다.

궁극적으로 백기완 선생은 앞서 보여준 그의 시에서 읽을 수 있듯이 사람이 주인인 세상, 너도 살고 나도 살고 같이 일하면서 삶의 신명을 얻어 나가는 '노나메기의 세상'을 추구한다. 그 노나메기의 세상이 바로 '통일'이다.

따라서 선생에게 통일과 통일운동은 부분운동이 아니라 전체운동이다. 독일의 물리학자 하이젠베르크의 '양자역학'에서 확인할 수 있듯이, 선생에게 통일은 부분(der Teil)이며 전체(die Ganzheit)이고 전체이면서 부분이다. 예컨대 이것을 우리 '사람'에게 대입하여 이야기하면 사람 또한 삶과 모든 운동, 그리고 통일운동에서 그 몫이 곧 부분이며 전체이고 전체이며 부분으로 진동하고 전율하고 사랑하고 에너지화하고 앞으로 나아가는 것이다.

아픈 몸을 이끌고 온몸을 바치는 행동으로 통일운동을 이끈 백기완 선생께 거듭거듭 감사의 말씀을 전한다. 님이여 명목(瞑目) 하소서!

온몸으로 우리 옷 완성시킨 선생님

이기연─질경이 우리옷 대표, 생활문화원 무봉헌 관장

"백기완 선생님은 옷을 누가 만들어주시나 봐요?"

"우리 딸이 해줍니다."

백 선생님을 가까이서 뵙게 된 건 1985년, 전국의 감옥이 양심수로 넘쳐나던 5공화국 시절이었다. 내 남편도 그때 민청련 사건으로 서울 남영동 대공분실로 끌려갔다. 나를 비롯해 민청련 구속자의 아내들은 대부분 민주화운동의 동지로 함께 활동해왔기에, 그 악명 높은 고문의 강도를 직감하고 있었다. 곧바로 구속자 가족들과 민가협(민주화실천가족운동협의회)을 창립해 공동 대처하기로 했다.

모든 운동권이 지하로 잠적해야 했던 그때, 민가협은 결사

대이자 선봉대였고, 어머니들은 남의 아들딸까지 걱정하는 전천후·전국구 투사가 되었다. 그 외로운 투쟁의 시기, 백 선생님은 문익환·계훈제 선생님과 더불어 우리의 든든한 버팀목이 되어주셨다. 그 무렵 나는 백 선생님께 장산곶매 이야기를 처음 들었다. 곧은목지와 골굿떼 이야기도 들었다.

미대를 나온 내가 '민족적 형식'을 고민하는 '그림쟁이'에서, 형사와 안기부원들이 오금 저려하는 '순악질 여사'로 등극하게 된 것도 그때였다. 무지막지한 국가 폭력 앞에서 교양·품위·전문성, 이런 건 한낱 검불에 불과했고, 진정한 용기가 무엇인지 두려움이 엄습하는 매 순간마다 스스로에게 물어야 했다.

어느 날 후배들이 활동비가 바닥났다고 걱정하기에, 나는 백 선생님께 들었던 이야기들을 그려 병풍식 연하장을 만들어 팔게 했다. 제법 많은 수익금이 모였던 것 같다. 또 장산곶매, 백두산 호랑이, 장수말, 찌릉소, 옴두꺼비, 이심이 이야기들을 계속 그려 '민족 상징물'로 퍼뜨렸다. 백 선생님과 인연은 이렇게 시작되었다.

그때부터 백 선생님은 내가 만든 우리 옷을 늘 입으셨다. 그럼에도 늘 '고구려 덮개'를 만들어달라고 하셨다. 그럴 때마다 난 물었다. 어떻게 만들어야 하냐고. 그리고 오랜 시간이 흐른 뒤 2014년 초겨울, 마침내 아주 두껍고, 아주 길고, 아주 넓은 '덮개'를 만들었다. 선생님은 그 옷을 '널마'라 이름 지으셨다. 널마란 너른 땅, 대륙을 뜻하는 백 선생님의 낱말이다.

널마를 지을 때 선생님은 아주 두꺼운 옷감에 집착하셨다. 난 그런 선생님을 보면서 여러 장면이 겹쳐 떠오르곤 했다. '황

2017년 1월, 촛불집회 때 널마를 입
으신 백기완 선생

성옛터' 같은 집에서 한겨울 배 주리는 맨발의 어린 백기완, 또래
들이 교복 입고 외투 입고 학교 가는 뒷모습을 바라보는, 바람 부
는 거리, 맨발의 소년 백기완, 단벌옷에 붉은 넥타이를 맨 장년의
백기완….

 그런데 선생님이 그 널마를 입고 찾아다니시는 곳이, 세월이
이리 흘렀음에도 여전히 세찬 바람과 살을 뜯는 추위가 계속되
는 곳이었다. 높은 크레인 위에서부터 광화문광장까지. 선생님은
그 널마를 입고 노동자 살리러 가는 희망버스도 타고, 촛불집회
현장도 지켰다. 선생님이 그리 두꺼운 옷감을 고집하는 건 빈한
했던 옛 시절 때문이 아니라 현재 때문이었던 것이다.

널마는 품이 넓어 누구든 함께 입을 수 있고, 체구에 맞게 여며 입을 수 있다. 선생님의 '결핍'은 우리 옷의 '공유' 개념과 만나 함께 나누는 '노나메기 정신'과 관통한다. 또 각자에 맞게 여며 입을 수 있는 열린 구조로 마무리된다. '공유와 열린 구조', 나는 평소 그것을 우리 옷의 핵심 미학이라 생각하고 옷을 디자인한다. 서양 옷이 가죽가방이라면 우리 옷은 보자기다. 서양 옷이 옷에 몸을 맞춰야 하는 닫힌 구조라면, 우리 옷은 몸에 옷을 맞추는 열린 구조이다.

선생님이 돌아가신 후 KBS에서 방영된 〈백 선생님 추모 다큐멘터리〉는 이렇게 시작한다. "내가 입은 이 옷은 우리 옷이야, 여러분들이 입은 건 서양 거지 옷이야."

선생님 주변에 예술가들이 많고, 선생님 자신이 시와 춤, 그림에 높은 안목이 있는 예술가였기에 알려진 일화들이 많다. 그러나 선생님이 얼마나 옷을 잘 입는 사람인지 아는 사람은 드물다. 하지만 시차를 두고 사진 몇 장만 추려봐도 느낄 수 있을 것이다. 전봉준의 바지저고리, 김구의 짧고 검은 두루마기 이래, 우리 옷의 대중적 상징화에 성공한 사람은 백기완 선생이 유일하지 않을까 싶다.

우리 옷은 만드는 사람 반, 입는 사람 반으로 완성시키는 옷이다. 백기완 선생은 이 시대 우리 옷을 가장 탁월하게 완성시킨 '본보기'이다. 그는 말한다. "서양에 물들고, 자본주의에 물들고, 소비문화에 물든 옷을 벗어라. 그리고 입을수록 사람다워지는 옷을 입어라." 우리 옷을 아름답게 입는 것은 일상투쟁이다. 늘 깨어 있어야 가능하다.

2021년 2월 17일, 백기완 선생님의 마지막 옷을 지었다. 무명빛, 하얀 모시 두루마기, 평소 입었던 하얀 모시 바지저고리 위에, 이 모시 두루마기를 입히고 고름을 맸다. 초록빛 대님을 매고, 명주 목도리를 매어드렸다. 〈임을 위한 행진곡〉과 통곡 속에서, 그렇게 마지막 옷을 입혀드렸다.

'원산지 증명'을 백기완으로 할 많은 이들이 남았다. 모두 그의 아들딸들이다. 백기완 선생은 우리에게 "우리 딸이 해줍니다"라는 큰 숙제를 남기고 가셨다.

우리말 으뜸 지킴이
백기완을 닮은 불쌈꾼이 되자

이대로 — 우리말살리는겨레모임 상임대표

우리 겨레는 우리말을 가지고 5천 년 역사를 살아온 겨레지만, 우리 글자가 없어서 2천여 년 전부터 중국 한자를 얻어 쓰는 바람에 우리 문화도 중국 곁가지로서 중국 말글에 기대어 살았다. 그러다가 1443년 세종이 우리 글자를 만들었으나 제대로 살려서 쓰지 않았다. 그리고 지난 1910년에는 일본 제국에 나라를 빼앗겨서 일본 말이 나라말이 되었고 일본 제국이 우리말을 못 쓰게 해서 우리말이 사라질 뻔했다.

그래서 우리말 속에는 중국과 일본 한자말이 많고 옛날부터 우리 한아비들이 쓰던 우리 터박이 말이 많이 사라졌다. 그런데 1945년 일제로부터 해방된 뒤에 조선어학회를 중심으로 일제가 못 쓰게 한 우리 겨레말을 도로 찾아서 쓰자고 했으나 일본 식민지 교육으로 일본 한자말을 한자로 쓰는 말글살이에 길든 이들이 학자, 정치인, 공무원, 언론인으로서 그걸 가로막았다.

거기다가 1990년대 김영삼 정권이 우리 말글을 살리고 빛낼 생각은 안 하고 한자 조기교육과 영어 조기교육을 하겠다면서 영어 바람을 일으키니 우리 말글살이가 더욱 어지럽게 되었다. 본래 그 나라말은 그 나라 넋이고 정신으로서 그 나라 말글살이가 흔들리고 어지러우면 그 나라도 흔들리고 어지러워지는데, 겨레 넋이 빠진 김영삼 정부가 남의 나라 말글을 제 말글보다 더 섬기니 나라가 흔들리고 기울어 나라 살림이 어렵게 되어서 1997년에 국제통화기금으로부터 구제 금융을 받게 되었다. 그래서 회사와 공장은 국제 투기꾼들에게 헐값에 넘어가고 많은 기업이 망해서 사람들이 일터를 잃고 노숙자가 생겼다.

그런 나라 꼴을 보면서 나는 이오덕 선생과 함께 우리말을 살려서 다시 나라를 일으키자고 1998년에 우리말살리는겨레모임(공동대표 이오덕 김경희 이대로)을 만들고, 우리말을 살리고 바르게 쓰려고 애쓰는 이를 우리말 지킴이로 뽑고 우리말을 못살게 구는 이를 우리말 훼방꾼으로 뽑아 발표했다. 첫 회 때 우리말 으뜸 지킴이로 공문서와 감사 문장을 쉬운 우리말로 쓰려고 애쓰는 한승헌 감사원장을 뽑고, 우리말 으뜸 헤살꾼으로 일본처럼 일본 한자말을 한자로 쓰자는 김종필 총리를 뽑았다.

그리고 2002년 한글날에는 백기완 선생을 우리말 으뜸 지킴이로 뽑았다. 백기완 선생을 뽑은 것은 1980년대부터 대학생들을 상대로 강연을 하면서 '신입생'이라는 말은 '새내기'로, '서클'이라는 말은 '동아리'라고 하자고 외치며 우리말을 남달리 사랑하는 분이기 때문이다.

그런데 그때 백 선생을 우리말 으뜸 지킴이로 뽑으니 많은 사람들이 백 선생은 민주 투사, 통일운동꾼으로만 알다가 놀라워하고 어리둥절해 했다. 그러나 일찍부터 백 선생은 남달리 우리말을 사랑하고 살려 쓰려고 애쓴 분이다. 우리말을 지키고 살리는 일이 민주주의와 남북통일, 자주독립국이 되는 데 매우 중요한 밑바탕이라는 것을 깨달아서 실천한 분이다.

내가 백기완 선생이 그런 분이라는 것을 안 것은 1994년 김영삼 정권 때에 조선일보가 일본처럼 한자혼용을 해야 한다고 날뛰어서 그걸 막으려고 강연회를 열었는데, 그때 연사로 모시려고 찾아뵈었을 때였다. 그때 일본처럼 한자를 섞어서 쓰자는 서울대 국문과 이희승, 이숭녕 교수의 제자들과 중국 한문과 유학을 신봉하는 성균관 무리들이 김종필, 김영삼 등 친일 일제세대를 등에 업고 친일 신문인 조선일보와 한패가 되어 한글을 못살게 굴었다.

일본 식민지 교육으로 일본 넋이 가득 찬 정치인과 학자와 한글날을 공휴일에서 빼게 한 재벌들이 조선일보와 한패가 되어 간신히 살아나는 우리 말글을 못살게 구니 우리 말글은 연산군 때 다음으로 큰 위기를 맞았다. 그래서 한글학회에서 한글문화단체모두모임(회장 안호상) 간부들이 그 대책회의를 할 때에 나는 "좋은 말로 정부에 건의나 해서는 안 된다. 백기완 선생과 김동길 교수를 모시고 강력하게 맞서자"고 제안했고, 내가 두 분 모시는 일을 맡았다. 그래서 나는 1980년대 백기완 선생이 만든 '새내기, 동아리' 같은 우리말을 퍼뜨린 국어운동학생회 후배와 함께 강연을 부탁하러 통일문제연구소로 찾아가 백 선생을 처음 만났다.

그날 백 선생은 "한글학회에서 내게 강연을 부탁하다니 뜻밖이다"라면서도 조선일보와 김영삼 정부가 한패가 되어 우리 말글을 못살게 구는 것은 반민족행위이니 막아야 한다며 "나는 박정희 정부 때 '다이빙'이라는 미국말을 '속꽂이', '터널'을 '맞뚜레'라고 쓰자면서 산동네에 있는 판잣집을 '하꼬방'이라고 하지 말고 '달동네'라고 하자고 했다가 경찰에 끌려가 빨갱이라며 얻어맞은 일이 있다. 일본 말과 미국 말을 쓰지 말자고 한다고 그랬다. 나는 국어학자는 아니지만 그런 자들은 찍어내는 쌍도끼다. 가서 한마디 하마!"라고 말씀하셨고, 동숭동 학술재단 대강당에 김동길 교수와 함께 모시고 조선일보를 규탄하는 강연회를 열었더니 조선일보는 겁을 먹고 바로 그 못된 짓을 그만둔 일이 있다.

그 뒤로 나는 가끔 통일문제연구소로 백 선생을 찾아뵙고 우리 말글을 어떻게 지키고 살릴지 의논을 드리고 말씀을 들었다. 그때마다 백 선생은 잘못된 것은 보고만 있지 말고 바로 나서서 바로잡아야 한다며 내게 용기를 주었다. 백 선생은 반민주, 반민중 세력과 맞서서 싸우는 투사이면서 우리말을 남달리 사랑하고 실천하는 분이다. 일제가 못 쓰게 해서 사라진 우리말을 찾아서 쓰고, 또 없는 우리말은 새로 만들어 썼다.

우리 겨레는 오랫동안 중국 한문 속에 살아서인지 우리 터박이말을 천대하는 언어 사대주의가 뿌리박혔다. '알몸'이란 우리

말보다 '나체'란 한자말을 더 좋게 보고, '누드'(nude)라는 영어를 고급스런 말로 본다. 그리고 일본 한자말과 미국 말에 길들어서인지 오히려 외국 말보다 우리 터박이말을 더 낯설어 한다.

그런데 백 선생은 이런 잘못을 보고만 있지 말고 그걸 쓸어버리고 우리 터박이말을 살려서 쓰고, 없으면 새로 만들어 써야 자주 통일과 독립국이 된다고 생각하고 그 언어사대주의를 때려부수는 불쌈꾼(혁명가)이다.

2009년 『사랑도 미움도 명예도 남김없이』라는 책과 2015년 낸 『버선발 이야기』는 수백 쪽에 이르지만 한자말과 미국 말이 한마디도 없었다. '새뜸'(뉴스), '불쌈꾼'처럼 사라진 우리말을 찾아서 쓰거나 없는 우리말은 새로 만들어 썼기에 일반인들이 읽기 어렵기도 했지만, 우리말을 살리고 빛내려는 그 노력과 실천은 대단한 일이고 그 의미가 매우 컸다. 세상이 알아주지 않아도 바른 길이면 홀로라도 가는 모습이 살아 있는 우리가 배울 점이고 따를 일이다.

2009년 한겨레신문사에서 새 책 출판기념회를 할 때에 행사 진행자가 영상 촬영을 시작하기 전에 "'멘트'가 나오면 박수를 칩니다"라고 '멘트'란 영어를 쓰니 백 선생은 대뜸 "야! 영어 안 쓸 수 없나! 한겨레 사장 오라우! 자꾸 영어로 씨부렁대면 나, 사진 안 찍어!"라고 호통 치셨다. 이렇게 잘못을 보면 그 자리에서 바로 잡으려고 하는 분이다. 그날 한겨레신문사에서 대담을 할 때에 백 선생은 민주화투쟁을 하면서 아쉽고 한스런 일이 무엇이냐고 물으니 "1987년 두 김씨가 서로 대통령을 하겠다고 싸워서 천 년 만에 찾아온 민중 승리 기회를 놓친 것이다. 동학농민운동 때 민중 승리가 실패한 것과, 광복 뒤 남북이 갈린 것과 함께 민중 승리 기회를 놓친 큰 아쉬움이다"라고 말했다.

그날 나는 백 선생은 이 시대의 최고 멋쟁이요 글쟁이란 생각과 함께, 내가 중국 소흥 월수외대에 가서 한국어를 가르칠 때 좋아한 중국의 유명한 글쟁이요 사상가인 노신(魯迅)이 떠올랐다. 노신은 "한자가 멸망하지 않으면 중국은 반드시 멸망한다"며 중국 말글살이 중요성을 강조한 사람으로, 중국인들이 우러러보는 반일 투사요 문학인이다.

노신은 없던 길도 많은 사람이 함께 가면 길이 된다며, 옳은 길을 함께 가자고 했다. 그래서 노신의 고향 소흥에 가면 노신 동상과 함께 중국 주석 강택민(江澤民)이 '민족혼'이라고 쓴 빗돌이 서 있다. 나는 그 노신 동상을 보면서 백기완 선생과 노신, 두 분의 삶과 생김새까지 닮았다는 느낌을 받았고, 통일이 되면 황해도 백 선생 고향에 한글로 '한겨레 넋'이라는 글과 함께 백 선생 동상을 세우면 좋겠다고 생각을 했었다.

사람들은 백기완 선생을 거리의 민주 민중투사, 통일과 노동운동가로만 알고 있다. 그것도 중요하지만 백 선생이 우리 겨레와 우리말을 끔찍하게 사랑하고 실천하는 것은 더 위대한 것이다. 그 마음과 넋살(정신)이 백 선생이 쓴 노래글(시)과 글묶(책)에 '갈마(역사), 새름(정서), 든메(사랑), 하제(희망), 달구름(세월), 때결(시간), 얼쩜(잠깐)' 같은 낯선 말들로 녹아 있다. 이 말들은 그가 옛날 어려서 들은 말도 있지만 새로 만든 토박이말도 있다. 나도 칠십 평생을 우리말과 겨레 넋을 지키고 살려서 우리

말꽃을 피워 문화강국을 만들겠다고 발버둥친 사람으로서 이런 백 선생이 우러러 보이고 고맙다. 언젠가 백 선생은 "야! 이대로 선생! 나와 가끔 만날 수 없겠나!"라고 말씀하셨는데 가깝게 모시지 못한 것이 아쉽고 안타까웠다.

그래도 나와 함께 한글날을 국경일로 만들고, 영어를 공용어로 하자는 것을 막는 일을 한 이수호 선생이 백기완 선생 옆에 있어서 든든하고 고마웠다. 우리는 우리말보다 외국 말을 더 좋아하는 못된 버릇이 있어서인지 우리말로 이름도 지을 줄도 모르고 새 말을 만들 줄도 모른다. 이건 못난 일이다.

일찍이 전남도청은 백 선생이 만든 '새뜸'이라는 말을 살려서 《전남새뜸》이라고 전라남도 소식지 이름으로 썼으며, 많은 이들이 '화이팅'이란 외국 말 대신 우리말로 '아리아리 짱'이나 '아자 아자'라고 따라서 쓰고 있다. 나도 백기완 선생처럼 1990년대 하이텔 천리안 같은 피시통신에서 한글을 사랑하는 뜻벗(동지)들과 '네티즌'이란 말을 '누리꾼'이라고 바꾸어 쓰자고 했고, 요즘 '사진'은 '찍그림', 동영상은 '움직그림'이라고 바꾸어 쓰고 있다. 이 일은 백 선생이 외롭게 가는 길을 함께 가고 따르는 일이다.

그렇다! 백 선생은 외롭게 옳은 길을 힘들게 걸었다. 이제라도 백 선생이 가던 길을 함께 가자. 백 선생은 옳지 못한 것, 반민주세력을 보면 사자처럼 무섭게 대들고 싸우지만, 노래를 좋아하고 눈물도 많은 따뜻한 분이다. 2009년 한겨레신문사에서 새 책을 낸 출판기념회를 할 때에 진행자가 마지막으로 하고 싶은 말을 물으니 "젊은이들을 보면 껴안아주고 싶다. 젊은이여 낭만을 가져라. 꿈을 가져라. 권력과 돈의 노예가 되지 말고 사람답게 살자"라고 힘주어 말했다. 백 선생이 사랑한 젊은이들과 민중, 간절히 바라던 통일과 자주독립 넋살(정신)을 살아 있는 우리가 이어받아 그 꿈을 이루어야 한다. 백 선생이 외롭게 가던 길, 우리말을 살려서 자주통일 밑거름으로 삼으려던 그 길을 함께 가서 큰 길이 되게 하자.

백 선생은 민주투사라면서 '大道無門 敬天愛人'같은 한문 붓글씨나 즐겨 쓰거나 일본처럼 한자를 섞어서 쓰고 미국 말을 공용어로 하자던, 권력에 눈이 먼 대통령들보다 한 차원 높은 참된 나라 사랑꾼이고 실천가였다. 그리고 백 선생은 민중이 촛불 혁명으로 권력을 잡게 해주니 '중소벤처기업부'라고 정부 부처 이름에 미국 말을 넣고 '그린 뉴딜정책'이라고 외국 말을 정책 명칭에 넣어서, 마치 신라 경덕왕이 중국 당나라 지배를 받는다고 직제 이름과 땅 이름까지 중국식으로 마구 끌어들여 언어 사대주의를 뿌리내리게 한 부끄러운 역사를 되풀이하는 얼빠진 정치인보다 더 훌륭한 지도자였고, 연말이 되면 중국 한문 사자성어를 지껄이는 교수들보다 더 참된 선비요 스승이었다.

이런 참된 선비, 스승과 함께 살았던 것은 우리 자랑이고 기쁨이었고, 우리 겨레의 보람이었다. 이제 얼빠진 권력과 저만 잘 살려는 돈의 노예들에 시달리는 민중의 손을 따뜻하게 잡아주고 안아주던 믿음직스런 백기완 선생은 이 땅에 안 계시다. 백 선생을 따르던 살아 있는 뜻벗들이 우리말과 넋을 살려서 자주통일과 자주 문화강국을 이루려던 백 선생 꿈을 이어받아 이루자.

우리 모두 제2, 제3의 백기완 선생이 되어 권력과 돈의 노예들인 반민족, 반자주통일 세력을 깨부수는 불쌈꾼이 되자. 그래야 민중이 큰소리치며 함께 잘 사는 민주주의가 이루어지고, 우리나라와 겨레가 살고 빛난다. 그리고 노벨상을 타는 사람도 많이 나오고 우리 자주문화가 꽃펴서 인류 문화발전에도 이바지할 수 있다.

노나메기와 새뚝이

주재환 ─ 화가, 전 민족미술인협회 공동대표

1970년 초 충무로 대연각 호텔 뒤쪽의 낡은 건물 3층에 한국민속극연구소, 2층에 백범사상연구소가 있었다. 3층의 심우성 형님은 전국을 떠돌며 각종 놀이를 공연했던 남사당 연구에 집중했다. 남사당의 놀이 종목은 전통 인형극 꼭두각시놀음을 비롯해 줄타기, 접시돌리기 등 다양했다. 나는 자료 수집과 공연 보조 등의 일을 했다. 우성 형님은 숨어 있던 민속놀이를 발굴하였고, 이와 관련된 다수 저서와 함께 『남사당패 연구』를 펴내 민중문화 발전에 크게 기여했다. 오지영의 『동학사』 등 몇 권의 문고도 펴내고.

1974년 장준하 선생과 백기완 형님이 주도했던 '유신반대 백만인서명운동'은 긴급조치 1호 위반으로 낙인 찍혀 두 분이 구속되었다. 그 후 석방되어 연구소에 다시 나오실 무렵에 나보다 7살 위인 형님을 처음 만났다. 당시 그곳에는 형님의 지인들은 물론 감시하는 형사들이 수시로 드나들었다. 지금 생각하면 별 것도 아닌 불온문서를 들고 우리 집에 숨겨둔 적도 있다. 1980년 대에 민미협 작가들은 각종 전시와 벽화, 걸개그림 등으로 전두 환 정권의 불의에 저항했다. 이 과정에서 숱한 작품들이 압류, 파 손, 작가 구속 등으로 수난을 겪었다.

1987년 박종철 고문치사 사건을 주제로 인사동의 '그림마 당 민'에서 〈반고문전〉을 열고 있을 때 종로경찰서에서 경찰관 들이 떼로 몰려와 한참 소란을 피운 적이 있다. 형님은 그 그림마 당 민에서 강연을 했었고, 1998년 민예총 창립 10주년 축사 말미 에 "예술은 바다에서 줍는 진주가 아니다. 거센 바다를 저어가는 땀방울을 진주보다 더 빛나는 희망으로 빚어내는 변혁의 예술이 어야 하나니, 민예총이여" 하며 예술의 올바른 방향을 제시한 바 있다. 당시 민예총 이사장 구중서 형님도 다산 정약용 선생이 두 아들에게 보내는 편지에서 뽑은 글 '불우국비시야'(不憂國非詩也) 를 붓글씨로 써서 민예총 10년사 책 앞머리에 실었다. '나라를 걱정하지 않는 마음은 시가 아니다'라는 뜻이었다.

그 무렵 통일문제연구소, 4월혁명회 등 여러 재야단체를 돕 는 기금전에 민미협 작가들이 다수 참여했고, 그 전통은 지금도 이어지고 있다. 형님의 저서 『우리 겨레 위대한 이야기』(1990) 표 지화와 『이심이 이야기』(1991)의 이심이 그림은 강요배가, 『장산 곶매 이야기』(1993)의 '매'는 민정기가 그렸다.

1992년, 제주가 고향인 강요배는 제주 4·3민중항쟁을 주제로 아무런 잘못도 없이 학살당한 수많은 제주도민의 원한을 묘사한 〈동백꽃 지다〉(제주민중항쟁사) 전시를 학고재에서 열었다. 이 전시를 보면서 눈물을 흘린 내 동료가 기억난다. 그 후 2008년에 제주 4·3평화기념관에서 열린 〈4·3의 역사화—동백꽃 지다〉에 원동석, 김용태 등 몇몇 작가와 함께 전시장을 찾아가 격려하기도 했다.

1975년, 경기도 포천군 약사봉에 등반한 장준하 선생을 정체불명의 괴한이 망치로 머리를 내리쳐 타살했다. 천인공노할 만행이었다. 1998년에 형님의 주도로 장 선생을 추모하는 기념 시비를 세우게 되었다. 위치는 경기도 고양군 백제읍 나유리의 486평. 이 자리는 통일로 북쪽에 도로를 가로막은 전차 장벽 2개 사이의 땅이다.

1999년에 형님은 노나메기 출판사를 열고 계간《노나메기》를 펴내기 시작했다. 한평생 민주화운동, 자주통일운동, 민중문화 바로 세우기에 온몸을 바친 형님의 뿌리와 줄기에는 "너도 잘 살고 나도 잘 살되 올바로 잘 사는 벗나래(세상)를 만들자. 너만 목숨이 있다더냐. 이 땅별(지구), 이 온이(인류)가 다 제 목숨이 있고, 이 누름(자연)도 제 목숨이 있으니 다 같이 잘 살되 올바로 잘 사는 거, 그게 바로 노나메기라네"(『버선발 이야기』에서) 하는 노나메기 세상을 실현하고자 하는 염원이 서려 있다.

2021년에 임옥상은 큰 그림 〈노나메기 백기완〉을 그려 단체전에 전시했다. "우리 모두의 희망이셨던 백기완 님을 그리워하며 작품화했다"는 말과 함께. 한동안 형님은 노나메기 회관 설립에 애쓰셨지만 이루지 못하게 되어 아쉬움이 남아 있다.

위: 1975년 5월 초, 소백산 등반. 사진 왼쪽부터 백기완, 장준하, 이철우. 장준하는 3개월 뒤 포천 약사봉 계곡에서 의문의 죽음을 당했다.
아래: 장준하 새긴돌, 글·백기완, 글씨·계훈제 / 김정숙, 조각·윤용환

10대부터 형님과 사귀어온 방배추 형은 1972년에 어느 통 큰 지인이 기증한 휴전선 가까운 강원도 철원의 9만 평을 '노느메기 밭'이라 이름 짓고, 4년 동안 각종 농작물을 가꾸었다. 그곳에 형님은 물론 함석헌 선생 등 재야인사들이 찾아오니 박정희 정권이 그대로 놔둘 리가 없다. 북한과 통신 교류를 했느니 등의 억지 빨갱이로 몰아 구속시켰다. '올바로 잘 살려는' 배추 형의 꿈은 끔찍한 악몽으로 변해 망가져버렸다. 금년에 87살인 배추 형은 지금도 공장에 나가 일하고 있고, 그의 파란만장한 생애는 그 자체가 이 시대의 '전설'이다.

　　『부심이의 엄마생각』(2005)의 부심이(어머니께서 지은 형님의 별칭)를 그린 신학철 형의 〈모내기〉(1987) 작품은 국가보안법에 걸려 몇 달 동안 작가가 구속되었다. 북한 공산집단의 적화통일을 찬양하는 그림이라는 혐의로. 오랜 세월 동안 이 땅의 뼈대인 농민들이 모여 잔치를 벌이고 있고, 한편으로는 공동체를 오염시키는 온갖 쓰레기들, 각종 살상무기, 한반도를 강점한 일본과 38선을 그은 미국 등을 소가 이끄는 써레로 몰아내는 모습은 그 상징이 바로 '노나메기' 아닌가.

　　1983년 6월 아무 날, 서울대 아크로폴리스 광장에서 백기완 선생 대강연회가 열렸다.

　　도대체 아크로폴리스 광장이란 어느 나라 말인가. 나는 작년 이맘때 이곳에 강연하러 왔을 때에도 이 점을 지적, 우리말로 고치겠다는 수천 학생들의 박수갈채로 확인한 사실을 잊지 않고 있는 사람이다.

그런데 1년 후에 다시 와본즉 아직도 그놈의 마당을 이름하여 아크로 광장이라. 지금 당장 그 마당의 이름을 우리말로 고치지 않을 양이면 나는 강연을 할 수 없다. '어떻게 고쳐야 할까요.' 여기저기 학생들의 고함소리가 들린다. 나는 새뚝이, 새뚝이 마당이라고 하는 게 어떻겠느냐고 제의했다.

새뚝이란 무엇일까요. 주어진 판일랑 깨고 새로운 판을 일구는 한소리, 찢어지는 소리, 혁명의 한소리입니다. 오늘의 참된 새뚝이는 누구요 또 어디에서 나올 수 있을까. 분단 억압 독재에 의해서 가장 처절한 피해 속에만 있을 것이요. 바로 그 속에서 새뚝이가 나와야 한다. 한반도 전체가 새뚝이 마당이 되어야 한다고 생각한다. (『우리 겨레 위대한 이야기』, 1990)

아크로폴리스? 이 외래어의 뜻을 아직도 나는 모르고 있다. '한국 사람은 서구 중심주의를 내면화해왔기에 한국인들에게 가장 낯선 이념과 문화가 다름 아닌 전통이념과 문화라는 역설적인 현상을 경험하고 있다'는 어느 지식인의 적확한 진단이 떠오른다.

오래 전에 탈북한 어느 청년이 직장의 윗사람이 "이보게, 캐비닛 위 키 좀 가져오게" 하는 말을 듣고 무슨 뜻인지 몰라 한참 당황했다는 기사를 읽은 기억이 있다. 현재 남북 주민이 사용하는 말 중에서 뜻이 서로 다른 게 수없이 많을 것이니 이 문제를 관련 학계에서는 어떻게 바라보고 있는지 궁금하다.

일찍이 '우리 민중문화와 민중해방 사상의 알짜(실체)를 찾아 맨손으로 헤맨 일생 작업의 낱알이다'라고 하신 형님의 말씀처럼, 형님 자신이 바로 우뚝한 새뚝이였다.

형님이 쓰신 우리말 중에 내가 좋아하는 말은 '회까닥'(천지 개벽)이다. 아직도 활개 치는 개망나니 떼를 회까닥 벼락아, 몽땅 싹쓸이하라!

형님의 수많은 글에는 낯선 우리말이 많이 나오고 있다. 잊히거나 잃어버린 우리말을 찾아내는 노력은 높게 평가한다. 마당, 동아리, 달동네 같은 말은 익숙해진 지 오래 되었다. 문제는 한글사전에도 없고, 세상에 통용되지 않는 우리말이 많은 데 있다. 영어와 한자가 한 글자도 없는 『버선발 이야기』에는 가분재기(갑자기), 날뜸거리(떠도는 말), 달구름(세월), 랑랑(낭만) 등 400여 개의 낱말풀이가 있다. 다른 책들에 실린 우리말을 더하면 더 늘어날 것 같다. 앞으로 눈 밝은 남북의 한글학자가 '백기완 우리말 사전'을 펴내길 기대한다.

오래 전에 동료들이 모인 술자리에서 "우리는 중·고교 시절 영어, 수학 위주로만 배웠고 역사도 한 줌의 지배층인 왕조사만, 그것도 겉핥기로 공부했지 국민의 절대다수인 백성의 생활사는 하나도 모르고 있었다. 그러니 헌법재판소에 소장을 내 수업료 반환 청구를 해야 한다"고 성토했던 일도 있었다.

이제 형님은 저 세상으로 떠나셨다. 그곳에서 그렇게도 목메어 그리워했던 어머님도 만나뵙고, 가족도 만나소서. 그리고 생전에 가깝게 지냈던 오윤·김영수·여운·김용태·김윤수·심우성·강민·이애주·손장섭 등 여러 분과 형님이 이름 지은 '대륙의 술꾼' 김태선 형도 함께 푸짐한 보신탕에 막걸리 나누면서 호탕하게 웃으시길 빕니다.

당신은 백기완의 무엇을 아는가?

2011년 2월 어느 날, 러시아. 동시베리아 바이칼 호로 유명한 도시, 이르쿠츠크 어느 호텔 식당에서의 일이다.

"정 감독. 푸도프킨과 에이젠슈타인의 몽타주 이론의 차이가 뭐간?"

백기완 선생님으로부터 갑자기 그 질문을 받았을 때 나는 잠시 놀라서 어안이 벙벙했다.

"왜 그렇게 놀라지?"

"잠깐만요."

"아하, 정 감독도 모르는구나야. 기렇지?"

그들은 1920년대를 풍미한 러시아의 영화감독이자 영화이론가로서, 당시 사회주의 리얼리즘을 구현하는 영화 표현 방식으로 어떤 방식의 편집이 더 유효한가를 실험한 세계영화사에 영원히 기록되는 두 거목이었다. 허지만 그들은 분명 톨스토이나 도스토예프스키처럼 대중적이지는 않은, 특별히 공부하지 않고는 알 수 없는 인물 아닌가.

"아이, 그게 아니구요. 선생님이 어떻게 그 사람들을 아시는 거죠?"

"하, 정 감독이 내 한때 영화감독 하려구 한 걸 모르구 있었구나야."

그때까지 많이 만나뵙기는 했지만 따로 단둘이 만나 대화를 나눌 만큼 가깝지는 않았던 내게 그는 단지 존경받는 재야 정치인, 통일운동가, 뛰어난 웅변가 등으로만 각인되어 있을 뿐이었다. 그런데 그런 그가 한때 영화감독이 되려 했다고? 이건 가히 충격이었다.

그 충격이 완전히 해소된 것은 러시아 여행에서 돌아와『백기완의 통일 이야기』를 읽고 나서였다.

백 선생님을 모시고 총 9명이 우리 민족의 시원이라는 바이칼 호를 향해 떠난 러시아 여행. 블라디보스토크에서 하바롭스크를 지나 이르크추크까지, 아, 가도 가도 하얀 눈밭에 끝없이 펼쳐진 자작나무 숲을 헤치며 달려가는 4박5일의 시베리아 횡단열차. 꽁꽁 얼어붙어 아득하니 하이얀 눈벌판으로만 만난 바이칼 호수. 벌거벗은 몸으로 활활 타는 화덕과 얼음 깬 개울물 속을 번갈아 오가던 러시아식 사우나. 춤, 노래, 보드카 등 살을 에는 추위에도 불구하고 뜨겁게 보낸 여행 이야기는 다음 기회로 미루자.

왜냐하면 나는 여기서 백기완 선생님을 추억하는 많은 다른 이들이 할 수 없는 이야기를 하고 싶기 때문이다. 즉 내가 하고 싶은 이야기는 혁명가 백기완도 아니고 통일운동가 백기완도 아니고 웅변가 백기완도 아닌, 다른 이들은 발견할 수 없는, 설령 그런 끼를 발견했다 해도 그냥 지나쳐 버렸을 미완의 뛰어난 영화감독 백기완이다.

해방 후, 그는 서울 가면 축구화도 사주고, 축구선수 만들어준다는 아버지를 따라 어머니와 헤어져 황해도 고향을 떠난다. 즉 그는 축구선수가 꿈이었다. 그러나 무책임한 아버지는 몇 달에 한 번 볼 수 있을 뿐, 그는 피난민 수용소에서 지내면서 서울역 거지들과 생활하며 싸움꾼으로 자란다.

1949년, 16세가 되자 주먹 싸움으로 이기는 건 한계가 있다는 걸 깨닫고, 돈 없어 학교는 못 다니더라도 공부는 꼭 해야 한다는 생각에 세 가지 굳은 결심을 한다.

첫째, 닥치는 대로 외운다.

둘째, 닥치는 대로 읽는다.

셋째, 닥치는 대로 먹는다.

바로 이 시절, 닥치는 대로 읽던 책에서 그는 푸도프킨과 에이젠슈타인을 만난다. 불과 열여섯 살 나이에 영화 이론서를 접한 것이다.

1950년 열일곱 살 늦여름. 미아리 너머 어디쯤, 그는 우연히 어떤 아주머니가 그녀의 남자가 빨갱이였다는 이유로 마을 장정들에게 사정없이 몽둥이질을 당해 죽는 끔찍한 광경을 목격한다. 장정들이 떠난 후, 어느 할머니가 사체에 거적을 덮어주는 걸

거들어주던 그는 그 여자의 얼굴을 보고 섬찟 충격을 받는다. 그녀가 미소를 띠고 있었던 것이다.

'마치 명주 빛처럼 새하얀 얼굴로 비스듬히 웃고 있는' 모습을 보고 그는 이렇게 생각한다. 저 미소에는 '너희들이 이렇게 나를 때려 죽였지만, 내 참 삶은 죽음을 너머 저기 저만치에 있다'는 의미가 담겨 있다. 그래, 저 미소를 카메라에 담아 놓으면 그 의미가 영원히 새겨질 텐데….

죽은 여인의 입가에 남겨진 모양을 미소로 발견해내고, 그 미소를 통일에의 의지로 의미화시키는 영상적 사고는 인쇄 매체가 시대를 지배하던 당시, 열일곱 살 나이로는 쉽게 겪기 힘든 시각적 체험이다. 다시 말해서 그에게는 시각 이미지에 대한 남다른 감수성이 있었던 것이다.

1954년 이십대 초반 여름. 한참 농민운동에 몰두할 때, 여주에서 그가 겪은 시각적이면서 청각적인 체험을 들여다보자.

삼십대쯤 되는 아주머니와 열댓 살 되는 딸이 맞절구질을 하는 모습을 무심하게 보고 있었다. 아주머니가 쿵하고 찧으면서 출렁, 딸이 쿵하고 찧으면서 출렁. 절구질 소리에 맞춰 출렁이는 두 여인의 가슴을 보는 시청각적 체험은 그에게 또 남다른 영상적 사고를 유도한다.

'농민운동도 좋지만 저 농민들의 쟁기들, 절구, 낫, 삽, 도리깨, 지게 짝대기, 작두, 연자방아… 수많은 농기구들의 움직임과 농민들의 몸짓을 카메라에 담자. 그 몽타주로 오늘의 절망을 거뜬히 이겨낼 정서를 끌어내자.'

1965년, 박정희의 한일협정 반대운동을 하던 그는 드디어 실제로 영화를 만들 결심을 한다. 일제에 항거하는 열다섯 살 된 엿장수 소년의 이야기(일제와 싸워 나라를 찾으면 이 나라는 나라를 찾고자 싸운 사람들의 것이어야 한다는)를 통해 반제국주의와 통일에 대한 열망을 그려보고 싶었다.

그는 운 좋게도 곧 망해서 문을 닫게 된 영화사로부터 16밀리 카메라를 얻게 되고, 영화를 찍기 위해 연출 콘티뉴이티를 작성한다. 소년의 눈빛을 어떻게 묘사할까에 대한 그의 연출 노트를 훔쳐보자.

나라를 찾고저 싸우는 독립군들이 지폈던 통나무 불빛에 어리는 이름 모를 풀잎의 새벽이슬을 그리자. 그 새벽이슬에 겹치는 소년의 눈매를 점점 바싹 잡고… 이어서 소년이 엿메기를 멘 채 높은 뫼를 한숨에 뛰어넘는 여러 모습들도 잡자.

쉽게 정리한다면 다음과 같은 콘티뉴이티이다.

―독립군들이 지핀 통나무의 사그라드는 불빛
―거기에 어리는 이름 모를 풀잎에 맺힌 새벽이슬
―그 이슬에 겹치는 소년의 눈으로 줌 인. 클로즈업까지
―엿판을 메고 높은 산을 뛰어넘는 소년의 이모저모

이 콘티뉴이티에서 발견되는 것은 그가 선택한 이미지의 결합과 충돌이다. 사그라지는 불빛, 새벽이슬, 소년의 눈망울이 겹

272

쳐지다가 힘차게 뛰는 소년의 다리로 비약하면서 그는 우리 현대사의 비극과 그것을 극복하고자 하는 기운찬 희망을 그려내고 싶었을 것이다.

그러나 끝내 그는 영화를 찍지 못한다. 술친구들 중 누군가가 그 16밀리 카메라를 술집에 잡혀먹고 만 것이다. 그는 그 카메라를 영원히 찾지 못한다. 그 친구들이 그걸 잡힌 대가로 술을 먹고 또 먹고 여러 번 먹다보니 그 술집 주인이 어디론가 처분해버리고 만 것이다.

그 후 그는 점점 영화감독의 꿈과 멀어질 수밖에 없었다. 알다시피 우리의 정치 상황이 그를 가만히 영화 생각만 하게 두지를 않았기 때문이다.

그래도 선생님께서는 틈틈이 여러 편의 시나리오와 영화 스토리를 남기셨다. 물론 모두 선생님 외에 다른 이가 영화화하기는 힘든 독특한 이미지를 요구하는 독특한 이야기들이다.

그 중 몇 년 전 《경향신문》에 직접 소설로 연재하신 〈하얀 종이배〉라는 이야기가 있다. 나는 그 이야기가 신문에 연재되기 전, 단편소설처럼 소개된 글을 읽고 선생님께 "이 이야기를 제가 영화로 만들면 안 되겠습니까?" 하고 여쭈어보았다. 해방 후, 삼팔선 근방에서 한 소년과 그 친구, 그리고 미군들 사이에서 벌어지는 간단한 실화, 〈하얀 종이배〉는 결코 간단하지 않게 내 가슴을 때렸기 때문이다.

선생님께서는 빙긋 웃으실 뿐, 대답을 안 하셨다. 일 년쯤 지나서 또 한 번 여쭈어봤다. 마찬가지였다. 아마도 한 번쯤은 더 얘기했고, 끝내 나는 선생님의 미소만 접했던 걸로 기억한다. 왜 대답 없이 내게 미소만 던지셨을까? 그것도 세 번씩이나.

나는 선생님의 그 미소에 어떤 의미가 담겼는지 지금도 알지 못한다.

곧은목지 한살매 부심이춤

채희완─민족미학연구소 소장

백기완　　우리 춤이 대개가 꼭 마당 뒤켠에서나 추던 거거든. 근데 그 대중성으로 딱 다시 열어제낀 것은 채희완 교수라니깐. 거기에 대한 역사적 평가나, 평가에 대한 자부심은 우리가 얼마든지 녹녹하게 쓸어안아도 결코 지나치지 않아. 자, 이제 듭시다.

채희완　　선생님, 근데 안타까운 것은 현재 대학에서 탈춤이 거의 상가 뒷마당 풍경이에요. 거의 뭐 마지막 달랑달랑한 지경에 있습니다. 참 안타까운 일입니다.

백　　대학가뿐만이 아니야. 노동현장에서도 사라져가. 안타까운 정도가 아니라 인류 문화의 위기지 뭐. 민족문화 민중문화의 위기가 아니라 인류 문화의 위기라니까. 그러니까 미 제국주의의 상업주의 문화 때문에 인류 문화가 도산 직전에 있어 도산.

채   그 대신 지금 춤바람은, 또 다른 춤바람은 대단하거든요 청소년들이 브레이킹 댄스니 하는 그것도 그렇지만 삼사십대는 스포츠댄스라고 그래 가지고 옛날식으로는 사교춤이죠. 소셜 댄스 같은. 뭐 적어도 한 집에 한 사람씩은 다 추는 셈이에요. 그렇게 춤바람이 대단해요. 근데 그렇게 하다 보면은 제 생각에는 놈이 다 낭가질 거 같은데요. 아이들끼리 막 하는 기 있잖아요. 뼈와 근육을 막 꺾어야 되거든요. 추는 게 아니라 턱턱턱 꺾어대니까 그 애들이 나이 조금 들면 정말 아주 큰 고생할 거예요.

백   원래 춤이라고 하는 몸짓은 노동의 예술적 연장이거든. 예술적 전개고, 이게 춤의 본질이야. 근데 요새 상업지역이나 문명이 강요하는 몸짓, 그 춤을 이렇게 들여다보면 노동의 예술적 연장이라고 하는 측면도 없고, 노동의 예술적 전개라는 측면은 더더욱 없지. 그러니까 요새 움직임을 뭐로 봐야 하느냐. 인간의 목숨을 뭐라고 이야기해야 하는가를 보면, 인간은 노동이 없으면 목숨이 없는 거야. 그러니까 인간의 목숨에 대한 반역이지 뭐. 요새 그 상업주의 문화가 강요하는 몸짓 그 춤을 보면 그렇다 이거야. 엄청난 생명춤 문화창조운동이 벌어져야 돼. 그건 어디서부터 비롯돼야 하느냐. 그것은 움직임, 다시 말하면 노동인데, 그 노동의 예술적 전개인 춤으로 인류 문화 인류 문명을 다시 일으키는 엄청난 싸움을 일으켜야 된다는 것이 나의 소견이야. 요건 무슨 안주야?

채   된장 같아요. 그 대학교육에서 탈춤이니 굿이니 이런 것은 교육내용 속에 못 넣고 있어요. 춤이 아닌 것이죠. 그야말로 승무, 살풀이가 한국 춤의 중심인데요. 그게 저는 정말 잘못됐다고 생각하거든요.

백　　맞는 얘기야. 채 교수, 시간 넉넉하니 천천히 들어도 돼, 여기 안주 어서 내와요.

채　　네. 대학에선 예술로서 완성된 것만 가르치고 있거든요. 그 과정 그야말로 선생님 말씀대로 일하는 것에서부터 춤으로 전환되는 과정을 가르쳐줘야 되는데, 그래야 춤을 새롭게 만들어낼 수 있잖아요. 그 승무, 살풀이만 배운 사람들은 새로운 춤을 추기 힘들어요. 워낙 잘 짜여진 작품이라서 아무리 새롭게 해도 그만한 훌륭한 작품은 못 해내거든요. 그게 참 무대작품으로서는 딱한 한계 지점이지요.

백　　술만 말고 안주 크게 한입 하라니까.

사람이 소리를 왜 내는 거지? 내가 채희완 교수를 부를 때 소리를 내는 거거든. 근데 등산객들이 산에 올라가서 야호~ 하는 것은 그건 잘못된 거야. 야호는 그냥 혼자 외치는 소리야. 우리는 어이~ 이러거든. 사람을 부르고 산을 부르는 소리야. 우리는. 우리 어렸을 때는 뭐 어이~ 이랬지 야호, 안 이랬거든. 근데 요새는 꼭 야호 야호~ 사람의 소리니까 그것도 뜻이 없는 것은 아니로되, 그냥 산에 높은 데 올라가서 부르짖는 소리거든. 울부짖는 소리야.

근데 우리는 어이~ 사람을 부르거든, 자연을 부르거든. 그래서 똑같이 큰소리를 내더래도 사람이 사람을 부르는 소리하고 사람이 무의식중에 한 마디 외치는 소리하고는 그 차이가 있는데, 그 차이는 그 소리가 안고 있는 허무주의적인 요소가 있느냐 없느냐 하는 차이야. 야호는 허무주의적인 요소가 있고 어이는 사람을 불러일으키는 이런 상황이거든. 같은 소리 가운데서도 큰 차이가 있는 거야.

이런 이야기를 똑같이 연역을 해보면 말이야, 소리 가운데서도 아무리 고급스런 소리라고 하더라도 너무 고급스러운 것만 가지고는 안 되고 사람을 불러일으키는 불림이 돼야 하거든. 자연을 불러일으키는 불림이 돼야 하는 거지. 그런데 우리 판소리에 고런 불림적인 요인이, 이런 것이 살아 있느냐 없느냐 하는 것을 미학적으로 검토해볼 필요가 있다는 게 나 같은 어리석은 사람의 생각이야.

그럼으로써 또 우리 춤에 비겨 한번 이야기를 해보자고 한다면, 이 승무니 살풀이가 아까 채 교수도 지적했지만, 거의 완결적인 경지를 장악하고 있는 것은 틀림없어. 마치 판소리가 완결적인 그 예술의 경지를 장악하고 있듯이 말이야. 그러나 우리 쉽게 한번 풀어가 보자고. 살풀이하고 승무를 1년 연습한다면 어느 정도 출 수 있어? 살풀이하고 승무를 말이야. 노동하다가 짧은 시간에 한 30초 아니면 한 1분 동안에 그것을 출 수가 있느냐 말이야.

사람이라는 것은 일하지 않으면 입에 풀칠도 하기 힘든 것이 사람이 살아가는, 여러 가지 살아가는 조건인데 일을 하다 보면 어려울 때가 많거든. 그때 어려움을 넘어설라고 하면은 어떻게 하겠어? 몸짓이 있어야 하거든. 호랑이도 말이야. 호랑이도 힘이 장사고 슬기와 영명을 지녔다고 하더라도 호랑이가 내다닐라고 하면 꼭 기지개를 하는 거야. 허리, 그 고양이 기지개라고 있잖아. 허리를 위로 올리는 거. 그래서 쭉 뻗는 거. 이 기지개를 하기 전에는 호랑이도 냅다 달릴 수가 없어요.

이와 똑같은 미적 계기를 우리 춤에서 보자고 하면은, 춤이라고 하는 것은 노동을 하다가 노동에 지쳐서 막 온 삭신이 말이야 굳어가고 뼈가 일그러져갈 때, 마음도 일그러져갈 때, 그때 한번 기지개 켜듯이 허리에 켜는 거거든. 그게 춤의 미학적 동기라고. 그러면 그 시간성을 따져봤을 때 길어봐야 30초야. 짧으면 1초 아니면 5초에 해결돼야 된다고. 1초 내지 30초 안에 살풀이의 어느 부분까지 우리가 몸으로 풀어 나갈 수 있느냐 이거야. 그래서… 춤은 살풀이도 중요하고 또 승무도 중요하지만, 탈춤이야 탈춤. 그런데 옛날에 탈을 쓰고 추는 진짜 탈춤의 원형은 뭐냐. 준비되지 않은 상놈의 새끼들, 나 같은 새끼들 머슴 놈들의 몸짓이었다 이 말이여 허허

그러니 대학교수님, 이 서울대학 나오고 대학교수님들은 준비된 춤을 춘 거고, 우리 무지갱이니까 기냥 기분 나쁘면 돌을 막 들고 던지는 게 탈춤이었다 이 말이야. 그래서 내가 어렸을 때 제일로 보는 사람은 뭐냐, 팔매질 잘하는 사람이거든. 돌팔매질을 잘하는 사람. 그래서 아기를 낳으면 꼭 돌팔매질부터 가르쳐요. 돌팔매를 잘해야 된다 이거야. 모든 춤의 원형이 돌팔매질이야.

두 번째 춤의 원형은 뭐냐, 끊임없이 뿌리가 뽑히거든. 뿌리를 박으라 이거야. 진짜 우리 참 춤사위의 기본은 뿌리를 내리는 거야. 콩나물시루 알아? 콩나물을 길러보면은 요렇게 햇빛을 가리고 물을 주거든. 햇빛을 못 받아도 뿌리부터 콩나물이 자라는 것은 뿌리를 내리는 동작임과 아울러 대갈빼기에 자기 싹을 틔우는 거거든. 요게 변증법적으로 하나가 됐을 때 콩나물이 이루어지듯이, 우리 춤의 기본동작은 뿌리를 내리는 거하고 돌팔매

질이야.

　이것을 기본으로 한 우리 춤을 이렇게 읽어볼 때, 우리의 이 애주 교수가 좋아하는 살풀이, 승무를 많이 변형시키고 발전시켜서, 그 춤의 완성도는 우리가 예술적으로 인정을 해야지. 그런데 그런 춤을 진짜 일로 먹고 사는 사람, 알통을 움직여서 먹고 사는 사람들의 입장에서는 언제 그걸 다시 출 수 있겠느냐 이 말이야. 그러니까 민중적인 미학구조로부터는 다시 이탈이 되어가는 것이 우리 춤의 완성도로서 전 세계적으로 알려져 있는 살풀이와 승무춤의 한계로 읽어내야 된다는 게 나 같은 노인네의 생각이라고.

　그럼 이제 어떻게 해야 할까? 진짜 뿌리를 내리고 싹을 틔우는 콩나물시루에서 쉽게 볼 수 있듯이, 그 변증법적인 통일의 세계를 춤의 한 사위로서, 춤사위로서 하나하나 재구현하는 그런 몸부림이 있어야 되지 않겠나 이것이여. 우리 채희완 교수 오십이 됐느냐고 물어봤더니 60이 다 찼다고 그러네.

채　　그리 됐어요. 그래서 또 한잔 합니다.

백　　진짜 노동의 연장, 노동의 예술적 전개로서의 진짜 우리 춤을 한성준이 이상으로 재창조해놓고 60을 맞이해야 되지 않겠느냐, 내 말이 그 얘기야. 그러니까 내가 꼭 그 춤을 한번 보고 싶다는 이야기야. 그 춤이 뭐냐, 내 한번 채 교수한테 공개적으로 물어봤잖아. 부심이춤이라는 말이 아직도 있느냐? 없는 거 같애. 내 대에서 끝나는 거 같애.

채　　부심이춤이라, 저도 선생님한테서 처음으로 들어보는… 영광입니다.

백   그래서 없다면 다시 되살려야 되지 않겠느냐 그 얘기 좀 하고 싶으니, 비행기보다 더 빠른 거 없겠느냐. 비행기보다 더 빠른 거 집어타고 무조건 서울 오라. 어서 들게.

채   저는 소식지《새뚝이》에 실린, 빨리 올라오라는 글월을 보고 깜짝 놀랐어요.

백   말을 탄다고 하지 않거든. 말을 꼭 집어탄다고 그러거든. 연거푸 신나게 마시는구만. 나도 신나는군. 채 교수와 마시면 쓴 소주도 달아.

채   그리 바쁜 마음이시면 전화로 당장 올라와 하시잖고.

백   비행기에 올라타는 것이 아니야. 비행기를 집어타고 비행기보다 더 빨리 그냥… 허허허. 만나면 말보가 왕창 쏟아질 것 같아서 하는 말이라고 말했지. 내가 부심이가 무슨 뜻인지 두 젊은이 있으니까 이야기해볼게.

선달 그믐날 넘의 집에서는 다 떡을 하고 지짐이 부쳐. 빈대떡을 한다 이 말이야. 새해 새날 즐겁고 거룩하게 맞이하려고, 그리고 애들한테는 꼭 때때옷을 마련하게 되어 있다고. 어머니 아버지는 그 때때옷 가운데 가장 때때옷을 우리말로 부심이라고 해. 눈부시다 이 말이야. 눈자만 빼고 부심이야. 근데 내가 어렸을 때 덧이름 별명이 부심이거든. 이에 엄마, 이거 부심이가 뭐이가? 그럼 우리 어머니 말씀이 사내 녀석은 풀빛 바지에 빨간 대님.

여러분 요것이 요것이 (나물을 들고) 풀빛이야. 요거 요 요 좀 파랗지도 않고 아주 얇은 그 녹두 색깔 아니야, 요걸 풀빛이라고 그래. 한문으로는 연녹색 그러지. 근데 모두 다 한문으로만 이야기하니깐 나는 맘에 안 들어서 꼭 풀빛 그러거든. 그걸 어디서 배웠냐면 우리 어머니한테 배웠어. 우리 어머니 한문을 모르거든. 세계라는 말도 못 쓰고 조선이라는 말도 못 써요. 우리 어머니 한문은커녕 한글도 잘 모르는데 뭐. 그래서 늘 쓰시는 말씀이 우리말인데, 고 풀빛 바지에 빨간 대님이야.

가만히 한번 생각해보라고, 미학적으로 한번 생각해보라고, 그 저고리는 뭐냐, 빨간 저고리에 풀빛 고름이야, 고걸 딱 입고, 꽁꽁 얼어붙은 벌판, 눈보라 치는 벌판에 나서봐. 그 추위와 그 꽁꽁 얼어붙은 사람 못 살 상황을 갈라치는 듯한 빛깔이 나오는 거야. 다시 말하면 부심이라는 것은 봄이야 봄. 그 추운 겨울에… 너는 그런 사람이 되라고 부심이라고 이랬다 이거야. 그럼 엄마? 나도 그럼 부심이 어쩌나 해줘야지. 돈이 돼야 해주지. 옛날에 풀빛 바지에다가 빨간 대님, 빨간 저고리에다가 풀빛 고름을 단 것을 어떻게 만들어. 돈이 있어야지, 옷감이 없잖아, 요새는 전부 화학섬유지만 말이야. 거 왜 만날 말로만 부심이냐, 그렇게 살으라는 거야.

그러면 계집애는 또 무슨 옷이냐, 빨간 치마에 노란 저고리 풀빛 고름이야. 빨간 치마는 진달래 색깔이고, 진달래는 산에 가면 맨 밑에서부터 피어 올라오거든. 오늘 핀 것은 맨 밑에고, 내일 핀 것은… 15일날 피는 것은 허리께고, 16일날 피는 것은 마루턱이야. 그러니까 점점점점 이리 하늘로 치솟듯이 그런 모양새로 진달래가 피고 지고 피고지고 그러는 거야. 그러니까 진달래꽃은 뭐냐, 색깔도 그렇지만 그 피는 과정으로 봐서 사랑의 불꽃이라는 말이 있어 온다고. 우리 옛 정서에 따르면은, 사랑의 불꽃, 사랑의 불꽃이 밑에서부터 딱 피어 올라가는 거야.

그러고 나서 노란 저고리는 뭐이냐, 개나리 색깔인데, 노란 색깔은 우리들의 특히 민중적 미의식에 따르면 한가운데라는 말이야. 중심이라는 말이야, 중심. 우리말로는 알기 그랬거든. 그니까 빨간 치마가 상징하듯이 사랑이 피어오르다가 가슴에 와서 그 알기 중심에서 맺히는 거야, 사랑의 열매가 맺히는 거야, 아들 딸 낳는 거나 다름없지 뭐. 그래서 계집애들은 빨간 치마에 노란 저고리 풀빛 고름을 매는 거야. 이게 부심이야.

이걸 입고 눈 나리는 벌판에 나서면 제 아무리 꽁꽁 얼어붙어서 정말 거미 새끼도, 발바닥이나 핥아먹는 거미 새끼도 얼어 죽을 만치 춥더라도 녹여버리는 거다 이 말이야. 그 이런 옷, 이런 마음가짐, 그런 삶을 부심이라 이런다는 거야. 과거에 일본 제국주의의 칼이 오죽 무서웠어? 오죽 잔인하고… 그거 소용없다는 거야. 부심이처럼만, 부심이처럼 옷만 입고 나서면 그 꽁꽁 얼어붙은 제국주의의 침략, 그 강압은 다 녹아내린다는 거야.

바로 그런 부심이의 몸짓의 최고 형태를 춤이라고 그러는데, 이거를 우리 어머니가 제시했다고. 그래서 내가 채 교수 보고 물어봤어. 부심이라는 춤이 우리나라에 있느냐? 없다면, 이름은 있느냐? 이름도 없다면, 그 한번 다시 살려보는 게 어떠냐… 한성 준네 이래 보니까 뭐 거 기생들이 술집 그 좁은 방에서 운무를 할 때 꼼지락꼼지락하는데 그 꼼지락성에 세계 축도가 있거든. 여자들이 이렇게 춤을 찔끔찔끔 요로고 손가락 하는 데 세계의 축도가 있는 거야. 이 땅별, 지구의 축도, 아니 우주의 축도가 있거든. 요것을 조금 더 역동적으로 살려내자 해가지고 나온 것이 한성준 선생의 살풀이야. 승무도 비슷한 거고….

근데 그것은 세계의 축도를 넘어 아주 밀약적으로 요렇게 축소를 하다 보니까 오히려 노동의 역동성, 그 예술성이 다만 침전을 했어, 빠져버렸어. 없어졌다고 하면 이야기가 안 되고, 깊은 물에 빠졌어, 깊은 물속에 빠져 있다고… 그것을 끄집어내 가지고 진짜 우리 민중의 춤사위를 재창조해야 하는데… 난 그중에 하나가 부심이의 춤도 들어가지 않겠느냐 이런 생각으로 채 교수에게 물어보려고 지금 만나자고 한 거야. 그래서 이젠 그것을 채희완이가 꾸며대는 부심이 춤이라고 해도 좋고, 뭐라고 해도 좋고, 이걸 하나 맨들어서 후대들한테 전해줘야 된다 이거야. 그러니 한성준을 능가하는 창작적인 몸부림이 있어야 한다 이 말이야.

시간 넉넉해. 천천히 하게나. 저 봐, 저기 온갖 술이 잔뜩 있지 않아?

노비가 억울하게 죽었거든, 죽으면 주인 놈이 무덤을 안 써줘. 무덤 써주면 이 친구의 아들딸이 와가지고 자꾸 절하면서 우리 아버지 원통하게 죽어서 약 올라 죽었다고 주먹 쥐면 곤란하거든. 그러니까 둘둘 말아다가 산고랑에 버려. 어떤 산고랑이냐… 아주 추운 산골에다가 버리는 거야. 옛날에는 추웠다고 그러면 영하 20도 25도 30도 그랬거든. 산골에다가 버리면은, 썩은 멍석에다가 해서 버리면은, 배는 여우가 와서 다 파먹어, 배에 기름이 맛있거든.

우리도 비계 한 점 먹자.

그러면 팔다리는 누가 뜯어가느냐, 들개가 뜯어가거든. 그러면 나머지 살점은 누가 뜯느냐, 말똥가리라고 있어요, 독수리과에 속하는데 죽은 놈의 살만 뜯어먹는 말똥가리. 그렇게 다 뜯겨 가고 남는 거라고는 해골바가지밖에 안 남거든. 근데 영하 25도에서 30도만 되면 새벽녘에는 영하 40도로 올라가. 말하자면 체감온도라는 게. 그렇게 되면 어떻게 되느냐, 채 교수 어떻게 되느냐, 참나무가 얼어 터져. 참나무는 도토리나무를 참나무라고 그래. 참나무가 얼어 터지는 소리가 그 산골짜기를 울리는 게 쩡~ 하고 떵이지 뭐, 쩡~ 떵이지 뭐.

이 떵 소리, 이 떵딱 소리를 장단으로 삼아서, 떵딱으로 삼아서 이 죽었던 뼈다구가 일어나는 거야. 약이 올라서, 일어나다 보니까 힘이 없거든, 그러니까 자기를 다시 내려치는, 그 산골짜기의 참나무의 얼어 터지는 그걸 자기를 내려치는 주인 놈의 몽둥이로, 몽둥이 소리로 듣는 거야. 주인 놈의 몽둥이를 잡아 땡겨가지고 그 힘으로 일어나서 그 몽둥이를 휘젓는 거야. 그 주인 놈의 모강지부터 물어뜯는 거야. 주인 놈의 집안의 대들보를 다 때려부수는 거야.

그리고 주인 놈의 재산을 보호해주는 잘못된 벗나래 있잖아. 세상을 벗나래라고 그러거든. 벗은 동무라는 말이고, 친구라는 말이고, 나래는 나래를 폈다 이기야. 다 친한 사람들이 다 함께 사는 세상을 우리말로 벗나래 그런다 이 말이야, 벗나래. 그 잘못된 벗나래를 짓무르는 거거든. 그 죽었던 해골이 다시 일어나가지고 잘못된 벗나래, 잘못된 세상을 짓무르고 그 머슴 놈의 벗나래, 머슴 놈의 세상을 만드는 몸짓을 뭐라 그러냐, 썽풀이라고 그래.

들것 말이야 들것, 들것을 우리말로 마주재비인데, 죽은 사람을 들고 나가는 들것을 마주재비라고 그래. 아까 죽은 머슴은 썩은 멍석에 둘둘 말아 내니까 멍석말이, 그래 마지막 판은 멍석이든 뭐든 들것에 실려 나가면 들어다 갖다 버리니까. 그걸 보고 마주재비 그러거든. 그 마주재비나 썩은 멍석에 갖다 버려져서 약 오르는 놈들이 그 참나무가 얼어 터지는 소리를 다시 죽은 자기를 내려치는 주인 놈의 몽둥이 소리로 알고, 그 떵딱 그 장단에 맞춰서 일어나는 사람의 부활의 세계를 썽풀이라 그래.

그래서 이애주 교수가 1987년도 7월 9일 날 이한열 열사 장례식 때 2백만을 안고 썽풀이춤을 췄잖아. 한열아 일어나라라는 거거든. 그런 측면에서 우리 이애주도 한때는 위대했던 몸짓을 한 젊은이야. 그래서 우리 이애주가 그 썽풀이춤을 완결하기를 바라는데 자꾸 주변에서 뭐 이게 춤이냐 마냐 하는 바람에 기가 팍 죽고 돈도 없고, 서울대학교 교수 월급은 몇 푼 안 되고, 이자 갚기도 힘들고… 답답해지는 모양인데… 그 내가 좀 거들 수 있으면 거들어야 할 텐데….

한성준 선생 위대하고, 뭐 다 그러지마는, 뭐 사실 그 기방에서 시들어가는 우리 춤을 그렇게 정형화했다는 것, 정형화해서 살풀이춤의 한 양식이 생겼잖아. 정형화시켰다는 것은 위대한 건데, 그 정형화 과정에서 살풀이춤에 들어 있는 우리 춤사위가 물에 침전이 되어버렸어. 없어져버린 것이 아니라 물에 가라앉아버렸어. 그 물속에서 움직이는 몸짓만 가지고는 노동의 생산성, 예술 생산성을 가져오기 조금 답답하다는 이런 말이지. 예리하게 예리하게 들어야 돼. 그럼 진짜 얼마 안 남았어. 그러니 술도 조금 덜 먹고, 정력을 좀 축적을 해가지고, 진짜 우리 민주적 노동의 예술적 전개, 노동의 연장으로서의 춤을 비로소 이 전 세계의 불쌍한 인류 있잖아, 불쌍한 인류, 한잔 더 해.

인도가 지금 경제성장이 7프로다 10프로다 그러지마는, 인도에는 9백 원, 하루 9백 원 가지고 먹고사는 사람이 2억 명이야. 9백 원 가지고는 안 되잖아. 하루에 세 끼를 먹어야 할 텐데. 세 끼 9백 원이면 한 끼에 3백 원씩인데, 3백 원 가지고 뭐 수돗물 먹기도 힘들 판인데 어떻게 살겠어. 그런 사람이 2억이야. 그런데도 그렇게 답답한 것을 의식하지 못하고 기도만 드리고 있어. 서양식 기도는 아니라고 하더라도. 어째서 그러느냐, 9백 원밖에 주지 않는 이 자본주의 체제가 나쁘다고 하는 거, 이걸 부시겠다고 하는 그 의식도 잊어버리고 몸짓도 잊어버렸어. 그럼 무슨 몸짓이 대신 들어오느냐, 아~~흔드는 거지, 막~~흔드는 거지.

소줏병을 딱 여기에다가 던져봐. 파사삭 부서지잖아. 지금 미국에서 들어오는 몸짓이라고 하는 거, 요즘 젊은 애들이 추는 춤이라고 하는 거는 소줏병을 담벼락에 부서뜨리는 몸짓이야. 끊임없이 바숴져. 그런데 자기가 자기를 잊어버리는 거야, 객관적인 힘에 의해서도 깨져 나가지만, 자기가 자기를 부셔버려요. 인도의 2억 인구가 그렇게 하고 있거든. 우리나라는 안 그런 줄 알아? 미국도 마찬가지야. 그게 여기서 전 세계에서 답답한 사람들이 이렇게 죽어가는 들판처럼 말이야, 황무지처럼 가만히 있는 까닭은 뭔가 이거야. 몸짓을 잊어버렸거든. 다 약탈당하고 파괴당하고 그런 거야 상업주의의 몸짓 때문에. 이럴 때 진짜 몸짓이 나와야 한다 이거야. 마당에서 나오고 무대에서 나오고, 안방에서 나오고 말이야, 들판에서 나오고 말이야, 하~

노동해방이다, 계급혁명이다, 직접적으로 그렇게 떠들어봐야 귀담아 듣지들을 않아요. 그래서 정서적인 방법으로 다가서는 수밖에 없겠다 이 말이야. 접근하는 거리밖에 없겠다 이거야. 노래에 얽힌 백기완이의 인생 이야기, 그런 제목으로 지금 특강을 하고 댕기거든. 부산 지역에서도 한번 특강을 했으면 좋겠다는 생각이 들어. 채 교수가 한번 해봐. 나는 어려서부터 정기교육을 못 받았기 때문에 그냥 거리에서, 사랑채에서 들려 나오는 소리, 그 가운데서두 유행가를 통해서 내 정서가 쪼끔씩 쪼끔씩 익어갔다고, 그걸 부정을 못 해.

그중에 내가 하나를 소개를 할게. 이원애곡이라고 하는 유행가가 있어요, 이원애곡. 제목이, 내가 태어날 때쯤 되어서 나왔으니까 내가 지금 일흔 넷이거든. 일흔 넷이면은 거의 한 70년 전에 나온 노래야, 주로 누가 부르는 노래냐 하면은 술집에 술 파는 애기들이 불러. 근데 우리 고향에도 조그만 이웅집에 안방 하나 부엌 하나 있는 데가 술집이야. 그 집에 열일곱 살쯤 된 계집애가 술판을 나왔는데, 노래한다면 자꾸 이원애곡이라는 노래만 하는 거야.

그런 노래 11곡을 소개해. 그런 걸 11개를 소개하는 거야. 금년 초서부터 지금까지 했는데 두 달, 아니 한 달 반… 한 두 달 동안에 한 6번 했어, 오늘까지 7회야. 백 회까지만 내가 하면은 늙어서 못 하지 않겠느냐는 그런 생각이 들어. 그런데 채 교수, 이 특강을 하면서는 특징이 있는데 내가 계속 울어. 그 사람들은 마음이 약해서 운다고, 인간적 수업이 덜 돼서 운다고 생각할지 모르겠지만, 나는 그렇지 않아. 가장 감격을 할 때 우는 거야. 슬퍼서 우는 적도 있지만. 난 내가 살아오면서 나한테 영향을 줬던 무지렁이들한테 지금도 또다시 감동을 하는 거야. 그래서 우는 거거든. 근데 조금 예술적인 취향이 모자라는 새끼들은 내가 마음이 약해서 우는 줄만 알아. 뭐 그렇게 알아도 할 수 없지 뭐. 아무튼 울면서 특강을 해.

술 다 먹었어?

채　　네, 워낙 병들이 작아서요….

백　　예술가는 다르구나 말을 저렇게 해야 돼… 하하.
옛날에 이 땅에 젊은이들은 낭만적으로 술을 먹더래도 그 낭만에 인간주의가 있었어. 응, 요새는 그게 아니잖아. 전 세계에서 17살 미만짜리 처녀가 몸을 파는 애가 2억 명이래 2억 명. 도덕성이 무너졌고 낭만성이 무너졌는데, 그 도덕성과 낭만성에 인간주의가 없어, 전부 쓰고 오고가는 거야, 그래서 내 이야기는 낭만의 역사성, 낭만의 인간주의, 더불어 그런 것을 옛사람들의 삶의 모범에서 조금 배우자 그 이야기야.

오랜만에 만난 노배우가 저편 술자리에서 다가와서는, 아니 선생님! 우리 이 아우님이 광고 안 나오면 뭘 먹고 삽니까? 해서 이넘아 먹을 거 없으면 노동하면 되잖아, 먹을 거 없다고 얼굴 팔아먹어? 그래서 이제 헤어졌어요. 그 출연료도 얼마 못 받고 출연할 데도 없고 하니까 광고라도 나와야 먹고 산다, 이 자본주의는 먹고 산다고 하는 기본적인 명제를 빙자해가지고 무슨 짓을 하든지 다 용납하는 것으로 이렇게 가치관을 일그러지게 우리에게 강요하고 있어요. 이걸 부시려고 하면 어떻게 해야 하는가? 논리적 방법도 동원해야겠지만, 정서적 방법도 좀 있어야겠다 이런 생각도 해봤어, 그래서 제목이 하나야, 채 교수. '노래에 얽힌 백기완의 인생 이야기'야.

채 그때 지금 선생님 말씀하신 그 노래에 얽힌 선생님의 그 인생 이야기와 더불어서 아이들한테 초등학교 학생들한테 선생님의 이야기들, 그 옛이야기도 좋구요, 또 우리말을 어떻게 바르게 써야 될 것인지, 또 우리 생각을 어떻게 몸짓과 놀이와 더불어 할 것인지, 인제 그 교육 기획안을 만들면 어떻겠는가 그런 이야기를 하는 분이 있더군요. 그래서 어, 그런 걸 한다면은 저도 선생님 곁에서 같이 전국에 휘젓고 다니고 싶다고 했어요.

백 이자 말한 이원애곡이라는 노래가 이런 가사의 노래거든. 초등학교 2학년 때 내가 줏어들은 노랜데, 바로 우리 집 옆에 그 술집이 있는데, 그 집만 지나가면, 이제 지금은 나를 보면 어린 애기지만 그때는 나이가 들은 아가씨가 그 노래를 부르는 거야. 그 이야기와 함께 우리 아부지 이야기가 우리 고향에서는 전설처럼 전해와.

오늘은 내 울음을 많이 참았다마는 계속 이야기하면서 울고 다녀. 아무튼 채 교수, 이게 나는 늙어서 얼마 안 남고 그런데, 그래서 조금 더 조바심이 있지. 그 한성준이가 빚어논 위대한 업적에 기대고만 살 때는 지났어, 진짜 우리 춤사위니 우리 몸짓을 잘 창조해야 해. 정식으로 해가지고, 미학적으로 검토를 해가지고 만들어내야 해. 이대로 내버려 둘 수는 없어.

채 명심하고, 그 다시 한번 해보겠습니다.

백 그래, 이제 내가 어디 가야겠으니까 오늘은 그만 헤어지고, 선생님 잘 모셔. 나 좀 일으켜줘.

위의 녹취 글은 2006년 4월 봄날, 통일문제연구소 소식지《새뚝이》에 실린 선생님의 글월을 보자마자 부산에서 열차 타고 서울로 올라와 연구소 근처 주막 같은 음식점에서 선생님과 나눈 대화를 16년 만에 옮겨내 본 것입니다. 말보가 왕창 쏟아질 것 같으니 비행기보다 더 빠른 것을 집어타고 어서 만나보자는 편지글이었습니다. 뵙자마자 술자리부터 펼쳐놓고 오랜 인사를 드렸습니다. 술을 멀리하셔야 할 사정을 능히 알면서도 그리 했는데 도무지 마다하는 표정이 아니셨습니다. 오히려 수년 만에 만나는 술친구처럼 맞아주셨습니다. 16년 전 일이나 이를 못 잊어 추모의 심정을 더하는 것입니다.

대담의 자리였으나 선생님이 따라주시는 술잔을 별 말 없이 속도감 있게 비워내는 것으로 화답했습니다. 혁명이 늪에 빠지면 예술이 앞장서는 법, 그럴수록 예술가는 술을 많이 먹어야 한다는 본때기를 유감없이 보여드리고 싶은 심사도 있었습니다. 그러나 선생님의 말보가 터진 말씀은 어느 술, 어느 안주에도 비견할 수 없는, 민중의 땀과 피와 눈물과 뼈와 근육과 체액이 버무려진 금준미주요 옥반가효였습니다. 이를 16년 만에 녹취하여 말씀의 속뜻을 되새기고 마땅히 할 일을 찾고 있습니다.

1992년인가요? 대선이 치러지고 민중노선이 자지러진 직후 선생님이 부산에서 시국강연으로 오셨다가 민중 춤 이야기로 화두를 돌리셨을 때이지요. 이런 내용이었습니다. 우리 몸짓의 전형상을 셋으로 나누어보고 그 하나하나를 새기셨습니다. 첫째는 모가지가 부러져져서 뚝 붙은 사람, 곧 곧은목지의 걸음새입니다. 태산준령이 가로막아도, 늪이 가로막아도, 한강이 가로막아

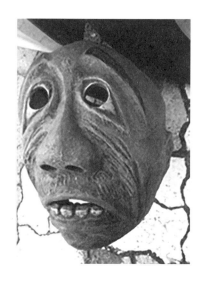
곧은목지 탈, 이석금 제작

도 앞만 보고 가는 무자비한 걸음이야말로 최고로 친다지요. 다
음은 나간이 걸음이고, 그 다음은 내친 걸음입니다, 그냥 가는데
길이 없으면 길을 내면서 가는 걸음입니다. 이러한 걸음새를 첫
디딤새로 하여 홍동지(좃방매)의 전통을 되살리고 우리 춤을 살
풀이제로 빚어내는 것입니다. 그리고선 곧은목지의 내친 걸음을
정형화시키고 멍석말이로 승화시킨다는 것입니다.

　　그래서 우리는 말씀들을 묶어보았습니다. 곧은목지의 멍석
말이의 춤은 곧은목지의 한살매 춤입니다. 저는 그 춤을 백기완
선생님의 한살매 부심이춤이라 부릅니다. 이를 형상화하기 위해
1차 작업으로 동래들놀음의 탈 제작자 이석금 님이 곧은목지 탈
을 빚어내었습니다.

　　선생님을 살아 있는 민중 전형으로 빚어내는 작업은 이제 곧
은목지 탈과 부심이춤과 함께 시작되었습니다.

선생님, 소식 닿으면 비행기보다 더 빠른 것 집어타고 오셔
야 됩니다. 막 맘판이 벌어질 판이니까요.

문학소년 백기완

최재봉—한겨레 선임기자

돌이켜보면 나는 선생님의 사랑을 참 많이 받은 사람이다. 선생님을 처음 뵌 것이 내가 문학 담당 기자가 된 뒤의 일이니 남들에 비해서는 늦은 편이었지만, 일단 안면을 튼 뒤에는 남 부럽지 않게 선생님을 자주 뵐 수 있었다.

　　선생님은 통일문제연구소 행사나 선생님 자신과 관련한 일이 있을 때마다 간사 채원희 씨를 통해 꼬박꼬박 전화를 걸어오셨다. 신문에 기고할 만한 글을 완성했을 때에도 나를 찾으셨고, 내가 쓴 기사를 읽고서 연락하신 적도 여러 번이었다. 설 명절 무렵에는 일부러 불러서 점심을 사주시고 세뱃돈으로 만 원짜리 한 장(!)을 주시기도 했다. 특별한 일이 있을 때는 물론이고 일이 없을 때에도 선생님은 수시로 대학로 통일문제연구소로 나를 부르셨다.

연구소에 가면 우선 차 한잔을 앞에 놓고 한동안 다담을 나누고, 이어서 점심을 먹을 식당으로 옮겨가고는 했다. 점심 식당은 미리 예약을 해놓으셨다. 연구소에서 그리 멀지 않은 식당까지 걸어가는 동안 길에서 선생님을 알아보고 인사를 드리는 시민·청년들에게 웃으며 맞인사 하는 걸 선생님은 퍽 좋아하셨던 듯하다. 선생님의 표정이 가장 밝아지는 순간 중 하나가 바로 그럴 때였다.

언젠가는 여느 때처럼 호출 전화를 받고 연구소로 갔더니 누군가가 미리 와서 선생님 앞에 앉아 있는 것이었다. 어쩐지 낮이 익었지만 확신이 서지 않아 머뭇대고 있자니 선생님께서 서로 수인사를 시키셨다. 음악인 전인권이었다! 그동안 알고 있던 검정 파마머리가 아닌 은발의 꽁지머리 스타일이었던 데다 그이의 트레이드마크와도 같던 짙은 선글라스를 벗은 차림이어서 몰라보았던 것. 예의 다담을 마치고 점심을 먹으러 같이 걸어서 이동하는데, 밖으로 나가면서 그이는 선생님께 양해를 구하고 선글라스를 쓰는 것이었다.

식당은 별실이 따로 있지 않았고, 오후 한 시에 가까운 무렵이라 사람들이 많지는 않았지만 그래도 다른 손님들이 없지 않은 상황이었다. 음식에 곁들여 술을 몇 잔 하신 선생님은 대뜸 전인권 씨한테 노래를 청하셨댔다. 선생님이 좋아하시던 〈사노라면〉. 전인권 씨는 별 망설임 없이 작지만 확고한 목소리로 노래를 불렀다. 그렇게 선생님 덕분에 들국화 전인권의 무반주 라이브 공연을 바로 코앞에서 감상할 수 있었다.

선생님과 같이 점심을 먹고 나면 대학로 큰길가에 있는 학림다방에 들러 커피 한잔을 마시는 것이 정해진 순서였다(선생님이 아직 건강하셔서 술을 즐기시던 무렵에는 학림에서도 종종 낮술을 드시고는 했다). 선생님이 들어가면 학림에서는 으레 선생님이 좋아하시는 베토벤 교향곡 5번 〈운명〉 음반을 턴테이블에 걸었다. 선생님과 잘 어울리는 음악이었다.

그날도 학림에서 커피까지 마시고 오후도 제법 늘어진 뒤에야 작별 인사를 드리고 헤어져 돌아오는 길에 휴대전화로 문자가 하나 왔다. 전인권 씨였다. 처음 수인사를 나눌 때 나는 명함을 건넸는데 그쪽에서는 답례로 건넬 명함 같은 게 있을 리 없었을 터. 늦게나마 명함 대신 문자로 자신의 연락처를 알려준 것이었다.

그이와 아주 가까운 백원담 교수를 통해 그 뒤에는 그의 공연에도 자주 가고 밥과 술을 먹는 자리에서도 종종 볼 수 있었지만, 처음 수인사를 나눈 그날의 일들은 두고두고 잊히지 않는다. 나중에 나는 우리 신문사의 주주총회 식전공연을 그에게 부탁했고 그는 흔쾌히 응해주었는데, 이 역시 분명 선생님이 내게 베푼 후광이요 은혜였다고 생각한다.

앞에서 잠깐 언급했지만 선생님을 만나는 일은 행복하고 소중했지만, 딱 한 가지 걸리는 게 술이었다. 아직 상대적으로 강건하셨을 때, 선생님은 점심 자리에서도 꼭 반주를 곁들이셨다. 술이 없어도 선생님은 워낙 말씀을 잘하시고 웃음과 눈물, 사자후와 노래가 곁들여진 일종의 퍼포먼스를 펼치고는 하셨지만, 어느 정도 술이 들어가면 그것은 흡사 휘발유나 윤활유 같은 구실을 했다.

공연의 밀도와 강도는 세졌고, 시간은 한없이 늘어졌다. 술과 함께 선생님의 퍼포먼스에도 취해 몸과 마음이 허공으로 두둥실 떠오르는 느낌이 나쁘지 않았으되, 어디까지나 월급쟁이인 나로서는 두고 온 사무실과 기사 마감이 걱정되지 않을 수 없었다. 한참 취흥이 도도해지셔서 술자리를 저녁까지 이어가실 기세인 선생님을 간신히 설득하거나, 막무가내로 붙드시는 손길을 가까스로 뿌리치고 자리에서 일어설 때면 죄송스러운 마음이 이를 데가 없었다. 술을 그다지 잘 마시지도 못하는 터라 그렇게 낮술을 마시고 나면 실제로 기사를 마감하는 데에 지장을 받기도 했지만, 어느덧 노쇠해진 선생님께서 더 이상 술을 입에 대지 못하게 되자 나중에는 오히려 그런 지난날들이 그리워지게끔 되었다.

선생님이 내게 그렇게 사랑을 베푸신 까닭은 무엇일까. 그것은 물론 내가 《한겨레》의 문학 담당 기자였기 때문일 것이다. 시민사회운동의 어른으로서 선생님은 거리에 나서는 일이 많았고, 시위 현장의 선생님 모습은 기사와 사진 및 영상으로 우리에게 너무도 익숙하다. '거리의 투사' 백기완은 많은 이들에게 용기와 투지와 감동과 위로를 주었지만, 그런 우렁찬 면모에 가려진 '문학소년' 백기완에 대해서는 의외로 잘 모르는 이들이 많은 듯하다.

선생님은 어릴 적에는 축구선수를 꿈꾸었고 청년기에는 영화감독이 되고 싶었다고 말씀하셨는데, 그 바탕에는 시를 사랑하고 이야기를 탐하는 문학 소년이 있다는 것이 내 생각이다. 알다시피 선생님은 시집을 여러 권 내셨고 산문집과 이야기책도 꾸준히 발표하셨다. 2014년 한국작가회의 창립 40주년 기념식 때 선생님이 '작가의 벗'으로 꼽혀 감사패를 받은 것은 문인들이 선생님을 절반 정도는 동료로 여겼다는 뜻으로 이해된다.

선생님이 돌아가신 뒤 나는 문화인으로서의 백기완에 초점을 맞춘 기사를 썼다. 선생님이 시집과 산문집, 이야기책, 영화극본 등을 활발히 낸 작가이자 독자적인 민족·민중미학을 정립한 미학자이며, 무엇보다 잊히고 괄시받는 순우리말을 되살리고 퍼뜨린 언어 활동가였다는 점을 부각시킨 기사였다. 이 글을 청탁받고 검색해보니 선생님에 관해 내가 쓴 기명기사만 해도 열댓 개가 훌쩍 넘었다.

그 가운데 선생님 당신이 가장 좋아하신 기사가 2019년 1월 19일 치에 쓴 〈시인 백기완〉이라는 칼럼이었다고 나중에 채원희 씨가 알려주었다. 선생님이 세월호에서 희생된 아이들을 위해 쓴 장편 서사시 「갯비나리」에 곡을 붙여 만든 노래극 〈쪽빛의 노래〉 공연을 계기로 쓴 글이었다. 이 글에서 나는 "문학이야말로 그의 평생에 걸친 애정과 헌신의 대상이었다. 미수를 앞둔 선생에게서 나는 '영원한 문학소년'을 본다"고 썼다. 아마도 선생님은 이 대목을 마음에 들어하시지 않았을까 싶다.

기성 문인이든 아니든 나이가 들어서도 문학에 관한 열정을 잃지 않는 이를 흔히 문학청년이라 일컫는데, 내가 선생님을 두고 문학 소년이라는 표현을 쓴 까닭은 선생님의 문학적 열정이 청년의 뜨거움보다는 소년의 수줍고 순수한 사랑을 닮았다고 보았기 때문이다. 문학에 관한 한 선생님은 소년 같은 순정을 지니고 있었다고 본다. 한겨레 문학 담당기자 최아무개에게 베푼 분에 넘치는 사랑은 사실 선생님의 문학을 향한 사랑의 다른 표현이었다.

선생님은 며느님(김재영 작가)이 소설가라는 사실에 은근히 자부심을 지니고 계셨다. 2000년에 등단을 한 김재영 씨가 화제작인 단편 「코끼리」를 발표하고 결국 그 작품을 표제로 삼은 소설집을 출간하던 무렵에 선생님은 문학기자인 나를 상대로 당신 며느님의 소설에 관한 의견을 묻고는 하셨다. 한국 소설로는 비교적 일찌감치 이주 노동자를 등장시킨 이 소설은 한국 문학의 지평 확대의 사례로 평단에서 높은 평을 받고 있던 터였다. 나 역시 평단의 일반적 견해와 마찬가지로 작품에 관해 호의적인 생각을 말씀드렸는데, 선생님은 그런 반응에 좋아라 하면서도 당신이 보시기에 아쉬운 점을 지적하는 것이었다.

신자유주의의 물결 속에 국경을 넘어 노동력을 팔고자 한국에 온 외국인 노동자들이 서로를 등쳐먹는 결말을 통해 작가는 현실의 엄혹함과 이주 노동자들이 몰린 막다른 궁지를 있는 그대로 보여주고자 했을 터. 가난한 이들의 적은 따로 있는데 왜 그 진짜 적을 등장시키지 않느냐는 것이 선생님의 불만이었고 그런 생각을 작가인 며느님께도 표현하셨던 듯하다. 시아버지와 며느리 사이에 일종의 문학적 논쟁이 펼쳐진 셈인데, 김재영 씨는 나중에 책으로 내면서도 예의 결말을 바꾸지 않았다.

선생님이 내신 책들 중에 시집과 산문집은 기존의 문학 장르 구분에 무리 없이 포괄되는 데 비해, 『장산곶매 이야기』, 『따끔한 한 모금』, 『버선발 이야기』 같은 '옛이야기'들은 장르 구분이 모호할 수 있다. 이 책들에 실린 이야기들 중에는 선생님이 어릴 적 어른들로부터 들었던 이야기도 포함돼 있겠지만, 선생님 스스로 만들어내신 것도 적지 않을 것으로 짐작한다. 만든 이야기라는 점에서 그것을 픽션(소설)으로 분류할 수도 있겠는데, 현대 문학 이론에서 설명하는 픽션과는 아무래도 결이 다르다.

형식적으로 현대 소설보다는 전통설화나 우화에 가까운 이 작품들은 선과 악의 구분이 명확하고 이야기 속에 뚜렷한 교훈 을 담고 있다. 2014년에 '민중사상 특강'을 마련하게 되어 나와 인터뷰를 하면서 들려주신 젊은 시절 일화 중에 선생님 특유의 옛이야기 장르의 기원과 의미를 짐작할 수 있는 대목이 있다.

1950년대 중반이었어. 노동판에서 막일을 하고서 보름쯤 되 면 돈을 주거든. 그래야 밥을 먹으니까. 그런데 그것도 안 주 더라고. 메칠 있다가 오라는 거야. 그래서 밥을 굶은 채 만리 동 고개를 넘어가다가 내가 피를 토하고 쓰러졌어. 그런데 그때 갑자기 따끔한 한 모금을 마시고 싶더라구. 공짜 술을 마시려고 명동으로 갔더니 명동 술꾼들이, 거지새끼가 밥을 빌어야지 술을 빈다며 길바닥에 메다꽂더라구.
그놈들한테 민중의 염원이 담긴 옛이야기를 해줬지. 그랬더 니, 이야기를 하려면 희랍신화나 영웅호걸 이야기를 해야지 낫 놓고 기역 자도 모르는 무지랭이 얘기가 웬 말이냐는 거 야. 그런 이야기들은 성인대덕들의 고담준론에 의해 도태된 지 수백 수천 년 됐다는 거지.
또 그놈들이 말하길, '가난한 놈 얘기 자꾸 하는 걸 보니까

너 빨갱이로구나' 이러는 거야. 매를 직사하게 맞았지. 폭력으로 보복할 일이 아니라 진짜 민중사상이 뭔지 알려줘야겠다 싶어 도서관에 갔지. 책을 여러 권 봐도 민중 얘기는커녕 민중이라는 낱말도 없어. '민중의 사상, 삶의 역사, 이야기는 글줄 아는 놈들이 수천 년 동안 죽였구나!' 하는 깨달음이 왔지.

그럼 민중의 사상을 말할 실증적 자료는 어디에 있나? 민중의 이야기 속에 있는 거야. 민중의 얘기를 한번 들어봐. 하잘것없는 옛날얘기 같지만, 저항과 해방의 논리가 완전히 농축돼 있는 게 옛날얘기야. 내가 그것 때문에 60년을 싸웠어.

선생님의 이 일화가 백 퍼센트 사실 그대로인지는 알 수 없다. 어쩌면 이 이야기에도 어느 정도는 픽션이 가미돼 있을지도 모르겠다. 중요한 것은 이 말씀이 사실 그대로냐 아니냐가 아니라, 그 안에 담긴 진실일 것이다. '성인대덕들의 고담준론'이 민중의 진짜 삶에서 멀어진 채 뜬구름 잡기로 일관하고 있다는 관찰이 아주 터무니없는 것만은 아니라고 본다. 고담준론에 소설과 시를 비롯한 기존 문학 장르들 역시 포함된다면, 선생님이 얼핏 낡아 보이는 옛이야기 형식을 고집하신 까닭도 짐작이 가능하다. 민중의 진짜 삶, 민중의 고난과 해방을 향한 염원을 온전히 담을 수 있는 그릇이 옛이야기라고 선생님은 보신 것이다.

물론 선생님의 옛이야기는 문학의 근대적 장르 구분에 미달한 '원시적' 서사 형태일지도 모르겠다. 그러나 그를 통해 선생님이 강조하고자 하신 바는 2020년대 현재를 사는 우리에게도 여전히 유효한 울림을 지니는 것이 아닐까. 문학은 삶에서 빚어져 나오는 예술이고, 따라서 삶을 담아야 한다는 믿음이 그것. 삶으로 문학을 일구고 어디까지나 문학적으로 살고자 하신 순수한 문학소년 같은 선생님이 새삼 그리워진다.

함성

홍선웅—판화가

백기완 선생님이 서거하신 지 벌써 1주기가 다가온다. 지난해 추운 겨울 병상에서 홀연히 떠나셨지만 내겐 아직도 그분이 옆에 가까이 있는 것만 같다. 그만큼 긴 세월 동안 나의 사상과 작품세계에 큰 영향을 주신 분이기 때문이다.

　내가 백 선생님을 처음 뵌 것은 1985년 11월 민족미술인협회(민미협)를 창립하고 사무국 총무 일을 맡고 있을 때이다. 민미협은 당시 인사동에 전시장인 '그림마당 민'을 운영하고 있었는데, 백기완 선생님은 살풀이와 승무의 대가인 이애주 교수와 함께 전시 오픈 행사에 오셔서 그의 유명한 시 「묏비나리」를 낭송하시곤 했다.

사랑도 명예도 이름도 남김없이
한평생 나가자던 뜨거운 맹세
싸움은 용감했어도 깃발은 찢어져
세월은 흘러가도
굽이치는 강물은 안다.

벗이여 새날이 올 때까지 흔들리지 말라
갈대마저 일어나 소리치는 끝없는 함성
일어나라 일어나라
소리치는 피맺힌 함성

앞서서 나가니
산자여 따르라 산자여 따르라

지그시 눈을 감고 차분한 마음으로 한 글자 흐트러짐 없이 읊조리듯 시작하는 그의 음성은 어느새 마른하늘에 번개가 감아 돌듯 힘차고 강단 있는 쩌렁쩌렁한 목소리로 울려 퍼지고 있었다. 일말의 흔들림도 용서치 않겠다는 그의 비장한 각오가 새겨진 비나리는 짓밟히고 억눌린 사람들의 피맺힌 한풀이였다. 어쩌면 우리 역사 속에 응어리진 피맺힌 한의 폭발이었다.

이후 선생님의 생애는 묏비나리에서 보듯 고난한 삶의 연속이었다. 재벌의 부조리에 항거하며 노동의 가치를 현실화하려는 노동자들과의 삶이었고, 사회의 불평등한 구조를 타파하려는 가난한 약자 편에서 함께 싸우는 쇠뿔이와 같은 민중의 장수라고 말할 수 있는 삶이었다.

백 선생님은 평상시에 시낭송을 즐겨하셨지만, 춤과 판소리, 마당극, 굿그림, 민화 등 우리 전통문화에 대해서도 남다른 애정이 깊으셨기에 예술가들에게 민족문화에 대한 담론을 즐겨 말씀하셨다. 민중적 정서를 담은 내용과 형식을 우리의 전통문화 속에서 끄집어내어 새롭게 창작하여 제시하였다. 틈만 나면 황해도 옛살나비(고향)의 그리움을 담은 장산곶매 이야기를 통해 대륙적 기상을 심어주고자 했으며, 한편으로는 용맹스러움을 상징하는 백두산 칡범과 끝없는 벌판을 단숨에 가로지르는 장수말 이야기를 통해 겨레의 위대함을 우리들 가슴속에 담아주고자 하였다. 어쩌면 이러한 서사적 이야기를 엮어내면서 민중해방사상의 또 다른 정형을 새롭게 만들고자 하셨던 것이다.

그러면서도 특히 민미협 화가들과는 자주 교감했다. 다른 장르에서는 서운할 정도로 우리 미술인들에게는 자상하고 친절했다. 그만큼 그림을 사랑했다.

"여러분, 알기란 무엇인가요?"
"알기란 주체, 또는 주체의 자기 운동이란 말보다 더 좋은 우리말이지요."

가벼운 웃음을 띠며 설득력 있는 그의 말솜씨는 늘 좌중을 감복시켰다. 미술인들에 대한 남다른 애정이 컸었기에 그만큼 미술인들도 선생님을 많이 따르며 영향을 받았다. 백 선생님이 출간한 책 표지나 속지에 많은 화가들의 그림이 들어 있는 것만 보아도 짐작할 수 있는 일이다.

백 선생님은 시집『젊은 날』(초판 1982, 재판 1991)과『백두산 천지』(민족통일, 1989)를 통해 많은 시를 발표했다. 그리고『아! 통일』(민족통일, 1988), 『통일이냐 반통일이냐』(형성사, 1987)를 통해 분단 극복과 통일의 당위성에 대한 여러 견해를 발표했다. 시인으로서 통일운동가로서, 통일문제연구소를 운영하며 평생을 통일운동에 몸을 바친 분이라고 할 수 있다.

그러나 미술인들과의 직접적인 교감은 작품을 통해서다. 백 선생님은『장산곶매 이야기』,『이심이 이야기』,『우리 겨레 위대한 이야기』를 통해 민중문화 속에 토대를 둔 인물의 전형을 이야기 형식으로 풀어내고 있다. 쇠뿔이, 너울내, 새뚝이, 말뚝이, 개막난이, 골굿떼 이야기가 그것이다.

이러한 인물의 전형을 토대로 민중해방 사상의 알짜(실체)를 이야기 형식을 통해 끄집어내고자 한 것이다. 역사 속에 실재했던 인물이 아닌, 우리가 이겨내고 창조해야 할 상징적 존재였다. 그의 이야기는 비나리의 형식처럼 '사람들을 달구어내기도 하고 을러대는 문학적 품새'를 지녀 재미있고 더 감동적이었다.

백기완 선생님의 이러한 비나리는 춤꾼 이애주나 판소리의 임진택, 사진의 김영수, 정인숙, 그리고 생활한복 우리 옷의 이기연 대표 등 많은 예술가들에게 영향을 주었으며, 주재환, 김용태 등 민미협 작가들에게도 마찬가지였다.

특히 백 선생님과 주재환, 김용태 선배와의 인연은 문화예술인 중에서 가장 앞선다. 굿문화 운동에 선도적이었던 심우성 선생님과 친했던 이 두 선배는 백 선생님과 만나자 바로 배짱이 맞왔다. 전통문화에 대한 인식과 대번에 사람을 휘어 안는 백 선생님의 놀라운 기질 때문이다. 이후 민미협의 많은 후배들도 백 선생님을 따르게 되었다. 그러면 그동안 발간된 책 표지화를 중심으로 민미협 작가들과 백 선생님과의 교감을 살펴보는 것도 재미있을 것 같다.

먼저 『납쇠 쫄망쇠 뻑쇠』(노나메기, 2001)와 『부심이의 엄마생각』(노나메기, 2005) 표지화를 그린 신학철과, 『우리 겨레 위대한 이야기』(민족통일, 1990) 표지화와 『이심이 이야기』(민족통일, 1991)에서 속지화에 이심이를 그린 강요배, 통일문제연구소에서 발간한 『새뚝이』와 『엄씨들의 행진은 이제부터이다』(민족통일, 1993), 한울에서 재발간한 『자주고름 입에 물고 옥색치마 휘날리며』(한울, 1992)에 표지판화를 장식한 홍선웅, 『장산곶매 이야기』(우등불, 1993) 표지 날개에 매를 그려 넣은 민정기, 『사랑도 명예도 이름도 남김없이』(한겨레출판, 2009) 표지 판화를 장식한 최병수 등 여러 곳에서 그 흔적을 찾을 수 있다.

이 외에도 1987년 민중후보 출마 당시에 그린 대형 걸개그림도 있으며, 통일문제연구소에서 발행한 책의 표지화로 쓰이지는 않았지만 최병수의 목판화 〈장산곶매〉와 홍선웅의 채색목판화 〈비나리〉(1987), 〈함성〉(1990), 〈장산곶〉(1991), 그리고 다색목판화 〈썽풀이〉(1992)와 유화 작품인 〈썽풀이〉(1990)도 백 선생님의 영향 속에서 제작된 작품이라고 할 수 있다. 정리해보니 꽤 많은 양이다.

아마 이외에도 내가 파악 못 한 여러 작품들이 더 있을 것이다. 지금 생각하면 이만큼 우리 민중미술계에 영향을 준 분도 없

홍선웅 작, 〈씻풀이〉, 캔버스에 유채, 28×94cm, 1990

었던 것 같다. 그래서인지 2005년 세종문화회관에서 있었던 민미협 창립 20주년 기념행사에 오셔서는 축하 인사말을 통해 누구보다 기뻐해주셨던 기억이 새롭다.

1987년 백기완 선생님이 민중후보로 출마하면서 민미협의 정치 노선은 독자후보론에 치중되었다. 비판적 지지와 후보단일화론도 팽배했었지만 민중의 정치세력화라는 민중후보론의 대의명분 속에 민미협은 참여의 폭을 넓혀 나갔다. 이를 보고 외부의 어떤 활동가는 "민미협은 역시 백 선생님 해방구야" 하고 농담 삼아 말하는 이도 있었지만, 일부를 제외한 대다수 민중미술인들이 민중후보론에 동조하고 있었던 것은 사실이다.

사무국장을 맡고 있던 나는 사표를 제출하고 선거대책본부에 들어가 유세단장을 맡았다. 정치 선전 선동은 일선 유세현장에서 전투와 같은 것이었다. 민중후보와 이애주 춤꾼, 그리고 문화선전대를 이끌고 전국의 유세현장을 다녔는데, 민중후보의 탁월한 연설과 이애주 교수의 춤은 가는 곳마다 모든 사람들을 열광시켰다.

당시를 회상해볼 때 무대에 올라선 백 선생님의 논리적이고 막힘없이 쏟아내는 선동적인 연설은 어느 누구도 흉내 낼 수 없는 무대였다. 그랬다. 그는 무대에 올라서면 탁월한 선동가이면서 광대였고, 언변이 뛰어난 이야기꾼이었다. 아마 우리나라 정치사에 앞으로 이만한 선동적 연설과 이야기를 담아낼 수 있는 인물이 나올 수 있을까?

'죽 쒀서 개 주게 생겼다'며 결국 민중후보는 중도사퇴를 선언하였고 김영삼과 김대중 후보의 단일화는 현실화되지 못한 채 결국 노태우 군사정권으로 이어지고 말았지만, 대선 이후 민중의 정치세력화에 대한 대의는 당 조직으로 결집되면서 독자세력으로 새롭게 등장하기 시작했다.

대선이 끝난 후 1988년에 지금은 고인이 된 윤한봉 선배님이 미주 한청련을 대표해서 백 선생님을 미국으로 초대했다. 광주 운동권에서 활동하던 윤한봉 선배는 5·18 광주항쟁 후 미국으로 망명하여 미주 지역에 한청련을 만들어 활동 중이었다.

나는 당시 통일문제연구소 사무국장이었기에 백 선생님 보좌관으로 수행하였는데, 뉴욕에 도착하자 교포사회는 가는 곳마다 열광적으로 백 선생님을 환영하였다. 연설을 들으러 운집한 관중을 보며 해외에서도 한국의 민주주의에 대한 갈망이 얼마나 큰지 감동의 연속이었다. 미국 순회 연설 중 백 선생님은 갑자기 가슴이 아프다면서 개인병원에 들러 처음으로 협심증 진단을 받았다. 그동안 피로가 누적되었는데도 한국에서는 진단 한번 제대로 받질 못했던 것이다.

미국 순회 중에 한국으로부터 학교에 복직되었다는 연락을 받고 나는 먼저 귀국했다. 《민중교육》지 필화사건으로 해직되었다가 3년 만에 복직된 것이다. 백 선생님이 독일 방문까지 마치고 귀국하시자 나는 통일문제연구소 사무국장 직책을 내놓고 학교에 출퇴근하면서 지금은 고인이 된 김용태 선배를 도와 한국민족예술인총연합(민예총) 창립에 힘을 보태었다. 다시 문예활동가 자리로 돌아간 셈이다.

협심증 때문에 운동을 열심히 하시던 백 선생님과는 가끔 북한산 등반을 같이했다. 대동문에서 수유리 진달래능선 코스를 즐겼는데, 진달래능선을 내려올 때는 양말을 벗은 채 운동화를 양손에 들고 맨발로 뛰다시피 내려오시던 선생님 모습이 지금도 생생하다. 민예총을 창립하고 나는 국제국장을 맡았으며, 백 선생님은 예전과 다름없이 민예총 사무실을 자주 찾아주시며 통일을 주제로 한 강연과 민중문화운동에 대한 의견을 피력해주셨다.

1992년 대선에 백 선생님은 진보진영 후보로 다시 출마하셨다. 전교조로 다시 해직되었던 나는 후보 비서실 차장으로 참여했지만, 출발부터 명분이 약했다. 조직력도 1987년 백선본보다 많이 취약했다. 진보진영조차 통합된 조직구도를 갖추지 못했으며, 민예총의 많은 예술가들도 예전처럼 적극적이지 않았다.

후보 측근으로서 그때 출마를 말리지 못한 것을 여러 번 후회한 적도 있었다. 나 자신도 과로가 누적되어 아무 일도 할 수가 없었던 상태였다. 옆에서 지켜본 선생님의 모습 또한 출마를 썩

내키는 모습이 아니었다. 선거는 중도사퇴 없이 결국 끝까지 갔지만 결과는 뻔한 것이었다. 선생님께 죄송스러웠다.

선거 후 나는 병원에 실려갔고, 큰 수술 이후 모든 조직운동에서 물러났다. 백 선생님과의 만남도 소원해졌다. 나는 시골에 터를 잡고 몸을 추스르며 조금씩 판화 작업에 몰두했다. 봄이 되면 들판에 피어나는 온갖 꽃들을 바라보며 생명의 소중함을 실감했다. 바뀌는 계절마다 모든 것이 신비롭고 감격스러웠다. 그리고 살아 있다는 것에 행복했다.

몇 해가 지난 어느 날 백 선생님이 이행자 시인과 함께 화실로 찾아오셨다. 웃으시는 모습은 여전하셨지만 몸은 많이 수척해 보였다. 옛날 일들이 연기처럼 피어올랐다. 이후 촛불집회에서 선생님을 우연히 몇 번 뵈었는데 그때 "선웅아, 난 말이야 너 아플까봐 진짜 걱정을 많이 해" 들릴 듯 말 듯 조그만 목소리로 말씀하시는 선생님의 야윈 얼굴과 백발을 보면서 그동안 많이 연로하신 모습에 송구스럽기만 하였다.

거리에서, 집회 현장에서 새뚝이처럼 언 땅을 박차고 비바람을 안고 사는 백 선생님의 모습을 방송으로만 보아왔지만, 이제는 먼 길 홀로 훌쩍 떠나신 뒤니 지나간 세월의 흔적만을 아쉬워할 뿐이다.

'새뚝이'는 누구던가.

제 아무리 거대한 덩메이건만 잠에 취해 자기를 가누지 못하는 바다를 벌컥 뒤집는 것이 쪼매난 태풍의 눈이듯 시들해가는 사랑, 질곡에 빠진 역사의 진보, 혁명적 또는 미적 교착을 단방에 깨뜨리는 한 소리 소리꾼, 이름 없는 민중이다.

(『그들이 대통령 되면 누가 백성 노릇을 할까?』 책머리에서)

4

———

앞서서 나가니
산자여 따르라

아버지, 아니 형님 같았던 백 선생님

강재훈—사진작가

선생님 그동안 여행 좀 다니셨어요?

어머니도 만나셨지요? 얼마나 좋으세요? 선생님 가신 그곳은 냉기 서린 검은 길바닥도 아니고 비바람 부는 광장도 아니죠? 눈보라 몰아치는 한데 천막은 더더욱 아닌 평화로운 곳이어서, 장산곶매 훨훨 나는 파랗고 높은 하늘이죠? 햇볕 따스하게 드리운 언덕배기 그 어디쯤 서서 한가로운 고향 풍경을 마음껏 바라보고 계시는 거 맞죠?

지팡이 내던지고 아프지 않은 편한 발걸음으로 황해도 은율 고향 마을 여기저기 둘러보시는 선생님의 뒷모습을 상상해봅니다. 어쩌면 이미 구월산은 물론 묘향산과 백두산 골짜기의 바람과 물맛을 다 보고도 남으셨을 것 같다고 생각하니 제 기분이 참 좋아지네요. 하지만 그러다 어느 한순간, 이 나라 돌아가는 꼴이 걱정된다시며 다시 광화문광장에 나와 앉아 계실 것 같아 걱정되는 것도 사실이지만요.

선생님 장례 모시고 나서 며칠 뒤 꿈에서 뵈었을 때, 하관을 앞둔 바로 그 장면 속에서 저를 바라보며, "왜 장지에 오지 않았느냐?"고 나무라시던 호령을 아직도 가슴에 품고 살아가고 있습니다. 서둘러 모란공원에 찾아가 선생님을 뵙고 와서 무심한 봄이 지나고 속절없이 여름도 지났습니다. 어느새 짧은 가을마저 지나고 초겨울의 문턱에 서서야 돌이켜 그때 그 눈빛과 목소리가 선생님께서 제게 나눠주신 보살핌이었음을 새삼 느끼고 있습니다.

지난해(2021년) 12월 7일, 코로나로 고생하는 우리 국민에게 전하는 사진전시회 〈위로〉전을 서울 인사동 토포하우스 갤러리에서 1주일간 열고 작품을 떼던 날, 저는 코로나바이러스 양성 판정을 받아 확진자가 되었습니다. 백신을 2차례 접종했고 3차 추가접종 예정일을 열흘 정도 앞둔 상태였기에 믿기 어려운 일이었습니다. 왜 이런 말씀을 먼저 올리느냐고 궁금해하실 것 같아 여쭙습니다.

선생님께서도 기억하고 계시는지요? 박근혜 퇴진 범국민 촛불집회를 20차에서 마치고 2017년 5월, 저와 저희 사진집단 포토청 식구들이 곧바로 이곳 토포하우스에서 〈우리는 촛불을 들었다〉 사진전을 열었습니다. 전시장을 직접 찾아와 격려해주셨던 선생님의 모습이 아직도 어제 일인 듯 온기마저 느껴집니다. 커다랗게 인화하여 벽을 가득 채운 횃불 사진을 보며 "이게 바로 우리 민중들의 함성이지!"라고 하셨던 말씀이.

보건소 역학조사관의 전화를 받고 돌파감염이란 사실과 2주간의 시설 격리란 말에 놀랐지만, 그보다 먼저 생각난 것이 선생님 1주기 추모글 마감 걱정이었습니다. 내일이면 방역 당국의 지시에 따라 어디론가 시설에 가서 2주간 격리되어야 한다면, 만에 하나 혹시 악화되어 중증환자 병실에 입원이라도 해야 한다면 어쩌나 걱정을 하다가, 정신 바짝 차리고 오늘 밤에 쓰는 데까지 써보자는 생각으로 책상에 앉았습니다.

백기완 선생님 1주기 추모글, 선생님을 그리며 내 기억 속의 백기완 선생님을 어떤 제목으로 어떤 이야기를 쓸까 고민하기에 앞서, 제가 과연 이 글을 쓸 깜냥이나 되는 사람인지, 저보다는 선생님을 더 가까운 거리에서 지극정성으로 모신 사진가들이 써야 가치 있는 글이 될 것 같아서 사양도 해보았지만 결국 제게 배달된 원고청탁서. 무거운 짐을 어깨에 멘 심정으로 글을 써보려 하니, 무엇보다 먼저 선생님께 사죄의 말씀부터 드리고 용서를 구한 뒤에 입을 열어도 열어야겠다는 생각을 하게 되었습니다.

선생님! 우선 저 좀 나무라주세요! 돌이켜 생각해보니 저는 지난 35년에 가까운 기간 동안 선생님께 대한 진정한 존경심보다는 제 사진 욕심을 앞세워 선생님을 뵈었던 것은 아닌가 뒤늦게 반성하고 있습니다.

제가 사진기자로 선생님을 뵙고 만나고 취재하고 기록하며 지내온 1987년부터 2021년까지 34년. 그중 25년을 한겨레 사진기자로 재직하면서 수없이 많은 현장에서 뵈었던 선생님, 제 눈을 통해 세상에 남은 선생님의 모습들을 기억해봅니다.

그중 무엇보다 안타깝고 죄송한 일은 2020년 4월 30일로 미리 정해져 있던 저의 정년퇴직을 앞두고, 연구소 간사님께 서울대병원 중환자실에 입원해 계신 병상의 선생님 모습을 찍을 수 있게 도와주십사 부탁드렸던 것입니다. 선생님의 쾌유를 기원하며 병상을 훌훌 털고 일어나 우리 곁으로 돌아오시길 기원하는 기사를 《한겨레》에 싣기 위한 것이라고 명분을 앞세워, 사진기자 강재훈의 정년퇴직 전 마지막 기명 기사로 선생님의 모습을 남기고 싶다는 제 개인적인 사진 욕심을 숨기지 못했던 불경스러운 일이었습니다.

그때 이미 코로나바이러스가 창궐해 병실이 통제된 상태에서, 선생님께서는 중환자실에서 병마와 사투를 벌이고 계셨음에도 불구하고 저는 제 사진 욕심만 앞세웠던 것을, 선생님 떠나시고 나서 생각하니 너무 죄송하여 말을 잇지 못하겠습니다. 아마도 긴 시간 선생님을 뵈며 제가 가장 솔직하지 못한 모습을 보여드렸던 경우 같아 이제라도 용서를 빌고 있습니다.

그런데도 실은 지난 오랜 시간 동안 어느 현장에서 만나건 혹은 특별한 자리에서 따로 뵙건, 어느 한때 빼놓지 않고 한결같이 '우리 강재훈 기자' '우리 강 작가'라고 치켜세워 주기만 하셨습니다. 2017년 9월 16일을 기억하시는지요? 토요일 오후 대학로를 지나던 길에 불쑥 명륜동 통일문제연구소를 찾아뵈었을 때, 자초지종을 여쭐 새도 없이 대뜸 채원희 간사께 말씀하셨습니다.

"가서 맥주 좀 사오라우! 귀한 손님 강재훈 기자가 찾아왔는

2017년, 한겨레 토요판 〈한 장의 다큐〉에 실린 가수 이은미 씨와 함께 찍은 사진을 보고 있는 백기완 선생 ⓒ강재훈

데 내가 술 한잔 따라주려고 하니 어서 가서 사오라우!"

곁에 있던 채 간사께서 서둘러 나가 맥주 2캔을 사오니 그중 한 캔을 따서 제게 따라주시면서 "내가, 우리 강재훈 기자에게는 맥주를 한잔 대접해야지!" 선생님께서는 드시지도 않는 맥주를 사다가 제게 따라주셨던 그날 그 맥주 한잔을 저는 잊지 못하고 있습니다. 그리고 제가 기억하는 모든 술 중에 가장 귀한 술잔이 었고, 저를 가장 높여주신 술잔이었습니다.

그 술 한잔 마련해주신 것이 어찌 그 이유 하나였겠나 싶 지만, 그래도 언뜻 제게 든 생각은 이틀 전 청계광장에서 열렸 던 '적폐청산 문화예술 한바탕' 행사에서 취재해 한겨레 토요판 〈한 장의 다큐〉로 게재한 선생님과 이은미(가수) 씨의 사진 때문 이 아니었나 싶었습니다. 무대 아래 출연자 대기실에는 가수 전인권 씨와 이은미 씨, 그리고 명진 스님과 박재동 선배 등이 계셨지요.

선생님을 따라 대기실로 들어서려는데 안내를 맡은 분들이 "이곳은 기자 분들이 들어가실 수 없는 곳입니다"라며 저를 막아서자, 이내 선생님께서 제 손을 잡고 이끄시며 "이 사람은 들어가도 되는 사람이오!"라고 웃으며 말씀해주시고 함께 대기실로 들어서게 해주셨던 것도 기억하고 계시죠? 그날 선생님께서 저를 대기실로 이끌어주신 덕에 저는 다른 사진기자들은 촬영하지 못한 귀한 사진들을 찍을 수 있었답니다.

물론 언론사의 사진기자라면 그날 청계광장에서 진행된 '적폐청산 한바탕'의 주요 행사 장면을 제대로 취재해 보도하면 되는 일이지만, 저는 기회가 된다면 늘 행사 중의 선생님 모습만이 아니고 그 이면의 선생님 모습을 기록해 남기고 싶어 했고, 선생님께선 그런 저의 의중을 알고 늘 곁을 내주셨던 것 같아 저 또한 진심으로 고마운 마음을 전해 올립니다.

그리 두드러지지는 못해도 오랜 세월 현장의 함성과 공기가 쌓이듯 만들어진 선생님과 저의 고마운 인연에 대해 써보는 것은 아마도 1995년 〈인터뷰〉 사진전 이야기를 꺼내려는 방편일 수도 있겠습니다.

저는 1991년 11월, 모 언론사에서 편집권 투쟁에 앞장섰다가 그 신문사를 떠나게 된 뒤 30대 초반의 2년을 현장에서 떠나 있어야 했습니다. 그러던 중 1994년 2월 어느 날 한겨레신문사에 경력기자로 입사한 덕분에 꺾였던 날개를 다시 펼치게 되었습니다.

그때 한겨레에서 '치유'라는 게 이런 거라는 느낌을 받았고, 어쩌면 사진기자로서뿐만 아니라 한 사람의 언론인 혹은 한 사람의 사진가로 새로 다시 태어난 것 같았습니다. 그런 저는 스스로 격려하고 저를 다시 살려준 제 주변 고마운 분들에게 보답하는 방법의 하나라는 생각으로 저의 두 번째 개인 사진전 〈인터뷰〉 전시를 열게 되었습니다. 서울 종로5가에 있었던 연강홀 코닥포토갤러리에서 문익환 목사님과 함께 백기완 선생님, 그리고 빈민운동가 제정구 선생과 초선 노무현 의원의 사진을 비롯한 각계 인사 30여 분의 인물사진을 내놓은 사진전이었지요.

그때도 선생님께서는 직접 전시장을 찾아와 저를 격려해주셨습니다. 그때 전시되었던 선생님의 사진이 마음에 드신다며 전시 끝난 뒤 가져다가 통일문제연구소 2층에 걸어놓으시고 "나를 찍은 사진을 많이 보았지만 유독 강재훈 기자는 나의 내면을 들여다보고 찍는 것 같아, 그래서 이 사진이 참 좋아"라고 제게 말씀해주시고 응원해 주셨던 것이 평생 저와 선생님을 묶어주는 끈이 되었던 것 같습니다.

"사진보다 사람이 먼저다! 언론사의 사진기자가 권력으로 행세해서는 안 된다. 특히 한겨레 기자라면 더더욱 그래선 안 되는 일이다. 내가 든 사진기가 내 앞의 풀·꽃·나무에도 폭력이 되지 않게 하자!" 물론 제가 저 자신에게 다짐한 마음이었지만, 한겨레의 사진기자가 된 이후 저는 그 어느 때보다 더 긴장하고 정성을 다해 한겨레 지면에 실릴 사진을 취재하는 데 노력하며 정진할 수 있었던 것 같습니다.

1987년 민주항쟁에서부터 2017년 촛불 항쟁까지 이어진 반독재 민주화 투쟁 현장, 민주노총을 비롯한 노동자 총파업 투쟁 현장, 전교조, 세월호, 최근의 비정규직 투쟁까지…. 시대를 꿰뚫고 지나오며 상처 난 역사의 현장에는 언제나 선생님이 계셔야 했고, 선생님은 한결같이 계셔주셨습니다. 선생님께서 뒤집어쓰신 최루 가스, 선생님께서 맞으신 눈과 비는 선생님의 고함에 물러섰지만, 끝내 통일의 날은 쉬 밝아오지 않고 시나브로 몇 해 전부터는 선생님의 기력을 훔쳐 달아나는 세월이 보이기 시작해, 저는 늘 무거운 마음으로 셔터를 누를 수밖에 없었습니다.

　　미력하지만 전국 각지에서 이름 없이 통폐합되어 사라져가는 작은 학교—분교—들을 30여 년간 찾아다니며 기록한 〈분교/들꽃 피는 학교〉 작업의 사진전을 잊지 않고 찾아와 격려해주신 것 또한 '한겨레 강재훈'을 지치지 않게 해주신 힘이었습니다. 또한 〈꼬부랑 사모곡〉 사진전은 선생님께서 평생 잊지 못하고 애타게 그리워하신 고향 은율의 어머니에 대한 그리움을 찾아 들려주신 것 같아 선생님의 사모곡이기도 했습니다.

　　그랬습니다, 저는 선생님께서 응원해주신 그 힘을 바탕으로 훗날 강원도 영월 동강국제사진축제의 특별전 〈Λthe뷰〉 전시에도 선생님 사진을 중심으로 신영복 교수님과 현기영 선생님, 그리고 김민기 대표 등의 사진들을 전시할 수 있었던 것 같습니다. 그리고 어느덧 저도 2020년 봄 한겨레에서 정년퇴직하고 한겨레의 일반 독자가 되었습니다. 돌이켜보니 이 모든 지금의 저를 세워주신 분 중 단연 으뜸이 선생님이셨습니다. 저를 가장 많이 칭찬해주시고, 신나서 뛰어다니게 이끌어주셨던 것을 잊지 못하고 있습니다.

지난 2004년 7월 11일 금강산 온정각 휴게소에서 열린 제10차 남북 이산가족 상봉 당시(문재인 청와대 사회문화수석이 어머니 강한옥 씨와 함께 북측의 작은 이모인 강병옥 씨를 만나러 갔을 때), 대한민국 현직 언론사 간부로는 최초로 이산가족 상봉 당사자가 되었다는 통일부 공보관의 연락을 받은 당시 한겨레신문 사진부장 강재훈도 금강산을 방문해 온정각 52번 테이블에서 한국전쟁 때 행방불명되었던 큰형님을 상봉하고 돌아왔습니다.(막내인 제가 태어나기도 전에 겪은 한국전쟁 당시 저희 형제 중 첫째인 큰아들 ─당시 중학생─ 이 행방불명되어 사망신고를 한 채로 살았으나, 2004년 북에서 보낸 이산가족 상봉 요청으로 형님이 북에 살아계신 것이 확인되었고 남측의 형제들이 상봉단으로 가서 형님을 만나고 돌아온 사연입니다.)

살아서도 드리지 못했던 이 말씀을 굳이 이번에 드리는 것은 저희 큰 형님(상봉 당시 당신이 밝힌 직책이 해주대학교 부총장)과 선생님의 연배가 비슷하셨기에, 저는 상봉을 다녀온 뒤로는 선생님을 뵐 때마다 더욱 제 형님을 뵙는 것 같은 마음이었는지도 모르겠습니다. 혹시 불경스러운 말씀을 드리는 거라면, 용서를 구하겠습니다. 아버님 연배가 되실 분에게 형님 운운하고 있으니 말입니다.

선생님께서도 분단 한국의 아픈 사연을 이고 지고 평생을 통일 운동에 앞장서다 떠나셨기에 그냥 제 안타까운 마음이 그랬다는 것이니, 혹시라도 뒤늦은 제 고백에 기분 상하셨다면 저를 나무라세요. 말씀은 다 못 드렸지만 어느 날 뵐 때는 선생님이셨고 어느 날 뵐 때는 형님이셨고, 또 늘 제 마음속에는 아버님처럼 들어앉아 계셨으니까요.

그래서 다시 한번 여쭤보고 싶은 게 있습니다. '선생님 가신 그곳에서 혹시 해주 어딘가를 오가시는 길에 경기도 광릉이 고향인 강씨 성의 노인을 만나신 적은 없으신지요? 그때 금강산 상봉장에서 생전 출생 사실조차 몰랐던 막내 동생의 볼을 쓰다듬으면서 '우리 막내가 아버지와 나를 쏙 빼닮았구나!' 하시며 눈시울을 붉히셨던 저 강재훈을 닮은 노인을 만나시거든 안부나 전해주세요. 그리고 친구 되어 이야기도 나눠주세요. 2004년 상봉 이후 다시 연락되었거나 뵌 적이 없다 보니, 그분도 어쩌면 이미 선생님 가신 그곳으로 가셨을지도 몰라서 안타까운 마음에 드려보는 부탁입니다.

참, 선생님! 지난해 11월 23일 전두환이 사망했습니다. 그러실 리는 없겠지만 선생님께서 부르셨나요? 노태우가 10월 26일에 사망하고 한 달도 채 안 되어 전두환도 사망했습니다. 끝까지 광주 5·18 민중학살에 대해 사죄는커녕 사과 한마디 하지 않은 채 사망했으니 절대 선생님 가신 그곳에서 만나게 될 일은 없을 것 같아 다행입니다. 선생님 가신 곳은 밝고 아름다운 꽃들이 만발한 대평원일 텐데 감히 노태우나 전두환이 그런 곳에 가서 선생님을 만날 일은 없을 게 확실하니까요.

박정희로부터 전두환 노태우까지 이어진 군사독재를 몰아내기 위해 선생님께서 겪으신 수많은 고초를 저희가 어찌 계량이나 해볼 수 있겠는지요. 혹시라도 그 죄인들 만나시거든 광주

5·18 민중학살과 12·12 군사쿠데타에 대해 국민에게 진정한 사과를 안 했으니 선생님 근처에는 얼씬도 못 하게 하시고, 광주 민주화운동 희생자들을 살려내고 종철이도 한열이도 모두 살려내고 당장이라도 삼청교육대에 입소해 평생 목봉체조를 하는 벌을 받으라고 말해주세요. 선생님만이 충분히 그렇게 하시고도 남을 분이시니까요.

넌 어디서건 눈을 부라려 해방의 역사를 빚고 있구나, 용균아, 사랑하는 용균아… / 백기완
동진아, 어제도 흐르는 지하수 소리 들었지 그게 바로 노동자들의 피눈물이라. 누워서도 똑바로 눈을 떠 사기꾼들의 장막 찢을 때까지 앞만 보고 가거라. 마침내 해방의 바다에서 우리 다시 만날지니, 동진아 한이 맺힌 동진아 / 백기완
노동자의 피땀을 변혁의 역사로 엮어온 너 어기찬 승원아, 간밤에도 달빛에 젖었느냐 물소리 천지를 울리는구나 / 백기완

모란공원 민주열사 묘역, 청년노동자 김용균을 비롯한 이웃들의 새긴돌에 선생님께서 써주신 글귀들이 선명합니다.
그러나 정작 선생님께서 그 마을에 입주하시게 되고 보니 글을 써줄 분이 안 계셔서 선생님 묘엄엔 선생님께서 쓰신 글을 새겼네요.

사랑도 명예도 이름도 남김없이 / 백기완

전태일 열사와 이소선 어머니, 그리고 계훈제 선생님은 물론 문익환 목사님과 박용길 장로님 등의 이웃들이 뭐라 하시던가요. 반겨주시던가요?

이제 나라 걱정 세상 걱정 내려놓으시고 부디 편히 쉬라시던가요. 그러셔도 될 만큼, 아니 그보다 억만 배 더 많은 애를 쓰셨어요. 부디 편히 쉬시면서 고향산천 훨훨 유랑도 다니시고, 그리운 어머니 다릴 베고 누우셔서 장산곶매 이야기 들으며 스르르 단꿈에도 빠져보세요. 또 소식 드리겠습니다.

[덧붙임]

지난해 12월 7일 7,174명으로 사상 최대의 코로나바이러스 확진자가 발생한 날, 저도 확진자가 되었습니다. 생활치료소 입소 시설도 부족하여 재택격리치료를 하며 이 글을 쓰다 보니 며칠이 지났는지… 그사이 후각이 마비된 상태로 냄새를 맡지 못하는 것은 여전하지만, 콧물도 잦아들고 목 칼칼함도 조금 누그러들었습니다.

아직 무력감이 남았고 오한이 좀 남아 있지만, 독한 감기몸살 같던 근육통이 조금은 덜한 것 같습니다. 제 몸에 들어왔던 코로나바이러스의 전파력이 조금씩 약해지는 느낌을 받습니다. 선생님을 생각하며 글을 쓰다 보니 고통을 많이 느끼지 못하고 코로나를 겪어내었고, 열흘 만인 18일에 격리해제 되었습니다. 다시 한번 선생님께 고마움의 인사 드립니다.

선생님, 뵙고 싶어요. 선생님을 그리며 강재훈이 드립니다.

혁명을 꿈꾸던 로맨티스트

권영길—전 민주노동당 대표

백기완 선생님이 우리 곁을 떠나가셨을 때 어느 기자가 "백기완 선생님은 어떤 분이셨느냐"고 내게 물어왔다. 나는 바로 '혁명을 꿈꾸던 로맨티스트'라고 답했다.

혁명과 로맨티스트는 맞지 않는 말 같지만, 나는 그렇게 생각지 않는다. 혁명가는, 사회주의자는 휴머니스트이고 로맨티스트여야 한다. 강철 의지, 칼날 결단, 탱크 돌파력으로 거침없이 뚫고 나가면서 인간에 대한 사랑, 그 사랑으로 흘리는 눈물이 있어야 한다. 백기완 선생님이 그러한 분이었다.

백기완 선생님과 나와의 만남은 나의 언론 노동운동, 민주 노조 운동으로 시작됐다. 그 만남의 연은 전국언론노동조합연맹 위원장, 민주노총 위원장, 민주노동당 대표를 거쳐 백 선생님이 돌아가시기까지 30여 년간 이어졌다.

내가 수배당하고 구속된 기간 두 해와 자가면역체계 이상에 따른 희귀병으로 입원, 장기 요양한 두 해를 빼곤 매년 한 해도 빠짐없이 설과 추석 때는 선생님 댁과 통일문제연구소로 선생님을 찾아뵈었다(백 선생님은 이명박 정권의 재개발로 구파발 단독주택이 강제 철거된 뒤에는 설날과 추석날에도 대학로 연구소로 나오셨다).

그때마다 백 선생님은 당신의 삶의 뿌리가 된 해방 통일을 붙잡고 살아온 날들을 풀어냈다. 사모님이 이북식으로 만들어 백 선생님 댁 명물이 된 빈대떡과 소주잔을 놓고 펼쳐지는 열변은 개인의 삶을 넘어서 민중문화, 민족문화, 정치, 사회 등 한국 사회 전반을 넘나들었다. 대화라기보다는 특별 강의였다.

그 특강은 3~4시간 계속되는 건 보통이고, 나 한 사람을 마주하고서도 오전 11시 무렵부터 밤 11시까지 쉼 없이 이어질 때도 많았다. 때로는 분노하고 때로는 눈물 흘리며 투쟁 현장에서 세상을 진동시키던 사자후 그대로 외치는 초인적인 모습의 열변이었다. 반독재 민주운동, 해방 통일운동의 웅장하고 광대한 실록 대하소설이었다. 나는 순간의 틈도 없이 빠져들었다.

이 글을 쓰면서 그때의 내용과 모습이 동영상에 담겼더라면 하는 안타까움과 아쉬운 생각이 솟구쳤다. 동영상은 아니더라도 내 머릿속에 담겨 있는 것들 중 극히 적은 몇 대목을, 그것도 몇 줄로 아주 압축해서 적어본다.

백기완 선생님은 눈물이 많다. 설날, 추석날 북녘 어머님을 떠올리며 나를 앞에 두고 주룩주룩 눈물을 흘리신다. 맨발의 열네 살 아들을 떠나보낸 어머니, 축구선수가 되겠다며 서울 가는 아버지 따라나선 아들, 그 아들이 백발이 되어 피 토하듯 어머님을 외친다.

"아! 엄마이, 나 기완이야, 엄마이가 보고 싶어, 나 이참 울고 있어. 엄마이."

흘러내리는 백 선생의 눈물은 피눈물이다. 백 선생님도 "나의 눈물은 피눈물이야"라며 평생 시와 말로 어머님을 외쳤다.

"나의 소원은 딴 게 없어, 그저 우리 어머니, 그리움에 젖은 우리 어머니 무릎에 팍 고꾸라져 울고 싶은 그 소원 하나밖에 없어."

여든 나이를 넘어서도 애들처럼 어머니가 그리워 몸부림친 삶이었다. 어머니에 대한 그리움은 고난과 고통의 삶을 버텨내는 동력이었다.

"애들처럼 어머니를 그리워한다"고 했지만, 그 그리움은 감정적 그리움으로만 머물지 않았다.

"기완아. 사내자식이 제 배지만 부르고 제 등만 따시고자 하면 키가 안 큰다."

독립운동한 할아버지에 대한 핍박으로 일제가 가산을 몽땅 빼앗아가 굶기 일쑤인 생활인데도 삯바느질로 생계를 꾸려가는 어머니에게 "콩엿 해내라"고 조르는 아들에게 들려준 어머니 말씀이었다. 어린 가슴에 새겨졌던 그 말씀이 어머니를 그리워하면 그리워할수록 가슴속에서 요동치며 삶을 일깨웠다.

어머니, 아버지가 남북으로 갈라지게 한반도의 허리를 자른

자들이 제국주의 세력이고, 어머니를 만나겠다는 평생소원이 막힌 것도 제국주의 세력 때문이 아닌가.

'온몸의 분노'는 백기완 선생의 평생 삶을 반독재 투쟁, 해방 통일 투쟁으로 이끌었다.

'청소년 백기완'에겐 '눈물의 주먹'이란 별명이 붙었다. 아버지가 "돈 벌어올 테니 기다리라"며 어디론가로 떠난 뒤 끼니도 때우지 못하고 몸 하나 누일 방 한 칸 없는 떠돌이 생활하던 때 따라붙은 별명이었다.

그때 백기완은 걸핏하면 얻어터졌다. 백 선생님의 회상이다.

나는 이리저리 터지면서 주먹쟁이가 되겠다고 다짐했지. 그런 나를 서울역에서 맨 어깨에 짐 날라주고 살아가던 가데기 언니(짐꾼 노동자 형님)가 일깨워줬어.

내가 나를 못살게 괴롭히던 텃세꾼 한 녀석을 메어치려고 그를 번쩍 어깨에 들어 올렸지. 바로 그때 가데기 언니가 내 어깨를 툭툭 치며 말했어.

"싸움이란 말이다. 턱없이 뺏어대는 놈들 있잖아. 그 있는 놈들하고 해야 하는 거라고. 없는 놈들끼리 붙어봐야 서로 코만 터지는 거야, 알겠어!"

'백기완 주먹'을 '의리의 주먹', 눈물의 주먹으로 바꾸고 백기완의 삶의 신조로 만든 말이었다.

백 선생님은 이후 "내 눈을 틔워준 스승, 가데기 언니"라며 그를 못 잊어 했다고 말했다. 의리의 주먹 백기완은 잘못된 길로 들어선 많은 또래를 주먹질하며 바로 세웠다.

시라소니 이후 최고의 주먹이라 불리던 방배추(본명 방동규)를 농민운동, 민주화운동으로 이끈 것도 백기완이 그에게 갈긴 뺨 한 대였다.

방배추의 회상이다.

6·25 전쟁이 끝난 1954년 후암동에서 백기완을 처음 만났는데, 백기완이 나를 보더니 "너 주먹이 그렇게 세냐, 너가 방배추냐"면서 순식간에 나의 뺨을 갈겼다. 그러면서 사나이가 10여 명을 주먹으로 때려눕히는 게 뭐 그렇게 대단하냐며 "사내자식이 한 번 소리 지르면 3천만을 울리고 웃겨야지" 하는 거야. 그 소리를 듣고 어처구니가 없어 그냥 왔어. 잠 한숨 못 잤어. 그때부터 기완이와 단둘이 있을 때는 동무가 되었고 여럿이 있을 때는 똘마니가 되었지.

방배추는 이후 백기완을 따라 농민운동에 뛰어들었고, 민주화운동에도 나섰다. 1986년 《말》지 보도지침 폭로사건으로 도피 중이던 김태홍을 숨겨줬다가 남영동 대공분실에 끌려가 이근안에게 보름 동안 고문을 당하기도 했다. 천하의 주먹꾼 방배추의 삶을 바꾼 '백기완의 주먹' 이야기다.

백기완 선생님은 시인이다.

『젊은 날』, 『이제 때는 왔다』, 『백두산 천지』, 『아! 나에게도』

등 시집을 네 권이나 낸 시인이다.

『자주고름 입에 물고 옥색치마 휘날리며』, 『벼랑을 거머쥔 솔뿌리여』, 『장산곶매 이야기』, 『이심이 이야기』, 『우리 겨레 위대한 이야기』, 『부심이의 엄마생각』, 『버선발 이야기』 등 열 권의 수필집과 수상록도 있다. 여기에 『항일민족론』, 『백범어록』, 『통일이냐 반통일이냐』의 저서가 더해진다. 이쯤 되면 전업 작가, 전업 시인이다. 백 선생님이 내게 들려준 이야기의 반 이상이 당신의 시를 둘러싼 이야기였다.

백기완 시는 피로 쓴 시다. 박정희 군사독재에 맞서 싸우다 끌려간 중앙정보부 지하 고문실에서, 전두환의 보안사 서빙고 고문실에서 피 토하며 머릿속에 담아둔 시다. 전두환 고문 패거리들은 손톱 빼고 허리 꺾고 다리 분질러 그들 말대로 '산송장 백기완'을 만들었다. 의식도 점점 희미해져 갔다.

죽음의 문턱에서 백기완을 붙들어 맨 건 시였다. "이대로 죽을 수 없다"며 시를 지으면서 꺼져가는 의식을 붙잡았다. 죽음을 넘어서게 한 힘, 그 시를 외우고 또 외웠다. 〈임을 위한 행진곡〉의 노랫말이 된 시도 이때 피로 쓴 시다.

백기완 시는 통일 비나리다.

"나는 1979년 11월 보안사 지하실에서 전두환 패거리들에게 모진 고문 맞고 쓰러질 때마다 나를 일으켜 세우는 외마디 소리를 질렀어. 그것은 무엇이었을까. '통일'이었어. 그래서 나의 시는 통일 노래고 통일 비나리야."

"내가 모진 고문과 그 후유증에 비틀거릴 때 나를 일으켜 세운 달구질, 그 달구질 명제가 '해방 통일'이야, 해방 통일 달구질로 한없이 무너져 내리는 내 육신 내 정신력을 회복시켰지."

백 선생님은 시를 짓게 된 배경, 상황을 설명하며 그 통일 시들을 재생시켰다. 백 선생님의 시는 육성으로 들어야 살아 있는 시가 되는데… 가신 님 그리며 가슴을 친다.

백기완 선생님이 생의 마지막 단계에서 초인적인 힘으로 쓴 글귀가 하나 있는데, 그것은 '노동해방'이었다. 평생을 사랑하고 격려해온 노동자들에게 남긴 말씀이다.

백 선생님의 평생 삶은 '노동자 사랑' 삶이었다. 백기완 삶의 기둥인 '해방 통일 세상'은 노동자가 떨쳐 일어나 만들 평등 세상이다.

"너도 일하고 나도 일하고, 모두가 일해서 모두가 골고루 잘 사는 '노나메기' 세상이다."

노동자들의 투쟁 현장에는 언제나 백기완 선생님이 계셨다. '희망버스'는 백 선생님이 노동자들과 함께한 투쟁의 상징이다.

한진중공업 해고 노동자 김진숙이 2010년 10월 20일 정리해고 철회를 요구하며 85미터 크레인에 올라가 고공농성 투쟁을 벌인 지 1,800일이 지나도 회사와 정부는 꿈쩍도 않았다. 백기완 선생님이 "김진숙을 살려야 한다"며 송경동 시인을 내세워 희망버스를 조직했다. 전국에서 9백여 명의 노동자들이 희망버스를 타고 영도 한진중공업으로 달려갔다. 희망버스는 이후 다섯 차례나 더 운행됐고, 김진숙은 마침내 고공농성 309일 만에 땅으로 내려왔다. 백 선생님은 크레인 밑에서 감격의 포옹으로 김진숙을 맞았다.

서울 영등포구 신길동에 비정규직 노동자들의 쉼터 '꿀잠'

이 있다. 비정규직뿐만 아니라 지치고 힘든 사람 누구나 편안하게 쉬어가는 열린 공간이다. 이 쉼터 건설 종잣돈을 백기완 선생님과 문정현 신부님이 마련했다. 두 분이 함께 쓴 『두 어른』 책과 110점의 붓글씨와 새김판을 판매해 모은 돈이 종잣돈이다.

백기완 선생님은 2019년 뜨거운 여름날, 청와대 앞 분수대 광장에서 폭염 햇살을 그대로 받으며 예의 그 불호령 연설로 전교조 합법화와 해고자 복직 촉구 기자회견을 열었다. 대중들에게 보인 백기완 선생님의 마지막 모습이었다.

백기완 선생님은 1987년, 1992년 민중후보로 두 차례 대선에 출마했다. 백 선생님은 그 출마에 얽힌 이야기를 다른 사람에게는 안 했을 터인데, 내게는 그때의 심정을 자세히 들려줬다. 내가 백 선생님에 이어 진보후보로 1997년, 2002년, 2007년 선거에 출마했기에 그러했으리라 짐작한다. 일종의 '동병상련' 아니었을까….

1987년 출마 이야기를 할 때는 말씀 도중 주먹으로 방바닥을 몇 번이나 치며 분노했다. 나는 이후 백 선생님에게서 그 같은 분노를 보지 못했다.

백기완 선생님은 1987년 선거에 '민중후보'로 출마했다. "진보정치, '세상을 바꾸는 정치'를 염원"하는 젊은이들의 강력한 출마 요구를 뿌리치지 못했던 것이다.

그때 선거 구호가 "가자! 백기완과 함께 민중의 시대로"였다.

"김영삼, 김대중 간 단일화가 이뤄졌다면 출마하지 못했을 거야."

1987년, 제13대 대통령선거 유세가 열린 서울 대학로

　"그래서 나는 출마하면서 '내 출마가 두 사람 단일화를 이뤄 내는 촉진제가 될 수 있겠다'는 생각을 했어. 내 혼자 마음속에 품고 있는 생각이었지."

　선거운동은 시작됐다. 수많은 시민들이 '민중후보 백기완' 연설에 열광했다. 가슴을 뻥 뚫어주는 연설이었다. 그 열광의 파도 속에서도 고민하고 또 고민했다. 김영삼, 김대중이 합치지 않으면 노태우에게 질 것이라는 판단 때문이었다.

　군사독재 세력에게 계속 총칼을 쥐어줄 수는 없지 않은가. 수없이 되풀이된 번뇌 끝에 자신이 단일화 불쏘시개가 되기로 결심했다. 선거참모 누구와도 상의하지 않은 단독 결정이었다. 젊은이들이 결사반대할 게 뻔해서였다.

　"김영삼 김대중 후보 단일화를 요구"하며 후보 사퇴를 발표했다. 사퇴로만 그치지 않았다. 김영삼, 김대중 두 사람을 번갈아 만나며 단일화를 요구했다. 반응이 없었다. 또 찾아갔다. 눈물로 호소했다. 김영삼, 김대중 단일화 불쏘시개가 되겠다며 사퇴한 '민중후보 백기완'의 호소는 묻혀버렸다.

선거는 끝났다. 노태우가 이겼다. 백기완 선생님은 김영삼, 김대중 두 사람을 만나 나눈 이야기 중 세상에 밝힐 수 없는 이야기가 많다며 당신의 가슴속에 묻어두겠다고 했다. 말씀대로 "차마 밝힐 수 없다"는 그 사연 안고 가셨다.

백기완 선생님은 1992년 대선에도 출마해서 완주했다. 1987년 눈물로 사퇴를 막으려 했던 청년들이 그대로 모인 '백기완 선거대책본부'의 많은 이들이 진보정당 건설로 나아갔다. 노회찬도 그중의 한 사람이다.

백범 김구, 장준하 두 분은 백기완의 스승이다. 백기완 선생님이 '스승'이라 부르는 게 아니라 내가 '백기완의 스승'이라고 부른다. 백 선생님은 내게 백범을 '할아버지'라고 부르고, 장준하 선생님을 '형님'이라고 불렀다. 두 선생님은 백기완에게 통일의 상징으로 다가와 해방 통일 세상 뿌리를 심어줬다.

백 선생은 내게 김구, 장준하 두 선생님과의 관계를 설명해 줬다. 백범은 일찍부터 백기완 집안과 교류를 맺고 있던 사이였다고 한다. 1948년 어린 백기완이 아버지 따라 간 경교장에서 김구 할아버지와 나눈 이야기를 들려줬다.

"눈이 빛나는구나. 누구지" 하고 묻는 말에 아버지가 답했다. "네, 저 구월산 밑 백태주 어르신네 손자요, 제 막내입니다"고 하니 할아버지가 깜짝 놀라며 내 손을 잡았다.

"그래 내가 잊었었구나. 그때 내가 그 어르신네한테 쇠대접(소 한 마리를 잡아 갈비국을 큰 대접에 드리면 12대접을 드셨다고 한다)을 받았었지, 쇠대접을" 하며 눈자위가 붉어졌다. 그리곤 『백범일지』에 친필로 서산대사의 글을 써서 기완의 손에 쥐어줬다.

"눈이 허옇게 내린／들판을 가드래도／발걸음을 흐트러뜨리지 말거라／왜냐 오늘 내가 가는 이 길은 뒤에 올 사람들 길라잡이가 되느니라"는 서산대사의 글이었다.

장준하 선생과는 1964년 광나루 앞 강 복판에 조각배 띄워놓고 "통일을 결단내자"고 결의하며 의리로 형제를 맺었다. 이후 함께 박정희 독재에 맞서 민주화 투쟁과 통일운동에 몸을 던졌다.

그 장준하 선생이 1975년 8월 17일 돌아가셨다. 경찰은 "포천 약사봉에서 등산 도중 실족사했다"고 발표했지만 백 선생은 "박정희가 장준하 선생을 암살한 것"이라 확신한다. 장준하 선생 맏딸에게서 "아버지가 돌아가셨다"는 연락을 받고 바로 현장으로 달려가 귀밑에 찍혀 있는 도끼 자국을 보고 판단했다고 했다.

백 선생은 여섯 달 동안 내리 울다가 떨쳐 일어났다. 장준하 선생의 뜻을 이어받아 온몸으로 박정희와 맞서 싸웠다.

김구 선생님, 장준하 선생님의 자리를 메운 백기완 선생님은 그렇게 이 땅 노동자들, 민중의 스승이 되었다.

백기완 선생님 영전에

김영호 — 전 전국농민회총연맹 의장

선생님!

2014년 겨울은 참으로 추웠습니다. 백남기 농민을 중환자실에 뉘인 채 뭐든 해야 했던 우리는 질기고도 추운 겨울을 보냈습니다. 가난한 몸뚱이 하나였던 우리는 몸을 태워가며, 혹은 동료들과 체온을 나누며 천막을 집 삼아 아스팔트 생활을 하였죠. 은행나무 잎은 이미 제 색깔만큼의 단풍으로 지고 없었고, 양버즘나무는 눈을 맞으며 누렇게 마른 잎으로 찬란했던 여름을 증명했었습니다.

사실 질기고도 추운 겨울은 우리가 가는 길에 큰 장애는 아니었습니다. 반드시 봄이 오리라는 건 누구나 아는 이치였으니까요. 그러나 언제 이 싸움이 끝날지는 아무도 알 수 없었습니다.

2015년, 민중총궐기 집회 중 물대포에 맞아 혼수상태에 빠진 백남기 농민 쾌유와 민중생존권 사수를 위한 행진 ©채원희

어려운 수학문제를 받아 안은 백남기대책위는 고차방정식을 풀 듯 하나하나 단계를 밟아 나갔습니다. 진상규명과 책임자 처벌. 박근혜 사죄의 요구는 명확하고도 처절했습니다. 기자회견과 매일 미사, 지하철 선전전, 집회, 전국 행진, 백팔배 기도, 소송, 헌법소원 등등 할 수 있는 모든 방법을 동원했습니다. 그때까지 우리는 박근혜 정권을 끝장낼 들불을 지피고 있었던 줄은 몰랐습니다.

2015년 11월 14일 칠순의 보성농민 백남기가 쓰러지고 난 이후 대학로 매일집회도 찾아오는 사람이 줄어들었죠. 관심도 떨어졌고 우리들도 지쳐갔죠. 그러나 선생님은 늘 저희와 함께였습니다. 엄동설한 두꺼운 옷과 목도리를 두르신 채 천막 한자리를 거목처럼 버티어 주셨습니다. 한 해 전에 선생님이 낙상으로 병원 신세를 지셨던 뒤 얼마 지나지 않은 때인지라 몸도 성하지 않으셨는데도 말입니다. 언제나 강단진 목소리로 천막 농성장을 흔드셨죠. "박근혜 정권의 패악질을 끝장내는 투쟁을 해야 한다", "민중진영의 총단결은 승리의 요체다. 각자의 의견이 다르더라도 반드시 함께 싸워야 한다". 선생님의 말씀은 저희에게 내리는 죽비였습니다.

제가 전국농민회총연맹 의장직을 맡고 얼마 지나지 않아 세월호 사건이 있었습니다. 시국은 엄중했지만 진보세력은 갈라지고 무기력했습니다. 이렇게는 아무런 승산이 없다고 판단하고 큰 싸움을 준비했었죠. 제가 통일문제연구소를 찾아뵌 것도 그즈음일 겁니다. 환하게 반겨주시며 1950년대 후반 당신의 농민운동의 기억을 말씀하셨죠.

지금이야 농민운동이 자생력에 기반한 대중운동이 되었지만, 당시만 해도 기근과 가난으로 굶어 죽지 않으면 다행인 상황이었을 텐데 서울의 젊은이들이 농활을 갔다는 사실은 충격이었습니다. 당신께서 농민운동을 이끌며 지평을 넓혔듯, 우리 사회의 새로운 지평을 여는 데는 노동자·농민·빈민 등 기층민중이 똘똘 뭉쳐야 함도 그날의 교훈이었습니다. 그날 제가 보내드린 단고추 이야기와 "농민군에게 점심 한 그릇 대접하겠다"며 손수 앞장서시던 모습은 제 기억에 참 오래 남아 있습니다.

제가 선생님을 처음 뵌 시기는 2000년 이전, 전농 예산군 농민회 회장을 맡고 있던 시절로 기억이 됩니다. 농민회 초청으로 예산까지 내려오셨지요. 그날의 말씀이 다 기억나지는 않지만, 많은 사람들이 강연을 들으며 감동했고 혹자는 눈물을 흘리는 이도 있었습니다. 그 당시에는 선생님께서 기력도 있으셨고 말씀은 또 얼마나 수려했습니까. 그때의 인연으로 제가 생산한 농산물인 단고추를 보내드리면 선생님은 노나메기 책이나 시들을 보내주곤 하셨지요. 집회장에서 만나 인사를 드리면 잊지 않으시고 같이 사진도 찍고 그 사진들을 보내주셔서 지금도 잘 간직하고 있습니다.

선생님!

선생님 가신 지 1년이 되어가는 동안 우리 사회는 얼마나 바뀌었나요. 코로나19로 인한 감염병과의 전쟁은 민생을 도탄에 빠뜨리고 있습니다. 노동자·농민·민중은 제 권리를 확보하기도 어렵습니다. 수백만의 소상공인들의 우울함은 하늘을 찌릅니다. 정부의 방역대책에 저항하는 학부모들은 갈수록 늘어납니다. 기후 위기, 감염병 위기, 지역 소멸 위기, 민중생존권 위기…. 해일과도 같은 위기와 모순이 밀려오지만 기득권들은 더 큰 자기 이익을 유지하는 데만 몰두하고 있습니다. 거대 보수 양당 기득권 세력에게 민중의 삶은 보이지 않는 모양입니다. 앞으로 남은 대선 기간에 이 사회를 어떻게 진보시키고, 어떻게 전환할지는 한마디도 나오고 있지 않습니다. 이전투구와 내로남불로 국민들의 정치혐오가 하늘을 찌릅니다. 국민들은 도대체 이런 선거는 왜 하는지를 모를 정도입니다.

그런 상황에서 우리의 모습을 반추해봅니다. 선생님, 부끄럽게도 진보진영은 제자리를 잡아가고 있지 못한 형국입니다. 우리 진보진영은 대선정국에서 보이지 않습니다. 작은 확성기를 가진 진보 후보들은 당연히 국민들의 관심에서 물러나 있습니다. 함께했던 다수의 일꾼들이 거대 양당에 흡수되었습니다. 그들은 노동을 이야기하고 사회 진보를 이야기합니다. 강성 페미니스트를 자청했던 인물도 어울릴 것 같지 않던 극우보수의 품에 안겨서 참새처럼 재잘거리며 자기합리화를 합니다. 다 못난 우리들의 죄인 듯 마음이 쓰립니다.

그러나 조금 반가운 소식이 들립니다. 근자에 '진보단일대선후보'를 만들기 위한 합의가 있었다고 하여 자그마한 희망이 만들어지는 모양입니다. 참으로 가뭄에 단비 같은 소식입니다. 선생님이 늘 주장하신 대동단결의 길이 열리는 모양입니다. 작은 차이는 극복하고 크게 하나 되는 길은 늘 주장해왔지만 어려운 과제였습니다. 이번 기회에 함께 대선을 잘 치르고 내년 지방선거에서 작은 열매를 맺었으면 좋겠습니다. 지지율 한 자리 수로 자만하고 있거나 국민들에게 정당이 있는지도 모르는 정당들이 도토리 키재기하는 모습 참 우습습니다. "이제 우리가 하나 되어 민중을 위한 권력을 가질 거야"라고 당당히 외치며 달려 나가는 진보진영의 큰 걸음을 기대해봅니다.

선생님 오늘 우리에게 주어진 숙제가 너무 많습니다. 세상은 갈수록 복잡해지고 우리들은 늙어가고 있습니다. 우리 운동도 이제 많이 늙었다는 느낌을 지울 수 없습니다. 난세에 영웅이 난다고 했고, 늘 메시아는 나타나고 백마 타고 오는 초인도 있겠지만, 저희에게 초인은 민중입니다. 변한 세상에도 변하는 않는 진리가 이런 것 아니겠습니까? 어떤 절대자를 기다리며 무언가 해결해주기를 바란다면 우린 이미 관념주의자일 것입니다. 선생님이 늘 민중을 중심에 두고 말씀하시고 실천하셨듯 우리 또한 정도를 걸어가야 함을 새삼 느낍니다. 그리고 민중에게 어떠한 모습으로 어떠한 내용으로 다가설지 다시 치열하게 논의하고 고민해야 합니다.

대학로 식당에서 늘 농민들 고생한다며 사주신 칼국수와 막걸리 한잔을 기억하며, 선생님의 가르침을 따라 한길로 가겠습니다. 저희들을 지켜봐 주시고 힘을 주십시오, 우리는 아직 가야 할 길이 멉니다. 선생님 영전에 자그마한 승리의 결과를 안겨드릴 그날을 그리며….

백기완이 없는 거리에서

김진숙—한진중공업 해고노동자, 민주노총 지도위원

'아부지'를 미워하는 힘으로 버티던 시절이 있었습니다. 이미 '쓸데도 없는' 딸이 셋이나 있던 아부지의 '아무짝에도 쓸데없는' 넷째 딸. 아부지처럼 안 사는 게 삶의 유일한 목표였던 나는 십대의 넘치는 에너지를 오로지 아부지를 미워하는 데 썼습니다. 중간에서 시달리다 못해 무당을 찾아간 엄마는 '둘이 한집에 살면 둘 중 하나는 죽는다'는 박수의 점사를 들고 와선 연속극에서처럼 머리에 띠를 매고 앓아눕고 마침내 저의 가출을 묵인, 방조하게 됩니다.

엄마가 준 5천 원을 들고 집을 나와 1,600원짜리 부산행 기차표를 끊어, 같은 한국이지만 말 한마디 못 알아듣는 부산에서의 노동자 생활을 시작하게 됩니다. 고단하고 서러워 밤마다 베

갯잇을 눈물로 적시는 천리타향 객지에서도 아부지가 그리웠던 적은 단 한 번도 없었습니다. 그 시절의 아부지들은 내남없이 대부분 그 모양이었다는 게 그나마 위안이었습니다. 우리 아부지만 날 미워하는 게 아니니까. 우리 아부지만 아들을 물고 빨고 하는 게 아니니까.

나는 연년생이었던 남동생의 완벽한 보호자로 신발을 잃어버려도 내가 찾으러 다니고, 가방이나 모자를 잃어버려도 온 학교, 온 동네를 헤집어서 찾아내야 하고, 동생의 몸에 멍이나 조그만 흉터가 있어도 "동생 안 보고 뭐 하간?" 불호령을 들어야 했습니다. 동생이 깬 재떨이 때문에 내가 맞은 날은 그 추운 강화도 송해 벌판을 울며 건너 눈물로 젖은 얼굴이 터지기도 했었죠.

학교를 오갈 때는 '가방모찌'로, 강화의 그 추운 겨울 크리스마스 날 밤새 줄을 서서 중앙교회에서 수백 명 아이들에게 나눠주던 크림빵을 타다가 냄새도 못 맡아보고 동생에게 상납해야 했던 '빵 셔틀'로 넷째 딸의 '쓸데'를 한정했던 아부지. 집을 나오니 돈은 안 되고 몸은 고된 일들뿐이라 사는 건 고달파도 아부지를 안 보는 것만으로도 살 만했습니다.

노조 대의원에 당선되고 대공분실에 끌려갔다 온 후 아부지가 부산엘 왔었습니다. 안기부 사람들이 집에 찾아왔었다며, 동네 부끄러워 못 살겠다며, 너 땜에 집안 다 망한다며, 일제 때 징용에 끌려갔다가 다쳤다는 다리를 끌고 다시 기차를 타러 가며 "돈도 번대민서 넌 아부지한테 짜장면 한 그릇 안 사주냐?"던 아부지, 아부지가 이북 사람이라서 온몸이 피떡이 되도록 맞았다는 말을 뜨거운 쇠구슬처럼 삼키던 날이 지금도 서럽습니다.

2011년 7월, 김진숙을 응원하는 2차 희망버스. 쏟아지는 장대비를 맞으며 한진중공업 공장 앞까지 행진했다. ⓒ노순택

1997년 노개투(노동법개정투쟁) 총파업의 와중에 돌아가셔서, 죽어도 왜 하필 이렇게 바쁠 때 죽느냐는 원망을 애도 대신 들어야 했던 아부지. 상복도 입지 않고 눈물도 한 방울 안 흘리는 걸로 마지막 복수를 했던 아부지와의 기나긴 애증의 세월.

선생님의 부고를 듣던 날 밤. 단 한 장 남은 아부지의 옛날 사진을 찾아봤습니다. 앨범 속에 끼지도 못한 채, 버려지지도 못한 채 떠돌던 사진. 사진으로조차 마주치고 싶지 않던 아부지. 명절이면 '불효자는 웁니다'를 다 못 부르고 꺼이꺼이 울던 아부지는 북녘땅 부모 형제와 처자식을 찾아갔을까요.

아부지랑 같은 말투를 쓰는 같은 고향 사람이었지만 너무나 달랐던 분. 『자주고름 입에 물고 옥색치마 휘날리며』라는 선생님의 책을 읽었을 때의 놀라움과 질투를 지금도 잊을 수가 없습니

346

다. 세상에 이런 아버지가 있다니. 이런 아버지도 있을 수 있다니.

그 후 박창수 위원장의 장례 투쟁에서 동지를 사지로 밀어넣은 듯한 죄책감에 숨죽여 울던 우리를 향해, 이 죽음은 안기부에 의한 명백한 타살이고 국가폭력이라고 일갈하시던 말씀에 우린 죄책감에서 놓여날 수 있었습니다.

김영삼 정권과 김대중 정권을 거치며 운동권 절반이 '정권의 인사'가 되었을 때도 거친 거리마다 선생님은 여전히 계셨습니다. 그게 얼마나 든든했는지 몰라요. 노무현 정권 시절 그야말로 재야가 사라지고 오롯이 노동자들만 남아 '철없는' 투쟁을 할 때도 선생님은 늘 맨 앞에서 정권을 향한 비수 같은 말씀으로 노동자들과 함께 싸우는 거의 유일한 어른이셨습니다.

85호 크레인의 외롭고 어두운 터널의 한가운데에서 선생님께서 문정현 신부님, 박창수 위원장 아버님, 박종철 열사 아버님과 함께 한진중공업 담을 넘으시던 그날의 감동을 표현할 말을 저는 10년이 넘도록 찾지 못했습니다. 크레인에서 내려오던 날도 가장 먼저 안아주시던 선생님.

병석에 누워서도 세상에 남긴 마지막 열변이 "김진숙 힘내라". 저의 복직투쟁도 그렇고 비정규직 노동자들의 투쟁도 그렇고, 노동자들은 기나긴 투쟁을 해야겠지만 포기하지 않겠습니다.

고문, 대공분실, 국가폭력, 감옥. 이해할 수 없는 용어들이 많을수록, 알아들을 수 없는 낱말들이 많을수록 세상은 그만큼 앞으로 간 것이겠지요. 다음 세대는 그런 단어들을 못 알아듣길, 검색을 해도 얼른 알아들을 수 없는 세상이길 바랍니다. 다행히 그런 세상이 그리 멀진 않은 것 같습니다.

선생님. 고생 많으셨습니다. 그리고 고맙습니다.

〔 《한겨레》, 2021. 2. 17. 수록 글 〕

노점상에게 손 내밀어주신
선생님께 감사드립니다

김홍현 ─ 전 전국빈민연합·국제노점상연합 의장

선생님과의 만남은 언제나 감동이었습니다. 거리에서 천덕꾸러기 취급을 받던 노점상에게 선생님께서는 든든한 버팀목이 되어주셨습니다. 날짜는 기억하지 못하지만 1980년대 말 어느 날의 풍경이 떠오릅니다. 아시안 게임이다 올림픽이다 국제적인 행사는 축제가 아니라 가난한 사람들에게 고통이었습니다. 다른 나라 사람들에게 잘 보이고자 길거리 단속과 달동네 철거가 자행되던 시절이었습니다.

최루탄 가스와 수많은 인파로 가득한 거리를 노점상은 살겠다고 명동성당으로, 그리고 종로와 시청 등 도시 곳곳을 누비며 군부독재에 항의를 했습니다. "대학생과 노동자처럼 우리도 데모하자. 그리고 생존권을 주장하자"던 목소리가 여기저기서 들려왔던 시절입니다.

노점상들은 명동성당으로 쫓겨 밀려들어갔습니다. 하루 종일 거리를 누비며 전투경찰과 백골단에 맞서 싸워 지쳐 있을 때 백기완 선생님께서는 우리 곁에서 같은 편이 되어주셨습니다. "노점상도 사람이다, 인간답게 살 수 있게 해줘야 한다"고 하셨습니다. 저는 그때의 풍경을 잊을 수 없습니다.

그 후로 매년 백기완 선생님께서는 전국의 노점상들이 모여 개최하는 6·13 대회 때마다 참석하시어 우리를 격려해주셨습니다. 이렇게 거리의 노점상이 이 사회의 민주주의를 만들어 나가는 주체로 커 나갈 때마다 한 생명이 태어나 성년이 되듯 항상 그 옆에서 지도를 아끼지 않으셨습니다.

제 기억에 생생히 남아 있는 선생님과의 이야기 한 토막 더 전하고자 합니다. 1997년 IMF 경제위기로 많은 사람들이 거리로 내몰릴 때입니다. 자본과 권력은 모든 책임을 노동자 민중에게 전가하며 일자리를 빼앗아갔습니다. 한순간 일자리를 잃은 노동자는 거리를 헤매고, 해체된 가정은 거리의 노숙인 신세가 되었습니다.

노점상을 해서라도 생계를 이어가려는 사람들에게 탄압은 예외가 아니었습니다. 늘어나는 노점상은 사회 위기를 보여주는 상징이었기에 온갖 꼬투리를 잡아 단속했습니다. 삶의 마지막 수단마저 가차 없이 짓밟았던 것입니다.

1999년 뜨거운 여름날입니다. 대전역 지하도에서 벨트, 지갑, 라이터, 고무줄 같은 잡화를 팔아 생계를 이어가는 2급 장애인 윤창영 씨가 있었습니다. 그는 장애인이었지만 모든 물품과 좌판마저 압수해 가버리는 단속은 그를 비켜가지 않았습니다. 참으로 절망적인 상황이었을 것입니다.

그는 대전 동구청에 들어가 빼앗긴 물건을 돌려달라고 요구했습니다. 하지만 대전 동구청 직원으로부터 "우리는 법대로 한다"는 말과 함께 참기 어려운 폭언을 듣자, 그는 돌이킬 수 없는 모멸감과 절망감을 느꼈습니다. 결국 세상은 그를 분신으로 내몰았습니다. 자신의 몸에 불을 붙인 그는 급히 서울로 이송되어 한강성심병원으로 옮겨졌습니다.

당시 우리 노점상 단체는 그의 분신 소식을 듣고 병원으로 달려갔습니다. 병원의 응급실과 병상을 찾아 헤맸으나 찾지 못하고, 병원 복도 끝 이동 간이침대에서 고통으로 짐승처럼 몸부림치는 그를 발견했습니다. 그리고 얼마 지나지 않아 윤창영 열사는 그 흔한 붕대 한 조각 링거 한 병 꽂지 못하고 유명을 달리했습니다.

분노한 우리는 그의 시신을 안고 대전으로 향했습니다. 평소 대전역에서 윤창영 열사의 도움을 받았던 노숙인들이 사망 소식을 듣고 분노하기 시작했습니다. 이들을 중심으로 대전 동구청실과 비서실을 점거하고 그곳에 윤창영 열사의 영정을 걸고 관공서에 열사 분향소를 설치하여 조문을 받고 제 민중진영과 양심세력으로 대책위를 꾸려 항의했습니다. 대전에서 노점상이 들고 일어난 사상 초유의 사건이 벌어진 것입니다.

1999년 7월 19일, 대전역에서 열사의 죽음에 항의하며 대대적인 집회를 준비했습니다. 이날도 어김없이 백 선생님께서 참석해주셨습니다. "죽어야 하는 건 윤창영이 아니다. 죽음을 당해야 하는 건 가난한 노점상과 철거민들이 아니다. 잘못된 관료들이고 이렇게 세상을 만들고 있는 잘못된 정치인과 가진 자들이다"라며 이야기를 들려주셨습니다.

"여러분, 추운 겨울 엄동설한에 굶주림에 지친 오소리 떼는 호랑이 굴에 들어가는 것을 망설이지 않습니다. 마찬가지로 살고자 길거리에 나온 우리 노점상들을 죽음으로 내모는 자들에 맞서 싸워야 합니다. 마침내 오소리들이 호랑이를 몰아내고 그곳에서 굶주린 배를 채우듯, 여러분들을 죽음으로 내모는 자들을 몰아내기 위해 범의 굴, 호랑이 굴로 쳐들어갑시다"는 불호령을 내리셨습니다.

이날 집회에 참석한 투쟁 대오는 대전시청을 향해 행진을 벌입니다. 뿐만 아니라 8월 통일대회를 앞두고 부산과 목포에서 출발한 통일선봉대 학생들 동군, 서군이 이곳에 합류합니다. 집회 시위 대오는 대전시청 간판을 떼어내고 격렬하게 저항합니다. 결국 그들은 과잉 단속을 인정한 사과와 유가족 보상 등의 약속을 받아냅니다.

이날의 저항은 대책위 성원뿐만 아니라 대전역 노숙인과 노점상들이 최선봉에서 싸웠던 '오소리'들이었습니다. 굶주림에 몰린 가난한 이들, 천대 받던 이들이 평소 그들이 품고 있던 분노를 마침내 윤창영 열사의 투쟁을 계기로 터뜨린 것입니다. 이 투쟁은 많은 괄목할 만한 성과를 냅니다. 대전 충청지역 인근에 노점상 단체가 만들어지고 빈민운동의 새로운 출발지가 되었습니다. 그리고 전국조직으로 확대되는 발판을 만들어 나갔습니다.

'호랑이 굴로 진격하자'는 백기완 선생님의 불호령은 길거리 노점상이 자신의 문제를 사회화시켜내고, 가난의 문제를 극복하기 위한 실천을 벌이는 것이라고 봅니다. 저희는 또 하나의 과제를 안고 있습니다. 바로 코로나19로 어려운 시기 빈민운동을 좀 더 단단히 묶어세우고 깃발을 높이 드는 일입니다.

　백기완 선생님 그립습니다. 함께했던 그 시간을 기억하며 민주화와 통일, 사회 변혁운동을 위해 애쓴 선생님의 정신을 이어나가겠습니다. 잘못된 역사를 되풀이하지 않기 위해 노력하겠습니다.

쾌도의 호령 백기완 선생님

남경남 — 전국철거민연합 의장

1999년 6월 중순 어느 날 저녁 TV 방송 뉴스에서 전국철거민연합(이하 전철연) 의장(남경남)과 부의장(고천만)에 대한 경찰의 공개 수배를 방송하였다. 수원 권선4지구 재개발지역에서 주거 세입자 철거민대책위원회 회원들이 사제총을 만들어서 경찰에게 쏜 것이다.

실탄으로 사용됐던 철근 조각이 경찰 허벅지 뼈에 박히는 사건이었다. 철대위 세입자들에게 아무런 이주대책 없이 무작정 쫓아내기 위해 혈안이 되어 있던 경찰과 철거 용역들이 한통속이 되어 밀어붙이기식 강제철거를 시작할 무렵, 강제철거 중단을 위해 위협용 공포탄을 발사했는데 경찰이 맞아버린 것이다.

철거민 총포사건 배후로 지목된 나와 부의장은 구속이 되었다. 공권력 도전이라 하여 1심에서 4년의 형이 선고되었고, 2심에서 2년으로 감형되었지만 나는 재판부를 향해 힘 있고 가진 자들만을 위한 이 놈의 판결 인정할 수 없다며 욕설과 함께 큰소리로 항의했다. 방청석에선 전철연 동지들이 판사들에게 신발을 벗어 던지며 분위기가 더욱 악화되었고 판사들은 다 도망가버렸다. 그야말로 법정은 아수라장 그 자체가 되어버린 것이다.

분이 덜 풀린 전철연 동지들은 내가 타고 있던 호송버스를 가로막는 등 법정 밖에서 2시간여 동안 투쟁을 이어갔다. 결국 경찰이 동원되었고 나는 법정소란죄로 징역 6월이 추가되어 2년 6월의 실형이 확정되고 원주교도소에 징역 보따리를 풀었다.

인권 개선을 요구하는 등 소측과 싸워가며 교도소 생활에 적응해가고 있을 무렵 어느 날 담당 교도관이 심각한 표정으로 달려와서 "남 선생 빨리 좀 가야겠습니다. 지금 백기완 선생님이 오셔서 남 라덴(빈 라덴을 빗대어 부르신 이름) 빨리 내놓으라고 호통을 치고 계신다"는 것이었다.

내가 부랴부랴 선생님께 달려가서 인사를 올리자, 선생님께서는 눈을 지그시 감으시고 노래를 한 곡 하신 다음 호통치듯 말씀을 하셨다.

"철거민들이 경찰이나 철거 용역을 향해 총을 쏜 것이 아니라 노동 착취와 민중 수탈을 하지 않고서는 존립할 수 없는 저 자본주의와 자본가를 향해 총을 쏜 것이야. 그러니 철거민들은 아무 잘못이 없어.

군사적 경제적 세계패권을 장악하기 위해서 전쟁 놀음으로 수없이 많은 무고한 민중들의 목숨을 앗아가고 있는 저 미국 놈들을 향해 총부리를 겨누고 있는 빈 라덴의 행동이 당연한 것처럼, 남 의장은 아무 잘못이 없어. 철거민들의 당연한 기본적 권리마저도 뺏어서 가진 놈들 뱃대지 더 채우려고 하는데 대포라도 쏴야 할 판에 그까짓 총 좀 쐈다고 뭐가 그리 대수야. 사람한테 쏜 게 아니라 모순 덩어리 자본주의를 향해 쏜 것이라니까! 그러니까 남 의장은 무죄야!"

"우리가 죄인이라서 여기 있는 것이 아니라 힘이 없기 때문에 이 교도소 안에 있는 거야. 그러니 교도관 당신들 남 라덴을 죄인 취급하면 안 돼!" 하며 호통을 치시고, "이봐 교도관, 남 라덴이 우울하고 그럴 것 같으면 소주나 한두 병씩 갖다 주라우. 알갔어!" 하시며 일어서셨다.

선생님으로부터 무죄 선고를 받은 나는 철거민 투쟁 당위성의 자부심으로 새로운 전술전략의 투쟁을 고민하며 건강히 2년 6월의 형기를 마치고 2002년 1월 만기출소를 하였다.

출소 후 나는 선생님을 찾아뵙고 인사드린 후 전철연에 복귀하여 조직 강화에 총력을 다하며 활동하였다. 그러던 2002년 초여름쯤 선생님께서 워낙 좋아하셨던 보신탕을 대접하려고 용인 신갈에 위치한 고천만 부의장 집으로 선생님과 오세철, 김영규 교수님 등 몇 분을 초청해서 푸짐하게 요리하여 내놓으니, 아주 맛있게 드시면서 소주도 한잔 곁들이시고 한 말씀 하신다.

"철거민의 본명은 노동자야. 빈민이란 이름도 자본가 놈들이 노동계급을 갈라놓기 위해서 만들어놓은 개수작이야!! 조직을 결성하고 강화하기 위해서 철거민, 노점상, 빈민이란 이름을 사용하지만, 인간은 노동 없이 살 수 없고 누구나 노동을 해야 돼.

그러니 노동계급이고 철거민, 빈민들은 노동자야"라고 말씀하신다. 철거민, 빈민은 누구인가의 정체성을 압축해 말씀해주셨다.

2009년 1월 20일 서울 용산 4구역 재개발지역에서 상가 세입자 다섯 명과 경찰 특공대원 한 명이 목숨을 잃는 사건이 발생했다. 당시 용산 4구역 상가 세입자들은 재개발로 인해 다른 곳으로 이주를 강요받고 있었지만, 사업 시행자의 쥐꼬리 보상으로는 도저히 이주 불가능 상태의 처지였다. 그러다 보니 매일 철거 용역들과 육박전의 폭력이 되풀이되었고, 결국 세입자들은 철거 깡패들의 폭력을 피해 건물 옥상에 오를 수밖에 없었다.

이명박 자본가 정권은 철거민들의 옥상 철탑 투쟁을 원천봉쇄하기 위해 경찰 특공대를 투입하였다. 경찰 자체 매뉴얼도 어겨가며 무리하게 어거지 진압을 강행하여 국가 폭력으로 여섯 명의 무고한 국민을 학살한 것이다. 시공사 삼성물산의 용역을 대신하여 투입된 경찰특공대원 한 명이 죽자 무리한 강제 진압과 철거민 학살 책임에서 벗어나기 위해 이명박 정권은 철거민들의 생존권투쟁을 도심 테러로 규정하고, 경찰의 불법 진압 책임에 대한 면죄부를 만들기 위해 이명박 정부와 경찰의 죄를 철거민들에게 다 뒤집어씌웠다. 이것이야 말로 정권을 찬탈하기 위해 수없이 많은 무고한 광주시민을 총칼로 학살한 전두환 정권이 광주시민을 폭도로 몰아서 그 학살의 책임을 광주시민에게 뒤집어씌운 것과 무엇이 다른가.

돌아가신 철거민 열사 다섯 분의 장례도 치르지 못한 채 철거민들은 누명을 뒤집어쓰고 구속되어 4~5년씩의 실형을 선고

받았고, 나 또한 용산 철거민 생존권투쟁의 배후라는 죄명으로 징역 5년이 확정되어 이명박 정권의 대전교도소에서 또 징역살이가 시작되었다.

5년의 옥살이를 하는 동안 선생님께서는 먼 길을 두 번씩이나 찾아와 주셨다. 선생님께선 내가 약해 보이셨던지 대뜸 하시는 말씀이 "남 의장 기죽지 마라. 기죽은 자가 혁명을 말하는 것은 위선이다. 기죽은 자는 혁명을 말할 자격이 없어. 잘못이 없는 자가 위축이 되면 잘못을 저지른 자가 당당한 척하는 법이거든. 그러니까 기죽지 말고 당당해야 돼." 이 말씀에 나는 정신이 번쩍 났다.

그 무렵 가끔씩 면회 오는 동지들이 들려주는 얘기 속에는 "용산 철거민투쟁은 무모했다", "지금 어느 시대인데 새총을 쏘고 화염병을 던져", "이제 폭력 투쟁은 안 돼", "의장이면 의장답게 '내가 다 시켜서 했으니 용산 철거민들은 아무 잘못이 없다'라고 총대를 메고 이실직고해야 구속된 철거민들의 형이 가벼워질 텐데"라며 나를 질책하는 소리가 들린다는 것이었다. 참으로 어이가 없었다.

자본만을 위한 개발법과 가진 자들을 위한 자본가 정권의 독재와 폭력에 의해서 용산 철거민 학살이 자행된 것이 아니라 마치 우리가 잘못해서, 전철연이 폭력적이어서 학살의 문제가 발생된 것처럼 말하는 이가 있다면 스트레스가 쌓일 수밖에 없고 기가 죽을 수밖에 없는 일이다.

그럴 때면 나는 선생님께서 용산범대위 상황실(2009년 순천향대병원 장례식장)에 오셔서 "용산 참사라니…. 학살을 왜 참사라고 해!! 이 사건은 이명박 똘마니 같은 놈이 토건족들의 이익을 위해 민중들을 살해한 학살사건이야"라고 야단을 치셨던 말씀을 떠올리며 철거민투쟁의 정당성으로 마음을 잡아가곤 했었다.

특히나 선생님께서 면회 다녀가실 때면 다시 용기 충천하여 교도소 측에 개선사항을 요구하며 싸움을 건다. 이런 싸움이 어떨 땐 지난하기도 하지만 결국 소기의 성과를 항상 쟁취했었다. 싸움이 시작되면 적어도 몇 개월의 시간이 어떻게 지나간 건지 모를 정도로 빨리 지나간다.

감옥에선 가끔씩 시간을 잊고 사는 것이 참 중요하다. 물리적 시간은 어쩔 수 없다 해도 정신적 시간을 뛰어넘는 데 선생님께서 정말 많은 도움을 주신 것이다.

개발지역 주민(철거민)들이 전철연을 만나면 의구심이 가득하다. 전철연과 함께 투쟁해서 이길 수 있을까. 전철연이 우릴 속이는 건 아닐까 등, 철거민들은 전철연과 함께하면서도 한편 전철연을 경계하기도 한다.

전철연 집회나 모임이 있을 때 선생님께 어렵게 요청을 드리면 바쁘신 일정에도 늘 찾아주셨다. 그리고 철거민들은 선생님의 호령으로 일갈하시는 연설이 없어도, 선생님 얼굴만 뵈어도 전철연에 대한 의심의 경계를 풀고 인식을 새롭게 하곤 했었다.

이젠 선생님을 뵐 수가 없다. 우리의 용기였고 우리 투쟁의 양식이셨던 감사하고 고마운 선생님을 더 이상 뵐 수가 없다.

선생님. 당신께서 주신 삶의 재산, 투쟁의 재산 깊이 간직하겠습니다.

"남 의장. 너 왜 이렇게 빈털터리야. 왜 이렇게 기가 죽었어. 야 그럴 거면 이거 당장 때려치우라우 쌍!"

선생님께 이런 호통 듣지 않으려 주신 말씀 놓지 않겠습니다. 선생님과 함께한 삶이 영광이었습니다.

선생님 가신 지 1주기가 다가오고 있습니다. 편히 영면하시길 기원 드립니다.

영원한 노동자의 벗,
백기완 선생을 추모하며

단병호—전 전국민주노동조합총연맹 위원장

사람은 누구나 살아가면서 많은 사람과 만나고 또 헤어진다. 좋은 만남이 되어 마음을 나누며 오랫동안 인연을 이어가기도 하고, 때로는 원하지 않았던 인연이 되어 만남이 상처가 되기도 한다. 그래서 이런저런 인연 속에서 웃기도 하고 마음 아파하기도 한다. 그러나 돌이켜보면 어느 하나 소중하지 않은 인연은 없다. 짧은 인연이든 긴 인연이든 좋은 인연이든 유쾌하지 않은 인연이든, 모두 크든 작든 투영되어 오늘의 자신을 존재하게 한다.

그렇게 보면 나는 참 분에 넘치는 행복한 삶을 살았다. 서른 중반에 접어들며 노동운동에 관심을 가지게 되었고, 인생의 후반기를 노동운동의 한길을 걸어왔다. 그 길이 마냥 순탄한 것만은 아니었음에도 중간에 포기하지 않고 예까지 올 수 있었던 것은 좋은 사람들과 함께 할 수 있었기 때문이다. 함께 웃고 즐거워하고 희망을 애기할 수 있다는 것은 선택받은 행복이다. 앞으로도 그런 소중한 사람들이 있어 후회하지 않을 삶을 살 수 있을 것같다.

　누구나 오랫동안 기억하고 간직하고 싶은 인연이 있다. 그리고 진심으로 누군가를 좋아하고 존경할 수 있다는 것, 그 자체가 기쁨이고 행복이다. 나에게도 그런 분들이 있다. 때로는 격려로 힘이 되어주고, 때로는 매서운 회초리로 질책을 해주며, 때로는 얕은 생각을 채워준다. 백기완 선생님도 그중 한 분이시다. 그래서 속절없이 답답할 때면 찾아뵈었던 것 같다. 그때마다 선생님은 마치 속내를 들여다보듯 "단 위원장! 뭔 일인지 몰라도, 세상일은 말이야, 사람의 의지로 되는 것보다 안 되는 게 더 많아. 그럴 때는 그냥 훌훌 털어버리고 다시 앞으로 나가는 거야"라고 하셨다. 마음이 편해지고 의지가 생겼다.

　돌이켜보면 백기완 선생님과는 시공을 넘나들며 인연을 쌓아왔다. 어림잡아 1988년 무렵으로 보아도 30년이 넘는 세월이다. 한때 아주 잠깐 격조한 적도 있었지만, 항상 모시는 마음에 비해 과분한 관심을 받아왔다. 이제 선생님은 떠나셨고, 아쉬움과 안타까움이 무겁지만 추모의 마음으로 글을 올리는 것으로 그동안 부족했던 도리를 대신하려 한다.

1989년 1월 29일. 울산 태화강 고수부지에서 '지역·업종별 노동조합 전국회의'(전노협 결성 전 단계, 이하 전국회의) 주최로 전국노동자대회가 열렸다. 서울에서도 노동자와 시민사회단체 활동가들이 전세버스를 이용해 대회에 참가했다. 이날 백기완 선생님도 함께 참가하셨다.

당시의 상황을 돌아보면 6·29 선언으로 국민에게 머리를 숙였던 5공 세력은 양김의 분열로 정권 연장에 성공했고, 노태우 정권은 1년을 경과할 무렵부터 과거로의 회귀를 공세적으로 시도했다. 그래서 민주화세력과 반동세력, 노동자와 자본가 사이에 긴장이 최고조에 달했다.

노태우 정권은 1988년 12월 28일 '자유민주주의 체제 수호와 민생치안을 위한 특별담화'를 발표했다. 그리고 그 직후인 1989년 1월 1일 새벽 서울에 있는 모토로라 노조에 경찰을 투입했고, 다음 날인 1월 2일에는 풍산금속노조 파업 현장에 5천 명이 넘는 전투경찰을 투입했다. 이어서 3월에는 서울 지하철노조와 현대중공업 노조에 경찰을 투입하는 등, 이외에도 수많은 파업 현장에 경찰을 투입했다. 정권이 노사관계에 노골적으로 개입해 노동자들의 파업을 폭력적으로 파괴한 것이다.

전경련과 경총 등 자본가 단체도 정부의 강경방침에 적극 호응하고 나섰다. 경총의 지침에 따라 업장마다 '구사대'가 조직되고, 지역에는 검찰과 경찰 그리고 안기부와 노동부가 참여하는 노사관계 대응 팀이 구성되어 민주노조 파괴를 진두지휘했다. 의도적으로 교섭을 해태하거나 강경한 태도로 일관하며 노동자의 파업을 유도하고, 간부와 활동가들을 해고하거나 구속하는 방식으로 민주노조를 파괴했다. 현대중공업은 제임스 리라는 노조 파괴 전문가를 동원해 해고자 사무실과 수련회장에 쳐들어가 간부들에게 폭력 테러를 자행했다. 심지어 식칼 테러의 만행까지 저질렀다. 전국 도처에서 이와 유사한 일들이 벌어졌다.

민주노조 진영은 더 이상 한 치도 물러설 수 없었다. 1988년 11월 13일 전국노동자대회에서 4만여 명의 노동자들은 전노협 결성을 대중적으로 결의했고, 12월에는 전노협 결성을 위해 전국회의를 결성했다. 노태우 정권과 자본의 노동운동에 대한 강경 대응은 민주노조 진영의 이런 움직임과 무관하지 않았다. 전노협을 결성하려는 전국회의와, 이를 막으려는 노태우 정권과 자본 간의 정면충돌이 시작됐기 때문이다.

이날 대회는 전국에서 1만여 명의 노동자들이 참가한 가운데 치러졌다. 검은 두루마기를 입은 선생님이 연단에 섰을 때 태화강 고수부지는 백기완! 백기완!의 연호로 가득 찼다. 현대 자본의 만행을 규탄하고, 노동자가 분연히 떨쳐 일어날 것을 촉구하는 내용으로 연설해주셨다. 언제나 그러하듯 이날도 선생님의 연설은 노동자들로 하여금 분노와 열기로 가슴을 뛰게 했다. 말한마디로도 수천만을 움직일 수 있다는 것을 실감했다. 나도 이날 투쟁본부장 자격으로 연설했다. '노태우 정권과 현대 자본의 식칼과 폭력 테러는 노동자를 상대로 전쟁을 도발한 것으로 규정하고, 노동자들은 이에 대해 전면전에 나설 것을 선포한다'라는 요지로 연설했다.

서울로 오는 길에 그동안 먼발치에서만 바라보았던 백기완 선생님과 같은 자리에 앉게 되었다. 이날의 기억은 지금도 또렷하다. "단 위원장, 이리 와 앉게" 하는 소리를 들었을 때 머릿속이 하얘지는 것 같았다. 노동운동에 발을 들여놓은 지 불과 2년도 채 되지 않은 나로서는 선생님은 태산과도 같은 존재였다. 선생님께서는 엉거주춤하며 자리에 앉은 나에게 "단 위원장의 오늘 연설은 참 감동적이었어"라고 하시며 손을 꽉 잡아주셨다.

대화는 버스가 서울에 들어설 때까지 이어졌다. 주로 선생님은 말씀을 하시고, 가끔 질문도 했지만 나는 귀담아 들으려고 했다. 선생님은 주로 '분단의 원인과 제국주의의 만행'에 대해, 그리고 '박정희, 전두환 정권의 반민중적 반민주적 범죄'에 대해 말씀해주셨다. 그리고 "노동자가 바로 서야 세상이 바뀐다"라고 당부하셨다. 이날 선생님의 말씀은 이후 노동운동 활동가로 살아가면서 생각의 폭을 넓히는 데 큰 도움이 되었다. 그리고 노동운동의 길을 굳건히 가야 하겠다고 마음먹는 데도 크게 영향을 주었다.

김대중 정부가 들어서면서부터 남북관계는 적대적 관계에서 빠르게 화해의 분위기로 돌아섰다. 1999년 8월에는 남·북한의 정부 수립 이후 처음으로 평양에서 남북 노동자 축구대회가 열렸다. 2000년에는 '조선민주주의인민공화국'(이하 북한)에서 노동당 창당 기념일인 10월 10일에 맞춰 민주노총을 비롯한 시민사회단체 인사들에게 방북해줄 것을 초청했다. 그동안 금단의 땅으로 여겨졌던 북한을 직접 볼 수 있다는 것은 많은 사람들의 관심을 집중시켰다.

9월 중순이었다. 민주노총 신현훈 국장이 "백 선생님께서 방북 명단에 빠진 것 때문에 많이 낙담하고 계신다"라고 보고해왔다. 바로 전화를 드렸더니 선생님께서는 실제로 평생을 제국주의와 독재에 맞서 싸워온 당신께서 방북 명단에 빠진 것을 힘들어하고 계셨다. 그도 그럴 것이 가족의 절반은 북한에 절반은 남으로 갈라진 채 분단의 고통을 온몸으로 짊어지고 반백년을 넘게 살아오신 만큼, 생전에 북녘 땅을 밟아보고 싶은 심정이 오죽하셨을까 생각하니 가슴이 아렸다.

그 훨씬 전인 1989년 가을 무렵으로 기억된다. 서울지역노동조합협의회 관계자들과 모임을 하고 있는데 "백기완 선생님이 울면서 광화문 쪽으로 오시고 있다"라는 전갈이 왔다. 모두 놀라 달려갔더니 정말 선생님이 엉엉 소리 내 울며 정동 쪽에서 내려오고 계셨다. 그날 안성기 씨 등 연예인 몇 명의 초청으로 식사하고 헤어져 오는 길인데, 어머님 생각이 너무 간절해 울음을 주체할 수 없었다고 하셨다. 이런 저간의 사정을 알고 있는 만큼 꼭 북한에 갈 수 있도록 해드려야겠다고 마음먹었다.

이규재 통일위원장과 김영재 통일국장에게 민주노총에서 한 사람을 줄여서라도 선생님이 북한을 방문하실 수 있도록 해드리자고 제안했다. 명단이 사실상 확정되었다며 다들 난색을 표했지만, 논의 끝에 제안을 받아들여 조정하는 것으로 합의했다. 선생님을 찾아뵙고 민주노총 몫으로 방북하실 수 있게 되었다고 말씀드렸다. 그때 선생님이 좋아하시던 모습은 그 전에도 그 후에도 뵌 적이 없다.

선생님의 방북과 관련해 두 개의 후일담이 있다. 하나는 남쪽에서의 일이고, 하나는 북쪽에서의 일이다. 당시에는 북한을 방문하려면 누구나 예외 없이 통일부에서 하는 방북 교육을 받아야 방북 허가가 나왔다. 방북을 이틀 앞두고 통일부 대북담당 행정

2000년, 북쪽 조선노동당 창건 55주년 기념식에 초대된 백기완 선생은 평양에서 13살에 헤어진 누님과 상봉했다.

관이라는 사람에게서 전화가 왔다. 백기완 선생님이 교육을 거부하고 있으니 설득을 해달라는 요청이었다. 끝까지 거부하면 규정상 방북을 금지하는 것 외에 달리 방법이 없다고 했다. 선생님의 성정으로 보아 관에서 실시하는 교육을 받을 리가 만무하다는 것을 잘 알고 있었기에 난감했다.

방북 당일 아침 행정관이 다시 볼멘소리로 전화를 걸어왔다 "위원장님 우리로서는 방법이 없습니다. 백기완 선생님의 방북은 불허하겠습니다"라고 했다. 설마가 현실이 됐다. 어렵게 행정관을 설득해 공항에 가서 선생님을 면담하는 것으로 방북 교육을 대신하기로 했다. 이런저런 우여곡절 끝에 선생님은 무사히 그리워하시던 북녘 땅을 밟게 되셨다.

북한에서의 일화는 더 극적이다. 선생님은 50년 이상 떨어져

지냈고 또 생전에 다시 올 수 있을지 기약도 없는 방북인 만큼 어머니와 가족, 그리고 고향산천을 보고 싶은 심정이 간절했다. 북한 당국에 고향을 방문할 수 있도록 협조를 요청했으나 개인 일정은 불가하다며 단호하게 거절했다. 선생님은 "걸어서라도 고향에 가겠다", "어머니를 만나기 전에는 돌아가지 않겠다"라며 배수진을 쳤다. 결국 북한 당국은 누님을 평양으로 모셔와 상봉할 수 있도록 조치를 취했다. 안타깝게도 어머님은 이미 세상을 떠나셨고, 선생님은 누님과의 만남으로 오랫동안의 그리움을 달래야 했다.

선생님은 영원한 노동자의 벗이 되기를 희망하셨다. 노동자의 아픔을 당신의 고통으로 느끼신 분이다. 그래서 투쟁하는 노동자의 곁에는 늘 선생님이 계셨다. 누가 그 자리를 채울 수 있을지, 선생님이 떠나신 빈자리가 너무 크게만 느껴진다.

백 선생님의 뜻을 이어받아 한길로

박석운—한국진보연대 상임대표

백기완 선생님 이름을 처음 접했던 것은 선생님께서 백범사상연구소 소장으로 일하시던 시절이었다. 1971년 당시 필자는 고등학생이었는데 신문 지상을 통해 이른바 재야 민주화운동을 진행하던 재야인사로 김재준, 이병린, 천관우, 함석헌, 장준하 선생님 등과 함께 백 선생님 이름이 맨 마지막으로 등장하곤 했던 기억이 난다(그 당시는 백 선생님이 가장 나이가 젊었기 때문이었다).

5·16 군사쿠데타를 통해 집권한 박정희 군사독재정권은 1969년 3선개헌을 통해 장기집권체제로 들어갔지만, 1971년 4월 박정희는 그의 세 번째 대통령선거에서 각종 부정선거를 자행하고도 간신히 당선될 수 있었다. 이후 박정희는 1972년 10월 친위

쿠데타를 통해 국회를 해산하고 대통령직선제를 폐지하면서 이른바 체육관선거로 대통령을 형식적으로 선출하는 유신헌법을 날조해내었다. 또 국회의원 1/3을 체육관 선거를 통해 사실상 임명하고, 또 2인 선거구로 바꾼 지역구에서 여야 1인씩 동반 당선되게 설계하여 결국 여당이 국회의석수를 2/3까지 안정적으로 확보하는 방법 등으로 영구집권체제인 유신체제를 만들었다.

유신독재체제에 대한 본격적인 저항운동은 1년 뒤인 1973년 10월에 시작된다. 그해 10월 2일 서울문리대에서, 4일과 5일 서울법대와 서울상대에서 유신철폐시위가 연이어 진행되고, 10월 하순경부터는 전국 각지로 확산되었다. 재야 민주화운동권에서도 대학가 시위에 호응하여 본격적으로 유신철폐운동에 나서게 된다.

12월경 유신헌법철폐를 위한 개헌청원 백만인 서명운동이 시작되면서 선생님께서는 유신독재정권에 맞서는 재야의 반독재 민주화투쟁에 앞장서서 나서게 된다. 그해 12월 24일 개헌청원서명운동본부가 발족되고 서명운동이 급속도로 확산되어 나가자, 유신독재정권은 개헌논의 자체를 금지시키는 내용으로 대통령 긴급조치 제1호와 제2호를 발령하면서 장준하 선생님과 백선생님을 제일 먼저 구속해버린다.

당시 상황을 보면, 유신철폐시위가 전국 대학가로 확산되어 갔지만 박정희 정권은 유신헌법을 철폐하고 민주화조치를 취할 생각이 추호도 없었다. 그것은 바로 권력을 내놓는 일이기 때문이었다. 그런 상황에서 장준하 선생님 등 여러 재야 어른들이 주도하신 개헌청원 백만인 서명운동은 대학가의 민주화투쟁을 일반 국민들 사이로 확산시키면서 유신헌법 체제의 숨통을 확 조이고자 하는 매우 놀라운 투쟁 방안이었다.

당시 대학교 1학년생이었던 필자는 이 뉴스를 접하고는 "아! 이런 방법이 있구나!"라며 무릎을 쳤던 기억이 난다. 매우 대중적이면서도 유신독재체제의 급소를 찌르는 방안이었는데, 만약 그 운동이 계속 진행되었더라면 아마도 백만인 개헌청원운동은 더욱 폭발적인 확산 양상을 보였을 것이었다. 당시 유신헌법하 실정법 체계에서도 주권자(실상은 당시 형식상의 주권자로 전락해 있었지만)인 국민이 헌법을 개정하자는 의견을 모으겠다는데 유신독재정권으로서도 딱히 이를 저지할 만한 수단을 찾기가 어려울 상황이었다.

당시 화들짝 놀란 박정희 정권은 개헌청원 서명운동이 시작된 지 닷새 만인 12월 29일에 대통령 긴급담화를 발표하여 개헌청원 서명운동을 즉각 중단할 것을 요구하였으나, 이에 아랑곳하지 않고 개헌청원 서명운동은 시작 1주일 만에 서명자 수 5만 명이 되었고, 10일 만에 30만 명을 넘어설 정도로 급속도로 확산되어 나갔다.

그러자 유신독재정권은 서명운동을 시작한 지 보름 만인 1974년 1월 8일에 실로 기상천외한 대응책을 발표하면서 강경탄압에 나서게 된다. 이날 발령된 대통령 긴급조치 제1호는 "1. 대한민국 헌법을 부정, 반대, 왜곡 또는 비방하는 일체의 행위를 금한다. 2. 대한민국 헌법의 개정 또는 폐지를 주장, 발의, 제안, 또는 청원하는 일체의 행위를 금한다. 3. 유언비어를 날조, 유포

하는 일체의 행위를 금한다. 4. 전 1,2,3호에서 금한 행위를 권유, 선동, 선전하거나 방송, 보도, 출판 기타 방법으로 이를 타인에게 알리는 일체의 언동을 금한다. 5. 이 조치에 위반한 자와 이 조치를 비방한 자는 법관의 영장 없이 체포, 구속, 압수, 수색"한다는 내용이었다.

박 정권은 대통령 긴급조치 제1호를 통해 개헌 등 헌법 관련 논의를 아예 금지시키고, 만약 이를 위반할 때는 누구라도(민간인이라도) 비상군법회의에 회부해서 징역 15년과 자격정지 15년 이하의 형벌에 처한다는 강경 탄압을 자행하였다. 또 이런 '들도 보도 못한'(듣보잡) 수준의 재판을 담당하는 비상보통군법회의와 비상고등군법회의를 설치하는 내용이 '대통령 긴급조치 제2호'였다.

백 선생님께서는 장준하 선생님과 함께 첫 번째 대통령 긴급조치 위반 구속자가 되었다. 당시 장준하 선생님과 백 선생님께서 구속된 소식과 이어서 군법회의에서 재판 받는 모습이 도하 각 신문에 대문짝만하게 실렸던 사진이 기억에 생생하다. 저들은 두 분 선생님께서 군법회의에서 재판 받는 사진을 크게 실어 대학생들과 국민들에게 고도의 공포심을 조장하려 의도하였지만, 도리어 대학생들과 국민들은 더욱 거센 저항의 길로 나서게 된다.

박정희 정권의 강력한 탄압에도 불구하고, 민주화를 요구하는 대학생들은 더욱 강도 높은 유신철폐투쟁을 추진한다. 그해 4월 3일을 기점으로 전국적인 대학생 연합시위를 준비하였는데, 박 정권은 대학생 연합시위에 대해 추가로 대통령 긴급조치 제4호를 발령하여 "사형, 무기징역, 또는 징역 10년 이상"의 중형을 예고하면서 "데모하면 죽여버리겠다"는 식의 공포 분위기 조성과 강경 탄압으로 치닫게 된다.

당시 박 정권의 발표에 의하면 이 연합시위를 준비한 '전국민주청년학생총연맹'(민청학련)을 공산주의 세력으로 매도하면서, 이들이 불온세력인 '인민혁명당(인혁당) 재건위와 조총련, 일본 공산당, 혁신계 좌파'의 배후조종을 받아 전국적 민중봉기를 통해 4월 3일 정부를 전복하고 4단계 혁명을 통해 남한에 공산정권 수립을 기도하였다는 터무니없는 혐의를 뒤집어씌웠다. 당시 이 사건으로 박 정권은 모두 1,024명을 조사하였고, 그중 180여 명이 구속·기소되었다. 그러나 당시 비상군법회의 재판정에서는 사형을 구형받은 한 대학생이 "민주주의와 민중을 위해 목숨 바칠 수 있게 되어 영광입니다"라고 진술하기도 하였고, 나아가 사형선고를 받은 학생들이 모두 항소를 포기해버리면서 박 정권의 사형 협박이 사실상 무력화되는 상황도 전개되었다.

그해 여름 8·15 기념식장에서 이른바 문세광 사건으로 육영수 여사가 사망한 뒤 대통령 긴급조치 1,4호는 모두 해제되었지만, 가을에 접어들면서 대학가와 종교계를 중심으로 구속자 석방을 요구하는 시위와 석방운동이 전국적으로 확산되고 국제적인 이슈가 되기에 이른다. 그러자 박 정권은 이듬해인 1975년 2월, 긴급조치 관련 구속자를 인혁당 관련자와 또 몇 사람의 학생운동 관련자들을 인질 격으로 남겨두고 모두 석방하는 이른바 '유화조치'를 취하게 된다. 이때 백 선생님도 1년 2개월 만에 이들과 함께 석방된다.

장준하 선생님과 백 선생님, 두 분 선생님의 저항으로부터 촉발된 대통령 긴급조치는 이후 민주화투쟁세력과 유신독재세력 간에 일진일퇴를 거듭하는 쟁투(유신철폐시위의 확대→고려대에 대한 대통령 긴급조치 제7호 발동→인혁당 관련 8분에 대한 사형 집행→유신철폐를 요구하는 서울농대 학생 김상진 열사 할복자결 등)가 벌어지면서 각종 무리수와 파행을 거듭한 끝에 1975년 5월 13일 대통령 긴급조치 제9호 발동에까지 이르게 되었다. '긴급조치의 일상화'로 평가되는 대통령 긴급조치 제9호는 무려 4년 7개월간 지속되다가, 결국 1979년 10월 부마민중항쟁이 폭발하고 난 뒤 독재자 박정희가 심복의 총에 암살당하면서 유신독재체제는 그 종말을 고하게 된다.

필자가 지상으로나 접하던 백 선생님을 직접 뵌 것은 1979년 여름경이었다. 당시 필자는 2년 7개월간의 투옥 생활을 끝내고 막 석방되었을 때인데, 마침 재야 어르신들과 민주화 학생운동 선배님들이 서울 근교로 소풍 겸 단합대회를 갔던 행사였다. 그 행사에서 필자가 여러 어르신들과 선배님들께 출소 인사를 드렸는데, 백 선생님께서 건강은 어떠냐 염려하며 따뜻하게 격려해주셨던 기억이 난다. 당시까지만 해도 백 선생님은 매우 다부지고 건장한 체구를 지니셨고, 부리부리한 눈매와 큰 목소리에 핵심적인 논리와 감성으로 좌중을 휘어잡는 분이셨다.

백 선생님께서는 전두환 일당의 신군부세력에 대해서도 최초의 저항을 조직하였다. 박정희 암살 후 한 달이 채 지나지 않은 시점인 1979년 11월 24일 비상계엄 하에서 서울 명동 소재

YWCA 강당에서 결혼식을 치른다는 명분으로 사람들을 모은 후, 직선제 개헌을 요구하는 시위에 앞장서셨다. 이 시위로 선생님께서는 전두환이 사령관으로 있던 보안사로 끌려가 실로 잔인무도한 고문을 당하였고, 그 결과 평소 82킬로그램이던 몸무게가 38킬로그램으로 줄어들 정도로 몸이 만신창이가 되었다. 선생님께서 옥중에서 광주민중항쟁의 소식을 듣고 만드신 절창인 「묏비나리」는 바로 절실한 민중의 노래, 투쟁의 노래가 되어, 〈임을 위한 행진곡〉이라는 이름으로 한국을 넘어 아시아 각 지역의 절실한 저항의 노래, 투쟁의 노래로 확산되었던 것은 잘 알려진 사실이다.

1987년 6월 민주항쟁과 7·8월 노동자대투쟁 이후 열린 직선제 대선 공간에서 백 선생님께서는 민중후보로 13대 대통령선거에 출마하게 된다. 당시 선거공보에 적혀 있던 "가자! 백기완과 함께 민중의 시대로"라는 핵심 구호가 지금도 귀에 쟁쟁하다.

또 하나, 당시에 대선후보가 광고비에 해당하는 1억 원 정도의 비용을 내고 TV 연설을 할 수 있는 제도가 새로 생겨서, 백 선생님의 TV 연설을 위한 모금운동이 전국적으로 진행되었다. 당시 어려운 형편에서도 노동자·민중 등 각계각층이 십시일반으로 적극 동참하여 백 선생님께서 TV 연설을 할 수 있게 되었다. 그때 돈이 모자라서 마지막 순간까지 마음을 졸이다가 방송 녹화시간을 얼마 앞두고서야 모금액수가 채워져서 TV 연설을 하게 되기도 했다.

TV 연설 방송은 백 선생님께서 KBS에 가서 녹화하는 방식으로 진행되었는데, 당시 스튜디오에 도착하신 백 선생님은 원고도 없이 TV 연설을 시작했다. 놀랍게도 단 한 번의 NG도 내지 않았고, 또 연설 마치는 시간도 단 한 치의 오차도 없이 끝마치게 되었다고 한다. 당시 이를 목격한 KBS PD들이 모두들 깜짝 놀라고 또 감동하여 한동안 방송계에서 화제가 되기도 하였다.

선거운동 내내 숱한 화제를 남기신 백 선생님께서는 그러나 선거일을 이틀 앞두고 후보직을 사퇴하게 된다. 백 선생님께서는 군사독재를 끝장내기 위하여 하나가 되자고 호소하시다가 김영삼, 김대중 두 후보의 반대로 성공시키지 못하였는바, 결국 당신만이라도 우선 후보를 사퇴하게 된 것이다. 6월 민주항쟁으로 직선제 개헌을 쟁취하였지만, 이어 진행된 대선에서는 군사독재의 2인자가 직선을 통해 당선되는, 그리하여 군사독재를 끝장내지 못하는 실로 한탄스러운 결과가 초래되었다.

그리고 1992년 대선 공간에서 백 선생님께서는 다시 독자적 민중후보로 나서 완주하였지만, 대선 결과는 실망스러운 상황이었다. 이 두 번의 대선 대응과정에서 백 선생님은 노동자·민중 중심의 민주주의를 실현하기 위해 애쓰셨지만, 만족스런 결과를 도출하지는 못한 셈이 되었다.

백 선생님께서는 IMF 외환위기 이후 해일처럼 밀어닥치던 신자유주의 세계화 광풍 앞에 풍전등화 같은 처지에 내몰린 이 땅 노동자·민중들의 투쟁을 지지·엄호하는 활동에 누구보다 앞장서셨다. 백 선생님께서는 힘없고 어려운 처지에 있는 노동자들, 특히 비정규직 노동자들, 그리고 농민과 도시빈민 등 기층 민중들의 삶에 깊은 애정을 쏟으셨다.

그리고 무엇보다 백 선생님께서는 이 땅의 평화와 통일을 위한 활동에 앞장서셨다. 통일문제연구소의 이름판을 내걸고 이 땅의 민주주의와 민족통일, 그리고 핍박 받는 민중들의 투쟁에, 실로 든든하고 품이 너른 크나큰 '기댈 언덕'으로 역할을 하셨던 것은 우리 모두 다들 잘 알고 있는 바와 같다.

　　재벌 앞잡이 이명박과 독재자 박정희의 후예 박근혜가 연이어서 대통령에 당선되어 민주주의가 후퇴하고 민중들의 삶이 벼랑 끝으로 내몰리자, 선생님께서는 분연히 떨쳐 일어나서 마지막 투쟁의 불꽃을 불사르셨다. 광우병 위험 미국산 쇠고기 수입 저지투쟁, 용산참사 규탄투쟁, 쌍용차 정리해고 저지투쟁, 한미 FTA 비준저지 투쟁, 국정원 등 국가기관에 의한 부정선거 규탄투쟁, 세월호 참사 진상규명 투쟁, 백남기 농민 물대포 살인 규탄투쟁, 그리고 박근혜 퇴진 민중총궐기 투쟁과 범국민 촛불대항쟁 등 숨 가쁘게 진행되던 민주화 투쟁과 민중대항쟁이라는 큰 전선의 맨 앞줄에서, 선생님께서는 투쟁의 상징으로 우뚝 서셨다.

　　선생님께서 병상에 눕기 전의 마지막 활동들이 되었는데, 어쩌면 이 시기가 백 선생님의 일생 중 가장 빛나는 시기로 평가될 수도 있다고 생각된다. 필자도 이 시기 백 선생님을 모시고 투쟁을 실천할 수 있어서, 그것도 선생님의 크나큰 신임을 받으면서 투쟁을 전개할 수 있었던 것이 다시 할 수 없는 영광스런 경험이었다.

겨레의 큰 어른이신 백기완 선생님께서는 이 땅의 민주화와 노동자·민중의 해방을 위해 한평생을 헌신하셨다. 함석헌, 장준하,

문익환, 계훈제, 백기완으로 호명되는 '재야 어른'의 마지막 어른이셨다. 백 선생님께서 돌아가시면서 이제 한 시대가 저물어간 셈이 되었다.

백기완 선생님께서는 재야 민주화운동의 마지막 어른이시자, 사회적 불평등 혁파를 위한 새 시대 민주화운동의 선구자이셨다. 그런데 정작 그 새 시대 민주화운동의 후진인 우리들은 아직도 제대로 큰 길을 만들지 못하고 있어 선생님께 죄송한 마음뿐이다.

민중총궐기 투쟁과 촛불대항쟁으로 저 무도한 박근혜 일당의 국정농단과 헌정유린을 끝장내는 거대한 승리를 쟁취하고서도 민중정치, 진보정치의 미욱함으로 말미암아 투쟁의 성과는 유실되고, 지금 이 땅의 노동자·민중들은 매우 어려운 처지에 빠져 있다. 코로나19 바이러스는 평등하지만, 감염병 피해는 비정규직 노동자들과 사회적 취약계층에 집중되고 있다. 그 와중에 자산불평등, 소득불평등, 교육불평등, 일자리불평등과 같은 사회적 불평등 상황은 거의 폭발 직전의 상황에 이르고 있지만, 아직 우리는 그 해결의 고리를 제대로 잡지 못하고 있는 상황이다.

이제 우리들 앞에는 우리 사회의 적폐 청산과 진정한 민주화, 그리고 사회불평등 혁파와 노동자·민중 해방의 길로 전진해나갈 과제가 놓여 있다. 백 선생님의 뜻을 이어받아 기필코 그 과제의 완수를 향해 매진하고자 할 따름이다.

종철이가 나를 살렸다

박종부 – 전국민족민주유가족협의회 부회장

1987년 대선 당시, 민중후보 백기완 선생님으로부터 어머님께 찬조연설 요청이 들어왔다. 그때가 선생님과의 첫 만남이었다.

제법 쌀쌀한 가을, 대학로를 가득 메운 지지자들은 어머니께서 연단에 오르시니 모두 일어나 몸짓과 함께 운동가요 〈어머니〉를 불렀었다.

내가 어머니를 모시고 올라갔기에, 연단 위에서 바라본 그 광경이 지금도 생생하다. 잠시 든 생각이 '아 이래서 정치를 하는구나' 싶기도 했다.

물론 선생님을 정치가에 빗댄 건 아니다. 선생님은 그들을 끔찍이도 싫어하셨으니까….

이듬해 박종철기념사업회가 만들어지면서 당연히 선생님을 초대 이사장으로 모셨다. 선생님께서 1992년 대선후보로 나서지 않으셨다면 최근까지도 사업회 이사장님으로 계셨으리라 믿는다.

이소선 어머니는 나를 항상 '형'이라 부르셨다. 물론 종철이의 형이란 건데, 거두절미하고 '형'이라 부르셨다. 내가 가끔 투정을 부리면 "니 아버지도 종철이 아버지라서 아부지라 부르는데 니는 당연히 형이지. 우리 가족은 그게 맞아", 그렇게 일축하셨다.

선생님도 나를 꼭 '종철이 형'이라 부르셨다. 역시 선생님께도 투정을 부릴라치면 그 말씀을 꺼내셨다. (79년 YWCA 위장결혼식 사건 때) 85킬로그램으로 당당했던 몸이 38킬로그램이 될 때까지 고문당했는데, (86년 부천서 성고문 사건 관련해 다시 구속되셨을 때는) 종철이 죽고 풀려나서 살아났다는 얘기이다.

"종철이는 그만큼 나에게 중요한 사람이니 너는 그냥 '종철이 형' 하는 게 좋겠다."

선생님께 원고 청탁을 빠뜨린 적이 있었다. 서로가 당연히 말씀드렸으리라 믿었던 것이다. 그 실수를 하루 전날에야 알아채고 부랴부랴 연락을 드렸다. 종철이 일인데… 그러시면서 밤새워 원고를 써 주셨다. 그러셨다. 늘 한결같았던 선생님.

2019년 세배 드리고 '이 정도는 내가 낼 수 있어' 하며 사주시던 김치찌개, 그게 선생님과의 마지막 만남이 되었다. 투병하시는 내내 병문안 한 번 제대로 못 한 게 그리도 죄송스러웠는데, 그래도 마지막 가시는 길 잘 모신 것 같아 그나마 조금은 위안으로 삼곤 한다.

치열함에 대하여

한도숙 ─ 시인, 전 전국농민회총연맹 의장

"이거 봐 한 시인" "뭐든 치열함이 있어야 해" 선생님을 뵈면 꼭 한마디 하신 말씀이다. 일반적으로 '치열한 삶' 정도로 내게도 가까운 말이라서 당연한 말씀이라고 대꾸하곤 했다. 하도 들어서 그냥 뜨겁게 맹렬하게 그런 뜻으로 이해한다. 처음엔 그랬다.

하지만 선생님께서 말씀하신 '치열함'은 그냥 그런 말씀은 아닌 것 같았다. 뵐 때마다 선생님께선 치열함을 주문했다. 언뜻 선생님의 치열함은 다른 무언가가 있는 것 같았다. 치열함은 생각하는 힘을 말하는가. 어디서부터 시작해서 어디로 왜 가는지를 묻고 답을 채워가는 과정일까? 그래서 사전을 찾아봤다.

치열-하다(熾烈하다): 기세나 세력 따위가 불길같이 맹렬하

다. (표준국어대사전)

보통 생존을 위해, 또는 엄청난 승부욕에 불타서 하는 행동을 두고 '치열하다'고 말한다. 하지만 이 설명은 일반적 설명일 뿐 선생님의 치열함을 제대로 설명한 것 같지는 않았다. 그렇다면 무엇이 치열함일까? 땅불쑥하게 선생님의 입말 사랑에 늘 기가 죽던 터라, 선생님의 치열함이 한문 투라서 의아해하면서도 치열함이 창조의 그 무엇이 될 것 같은 짐작만으로 치열함을 찾아 문을 열고 밖으로 나갔다.

선생님을 가까이서 뵙게 된 것은 2008년 필자가 전농 의장이 되면서부터이다. 늘 경외의 대상이었던 분을 가까이서 뵐 수 있게 된 것이다. 그것도 어느 모임이나 상석에서 감히 동등하게 뵙게 되니 영광이라기보다는 계면쩍어 어디라도 숨고 싶은 마음 그지없었다.

전농 의장이라 해봐야 촌에서 농사 짓는 촌 무지랭이였는데 갑자기 중앙에 사회원로들을 뵈니 정신이 없었다. 그렇지만 선생님은 좀 달랐던 것 같다. 그동안 익숙하게 책이나 다른 미디어를 통해 익히 낯익은 상태라서 그랬을 것이다. 『벼랑을 거머쥔 솔뿌리』라는 책에서 선생님의 개고기에 얽힌 이야기를 재미있게 읽은 적이 있다. 요즘은 보신탕 얘기만 해도 거부감 드는 사람이 많다는데, 선생님을 뵈면 늘 개장국을 사 드려야 한다고 마음먹었었다.

선생님 좋아하시는 개장국은 '정주집'이라 해서 모실 기회가 있었다. 개장국을 같이 하기로 약속한 것이 아마 여의도에서 농민집회가 끝나고서였을 것이다. 이때부터 선생님과 부쩍 가깝게 되었다. 선생님께선 이미 기력이 많이 쇠하신 터이고 당뇨까지 있어 외부 식사는 가급적 피하던 때인데도 기어코 모시고 나가 정주집의 개장국을 드시게 했었다.

정주집의 개장국은 고기 따로 장국 따로인데, 바로 이북식이었다. 그때서야 왜 선생님이 정주집을 가시는지 이해하게 됐다. 정주집은 그냥 개장국집이 아니라 바로 선생님 고향의 맛을 만들어내는 집이었다. 아마 선생님 고향과 어머니와 누이를 생각하게 했는지도 모른다. 음식은 어렸을 때 기억이 오래가는 법이니 오죽하셨을까.

선생님은 늘 대중연설을 하셨고 연설은 힘이 있었다. 선생님의 육성 연설을 처음 들었던 것이 1987년 겨울 대통령후보로 나와 대학로에서 연설했던 때였다. 수만 명이 모인 대학로에서 멀찍이 떨어져 연설을 듣노라니 가슴이 벅차올랐다. 목소리가 올라갈 때와 내려갈 때를 맘대로 구사하고 느릿하게 할 때와 휘몰아칠 때를 구분하시니 꼭 판소리를 듣는 듯한 느낌이었다.

박수를 치지 않을 수 없는, 사람을 들었다 놨다 울렸다 웃겼다 하는 힘이 연설에 있었다. 연설이라면 필자도 한자락 한다고 자부했지만, 선생님의 거쿨진 목소리에 실린 치열한 영혼의 무게를 감히 감당할 순 없었다. 선생님의 사자후를 누구에게 견줄 수 있겠는가. 그저 떨리는 가슴으로 선생님 언어를 따라가다 보면 거기에 선생님의 치열한 영혼과 닿을 듯 말 듯했을 뿐이다.

연설이라고 하면 상대방을 감동시키고 그로 인해 행동으로 옮겨지게 해야 제대로 된 연설이라고 할 수 있겠다. 우리나라에 명 연설가들이 있었다. 내가 직접 들은 바는 없지만 여운형, 김구 선생, 그리고 신익희 선생들이 연설을 잘했다고 한다. 우리가 들을 수 있었던 사람으로는 김대중 선생을 명연설가로 꼽는데, 필자의 느낌으로는 목소리가 샛되고 말이 빠른 느낌이었다. 물론 군중에게 다가서는 힘이 없다고 볼 순 없지만, 그렇게 호소력 있었다고는 생각하지 않는다.

노무현 전 대통령의 연설도 괜찮았다. 그리곤 전국연합의 오종렬 선생의 연설은 힘이 있고 기품이 있는 연설로 생각된다. 그러나 그 모든 명연설들이 선생님의 호소력과는 거리가 있다. 선생님의 말씀엔 늘 힘이 있고 호소력 또한 남달랐다. 가끔 필자가 선생님의 목소리와 추임새까지 흉내를 내보지만 비슷할 수가 없다.

선생님은 유독 필자를 한 시인이라고 불러주셨다. 2015년 벽시 동인에 송경동 시인의 추천으로 함께하게 되면서일 것이다. 선생님과 투쟁 현장에 가서 시낭송을 하기도 하고, 통일문제연구소 벽에 시를 써서 게시하기도 하면서 필자의 시답잖은 시에 관심을 주셨던 것으로 안다. 부끄럽게도 시인이라 인정해주신 선생님에 대한 예의로 제대로 된 시를 만들어야 함에도 늘 선생님의 가르침의 중심인 치열함은 부족했다.

누구에게나 삶은 치열하다. 매 순간 한눈을 팔지 못하도록 삶은 치열함을 요구하는지도 모른다. 해가 뜨기도 전에 버스를 타고 졸며 출근하는 노동자들을 보며, 저렇게 치열하게 살아가는 이 세상의 구조가 때론 원망스럽기도 하다. 그런데 더욱 '치열하라' 는 다그침은 뭣이란 말인가.

자신과 가족들의 밥벌이를 위해 치열하게 산다는 것은 아마 당연한 일인지도 모른다. 땅불쑥하게 신자유주의가 팽배한 사회 구조 속에서 살아남기란 맹렬한 경쟁을 통하는 과정이기에 더욱 그럴 것이다. 그러나 선생님은 그것을 치열함이라 생각하시진 않으셨을 것이다. 슬쩍 넘겨 짚어보면 혁명의 치열함 아닐까 생 각이 든다.

혁명이라 함은 구체제를 완전히 뒤집어엎는 것이다. 현재까 지의 모든 정치, 경제, 사회, 문화를 부정하고 새로운 가치를 만 들어내는 것이다. 이 과정의 치열함을 말씀하신 것은 아닌지… 너무 멀리 나갔을까?

혹자는 지금 이 시대 혁명이 가능한가라고 질문한다. 그러나 분명 혁명은 가능하고 가능해야 한다. 신자본주의 모순이 극에 달해 살아내는 자체가 경쟁이 되는 사회는 지속 가능하지 않다. 따라서 이 세상의 '지속 가능성'이란 이야기가 나오고 대안이 제 출되는 것이다.

그렇다면 지금의 체제가 모순이 있다는 말이고, 모순이 쌓이 고 새로운 가치를 만들어내기 위한 몸부림은 일어날 수밖에 없 다. 그 과정이 혁명이라면 혁명이다. 우리가 혁명이라 하면 프롤 레타리아 혁명만을 생각하니 무산계급의 무력투쟁만이 혁명이 라 생각이 굳어버린 탓도 있겠다. 선생님의 치열함이 이것인지 는 아직도 모른다.

이소선 어머님 장례식 날 대학로에서 추모사를 하시다 지쳐 쓰러지는 모습을 보고 달려 올라가 부축하면서 든 느낌, 선생님의 그 모습이 치열함이었을까? 혈당 조절이 안 되는 몸으로 추모사에 온 힘을 다해 연설을 하시니 기진하신 것인데, 그렇게 몸 생각 안 하시고 혼신의 추모 말씀을 한다는 것이 당신의 치열함을 그대로 드러낸 모습으로 읽어야 하나….

그런데 선생님께서는 그런 일들이 헤아릴 수 없이 많지 않은가. 노동자들의 집회에서도 농민들의 집회에서도, 더운 여름날 뙤약볕에도 추운 겨울날 눈보라 앞에서도 언제나 약자들의 투쟁 현장을 격려하며 한 치의 흐트러짐 없이 꼿꼿하게 자리하셨던 모습에서 선생님의 치열함을 읽어낼 수 있어야 하지 않았을까.

그뿐이 아니었을 것이다. 선생님의 말씀에는 민중에 대한 사랑이 가득한 말들로 채워져 있다. 노나메기재단을 만들면서 너도 살고 나도 사는 나누어 먹는 세상이란 뜻의 노나메기로 하신 것도 말씀 하나하나 선택에 치열함을 엿보게 하신 부분이다. 많은 사람들이 알다시피 '달동네' '새내기' '모꼬지' 등의 우리말을 알려내시고, 남산터널을 남산 '땅굴'로 표현하셨다가 잡혀가 모진 고문을 받으셨던 것도 민중의 말을 귀히 여기시고 민중의 말을 널리 펴려 했던 치열함이었을 것이다.

외람되게도 선생님께 여쭤보았다. 선생님, 선생님 쓰시는 우리말 가운데는 상당수 황해도 사투리가 많이 있죠? 씩 웃으시며 그럴 수도 있지. 그리곤 아무 말씀도 안 하신다. 그럼 씨익 웃으신 건 뭘까. 그렇다는 말씀이신지 그렇지 않다는 말씀이신지, 필자로서는 감이 오질 않았다.

괜한 말씀을 드렸나 싶기도 하고 죄송한 생각도 들고… 아무튼 선생님의 말글에 민중의 사랑이 그대로 담겨 있다는 건 부인하지 못한다. 그 말글에도 치열함이 작동되고 있었음도 부정하지 못할 것이다.

치열함의 뿌리는 간절함이다. 간절함이 없다면 치열해질 이유가 없다. 치열함이 세상을 바라보는 눈이고 잣대일 수는 없어도 한 번쯤은 다시 생각하는 힘이라고 했을 때, 아무래도 치열한 사람은 심지가 단단한 사람이고 고수일 거란 생각이 든다. 백남기 농민은 그래서 고수이고 치열한 삶을 살았다고 평가하고 싶다.

　백남기 농민이 물대포를 맞고 쓰러졌다. 농민들과 시민사회, 종교단체가 나서 국가 폭력을 규탄하고 책임자 처벌을 주장했다. 이때에도 선생님은 앞에 나섰다. 날이면 날마다 규탄집회를 치르며 국가권력에 쓰러진 한 농부를 일으켜 세우려 애쓰셨다. 선생님의 간절함은 많은 이들의 간절함이 되었고, 결국 그 간절함은 사회적 간절함으로 옮겨지고 치열한 투쟁이 만들어졌다. 눈 내리는 겨울날 농민들의 치열한 트랙터 투쟁이 전개되고 촛불이 이어졌다. 민중들의 간절함으로 치열한 투쟁이 만들어지고 무도한 권력의 퇴진이라는 '역사'를 써낼 수 있었다.

　"한 시인 우리 말이야, 백남기 농민 투쟁의 맨 앞에 서야 해." "약속해." "예 알겠습니다."

　그러나 필자는 맨 앞에 서지 않았다. 주변을 맴돌았을 뿐이다. 아마 그때 필자의 간절함은 그리 절대적이지 못했던 것으로 보인다. 지금 생각하면 선생님의 간절함을 1할이라도 받았다면 그 간절함으로 농사 짓는 세상을 새롭게 만드는 중요한 계기가 될 수 있었을 것이라는 뒤늦은 후회가 밀려든다.

당시 우리 농업은 백척간두에 서 있는 위태로운 지경이었다. 우리가 먹는 먹거리의 8할을 외국에서 사다 먹어야 하는 농업구조와 결핏하면 가격 폭락과 폭등의 농업구조는 우리 민중의 지속가능성을 훼손할 뿐이었다. 우리 농업의 새로운 진로를 제시하고 온 민중이 함께하는 농업으로 전환하는 고삐를 꿰었더라면 지금의 처지가 되지는 않았을 것을….

정권을 끌어내리는 데는 성공했지만 농사를 제자리로 이끌어내는 데에는 실패한 것이다. 물론 새 정권에 약속을 받아내기는 했지만, 새 정권 또한 농사 알기를 새 발의 피 정도로 쉽게 아는 정권일 거라 생각이나 했던가. 선생님의 깊은 생각을 1할도 헤아리지 못한 어리석음이 아쉬울 뿐이다.

얼음새꽃(복수초는 일본말이다)이 이른 봄볕에 노랗게 피는 것은 꽃눈 속에 담긴 간절함 때문이라고 어떤 시인이 말했다. 겨우내 추위를 견뎌낸 꽃눈은 이른 봄에 꽃을 피워야만 한다는 간절함이 있었던 것이다. 비늘 조각 속에 여린 꽃눈이 제 몸을 오그려 붙이고 혹독한 추위를 감내할 수 있는 것은, 봄볕을 바라보고 몸을 맡길 수 있는 봄을 간절하게 바랐기에 꽃눈을 파고드는 눈보라 추위와 치열하게 싸울 수 있었을 것이다. 그리고는 이윽고 하얀 눈밭에 내린 한 뼘의 봄볕 아래 눈부신 노란 꽃을 피워 올리는 것이다.

따끔한 한 모금에 대하여
—故 백기완 선생을 추모하며

"나는 왜 따끔한 한 모금에 목이 메이는가"
눈물 많은 늙은 투사의 쉰 목소리에
몇 번을 거듭해도 알아듣지 못하는 아둔함을
스스로 나무라지만
아직도 들리는 당신의 일갈!
"죽음을 앞두고 마시는 한 잔의 술 말이야"

그 따끔한 한 모금은 민중의 것
그 따끔한 한 모금은 저항의 것
그 따끔한 한 모금은 통일의 것
그 따끔한 한 모금은 노나메기로 가는 것

무지땀이 떨어지고 피눈물이 떨어져
다시 꿈틀대는 강이 있다
마침내 한숨까지 비바람이 되어 흐르는 강
휘돌아 여울져도 곧장 앞으로만 가는 강
그 강 위에서
"모든 일엔 치열함이 있어야 해"
"한 발을 내미는 데 목숨을 걸 수 있어야 돼"
온 몸으로 제국주의를 거부하며
온 마음으로 모랏돈[1]의 막심[2]을 해체하며 [1]자본 [2]폭력
온 목청으로 통일을 부르짖던 사자후
해방의 알짜 노나메기 세상을 빚고저
한살매를 불 지르신 스승이시여…!

시를 쓰고 나니 더 괴롭다. 아직 무엇이 치열함인지 알지 못하면서 선생님을 추모하다니, 선생님의 벽력같은 호통을 듣는 듯 몸이 움츠러든다. 생각함이 미천하면 간절함도 무디어지고, 사물의 분간을 못 하니 천방지축이 되기 십상이다. 하지만 필자는 복이 있어 선생님을 뵙고 그나마 평생의 화두로 치열함을 들고 있으니 그만한 행운이 또 없겠다. 치열함을 들고 이리저리 만지작대다 보면 선생님의 치열함을 1할이라도 이해하게 될 수 있지 싶은 생각이다.

지리산을 오른다. 이 땅에서 한때 가장 치열했던 산이라고 했다. 이 산에 들어 치열한 삶을 살아냈던 많은 사람들이 있다. 산에서 조국의 진정한 해방과 통일을 만들어내기 위해 총을 들고 치열하게 살았던 사람들은 이 산에서 죽어갔다. 어떤 이들은 용케 살아남아 당신들의 치열했던 삶을 증언하기도 했다.

그 치열함은 선생님의 치열함과 무엇이 같고 무엇이 다를까. 혹여 같지는 않을까. 오늘도 지리산을 오르며 그네들의 치열했던 흔적 앞에서, 가뭇없이 사라져간 영혼들 앞에 한잔의 술을 올려본다. 선생님께서 주신 치열함의 정체를 찾아서 지리산을 또 오른다.

백기완 연보

1933 · • 황해도 은율 구월산 밑에서 태어남.
· • 초등학교만 다니고 혼자서 공부함(독학).

1945 • 8·15 해방 뒤 열세 살에 아버지를 따라 황해도에서 서울로 내
려옴.
• 한반도 분단이 한 가족의 분단으로 이어져 여덟 식구가 남북으
로 나뉘어 살게 되자 갈라진 집안을 하나로 잇고자 통일운동을
하게 됨.

1948~1949 • 독학으로 시, 소설 등 문학작품을 읽고, 영어사전을 모두 외워
영어 천재로 신문에 알려짐.

1948 • 서울 경교장에서 백범 김구 선생님을 뵙고 고결한 뜻에 영향을
깊이 받음.

1950~1951 • 전쟁 중 부산제5육군병원(임시육군)에서 군복무.

1951 • 해외유학장려회에서 첫 수혜자로 해외유학을 권유받았으나
싸우는 조국을 두고 나 혼자만 유학 갈 수 없다며 거절.

1952~1961 • 문맹 퇴치를 위한 야학을 열었고 도시빈민운동, 나무심기운동
(자진녹화대), 농민운동(자진농촌계몽대)으로 젊은 날을 보냄.

1957	· 평생 동지 김정숙 여사와 혼인.
1960	· 4·19 혁명 운동에 뛰어들어 혁명세력을 하나로 묶고 정치 민주화와 통일운동에 애씀.
1964~1965	· 6·3세대와 연대하여 굴욕적인 한일협정 반대투쟁 전개.
	· 함석헌, 장준하, 계훈제, 변영태 선생 등과 반일 투쟁에 나서 연행 구속.
1966	· 박정희 유신독재 끝장을 위해 재야 연합전선의 하나로 윤보선, 함석헌, 장준하 선생과 함께 야권 통합운동을 성사시킴.
1967	· 장준하 선생과 함께 백범사상연구소 설립을 시도했으나 당국의 탄압으로 무산. 4·19 혁명의 성과와 한계를 수렴하여 한국 진보운동의 사상적 토대를 세우는 작업에 힘씀.
1969	· 3선개헌반대투쟁 전개.
	· 장준하 선생 등과 함께 '민족학교' 운동을 전개, 항일 민족시편과 항일운동 역사자료 수집.
	· 민족의식을 고취시키고자 한일회담 반대투쟁의 의미와 독립군, 민중혁명의 의미를 담은 「어린 엿장수의 꿈」 영화극본 창작.
	· 박정희 정권의 반민주성에 맞서다 대한일보 객원 논설위원에서 쫓겨남.
1970	· 전태일 분신과 광주 대단지 사건 등 민중들의 생존권 투쟁이 분출하는 가운데 민중항쟁의 주체적 맥락을 다시 세우고자 애씀.

1971	· 민주수호청년협의회 결성, 대표를 맡아 구속 학생 즉각 석방 요구.
	· 한일협정 비준 6주년을 맞아 대일 문화투쟁을 벌일 것을 제안하는 성명서 발표.
	· 장준하 선생과 함께 민족학교에서 『항일민족시집』 발간.
	· 박정희 정권의 영구집권, 분단독재 강화음모 반대투쟁 전개.
1972	· 백범사상연구소 충무로에 개소.
	· 항일운동 연구에 매진하여 신채호, 백범 등의 글 수집 정리.
	· 『항일민족론』 출간.
1973	· 『백범어록』 출간.
	· 민주수호국민협의회 창립.
	· 유신헌법 개헌을 문제 삼고자 재야인사 30명 주도로 '개헌청헌 백만인 서명운동' 전개.
	· 민족학교 주최로 〈항일문학의 밤〉 개최, "우리에게 일본은 무엇인가?" 강연.
1974	· 대통령 긴급조치 제1호 위반으로 장준하 선생과 함께 구속.
1975	· 2·15 석방조치로 영등포교도소에서 석방.
	· 장준하 선생 암살진상규명위원회 공동대표.
	· 민주회복구속자협의회 결성.
	· 중앙정보부에 강제 연행, 인혁당 처형 발표 뒤 풀려남.
1976	· 정부의 탄압과 운영난으로 문을 닫았던 백범사상연구소 문을 다시 열고자 딸들의 월부 피아노를 팔아 활동 재개.

1978	· 백범사상연구소와 자유실천문인협의회(자실) 공동으로 〈민족 문학의 밤〉을 주도하여 중앙정보부에 끌려감.
1979	· 민주청년협의회 결성. · '명동 YWCA 위장결혼식사건'으로 구속, 전두환의 서빙고 보안 사로 끌려가 죽음 직전까지 가는 참혹한 고문을 당한 뒤 구속 수감. · 딸에게 주는 편지 형식의 서간집 『자주고름 입에 물고 옥색치 마 휘날리며』 출간, 책이 나오기도 전에 24시간 만에 판금 조 치에도 대학가와 노동운동 진영의 필독서가 됨.
1980	· 서대문형무소에서 병감정유치로 풀려나 한양대병원에 장기 입원. · 투병 중 광주민중항쟁 소식에 분개하며 반독재 민주화 투쟁의 필연성을 역설.
1981	· 고문 후유증으로 만신창이가 된 몸으로 장기요양 중, 옥중시 『젊은 날』(비매품)을 지인들의 도움으로 펴냄.
1984	· 재야인사들과 민주회복국민회의 결성. · 백범사상연구소를 발전적으로 해체하고 '통일문제연구소'로 확대 설립.
1985	· 수많은 대학가의 강연 요청에도 불구하고 경찰의 강제 출입통 제(가택연금)로 무산. · 고문 저지 공동대책위원회 결성. · 민주통일민중운동연합(민통련)을 창립, 서울지부 의장. · 민중문화운동 활성화를 위해 민요연구회, 민중문화운동연합

고문.

- 대우자동차노조 민주화 투쟁, 구로동맹파업 등 노동자 투쟁 전개에 주목하며 민중연대 지원 노력.

1986
- 민통련 본부 부의장.
- '민통련 개헌서명자 명단발표' 건으로 민통련 서울시지부 압수수색 및 연행.
- 명동성당에서 권인숙 성고문사건 진상폭로대회를 주도하다 수배 중 구속, 합병증으로 위독해지자 서울구치소에서 한양대병원으로 병감정유치.

1987
- 명동성당 성고문 폭로대회 관련 집시법 위반으로 구속 수감됨.
- 극심한 고문 후유증이 도져 병감정유치로 한양대병원에 입원 중 재수감됨.
- 형집행정지로 감옥에서 나오자마자 6월항쟁에 참여, 시민대표로 연설.

1987/1992
- 87년 대선에 30년 가까이 이어진 군사독재 청산을 위한 학생, 노동자, 민중들의 요구로 민중 대통령 후보로 추대 출마.
- 민주화 세력의 대단결을 통한 민주정권 쟁취와 진보 진영의 독자적인 정치세력화에 애씀.
- 92년 대선에 출마하여 완주, 민중의 독자적인 정치 시대를 알림.

1988~1990
- 통일마당집 마련을 위한 '벽돌 한돌쌓기 운동'을 전개해 서울 대학로에 사무실 마련.

1988
- 한반도 평화와 통일을 위한 범민족대회 고문.
- 미국 하원의원, 서독 녹색당 초청으로 해외 순회강연 차 출국.

- 전두환 이순자 구속 국민궐기대회 참석.
- 6·10 남북학생회담 성사 촉구 성명서 발표.
- 임진각 '7·4 통일염원 평화대행진' 참석.
- 핵발전소 안전대책 요구 재야, 학생 시민대회 참석.

1989
- 김일성 주석, 남쪽 대표인사 7인에게 남북정치협상 제안.
- 민주화를 요구하는 재야인사 '89인 선언'.
- 장준하 선생 새긴돌(시비) 건립위원회 대표.
- 재야 통합 전국민족민주운동연합(전민련) 결성.
- 국가보안법 철폐 시민결의대회.
- 노태우 정권 규탄 범국민대회장 원천봉쇄로 경찰 저지에 쓰러져 백병원으로 이송.
- 판문점에서 열린 남북학생실무회담 고문단들 경찰의 원천봉쇄로 강제 연행.
- 원전건설반대 100인 선언.

1990
- 민주노총 전신인 전국노동조합협의회(전노협) 결성, 고문 추대.
- 노동자대학 초대 교장.
- 전국 6·10 계승대회 참석.
- 남북정치협상회의를 제의, 방북 질의서 발표.
- 국군보안사 재야인사 민간인 사찰 규탄, 독재정권 퇴진 재야원로 성명 발표.

1991
- 재야 전국연합 창립.
- 민족문화 특강 개최.
- 재야인사 3·1절 시국선언.
- 한반도비핵화 1천인 선언.
- 페놀 불법방류 규탄, 반핵평화운동연합 지도위원.

- 원진레이온 직업병 은폐 규탄대회 참석.
- 한진중공업 박창수 열사 추모집회.
- 수서비리사건 규탄과 노태우 퇴진을 요구하는 철야농성을 시작으로 백골단 해체 투쟁, 명지대 강경대, 성균관대 김귀정 열사 싸움에 앞장.

1992
- 국가보안법 철폐를 위한 범국민투쟁본부 결성.
- 강기훈 무죄석방 재야 공대위 결성.

1993
- 전국 구속, 수배, 해고노동자 원상회복을 위한 투쟁위원회(전해투) 지원대책위 참석.
- 쌀 수입 개방 저지 범국민대책위 결성.
- 신자유주의 분쇄투쟁 전개.

1994
- 전노협 등 재야단체 12·12 군사반란 가담자들 사법처리 촉구.

1996
- 고문피해 진상규명과 명예회복을 위한 고문 및 공권력 피해자 모임 발대식.

1998
- "양심의 고향을 함께 세웁시다" 민족문화대학설립위원회 대표.

2000
- 너도 일하고 나도 일하고 너도 잘 살고 나도 잘 살되 올바로 잘 사는 노나메기 운동 제창.
- 계절마다 내는 책《노나메기》창간.
- 북쪽 조선노동당 창건 55주년 기념식에 초대되어 평양에서 열세 살에 헤어진 누님 상봉.
- 한양대학교 겸임교수.

| 2001 | · 노나메기 통일 그날 음악회 주최. |
| | · 노나메기 사상을 전파하는 대중강연회 개최. |

2001
- 노나메기 통일 그날 음악회 주최.
- 노나메기 사상을 전파하는 대중강연회 개최.

2002
- 우리말살리는겨레모임에서 선정한 올해의 '우리말 으뜸 지킴 이상' 수상.

2003
- 이라크 파병 반대 집회 참석, 경찰 방패에 맞서다 부상.

2007
- 이야기 소설 「따끔한 한모금」 창작, 소극장에서 온몸으로 말하는 〈말림〉 공연으로 발표.

2008
- 『부심이의 엄마생각』 출간, 신학철 화백의 〈부심이의 엄마생각〉 그림전시회 개최.
- 기륭전자 여성 비정규직 싸움을 시작으로 용산참사, 쌍용차, 현대기아차비정규직, 유성기업, 콜트콜텍, 파인텍, 한진중공업 정리해고 저지를 위한 희망버스 운동 등 노동자, 민중투쟁 현장에 연대.

2009
- 〈노래에 얽힌 백기완의 인생이야기〉 공연 개최.
- 용산참사 빈민철거민 투쟁에 참여.

2010
- 각계각층에 우리 민중의 사상인 '노나메기' 운동을 제안하고 학술마당 개최.

2011
- 너도나도 일하고 너도나도 잘 살되, 올바로 잘 사는 세상, 노나메기재단설립추진위원회 발족.
- 밀양송전탑 반대투쟁, 제주 강정마을 해군기지 반대투쟁 참여.

2012	· 백기완의 민중미학 특강 개최.
	· 한미 자유무역협정(FTA) 저지 싸움에 나섬.

2013   · 각계 대표 인사들과 4대강을 파괴하는 이명박 정권 반대투쟁
전개.
· '우리 시대의 저항선언문' 발표.
· 죽음을 넘어서는 민중의 쇳소리 〈백기완의 시 낭송의 밤〉 개최.

2014   · 세월호 학살 진상규명을 위한 집회 참석.
· 민중사상 특강 '나는 왜 따끔한 한모금에 이리 목이 메는가' 개
최.
· 국정원 댓글 사건 규탄 시국회의 참석.

2015   · 민중총궐기대회에서 물대포에 쓰러진 "백남기 농민 살려내라"
싸움에 온몸으로 가담.
· 민중사상의 정수인 '골굿떼 이야기' 민중사상 특강 개최.

2016   · 비정규노동자들을 위한 집 '꿀잠' 건립을 위해 문정현 신부님
과 함께 붓글씨와 서각 작품으로 〈두 어른 전시회〉를 가짐.

2016~2018   · 박근혜 탄핵, 광화문 촛불집회(23차례)에 빠짐없이 맨 앞에서
자리를 지킴.

2017   · 세월호 진상규명과 책임자 처벌을 위해 싸우며 추모 연작시
『쪽빛의 노래』 발표.
· 조계종 적폐청산 운동에 힘을 보탬.
· 트럼프의 한반도에 대한 전쟁도발 음모를 깨부수고자 사회원
로 기자회견 조직, 직접 성명서를 써서 발표.

2019	• 민중의 전형을 빼어나게 빚어내고 노나메기 사상을 담은 서사 『버선발 이야기』 출간.
	• 태안화력 청년비정규직 노동자 김용균 죽음에 맞서 '사람 잡는 비정규직 전면 폐기하라' 비정규직 문제 해결과 공무원노조, 전교조 법외노조 취소 촉구 시민 사회원로 기자회견 주도.
2020	• 병상에서 심산김창숙연구회가 주최한 '제22회 심산상' 수상.
2021	• 고문 후유증과 급성폐렴으로 한살매를 마감.

주요 저서

시집

- 『젊은 날』 1982년, 옥중시(비매품), 민족통일, 1991
- 『이제 때는 왔다』, 풀빛, 1985
- 『백두산 천지』, 민족통일, 1989
- 『아! 나에게도』, 푸른숲, 1996
- 『해방의 노래 통일의 노래』, 통일문제연구소 편, 1985

평론집/수필집

- 『백기완 수상록』(白基玩 隨想錄), 사상계사, 1967
- 『항일 민족론』, 사상계, 1971
- 『抗日民族論』, 柘植書房, 일본, 1975
- 『자주고름 입에 물고 옥색치마 휘날리며』, 시인사, 1979
- 『거듭 깨어나서』, 아침, 1984
- 『통일이냐 반통일이냐』, 형성사, 1987

- 『나도 한때 사랑을 해본 놈 아니오』, 아침, 1991
- 『그들이 대통령이 되면 누가 백성노릇을 할까?』, 백산서당, 1992
- 『벼랑을 거머쥔 솔뿌리여』, 백산서당, 1999
- 『백기완의 통일이야기』, 청년사, 2003
- 『부심이의 엄마생각』, 노나메기, 2005
- 『사랑도 명예도 이름도 남김없이』, 한겨레출판사, 2009
- 『두 어른』(공저), 오마이북, 2017

옛이야기

- 『우리 겨레 위대한 이야기』, 민족통일, 1990
- 『이심이 이야기』, 민족통일, 1991
- 『장산곶매 이야기 1,2』, 우등불, 1993
- 『장산곶매 이야기』(완결판), 노나메기, 2004
- 『따끔한 한모금』(비매품), 통일문제연구소, 2007
- 『버선발 이야기』, 오마이북, 2019

영화극본

- 『단돈 만원』, 1994
- 『대륙』, 1995
- 『쾌진아 칭칭 나네』, 1996

공저, 논문 및 기고 글

- 『민족·해방·통일의 논리』, 형성사, 1984
- 『종속현실과 민족운동』, 돌베개, 1985
- 『해방전후사의 인식』, 한길사, 1990(2004 재출간)
- 『껍데기를 벗고서』, 동녘, 1991
- 「고 장준하 선생 영전에」, 《씨알의 소리》 제56호(1976년 8월

호)

- 「민족분단과 인권」,《기독교 사상》22호, 1978
- 「왜왕은 우리의 원수다」,《월간 말》, 1990.8
- 「민족공동체 이념과 그 실천적 과제」,《공동체 문화》제2집, 1984
- 「나라 사랑의 삶을 위하여」,《새가정》, 1985
- 「내가 겪은 사건 YMCA 위장결혼사건과 신군부의 살인적 고문」,《역사비평》, 1991
- 「내가 겪은 50년대의 서울」,《문화과학》5, 1994
- 「통일의 참 알짜(實體)는 무엇인가」,《황해문화》1999 가을호 (통권 24호)
- 「역사의 먹점을 받을 세 김씨 이야기」,《진보평론》창간호, 1999
- 「'더듬이 출판기념회'와 '한발뛰기'의 기억: 박현채와 나」,《코리아 포커스》, 2005
- 「광복절과 건국절; 보수권력의 역사인식과 식민주의 극복의 과제」,《황해문화》2010 가을호(통권 68호)
- 그 외 언론 기고 및 대담 등 다수

편역서 (백범사상연구소)

- 《앎과 함》 문고(원저: 「알려지지 않은 이야기-미국 노동운동 비사」 1974년~1979년 전5권으로 출간)
- 《자료집》 (백범사상연구소 연구 문헌)
- 「항일민족시집」(민족학교 편), 1971
- 「백범어록」(삼팔선을 베고 쓰러질지언정), 1973
- 「내가 걷는 이 길은」(바로 잡은 백범일지), 1973
- 「보난대로 죽이리라 도왜실기」(해설), 백범의 해외 활동을 내용으로, 1973

- 1972년~1975년까지 11권의 백범 연구서를 출판해 백범 사상을 널리 알리는 데 기여하였다.

정기/부정기 간행물
- 《아, 통일》 1호, 민족통일, 1988
- 《해방통일》 (《아, 통일》 2호), 민족통일, 1989
- 《새뚝이》 1~2호, 민족통일, 1992~1993
- 《노나메기》 1~9호, 노나메기, 2000~2004